Письмовник

Михаил Шишкин

手　紙

ミハイル・シーシキン

奈倉有里 訳

CREST BOOKS
Shinchosha

手紙

PISMOVNIK/LETTER BOOK

by

Mikhail Shishkin

First Japanese edition published in 2012 by Shinchosha Company
Japanese translation rights arranged with
OKNO Literary Agency, Inc.
through Japan UNI Agency, Inc., Tokyo

transcript

The publication was effected under the auspices of
the Mikhail Prokhorov Foundation TRANSCRIPT Programme
to Support Translations of Russian Literature.

Design by Shinchosha Book Design Division

●

昨日の夕刊を広げたら、私とあなたのことが書いてあった。

また、はじめに言葉ありき――になるんだって。だけど学校ではまだ昔のまま、はじめにはビッグバンがあって、すべては飛び散ったって教えてる。

しかもどうやら、あらゆるものはその爆発より前からあったらしいの。言葉になる前の言葉も、目に見える銀河も目に見えない銀河も、全部。砂の中に、ガラスの原料が埋まってるみたいに。砂粒ひとつが、このガラス窓の種だったみたいに。今、その窓の外を、ボールをTシャツの下に突っ込んで抱えて、男の子が走っていった。

それは、光と温もりの塊だった。ある学説によるとその大きさは、「ドアも窓もなくて人がぎゅうぎゅうに詰まった部屋みたいなものは何でしょう」っていうなぞなぞの答えくらいだって――そう、サッカーボールくらい。じゃなきゃスイカくらい。私たちは、その中に埋もれていた種だった。

それがいつしか熟してはちきれて、中身が全部飛びだした。

はじめのスイカが、はじけて飛んだ。

種が飛び散り、芽を出した。

その芽のうち一つは、大きく育って木になった。その木がほら、今そこの出窓に影を落としてる。

二つ目の種は、男の子に生まれたかった女の子の記憶になった。その子は小さい頃、仮装大会で長靴をはいた猫の格好をしたんだけど、みんなが尻尾を引っ張ろうとするもんだから、しまいにちぎれちゃって、結局、その尻尾を手に持っていることになった。

三つ目の種はずっと昔に芽を出して、青年になった。彼は私に背中を掻いてもらうのが好きで、嘘は大嫌いだった。特に嫌いだったのは、いろんな人がよってたかって、死はないとか、書かれた言葉は不死へと導く路面電車みたいなものだとか言うことだった。

ドルイド植物占いでは、彼はにんじんだった。

日記やその他自分の書いたもの全部を燃やす前に、とってもおかしな言葉を最後に書いた――「天賦の才は僕を見放した」。あなたが私の手からノートをひったくる前に、見えちゃったんだ。

二人で焚き火の傍に立って、手をかざしてその熱を遮りながら、赤く透ける指の骨を見つめていたね。灰が舞い降りた。燃えかすになったノートの欠片は、まだ温かかった。

そうそう、忘れるところだった。そのあと、すべてはまたひとつになるの。

にんじんワロージャ、今どこにいるの？

もう、これってあれみたいじゃない。お馬鹿のジュリーが一所懸命手紙を書いても、冷血漢のサン＝プルーは、短い書きつけばかりをよこすの――冗談めかして、ニシンとスイス人、砲火と昇華、トイレのシミとモナリザの微笑み（あ、そういえば、モナリザがどうして微笑んでるのかわかった？　私はわかったような気がする）、神様とおへそ様、なんて韻を踏んでさ。

ねえ！

どうしてこんなに酷いことしたの？

■

あとは、どの戦争にするか決めるだけだった。だけど勿論そんなことは決めるまでもなかった。不屈のわが国ともあれば、何は無くとも諍《いさか》いだけは不足した例がない。新聞を開くまでもなく、赤子を槍に刺し、老婆を強姦するような残忍な事件で溢れてるんだから。なかでも、罪無くして殺された水兵服姿の皇太子は可哀想に思える。女子供や老人をどうこうっていうのは何だか聞きなれてしまったけど、あの水兵服は——。

ろくでなしの役立たずよ、いざ、暗雲の垂れ込める鐘楼の下へ、母なる祖国が呼んでいる！

徴兵所で、こんな呼びかけがあった。

「誰しも各々にとってのアウステルリッツの戦いを経験しなくてはならないのだ！」

まったく、その通りだぜ。

身体検査を受けたとき、ハゲで頭がでかくて猫背の軍医は、僕の目をじっと見つめて言った。

「君は、皆を見下しているね。そうだ、私にもそんな時代があったよ。ちょうど君くらいの頃、私は初めての医療研修をしていた。あるときそこへ、車に轢かれたホームレスの爺さんが運ばれてきた。まだ息はあったが、かなりの重傷だった。これといった処置はしなかったよ。誰にも見向きもされない老人で、引き取りに来る者もないのはわかりきっていたからね。悪臭、汚れ、虱《しらみ》、膿。周りが汚れないように、脇によけて寝かせた。じきに逝くだろう。そうしたら死体を洗って清潔にして、霊安室に送り込むのが私の役目というわけだ。皆どこかへ行ってしまって、私一人が取り残された。表へ出て煙草をふかしたら、どうしてこんなことをしなくちゃならないんだろうという思いに駆られたよ。見ず知らずの爺さんのために、どうして——ってね。私が煙草を吸っている間に、爺さんは逝った。早いところ霊安室に運べる状態にしてしまおうと思って、やみくもに血や膿をこそげ落とした。だが、そのとき不意に、この爺さんもひょっとしたら人の親かもしれないという思いが浮かんでハッとしたんだ。私はたらいに熱いお湯を入れて運んできて拭き始めた。見捨てられ、老いた哀れな体。もう何年もの間、撫でられることもなかったのだろう。足を拭いた。恐ろしく歪んだ指はすっかり水虫にやられて、爪はほとんど残っていなかった。傷跡をひとつひとつスポンジで拭いてやりながら、私は小声で話しかけた。『爺さん、苦しい一生だったかい。誰にも愛されないのはつらいね。だいたい爺さんの齢で、野良犬さながらの路上生活なんて……。だけどそれも、もう終わりだ。おやすみ。もう大丈夫だよ。もうどこも痛くないし、もう誰にも追い払われたりしない……』私は爺さんの体を拭きながら、そんな風にずっと話しかけていた。それが爺さんにとって、死ぬことの手助けになったかどうかはわからない。けれど私にとっては、生きていくことの強力な助けになったんだ……」

サーシャ！

ワロージャへ
夕焼け空を見て、思ったの――あなたも今この瞬間、この夕焼けを見てるかもしれない。だとしたら私たち、一緒にいるっていうことだよね。

辺りは静まり返ってる。

ほんとに素敵な空！

そこに生えてるニワトコだって、この世界を感じてる。

こういう瞬間は、木々もきっと私たち人間と同じようにいろんなことがわかってるんだ、ただそれを言葉に出来ないだけなんだ――って、そんな気がする。

そして、突然強く実感するの。思いや言葉も、突き詰めればこの夕焼けと同じものから出来てるって。夕焼けが映った水溜りとも、指に包帯を巻いた私の手とも、同じものから。全部、今すぐあなたに見せてあげられたらいいのに。

私、思い切ってパン切りナイフで指の先っちょを切ってね、巻きにくかったけど包帯を巻いて、そこに目と鼻を書いたの。指人形の出来上がり。で、この子と一晩中、あなたの話をしてるんだ。最初にあなたから届いた葉書を読み返した。そう、そう、その通り！　全ては響きあってるの。辺りを見回せば、響きあう韻で溢れてる。ここにあるのは、目に見える世界。目を閉じればほら、目に見えない世界。時計の針と響きあうのは、灰皿にしてる巻貝の殻。枝で空を縫い合わせてる松の木と、棚にある、おなかの張りを楽にする薬。包帯を巻いた指（この傷跡はきっと一生残る）と響きあうのは、私がこの世に生まれてくる前の指といなくなった後の指。その二つは、きっと同じもの。この世の全てが全てと響きあうことで、世界を繋いでる。釘を打ちつけたみたいに、ばらばらにならないように。

一番すごいのは、その響きあう関係はもともと最初からあったってこと。それを考え出すことなんて出来ない。どこにでもいる普通の蚊も、いつまでも空に浮かんでる雲も、考え出すことが出来ないのと同じ。そう、どんなに単純なものだって、考え出せる想像力なんて存在しないんだ。「幸福を渇望する者」って書いてたの、誰だっけ。あれって私のことだ。渇望する、幸福そのもの。それからね、私、気づけばあなたと同じ仕草をしてる。あなたと同じ言葉で話して、同じ目で見て、同じように考えて、同じ言葉を書いてる。

あの夏のことばかり思い出す。

朝、トーストにバターで描いたエスキース。

ライラックの下にはテーブルがあって、テーブルクロスには茶色く三角形に焦げた跡があった——アイロンで焦げちゃったところ。

あなたの記憶にはないこと、私しか知らないこともあるよ——朝、あなたが草むらを通ったら、スキー板を履いて歩いたみたいな跡が、陽の光にきらきら輝いてた。

それから、庭の匂い。どぎついくらいの強い香りが、辺りに漂ってた。ティーポットに入れて、お茶っ葉の代わりにしてもいいくらい。

辺り一面、みんな同じことを企んでた。野原を歩いても森を歩いても、いろんな種がからんで、くっついてくる。靴下いっぱい種だらけ。

野原で、草刈り機で足を怪我したウサギを見つけたこともあったね。

茶色い目をした牝牛もいた。

小路にはヤドリギが立ってた。

近くの貯水池は、底がドロドロしてて花が咲いてて、カエルの卵がたくさんあった。ハクレンが、空をめがけてジャンプした。水から上がって、体に付いた浮草を取ったね。

それから日光浴をした。私はTシャツを顔に被せて寝ころがった。糊付けしたシーツみたいに、風がパタパタ音をたててく。突然、おへそがくすぐったくなって目を開けたら、あなたが拳に握った砂を、少しずつ私のおなかに落としてた。

帰り道には風が、木々や私たちの耐風性を試すみたいに強く吹きつけた。一緒に、落ちたりんごを拾ったね。実をつけ始めたばかりでまだ酸っぱい、ジャム用のりんごを拾って、二人で投げ合った。

夕焼けを背にした林は、ギザギザの影模様。

夜中に、ネズミ捕りのバチンっていう音で目が覚めたね。

■

大好きなサーシャへ
どの手紙が途中で紛失したか分かるように、手紙に番号をふることにしようかな。
短い手紙ばかりでごめん。自分の時間がまったく取れなくて。ひどい寝不足で、立っていても自然に瞼が閉じて、眠ってしまいそうなほどなんだ。デカルトが死んだのだって、夜明け前、朝五時に起きなくちゃいけなかったからなんだよ。スウェーデンの女王に、哲学の講義をするためにね。
でも僕はまだ耐えられる。

今日司令部に行ったら、そこに鏡があって、軍服に身を包んだ自分が映ってた。なんだか仮装大会みたいだと思った。自分でも驚いてる。この僕が、兵士だなんて。

だけどこの、整列の号令にあわせて決められた通りに四列目の兵士の頬骨まで見えるように隊列を組むだけの日々にも、なにか意味があるのかもしれない。

そうだ、軍帽の話をしよう。短い話だから。僕のそれが盗まれたんだ。いやつまり、軍帽がね、盗まれたって話。で、軍帽を被らないで隊列に並ぶことは、違反というか、まあ犯罪みたいなものだっていうことになってる。

これが原因で、長官殿と司令官殿は足を踏み鳴らして、僕を永久便所掃除係に任命した。

「貴様、舌で拭きやがれ！」

そう言われたんだ。

しかしまあ軍隊の言葉ってやつには、一種独特の魅力があるね。スタンダールはナポレオンの軍事言行録を読んで、簡潔で明確な表現の仕方を学んだって、どっかで読んだことがある。

そうだ、ここの便所を知らない君のために、それがどんなものかちょっと説明しておかなきゃならない。汚い床にぽっかり穴が開いてるところを想像してごらん。いやだめだ、やっぱり想像しなくていい。それで、なぜかみんながその穴じゃなくて、穴の縁めがけて糞をするから、もうぐちゃぐちゃなんだ。そもそもこれは、胃腸の調子がどうこうって程度の問題じゃない。ここ最果ての僻地では、どういうわけか常に腹が痛い。こんな状態で勝利の教えに身を捧げることなんてできるわけがない。始終この底なし穴をまたいで、下し続けているってのに。

僕は上官に、

「軍帽は、どのようにして手に入れるのでしょうか」

って訊いてみた。

そしたら、

「盗まれたなら盗み返せ！」

って言われた。僕は軍帽を盗もうとした。だけど事は簡単じゃない。いや、難しすぎる。皆、警戒してるんだから。

辺りをぶらぶら歩いてみた。

不意に、「僕はいったい何者なんだ、ここは何処だ」って考えた。

それで、便所掃除をしに行った。そしたら不思議と、すごく気が軽くなった。

簡単なことがわかるようになるためには、こういう場所に来なきゃいけない。

うんこは全然、汚くなんかないんだぜ。

●

この手紙を書いている、今は夜中。さっきベッドの上でパンをかじったから、シーツの上にそこらじゅう、パンの欠片が散らばって、チクチク痛くて眠れない。

窓の外の空には、あふれそうなほどの星が瞬いてる。

天の川が斜めに流れてる。なんだか巨大な分数みたい。分子はこの世界の半分で、分母はもう半分の世界。だけど私、昔から数学は大嫌いだった。平方数とか立方数とか、なんとか根《こん》とか。実体が無くて、わけわかんなくて、取っ掛かりが無い。根ってなに、木の根ならわかる。力強く伸びていって土を抱え込んで離さない、吸い上げるように生命力に溢れる木の根っこ。なのに、へんてこな記号を並べて「根」だなんて！

そもそも、マイナスってなんなの。マイナス窓ってどういうこと？　窓は消えたりしない。窓の向こうにあるものだって同じこと。

マイナス自分とかさ。

ありえないでしょ。

触れたり、匂いを嗅いだりできるのは、自分だけなのに。

匂いを嗅げるってすごいことなんだから。小さい頃、パパが寝る前に読んでくれた本に、こんなお話があった。世界にはさまざまな人間がいて、例えば、いつも鶴と戦っている人たちというのもいる。それから一本足族というのもいて、一本しかない足ですばしこく動き回る。その大きな大きな足は、強い日差しを避ける日傘の代わりにもなる。自分の足の下で、家のなかにいるみたいにくつろいでるんだって。果物の香りだけで生きている人々もいる。遠くへ出かけるときには、その果物を持って出かける。嫌な臭いを嗅ぐと死んじゃうの。私も同じ。

だって、生きとし生けるものはみんな、なにかしらの匂いがするんだよ。なのに分数とか、学校で習ったことは全部、なんの匂いもしない。

今、窓の外で、どっかの夜更かしさんが空き瓶を蹴飛ばしながら歩いてる。ひとけのない町に、アスファルトを転がるガラスの音が響き渡る。

あ、割れた。

こんな夜中は、どうしようもなく孤独で、何でもいいから何かのきっかけになりたいと思う。

なにより、あなたと一緒にいたい。抱きしめて、甘えたい。

さて、ここで問題。窓の外には天の川の星空分数が広がっています。この分子を分母で割ると、どうなるでしょうか。宇宙の半分割るもう半分。答えは私。あなたと私。

今日、自転車で転んだ女の子を見かけたよ。膝をすりむいて、しゃがみこんで大泣きしてた。白いハイソックスが汚れてた。川沿いの、ライオンの像がある辺りだった。ライオンの口には、アイスの棒とかお菓子の袋とか、ごみがいっぱい詰まってた。それで、どういうわけか家に帰る途中に、こんな考えが浮かんだの——名著や名画の内容は、愛についてなんかじゃない。興味を持ってもらえるように、そう見せかけてるだけ。たぶん本当はみんな、死について書かれたものなんだ。本のなかの愛ってのは、盾みたいな……ううん、目隠しみたいなもの。見えないように。怖すぎないように。

自転車で転んだ女の子と、どう関係あるのかはわかんないけど。

あの子はきっともう泣き止んで、転んだことなんて忘れちゃったかもしれない。だけどもし、あのすりむいた膝が本に書き留められたら、それはあの子が死ぬまでも、死んでからも、ずっと残ることになる。

ううん、きっと、死についてじゃない、永遠について書かれてるんだ。だけどそれも、偽物の永遠。断片だけの永遠、瞬間だけの永遠。琥珀の中の羽虫みたいなもの。ちょっと後ろ足を掻こうと思って留まっただけなのに、永久にそのままになっちゃったんだ。もちろん本には、もっとずっと素敵な瞬間が書き留めてあるけど、そんな風に永久に、陶器みたいに固まっちゃうなんて怖いじゃない。羊飼いの男の子の陶器人形が、女の子にキスしようとしたまま固まってるみたいに。

そんな陶器の永遠なんていらない。今ここに、生きてるものが欲しい。あなた。あなたの体温、あなたの声、あなたの体、あなたの匂い。

あなたは今、すごく遠く離れた場所にいるから、ちょっと思い切って、秘密の話をしちゃおう。実は、郊外の別荘《ダーチャ》に泊まりにいったときに、あなたの部屋にこっそり先に行って、手当たり次第に匂いを嗅いだことがあったんだよ。あなたの石鹸、あなたの香水、あなたのシェービングブラシ。ブーツの中まで匂いを嗅いだ。クローゼットを開けて、セーターもシャツの袖口も襟も全部匂いを嗅いで、ボタンにキスをした。あなたのベッドに屈みこんで、枕に鼻をくっつけた。とっても幸せだった！　だけどやっぱり、それだけじゃ足りない。幸せには証人が要るから。本当に幸せを実感するには、幸せを確かめなきゃいけない。目で、肌で、あなたの存在を感じるの。それが出来ないときは、せめて不在を感じていたい。枕や、袖口や、ボタンで。一度、もう少しであなたに見つかりそうになって、慌てて外に飛び出したことがあった。あなたは来るなり私の髪にくっつき虫をつけた。あのとき私はむきになって怒ったけど、今なら何と引き換えにしてもいいから、あなたに、私の髪にくっつき虫をつけてほしい！

世界がすっかり変わったような気がした。初めてのときを境に。

銅像の前で待ち合わせをしたね。

オレンジを剝《む》いたてのひらを、あなたのてのひらに擦り付けた。

あなたは歯医者の帰りで、歯に真新しい詰め物をしてた。口から歯医者の匂いがした。私にもその詰め物、指で触らせてくれたっけ。

それから別荘の天井の塗り替えをした。床と家具に新聞紙を貼りつけて。歩くと足の裏に新聞紙がくっついてきたよね。もう、全部ぐちゃぐちゃになって――髪には白いペンキがべっとりついて、お互いにこそげ落とし合った。ブラックチェリーを食べたせいで、歯も舌も真っ黒だった。

窓にレースのカーテンを吊るした。二人で、カーテンの向こう側とこっち側に分かれて。あのとき私、あなたがレース越しにキスしてくれないかなあって考えてたんだよ。

その後、あなたはお茶を飲んでた。舌を火傷して、ふうふう吹いて冷まして、少し飲んでみて、大きな音を立ててすすった。私は小さい頃からいつも、そんな飲み方したら「はしたない」って言われてきたのに、あなたはそんなこと気にも留めなかった。だから私も、音を立ててお茶をすするようになった。もう子供じゃないから、何したっていいんだもんね。

それから、湖に行った。

湖畔の急な坂を下り、ぬめる水際に着いた。素足で踏んだ地面は湿っていて弾力があった。浅瀬の、水草のないところを選んで水に入った。濁った水が陽にきらめいていた。すぐ下から、冷たい水が湧き出ていた。

あのとき、水の中で初めて、二人の体は触れ合った。岸辺ではためらってたけど、水に入ったら思い切りがついて、私はあなたに飛びついて、足であなたの太ももをしっかり摑まえて、沈めにかかった——小さい頃よく、海でパパとそういう遊びをしてたの。あなたは逃げようとする。私の手から逃れようとするけど、そうはいかない。なにがなんでも頭まで沈めちゃう。まつげは水でくっついて、水を飲んで笑って、唾を吐いたり、呻《うめ》いたり、鼻を鳴らしたり。

それから日光浴をした。

あなた、鼻の皮が剝けてた。体も日焼けして、肌が花びらみたいにひらひら剝がれてく。

湖面に映った鐘楼が、細かく砕けていくのを見てたね。

あの時あなたの前でほとんど裸でいたけど、体のほかのどこよりも恥ずかしいと思ったのは、どういうわけか足の指だった。だから私、指先を砂の中に埋めて隠したんだ。

煙草の火で蟻をつぶしたら、あなたは「蟻がかわいそう」だって。

野原を横切って、近道をして帰った。高く茂る乾いた草むらからは、キリギリスが飛んで出て、スカートに飛びついた。

あなたはテラスの編椅子に私を座らせて、足についた砂を落としてくれた。うちのパパみたいに。パパも、砂浜から帰ってくるといつも、こうやって私の足を拭いてくれた。指の間に砂が残らないように。

その瞬間、突然わかったの。とても簡単なことなんだ。絶対に必要なんだ。ずっと待ち望んでたんだ――って。

濡れた水着姿のまま、あなたの前に立った。両腕はだらんと下げて、あなたの目を見つめた。あなたは水着の肩紐に手を伸ばして、外した。

ずっと前から心の準備は出来てたし、待ってたけど、ちょっと怖かった。でもあなたは私よりも怖がってたね。もっと早くてもよかったはずなのに、そう、あれより前、春ごろのこと――覚えてるかな。私はあなたの手をとって、あそこに持っていこうとしたのに、あなたはその手を引っ込めたことがあった。だけどこの時はもう、あの時のあなたとはぜんぜん違った。

私が何を恐れてたか、わかる？　痛いこと？　ううん。そもそも、痛くなんてなかった。血も出なかった。初めてじゃないと思われたら、どうしようかと思った。

夜になってやっと、水着を干し忘れてたのを思い出した。脱ぎ捨てられた水着は、濡れたまま冷たくなっていて、水草の匂いがした。

あなたに抱きついて、皮の剝けた鼻にキスをした。辺りには誰もいなかったのに、なぜか二人とも、ひそひそ声で話してたよね。あのとき初めて、あなたの目をまっすぐに見た。恥ずかしがらずに、何も恐れずに、薄茶と緑の虹彩が入った茶色の瞳を。

何もかもすっかり変わったみたいだった。それまで手の届かなかったもの、私のじゃなかったものすべてに触れることが出来るようになった。さっきまで自分のものじゃなかったところが、自分のものになった。まるで、自分の体があなたの体に癒着したみたいに。自分のことさえも、あなたを通じて感じるようになった。あなたが触れた部分だけ、私の肌が存在してた。

夜。あなたが眠っても、私はずっと眠れなかった。こらえきれずに泣き出しそうになったけど、あなたを起こしたくなかった。だからお風呂場に閉じこもって、思い切り泣いたの。

だけど朝がきて洗面所に立ったら、ひとつのコップにふたつ刺さった歯ブラシを見て、突然、ばかみたいに幸せを感じたの。二本の歯ブラシが足を絡めて、見つめ合ってた。

なんでもないことに、どうしようもないほどの幸せを感じてた。後になって、街に戻ってからのこと、あなたがトイレに入ってたとき、その前を通りかかったら、なんだか我慢できなくなって、ドアの前にしゃがみ込んで鍵穴に向かって囁いた。

「好き」

最初は小さく、だんだん大きな声で。でもあなたは、私が何を言ってるのか聞き取れなかったみたいで、

「待って待って、すぐ出るから」

なんて答えたよね。まるで私がトイレに入りたがってるみたいに。

違う、あなたが必要なの！

次の思い出。あなたはキッチンで、オーブンの前に座ってた。片方の手にはスプーン、もう片方の手には料理の本を開いて。あなたは突然妙な気まぐれを起こして、「全部僕が作るから」なんて

言って私を追い出したよね。私は忘れ物を取りに来たようなふりをして、わざとキッチンに戻ってきた。本当は、ただあなたを見に来ただけ。あなたは挽肉を捏《こ》ねてた。我慢できなくなって、私もその鍋に手を突っ込んだ。素敵。二人で、いい匂いの牛肉を捏ね回した。指の隙間から挽肉がにゅるにゅる出てきた。

お玉も鍋つかみもフライパンも苦手だったね。あなたの手にかかると、みんな生き物みたいに飛んだり跳ねたり、ひっくり返ろうとしたり。

みんなみんな、覚えてる。

寝転んだまま、お互いの体から離れられずにいた。あなたの肩に、私の歯型が半円を描いてた。二人で足を絡ませて、足の裏をべたべたくっつけて、ローションで湿った指を繋いだ。路面電車の中で、周りの人に見られてたよね——私は顔の前にあなたの手を持ってきて、握った手の関節にキスをした。暦を数えるときに六月にあたる、ひとさし指に。

あなたの部屋まで上っていくエレベーターは、異常にゆっくり動いてる気がした。椅子の下にはあなたのブーツがあって、丸めた靴下が突っ込んであった。あのとき初めてあなたは私のあそこにキスをしたけど、私はなんだか気が気じゃなくて、堪能するなんて出来なかった。だって触っちゃいけないんだよ。女の子の股の間に神秘的なイメージを持ってるのは男の子だけで、実際には、粘液とバイ菌とバクテリアがうようよしてるんだから。

朝になったら私のパンツがなくなってて、そこらじゅう探したけど見つからなかった。今考えてもやっぱりあれは、あなたが隠したんじゃないかなあ。仕方がないからそのまま帰った。外を歩いたら風がスカートの中を吹き抜けて、まるで体の周りがあなたで満たされてるような、不思議な感覚に襲われた。

私が存在してるってことは、自分でもわかってる。だけどそのことを、いつも触って確認してくれなくちゃだめなの。あなたがいないと私、椅子の上に脱ぎ捨てられた、からっぽのパジャマみたい。

あなたのおかげで、自分の手も、足も、体も、大切に思うようになったんだ。あなたがこの体にキスしたから。あなたがこの体を好きだから。

鏡を見て、あなたが好きなのはこの子なんだって思うと、自分でも自分のことが好きになる。以前は、一度も自分を好きだなんて思えなかったのに。

目を閉じて、あなたがここにいるつもりになってみる。

あなたに触れることができる。抱きつくこともできる。

あなたの目にキスをすると、唇が視覚を得る。

いつかみたいに、舌先であなたの縫い目を舐めたい。あなたの体の下のほう、あそこからあそこまで、裸の赤ちゃんみたいな、二つの塊を縫い合わせて出来たみたいな、縫い目。

体のなかで一番匂いのきつい部分が一番心に近い部分なんだって、何かで読んだことがある。

今、電気を消した。これからやっと、毛布に包《くる》まって眠るところ。これを書いているあいだに、空には雲が広がった。空は汚れた黒板消しで拭いた黒板みたいに、一面、白い筋だらけになってる。

きっと大丈夫。運命は私たちを脅かすことはあっても、本当の不幸からは守ってくれるはずだから。

■

サーシャへ

僕はここで必死に生きてるけど、でも君がいなかったら、君の手紙がなかったら、とうの昔にくたばってたか、少なくとも、僕は僕であり続けることが出来なかったと思う。そんなことになったら、それこそおしまいだ。

僕らをいじめる嫌な奴がいて、そいつにコンモドゥスってあだ名をつけたって前に書いたよね。あのあだ名、定着したんだ。わかってると思うけど、マルクス・アウレリウスの息子とは何の関係もない。今日はそいつがまた、人生とは何か教えてやろうってしつこくて。だけど君にそんな話はしたくないな。出来れば考えたくもない。何でもいいから、ことは関係のないことを考えたい。そうだ、そのアウレリウスのことでもいい。

そりゃまあ、大昔に死んだあの有名なアウレリウスと、戦地で配給された着心地の悪い股引を穿いてここに座ってる無名の僕じゃ、なんの接点もないかもしれない。

だけどアウレリウスの名言に、こんな言葉がある――「人は、自らを幸せと思わない限りは、幸せではない」。

アウレリウスと僕を繋ぐものがあるとすれば、これだ。二人とも、幸せなんだ。だから、そのうち一人が死んでいて、もう一人が生きていたからといって、なんのことはない。僕たちの幸せに比べれば死なんて些細なものに思える。アウレリウスは敷居をまたぐように死をまたいで、僕に近づいたんだ。

どうして僕はこんなに幸せを感じていられるのか。それは、ここにあるものなんて何もかも本物じゃないってことを、知っているからだ。本物っていうのは、例えば、僕がはじめて君の家に行ったとき、手を洗うために風呂場の洗面台を借りたら君が使ってるスポンジが目に入って、そのスポンジが君の胸に触れたことを強く意識した瞬間なんかのことをいうんだ。サーシャ。僕たちは一緒にいたのに、僕がそれをきちんと自覚するようになったのは、ここに来てからだ。

どうしてあの時、その価値に気づけなかったんだろう。君の家の別荘にいたとき、ヒューズが飛んだことがあったよね。君は蠟燭で光を照らして、僕は椅子に乗ってヒューズを直してた。ふと暗がりのなかの君を見ると、とても神秘的だった。君の顔には炎の光が揺らめいて、瞳に蠟燭が映っていた。

公園に行くと、君はひっきりなしにアスファルトから逸《そ》れては、そこらに生えてる葉っぱやら穂やらを摘んできて、

「じゃあこれは？　これは何ていうの？」

なんて次々に訊く。ヒールを泥だらけにしてさ。

君の足の指にはひどい青あざができてた。路面電車に乗ってるときに誰かに踏まれたんだ、よりによってサンダルを履いてた日に。

湖が見える。

水には水草が生えて雲が映って、なんだかごちゃごちゃごちゃしてた。

君は湖岸の縁に近づいて、スカートをまくって、くるぶしまで水に入って、

「冷たい！」

って叫んだ。

それから足を引っ込めて、波をなだめるみたいに、足の裏で水面を撫でた。

何もかも、今ここにあるみたいに目に浮かぶ。

君は服を脱ぎ、ほどけないようにきつく髪を結って、何度か髪の結い目を確認しながら水に入っていった。

君は水に浮かんで仰向けになって、足をバタつかせて水しぶきをあげた。しぶきと泡の隙間に、ほんのり赤いかかとが見え隠れしていた。

それから手足を放り出し、大の字になって水に浮かんだ。結ったばかりの長い髪が、ほどけて四方に広がった。

岸辺で僕は、気づかれないようにこっそり、君の股の間を——水着のゴムの下からはみ出した、濡れた縮れ毛を見ていた。

次に思い浮かぶのは、君の部屋だ。

君は靴を脱いでいく。屈んで肩を下げて——まず片方、次にもう片方。

てのひらにキスをしたら、君は、

「汚いからだめ」

って言って、僕の首に腕を回して、唇を噛みながらキスをしたね。

君が突然キャッて叫んだから、僕は驚いて、

「どうしたの」

って訊いたら、

「肘で私の髪、敷いてるっ」

だってさ。

それから君は僕の上に屈みこんで、吸いつくように、瞼に、まつげに、キスをした。君の髪が天蓋みたいに僕たちを覆った。

クリーム色でリボンがついた、子供っぽいパンツを脱がせていく。君は脱がせやすいように膝を浮かせた。

肌の一番柔らかい場所、太ももの内側にキスをする。

毛深くて温かいところに鼻をうずめる。

ベッドがあまりに軋むから、床に移動した。

君は僕の下で喘いで、体を反らせた。

寝そべると、汗をかいた足に、心地いい隙間風が吹きつけた。

柔らかい産毛が生えた君の背中には、中国製の硬いゴザの跡がついていた。僕は、君の尖った背骨を指でなぞった。

僕は机の上にあったペンを手に取って、君の背中のホクロとホクロをペンで繋いでいった。君はくすぐったがってる。書き終わると、君は鏡を背にして立って振り返り、背中がどうなったか確認した。僕が洗い流そうとしたら君は、

「だめ！」

「そのままでいるつもり？」

「うん」

だって。

君は壁に向かって足を投げ出したと思ったら、突然、腰を浮かせて壁に足を走らせ、体を反らせ

てゴザに肘をついて、逆立ちになって止まった。たまらず君のあそこにキスしようとしたら、途端に君は体をくねらせて倒れこんだ。

僕が外に出ようとしたら、君は見送って玄関までついてきた。Tシャツ一枚だけの姿で、下には何も着ていなくて、恥ずかしがって裾を下に引っ張っていた。

最後の夜。僕は夜中に目が覚めて、君の寝息を聞いていた。

君はいつも、さなぎみたいに頭まですっぽり毛布にくるまって眠っていたね。息をするための小さな穴だけを残してさ。僕は寝転がって、その空気穴を覗いた。可笑しかったよ。君はチョコレートを頬に突っ込んだまま眠っちゃって、口からチョコレートが溶け出してた。

横になって、君の寝息を見守っていた。

君のリズムに耳を澄ませて、同じ速度で呼吸してみる。スー、ハァ。スー、ハァ。スー、ハァ。

ゆっくり、ゆっくり。こんなふうに。

スー

ハァ

あんなに穏やかで心地いい気持ちになったことは、それまで一度だってなかった。眠る君は、とても綺麗で安らかだった。僕は、毛布の繭からはみ出した君の髪に触れた。何があっても君を守りたいと思った。この夜から、窓の外に響く酔っ払いの声から、この世界のすべてから。

おやすみ、サーシャ。ぐっすり眠ってね。僕はここにいる。君と同じ速度で呼吸しているんだ。

スー

ハァ

スー

ハァ
スー
ハァ

●

ポストを覗いてみたけど、やっぱり、あなたからの手紙は届いてなかった。

明日のゼミの準備をしなくちゃいけないけど、頭の中はからっぽ。どうでもいい。コーヒーを淹れて、ソファーに膝を抱えて乗っかって、これからあなたと話をするの。聞いてね。

二人で子供の頃の話をするのって、すごく楽しかったよね。でも私、話してないこともいっぱい残ってるんだよ。

今になってペンを噛んで、何から書いていいのかわからないでいる。

そうだ、どうして私がこの名前になったか、話したっけ？

私は小さい頃、綺麗な箱が大好きだったから、飾り戸棚の下のほうにしまってあった、ママのブレスレットやらブローチやらトランプやら絵葉書やら、ありとあらゆる物が入った箱を、手当たり次第に開けては眺めてた。あるとき、そのなかの一つに、幼児用のサンダルが入っているのを見つけたの。ちっちゃくて干からびた、おもちゃみたいなサンダル。

実は私にはお兄ちゃんがいたんだって。私と同じ、サーシャっていう名前の。その子が、三歳のときに病気になって入院した。結末は悲惨だった——医療事故で死んだんだ。

両親はすぐにまた子供を作ることにした。代わりの子。

女の子が生まれた。それが私。

ママは、生まれた子供を受け入れられなくて、育児を放棄した。私なんか見るのも嫌っていう状態だったらしい。後になって、そんな話を聞かされた。

救ってくれたのは、パパ。私のことも、ママのことも。

私のベビーベッドは、柵の棒が三本切り落としてあった。私がそこから出られるように。でもそれは、その子のベッドだったんだ。その時の私はそんなこと知る由もなかった。だけどそれはその子のための抜け穴だった。私はその隙間に飛び込むのが好きだったけど、実際は、その子のしてたことを繰り返してただけなんだ。

私にとってその男の子は、私が生まれる前の想像もつかない生き物。たとえ存在したとしたって、有史以前の生物みたいなもの。だけどママにとっては、その子の面影はいつまでも私にまとわりついて、離れなかったんだろうな。

いつだったか、ママと一緒に別荘に行く途中、電車の中で向かい側の席におばあさんと男の子が座ってたことがあった。男の子はどこにでもいるような普通の幼児——鼻水を垂らして、わめいたり、わがままを言ったり、舌足らずな喋り方で、おばあさんにしきりに何かをせがんでた。おばあさんのほうは何度も、

「おとなしくしてなさい!」

って怒ってた。そのおばあさんが、

「サーシャ、降りるよ」

って言ったとき、ママが、身をすくめて震えたの。

電車を降りると駅のホームでママは私に背を向けて必死でバッグを引っ搔きまわした。ママは泣いていた。私がべそをかいているのに気がつくと、ママは振り返って、濡れた唇で私にキスをして、「なんでもないの、目に虫が入っただけ」なんて言った。

「でも、もう大丈夫！」

そう言うとママは鼻をかんで、マスカラをつけ直し、パタンと音を立ててコンパクトを閉じた。そしてママと私は、別荘に向かって歩き出した。

そう、そのときだ。その子が死んでよかったって思ったのは。だって、そうじゃなきゃ私は存在しなかったかもしれないんだから。歩きながら、心の内でママの言葉を繰り返した——でも、もう大丈夫！

だって私が生まれないなんて、そんなことがあるわけない。今、身の周りにある物も、過去も現在も未来も、すべてがそれを証明してる。ここにある、ギイギイ軋む小窓だって、点々と床に転がる陽の光だって、マグカップのコーヒーの中でひらひらと、花びらみたいに舞う牛乳だって、窓とにらめっこしてる古びた鏡だって。にーらめっこしましょ。

小さい頃、よくそんな風に鏡を覗き込んでた。鏡のなかの目を見つめては、どうして私の目はこの目で、顔はこの顔で、体はこの体なのかなって考えた。

私じゃなかったりして。この目も、この顔も、この体も。

この目も、この顔も、ちらっと見えるこの体も、どっかのおばあさんの思い出だったりして。私が将来なるはずのおばあさんの。

あとよく、私が二人いることにするっていうごっこ遊びをしてた。双子の姉妹みたいな感じで、私とその子。昔話によくあるみたいに、一人は悪い子でもう一人はいい子。私はおとなしくて、あの子はおてんば。

私は髪が長かったから、ママにいつも、とかしなさいって怒られてた。そしたらあの子、いきなりはさみを摑んで、「これでどうよ」とでも言いたげな顔で、三つ編みを切り落とした。

別荘地で劇をやるときも、主役はいつもあの子で、私は幕を開けたり閉めたりしてた。ある劇で、途中で死ぬ役をしたときのこと。すごいんだよ、ナイフを手に最期の台詞を言ったと思ったら、思いきり頭を打ち付けた。頭から鮮血が噴き出した。みんなびっくりして駆け寄ってきたけど、あの子は死んでいく。役を全うして、内心大喜び。私だけが知ってたんだ——あの子は、まずビーツを磨り下ろして、卵に小さな穴を開けて中身を吸い出して、それからママの注射器を持ち出して、卵の殻にビーツの汁を入れて、それをカツラのなかに隠してたってこと。あの子はビーツ血糊まみれの姿で飛び起きて、みんなを騙せて大はしゃぎだった。

「やーい、ひっかかったー！」

なんて言ってね。

ねえ、あなたはわかってくれるかな。私はずっと、あの子のせいでひどい目にあってたんだよ。服だって、あの子のお古ばかり。あの子——わがまま放題のお姫様はいつだって新品のぴかぴかを買ってもらってたのに、私が使うのはそのお下がりで、いつも古くてボロボロのを着る破目になる。夏休みが終わって新学期が始まっても、新しい靴を履くのはあの子で、私は、ポケットに穴があいて襟元にしみのついた、お古の上着に袖を通すの。

子供時代はずっとあの子にいじめられてた。私はチョークで床の真ん中に線を引いて、部屋を半分こにした。そしたらあの子はその線を消して、引きなおした——私がベッドから机やドアまで部屋の隅しか歩けないように。ママに泣きついたって無駄。あの子はママの前では天使みたいにいい子なのに、私と二人きりになった途端に、つねったり、痛いくらい髪を引っ張ったりして、告げ口したらゆるさないからねって脅すんだから。

忘れもしない、プレゼントに素敵な人形をもらったときのこと。人形はとても大きくて、喋ることも、瞼を開いたり閉じたりすることも出来たし、歩くことだって出来た。それが、ちょっと目を放した隙に、意地悪なあの子は人形の服を脱がせて、「なんか足りない」って描き足しちゃったの。私は大泣きして両親に言いつけに行ったのに、両親は笑うだけ。

話し合いで解決が出来たためしなんてない。私が何か言うとすぐ、あの子は地団駄を踏んで、「ぜったい私が言ったとおりにするの。じゃなきゃ何もしないんだから！」ってなる。

血走った目はつり上がり、上唇が上がり、尖った歯が覗く。今にも飛び掛かってきそうな勢いで。

ママに、誰と話してるのか聞かれてぎくっとしたことがあった。私は、

「ひとりごとよ」

って嘘をついた。

わかってる。これは私が愛されたいって感じたときに起きること。あの子が現れるのは、誰かに愛されたくてたまらないとき。つまり、ほとんどいつも。一人のときでさえ。でもパパがいるときだけは現れない。パパと一緒のときは、何もかもが違った。

パパは、ママのことも私のことも、同じように「うさちゃん」って呼んでた。きっと、大きな声で、

「うさちゃん！」

って呼ぶと、二人が同時に返事をするのが好きだったんだと思う。一人はキッチンから、もう一

人は子供部屋から。

パパが帰ってくると、私は、知らない人を家に入れないように、

「どなたですか」

って聞くことになってた。パパはきまって、

「刈り取り笛吹き縫い物師、何でもございの者でござる」

って答えるの。

パパが玄関マットで足を拭く姿は、まるで踊ってるみたいだった。

変わったお土産をくれるのが好きだった。いつも、

「なんだか当ててごらん」

って言われるんだけど、当てるなんて絶対無理。パパがくれるのは、扇子やお椀から、双眼鏡、ティーセット、からっぽの香水ビンや壊れたカメラまでいろいろで、いつだったか日本の能のお面を持ってきたこともあったし、どこで手に入れたのか本物の象の足なんてのもあった。中身がくりぬいてあって、傘やステッキを立てるのに使えるんだって。ママは怒ってたけど、私はパパにプレゼントをもらうと、いつだって最高に幸せな気分になってた。

パパは唐突に、

「勉強はもう、おしまい！」

って言う。そして私とコンサートを開くの。髪をとかす櫛に葉巻用の薄い巻紙を巻いて、それを吹いて音を出すのが好きだった。あれをやると、唇がすごくかゆくなるんだけどね。ケーキの箱はタンバリン。パパはじゅうたんの端をめくり、床を蹴ってタップダンスを踊る。下の住人が叩き返すまで踊り続けてた。チェスの駒が入った箱をリズムに合わせて振ると、ガラガラ大きな音がした。

パパは私とチェスをするのも好きだった。勝つのはいつもパパで、チェックメイトを決める度、子供みたいに喜んだ。

パパは世界中のありとあらゆるダンスを知っていて、私に教えてくれた。一番のお気に入りはなぜだかフラダンスで、私と二人でポケットに手を突っ込んで踊ってた。

いつだったか、パパが食事のときに、

「貧乏ゆすりをやめなさい、やめないとこのケフィアを頭からかけちゃうぞ」

って言うから、私が、

「かけるわけないよー」

って言ったら、次の瞬間には私、全身ケフィアまみれになってた。ママは真っ青だけど、私は大喜び。

パパにはいつだって愛されてた。

でもパパがいない時はいつも、もう一人の私にいじめられた。

私の肌はいつもトラブルだらけだけど、あの子の肌はすべすべで綺麗。肌っていうのは、ただ単に内臓を入れるための袋ってだけじゃなくて、世界の触手が触れる部分でもあるんだ。だから肌のトラブルってのは、触れられないための護身手段なんだよ。繭の中に閉じこもるみたいに、自分の殻に閉じこもってる証拠。あの子——もう一人の私は、そんなこと全然わかってなかった。私がすごく怖がりなことも、特に他人と一緒にいるのが苦手だってことも、わかってなかった。どうしてお客さんが来て、みんなでわいわい楽しそうにしているときに、トイレに閉じこもってパンツも脱がずにただ座ってるのかっていうことも、わかってなかった。どうしてピタゴラスの定理をきちんと暗記していながら教室で前に出たら口をぽかんと開けて固まって、からっぽでなにも出来ないかわいそうな自分を他人事みたいに眺めてるなんてことが出来るのかも、わかってなかった。そのときピタゴラスについて頭に浮かんだのは、ピタゴラスの両親が当時子供だったピタゴラスに「これが不可視のものが人に見えるようになるための基本的な形だよ」って言って、球体、四角錐、立方体、ウールの切れ端、りんご、蜂蜜のパンケーキ、ワインの入った瓶を机に並べてその名前を教えたら、その説明を聞き終えたピタゴラスは、机をひっくり返したって話だけ。

作文は、いつもあの子の分まで私が書いてた。評価は決まって五段階評価の二。先生はみんなの前で私の作文を読み上げて、

「サーシャ、あなた先行きが暗いわね……」

ってため息をついて、二をつける。まあ、私は与えられたテーマに沿った作文を書いためしがなかったからね。例えば、「これかこれかこれをテーマにした作文を書きましょう」って、三つのテーマを与えられたとするでしょ。でも私は、五個めか十個めあたりのテーマで書くの。だって、私にとってはその五個めか十個めのほうが大事なんだもん。

私は、腕足動物、翼鰓《よくさい》類、コケムシ級の不細工だった。でもあの子はバテラビムの門のほとりにあるヘシボンの池みたいな目をして、マハナイムの踊りをおどる。体育の先生が授業中にあの子のことをじろじろ見てることに気づいたときは、ヒヤッとした。

あるとき学校から帰ってきて着替えてたら、向かいの家のカーテンの隙間から、誰かが双眼鏡でこっちを覗いてるのに気がついた。私は怖くなって出窓の下にしゃがんで隠れたのに、あの子は逆。見せびらかすみたいにわざと堂々と着替え始めた。

小さい頃、あの子は私を脅かそうと思って、真夜中に、自分は不思議な力を持った魔女だって言い出した。左の目は水色で右の目は茶色いのは、魔女の証だって。あともう一つ、あの子にはイボ

があったんだけど、よその家にお泊りに行ったときにその家のスポンジで洗ったら、自分のイボは治って、その家の子供にイボが出来たんだって。でもやっぱり、いちばん説得力があるのは彼女の目だった。その目で、誰にだって呪いをかけることができるんだって。ほかの子供たちも、そんなあの子のことを不気味に思ったのか、なんとなく避けてた。だってあの子、本当に傷を治すことも出来たんだから。傷口を舐めてぶつぶつ何か呟くと、もう血が止まってるの。

あの子は今でも私を困らせる。しかも、神出鬼没でいつ現れるのかわからない。何ヶ月も姿を見せないかと思えば、「じゃーん、びっくりした?」なんて、突然出てくる。

あの子は私をからかう。私が、図書館に行くといちばん人気のない本ばかり読むから。大昔に死んだ作者の忘れ去られた本を可哀想に思って。だって、私が読まなきゃ誰もその本を書いた作者のことなんか思い出してもくれないじゃない。それから、私は普段は適当な性格なわりに、気に入った言葉には櫛の背を使ってやけに丁寧に線を引くって。あの子はそんな私の前に仁王立ちになって、妹を叱りつけるみたいな口調で、

「そんな意気地なしじゃだめ。もっと強くたくましくならなきゃ。『同情を買うより、人に妬まれたほうがよい』っていう、ミレトスのタレスの十七番目の名言を肝に銘じなさい」

なんて言うんだ。

あの子は、あなたにも酷いことをした。

あなたと一緒にテラスに座って、イチゴを食べてたときのこと。酸っぱくておいしくないから、砂糖につけて食べてたんだよね。そうしたらあの子は、イチゴを蜂蜜につけてみようって思いついて、瓶に入ってた蜂蜜を小皿に注いで、スプーンを舐めて、ふとあなたを見つめた。それからその目つきを確かめるみたいに鏡を見た。そうそう、カラフルなあの目、あの目つき。あの子のいたず

ら心に火がついたときの。

あの子はスプーンを口から離して、二本の指で柄の端っこをつかんだかと思うと、突然、背中越しに、開け放たれたテラスの窓の向こうへ放り投げた。

そして、あなたを見つめて、

「取ってきて！」

って言った。

私は、「やめて、そんなことしないで！」って叫んであなたを止めたかったけど、どうしても声が出なかった。

あなたは立ち上がってスプーンを探しに行った。庭にはヤブイチゴやら、トゲトゲのキイチゴやらが生い茂ってた。戻ってきたあなたは傷だらけで、腕には血がビーズみたいにプップツ浮き出てた。あなたは黙って泥と落ち葉にまみれたスプーンをテーブルの上に置くと、きびすを返して立ち去ろうとした。

なのに、あの子は汚れたスプーンを目にして顔をしかめただけ。それからまた何事もなかったみたいに、イチゴを蜂蜜に浸しては、かじっていた。

私は我慢できなくなって、あなたを追いかけて、腕を摑んで舐めようとした。あの子みたいに、舐めて魔法で傷を治してあげたかった。だけどあなたは、私の手を振りほどいて、

「あっち行けよ！」

って叫んで、軽蔑の目で私を睨みつけた。

そして自転車にまたがると、そのまま帰っていった。

あなたなんか大嫌いだと思った。

違う、あの子のことを嫌いだって思ったんだ。

ううん、あなたもあの子も、どっちも嫌いだと思った。

今すぐあなたの身の上に、何かすごく嫌なこととか、恐ろしいこととか、何でもいいから良くないことが起きちゃえばいいのにって思った。

あなたになんかもう、会いに行かない。

だけどそう決めた次の日には、会いに行ってた。

あのときの情景が、あのときの感覚が、素肌によみがえる。小雨がポツポツ降って、霧は垣根の上まで立ち込めて、道路はそこらじゅう水たまりだらけ。傘を差してあなたの別荘に向かって歩いていたら、窪地を越える橋を渡っている途中で、にわかに雨脚が強まった。

途中にある小さな林の小路には草が生い茂って歩きづらくなってた。どの草も、あなたが名前を与えてくれないと、みんなただの名なし草だった。

角の家に生えたバラが大きく育っているのが、垣根越しに見えた。ぽってり咲いた太った花は、雨に打たれて強く香っていた。

玄関から入るのが怖かったから、私は傘を置いてそうっとテラスのほうに回った。つまさき立ちになって窓を覗くと、雨で濡れた窓の向こうに、あなたの姿が見えた。あなたはソファーベッドに横になってた。包帯を巻いた足を背もたれにゆだねて、なにやら分厚い本を読んでる。

ほらね。あなたの身になにか良くないことが起こるようにって私が祈ったりしたから、あなたは自転車で転んで用水路に落ちたんだ。

これで、あなたがあの日に足を捻挫して、それからしばらくベッドでごろごろする破目になった理由がわかったでしょ。

雨のなかに立って、あなたを見つめていた。あなたは気配を感じて目を上げて、私を見つけて、微笑んだ。

■

そうだね。郊外の別荘に行った頃……。なんて遠い昔の話だろう。あまりに遠くて、ぜんぜん別の人生みたいだ。

僕はそんなふうに寝転んで、あれこれと日記に書き連ねていくのが好きだった。屋根を打つ雨の音や、テラスに飛び交う蚊の羽音に耳を澄ませながら。窓の外を見れば、濃い霧の向こうにりんごの木の頭だけが見えていた。洗濯紐にぶらさがった洗濯ばさみは雨に濡れ、水がポタポタ垂れていた。

雨のせいで暗くて本が読みづらかったから、昼間だったけど明かりをつけた。

シェイクスピアの分厚い本を膝の上にのせた。あれは、上にノートをのせて書くのにちょうどいいんだ。

細長い二股の松の葉は、栞のかわりになる。

ねえ、あのとき僕は何を書いてたと思う？ ハムレットについてさ。いや、自分についてかな。

僕の父も死んだ。もしかしたら死んでないかもしれないけれど、とにかく母さんは別の男と再婚した。しかも目の見えない男と。だけど僕にとっていちばん理解しがたいのは、どうしてみんなあんなふうに毒を盛ったり剣で刺し合ったりしなくちゃいけないのかってことだ。しかも舞台を血で汚すこともなく。もし陰謀でもなんでもなく、普通に自然に一生を終えて死ぬとしたら、それじゃあもうハムレットにはなれないってことなのか？　だって、そのほうがずっと恐ろしいじゃないか。だいたい、父親の亡霊って何なんだよ。子供だましの怖い話じゃあるまいし。

それに、耳に毒を注ぐだなんて！

しかも、どうしてハムレットが父親の城に戻ってくる場面から、すべてが始まるんだ？　それまでのハムレットは、ハムレットじゃなかったっていうのか？　まだ何事も起こっていないとき、幕があがる前、バーナードとフランシスコーが台本に刻まれたあの会話を始めてもいないとき――それでもすでに、ハムレットはハムレットのはずだ。

だって、そこがいちばん面白いところのはずじゃないか。ハムレットが幽霊に会ったり、毒を盛られたり、壁掛けの陰に誰かが隠れたりするなんていう茶番劇をはじめるより前の話さ。ハムレットだって、普通の人生を送っていたんだ。僕みたいに。瀕死の状態で長々と、韻文のモノローグを読み上げたりすることもなく。

それ以前のハムレットの人生を描くべきなんだ。例えば子供の頃、郵便屋さんごっこをしていたこと。古新聞の束を抱えては、そこらじゅうのポストに配って歩いたこと。それから、学校の休み時間には、きまって図書館にこもったり本を片手に更衣室に隠れたりしていたこと。学校で一番弱いやつらや臆病なやつらも、日ごろの鬱憤を晴らすみたいに彼をいじめた。そうだ、僕が初めて本に失望したときの話はしたっけ？　中世の宮廷道化師が主人に意地の悪い質問をして、質問されたほうは一所懸命答えを考えるけど、毎回毎回どうしてもうまく答えられない――っていう話を読んだんだ。僕はさっそく休み時間にいじめっ子をつかまえて、絶対答えられないような意地悪問題を出してみることにした。ところが、いじめっ子は僕の話なんか最後まで聞こうともしないで、僕の頭をはさむみたいに両手で耳をバチンって叩いたんだ。

それでハムレットの話に戻るけど、こんな話もしなくちゃいけない。湖で泳いでいたときのこと、知らないおじさんが彼に近づいてきて、言った。

「君、なかなか上手に泳げているけど、もう少しフォームを整えたほうがいいね。」

そのおじさんは泳ぎを教えると言い、彼の体を下から支えた。ところがおじさんの手は、偶然を装うようにして、おなかからどんどん下へずれていった。

それから、伝書鳩の話も。小さいとき、僕がまだ引っ越す前の家に住んでいたころ、隣の家で伝書鳩を飼っていたんだ。その家のおじさんは鳩の帰りを待つとき、空じゃなくて、水の入った桶を眺めていた。「こうしたほうが、空が良く見えるんだよ」って言いながら。

僕はほかに、「自分になりたい」とも書いた。僕はまだ僕じゃない。これが僕のはずがない。暦なんか超越してやりたかった。

そして今、本当に超越してしまった。

僕が今どんな場所にいるのか、君には見えなくて良かった。ここに書かなければ、僕の周りの状況なんて君にとっては存在していないようなものだ。

そうだ、君の部屋の戸棚には、海で拾ってきた素敵な小石のコレクションが入っていただろう。いつだったか、君は丸い小石をつまむと、片眼鏡みたいにして目にはめて見せた。僕はその小石をもらって帰って、出窓に置いた。小石はいつも僕を見つめるようになった。そして、あるときふと僕は気づいたんだ。この小石は本当に誰かの目なんだってこと。誰かが僕を見てるってこと。違う、僕だけじゃない、すべてを見てるんだ。この小石が瞬きもしない間に、その目の前を、僕や、この部屋や、窓の外に見えるこの街が、現れては消えていくんだ。そう気づいた瞬間、僕は今まで読んだ全ての本も、自分がいろんなことを書き連ねてきたノートも全部、果てしなくばかげたもののような気がして、いてもたってもいられなくなった。不安でたまらなくなったんだ。それからまた突然、違う、その反対だって気づいた。本当はこの目は、この部屋も、僕のことも見えてやしない。どんなに見たいと思ったとしても、見ることは出来ないんだ。だって小石にとっては、僕がちらっと映る瞬間は短すぎて、きっと全然気づかないに違いないんだから。小石は本物で、確かにここに存在している。だけど小石にとっては、僕なんて存在していない。

だけどじゃあ、僕にとってなら、僕は存在しているんだろうか。

存在ってなんだろう。僕は確かにいるってことを、知っていればいいんだろうか。自分の記憶があれば、僕がいることの証明になるんだろうか。

僕の腕や足やホクロや、大麦を食べたせいでゴロゴロいっている腸や、かじった跡のある爪や、陰嚢が、なんだっていうんだ。視床下部が、子供時代の思い出が、なんだっていうんだ。その昔、新年の朝に僕は早起きして、裸足のままツリーの下にプレゼントを見に行った。部屋のあちこちに、泊まりにきた大人たちが寝ていた。でもツリーの下には何もなかった。プレゼントは買ってあったのに、シャンパンやらウォッカやらを飲んだせいで、置くのを忘れてしまったんだ。僕はキッチンに行って、母さんが起きてくるまで思いきり泣いた。くだらない話かな。

たぶんね、本物になるためには、自分の意識のなかじゃなくて――自分の意識なんていうものは、眠ってしまえば自分が生きているのか死んでいるのかさえもわからなくなるような頼りないものだからね――、だれかほかの人の意識のなかに存在しなくちゃいけないんだ。それも誰でもいいわけじゃなくて、僕の存在を大切に思ってくれている人の意識のなかに。いいかいサーシャ。僕は、君がいるっていうことを知っている。そして君は、僕がいるっていうことを知っている。そのおかげで僕は、こんな酷い、滅茶苦茶な場所にいても、本物でいられるんだ。

僕は幼い頃、一歩間違えれば死んでいたかもしれないことがあった——夜中に起きて、トイレに行っている間に、本棚がベッドの上になだれ落ちていたんだ。

だけど、自分の死について本当に深く考えた最初のきっかけになったのは、中学校の生物の時間に起こった出来事だった。生物の先生は病気もちのおじいさん先生で、僕たちは日ごろから、「もし発作を起こして倒れるようなことがあったら、私のポケットに入っている錠剤を出して、飲ませてくれ」と言われていた。錠剤は飲ませたけど、助からなかった。

先生はいつも、ネクタイで眼鏡を拭いていた。

最初、先生が植物を教えていたから、先生を敬愛していた僕はまずひたすら植物採集をして、標本を作った。それから少し経って今度は、先生みたいな鳥類学者になろうと決心した。

先生は、さまざまな植物や鳥が絶滅していくことについて、可笑しいくらい心を痛めていた。黒板の前に立つと、まるで僕たちが何か悪いことでもしたみたいに怒鳴るんだ。

「トキナシグサはどうした？　イトナルコスゲはどこだ？　マルバオモダカはどこだ？　スノーフレークはどこだ？　なんだ、どうしてみんな黙っているんだ。鳥はどうだ。クマタカはどこだ？　イヌワシはどこだ？　ブロンズトキはどこだ？　どうしたんだみんな、答えてくれ！　トキはどこだ？　ウスユキガモはどこだ？　ハイタカはどこだ、ハイタカはどこへ消えた？」

そんなときの先生は、自分もぼさぼさ頭の鳥みたいになってた。どの先生にもあだ名があって、先生のあだ名はハイタカだった。

ところで、僕にはずっと夢見ていたことがあるんだ。遅かれ早かれ、僕はいつか本当の父さんに出会うだろう。そうしたら父さんはきっと、僕に向かってこう言う。

「おい、力こぶを見せてみろ！」

僕は腕を曲げて、力を込める。父さんは、僕の腕を触ってみて、驚嘆したように頭を振って、

「やるじゃないか、たいしたもんだ」って言うんだ。

話は変わるけど、僕が目に見えない世界のことを理解したのは、目の見えない子供たちのための学校で働いていた僕のばあちゃんが、夏休みに僕をそこへ連れて行ってくれたときだ。ばあちゃんの家には、目の見えない人のために作られたいろいろな物があったから、僕は小さい頃からそういう物に触れてきた。例えば、一人でカードゲームをするためのカードには、右上に点字が打ってある。あるとき、ばあちゃんは僕の誕生日にチェスをプレゼントしてくれた。そのチェスは、目の見えない人のために、触ってわかるように黒い駒より白い駒のほうが一回り大きく作られていた。そのとき、ばあちゃんが母さんに、

「あそこの子達、全然これで遊ばないのよ」

と耳打ちしたのを、僕は聞いてしまった。

最初のうちは盲学校の生活には馴染めなかった僕も、そのうちだんだん楽しくなってきた。なんだか突然、自分が透明人間になったみたいな気分になってね。じょうろを持った男の子が、足先で道端の縁石を確かめながら歩いていく。僕がその隣を通り過ぎても、その子には僕が見えていない。だけどそんなのは僕の勘違いで、すぐに感づかれて、

「誰かいるの？」

と聞かれることがよくあった。現実には、目の見えない人から隠れるのは容易じゃない。朝の体操が終わると、あとは一日じゅう、授業と遊びの時間だ。体操をしに外へ出るときは、縦に並んで

前の人の肩に手をのせて、みんなでずらずら連なって走っていく。最初にその様子を見たときは、ちょっと驚いたな。

校庭の小屋ではウサギを飼っていて、子供たちが世話をしていた。でもある朝、小屋がからっぽになるっていう悲劇が起きた。ウサギが盗まれたんだ。

子供たちはよく、歌をうたっていた。ところで俗説で、目の見えない人はみんな耳がいいとか、音感が特別発達しているとか、生まれつきの音楽家みたいなものだとか言う人がいるけど、勿論そんなことはない。

ねんど細工の時間も毎日あった。ある女の子が作った鳥は、まるで人間が椅子に座るみたいな格好で、枝に座っていた。

盲学校の授業は、普通の学校とは全く違っていた。僕が特に驚いたのは、水槽に手を突っ込んで魚を触るっていう授業があったことだ。これは一見、すごく面白そうに見えた。僕は教室に誰もいなくなるのを待って水槽の前に行くと、目を閉じた。そして腕まくりをして、水槽に手を突っ込んでみた。ところが、あのかわいい金魚も、触ってみるとただのぬるぬるした気色の悪い物体だった。そのとき僕は急に怖くなった。僕だって、いつか目が見えなくなるかもしれないってことが、本当に恐ろしいことに思えたんだ。

だけど盲学校の子供たちは、目が見えなくても怖がったりしなかった。目の見えない人が恐れているのは、耳が聞こえなくなることだ。耳が闇に包まれることが怖いんだ。

そもそも、「目が見えない」ってのは、目が見える人が考え出した括《くく》りだ。

目の見えない人にとっては、その人が感じることのできるものだけが存在していて、そのなかで生きているのであって、ないもののなかで生きているわけじゃない。存在しないもののせいで悩むことなんてない。僕らだって、紫外線より波長の短い光線は見ることができないけど、別にどうでもいいじゃないか。自分を不幸だと感じるとして、不可視光線が見えないせいなんかじゃない。

でもばあちゃんはみんなを可哀想に思っていて、子供たちも、そんなばあちゃんに懐いていた。僕は時々、ばあちゃんは僕よりもここの子たちのほうが好きなんじゃないか、と思うことがあった。ばかげた考えだとは思うけど、でも僕だってあの子たちみたいに、ばあちゃんに首筋を撫でられたかった。あんなふうに大きな胸に頭を押し付けられて、

「よしよし、いい子だね」

って、ため息をつきながら言われてみたかったんだ。

ばあちゃんは、あの子たちには絶対にしないのに、僕のことは鞭で打つこともあった。

僕はずっと、ばあちゃんから父さんの話を聞きたかったけど、何だか気がひけて実際には聞けなかった。

そもそもばあちゃんは、あまり話をしない人だった。大きくなってから、その昔ばあちゃんの家に起きたある事件のことを聞いた。ばあちゃんのばあちゃんは、すごく若いときに赤ちゃんを産んだ。処女で妊娠したって言い張ったけど、誰にも信じてもらえなかった。単性生殖の可能性なんて、当時は全然知られていなかった。それはちょうど、川の氷が溶け始める頃のことだった。彼女は夜更けに川岸にやってくると、割れた氷の上に、おくるみに包んだ赤ちゃんをのせた。

その光景は、長いこと僕の頭に焼きついて離れなかった。夜更けの川に流氷が流れ、おくるみが泣き叫んでいる光景が。

それから何年も経ってマルクス・アウレリウスを読んだとき、僕はようやく気を落ち着かせることができた。アウレリウスは、こう書いてた——「子豚が連れて行かれる、殺されるために。子豚

はもがき、泣き叫ぶ。なにを泣き叫ぶことがあるのだろうか」って。

そうなんだ。本当は、生きているものも生きていないものも、すべてが、どんなときも常にそんな風にもがいて、泣き叫んでいるんだ。いつも、ありとあらゆるものから、その生の叫びを聞き取らなきゃいけないんだ——木々からも、行き交う人々からも、水たまりからも、僅かなざわめきからも。

●

今すぐ、あなたをぎゅって抱きしめたい。なんでもいいから、とってもくだらなくて、とっても大切な話をしたい。

初めて、パパとママに連れられて海に行ったときのこと。もしかしたら初めてじゃなかったかもしれないけど、少なくとも私の記憶では、潮騒のてのひらが私を包んだのも、夏じゅうその手に包まれていたのも、それが初めてだった。

鮮明に覚えてる。曲がりくねった細い坂道を下って行くと、海はどんどん高くなって、太陽にきらめく水平線が開けていったこと。むせかえるような潮の香りに、海草や石油やごみの匂いと、広々とした空間の匂いが混ざっていたこと。

桟橋を駆けていくと、波が押し寄せ砕け散って、私はバシャッと波の平手打ちをくらった。水しぶきを浴びた桟橋の板は、空を映し出す穴みたい。カモメの姿が映ってた。

防波堤は鳥の糞で白く染まってる。

ちぎれた海草が点々と張り付いてる。

流木の幹は海水にさらされて、つるつるだ。

帆が波間に漂っていた。

潮風がわきの下をすり抜けていく日々。

陽の光に輝く水しぶきをあげながら、波打ち際を駆けぬけていく幸せ。

熱く焼けた小石が、海水に触れて音をたてる。波は手を伸ばしてくるぶしを濡らし、沖へと誘い、私の足を摑んで倒そうとする、連れ去ろうとする。

少し前の嵐で打ち上げられた海草の山の上を、黒いハエが群れを成してブンブン飛び回ってた。波が押し寄せるたびに、ハエはあわてて四方に飛び散る。

ガラス瓶の欠片は、海のドロップ。波がしゃぶって吐き出したの。私はそれを拾い集めて、パパとママにご馳走する。

パパと私は小石と砂でお城を作ることにした。堀を作って水を通し、城壁を作って塔を建てた。パパは夢中になって、我を忘れてる。私が貝殻の欠片やチョコレートの包み紙で作った旗をお城に飾ろうとしたら、パパに「邪魔しないでくれ」って怒られた。理不尽でしょ、だってパパは、私のために、私のお城を作ってくれているはずなのに！　それから突然、大きな波がきて、全部さらっていった。私は泣きそうになった。パパもすごくがっかりして、やけくそになって残ったお城をむちゃくちゃに壊し始めた。私も一緒に壊した。パパと私はお城の残骸を踏み砕きながら、また幸せな笑顔に戻っていた。パパは私を抱き上げて、波打ち際にばしゃんと倒れこんだ。パパはふざけて、浅瀬だっていうのに、潜る前にお祈りするみたいに両手を合わせてみせたりした。

海水は清く澄んで、足の爪の赤い色までよく見えた。ママのマニキュアを借りてつけたんだ。鼻をつまんで、頭まで水に潜る。パパに支えられて泳いだ。耳はキーンとなって、目の前はどこまでもエメラルドグリーンの世界。海底の石に生えた藻が、水に揺らいでいた。水から頭を出すと、私はまた潮騒の音に包まれた。

私たちは桟橋まで泳いだ。木造の桟橋の橋桁は、長い年月のあいだ海水にさらされて蓄えた藻のヒゲで、小魚たちを驚かしていた。

私のすぐ傍を、毛むくじゃらの大きな背中が泳いでいった。

私はいつも、もっと沖へ出て深いところで泳いでみたいと思っていたけど、パパが許してくれなかった。私がパパの肩をつかんで耳や髪をひっぱって沈めようとすると、パパは逃げようとして、ぬるぬるした橋桁をつかんで、水から顔を出そうとする。まつげについた水滴が光る。パパは笑ってる。桟橋に上がって、海水に浸食されたボロ板の上を、足にとげが刺さらないように気をつけながら歩いていく。パパと私はママのところへ駆け寄って、がたがた震えてタオルに包《くる》まる。二人とも、歯をカチカチ鳴らしながら。

パパはしょっちゅう私に、

「今何時かな?」

って聞く。パパは私に時計をプレゼントしてくれたんだ。針が描かれた、おもちゃの時計。私はその時計を覗いては、得意満面で、

「二時十分前!」

って答える。あの時計の針はいつも、二時十分前をさしていた。

太陽にあたると、塩で肌がチクチクした。

ママはバスタオルを敷いて日光浴をする。肩がむらなく焼けるように、水着の肩紐をはずして、パパに頼んで背中の紐もほどいてもらう。すぐ近くで、サッカー選手みたいにたくましい足の男の人が、敷物も敷かずに砂の上に寝転んで、ママを眺めてる。

ママは周りなんて全然気づいていないみたいなふりをしていた。

男の人は肘をついて上半身を起こすと、ママの、バスタオルに押しつぶされて広がった、大きく豊かなバストを覗き込んだ。

あのときの私は、まだ何もわかっていなかった。

ううん、違う。あのときの私にはもう、ちゃんとわかってた。

男の人の視線に気づいたパパの顔には、主人は俺だぞっていう満足の表情が浮かんでた。人に羨まれるような妻がいるのが、嬉しかったんだ。

ビーチで何度か奇妙なカップルを見かけた。若くて綺麗な、愛し合ってる二人。でも女の人の片足は膝までしかなかった。女の人が両足を二時十分前の形に広げて日光浴をしていた姿が、私の目に焼きついている。男の人が女の人を抱きかかえて海に運ぶと、ビーチじゅうの人の視線が釘付けになった。二人は海に入ると、はしゃいで水しぶきをあげながら遠く沖へ、遊泳区域ぎりぎりのところまで泳いでいった。戻ってきて砂浜に上がると、女の人は笑いながら男の人の腕をすり抜けて、自分のタオルのある所まで一本足でジャンプしていった。浜辺にいた人たちはみんな、驚愕とも羨望ともつかないまなざしで、二人を眺めていた。

私は海から上がるとすぐママのところへ駆け寄って、濡れた砂まみれの体でママに飛び乗って、冷たい水着をママの温かい背中に擦りつける。ママはキャッと叫んで私を振り落として、泳ぎに行く支度をする——いつものママと同じ、落ち着いた動作で。まず背中に手を回して背中の紐を結び直す。それから肩紐を直し、白い水泳帽に少しずつ髪を入れていく。ゆっくりと、一歩一歩確かめるみたいに水に入っていく。私が周りで飛び跳ねて水滴をかけようとすると、ママは悲鳴をあげて、「やめなさい」って叫んで私のお尻を叩こうとする。水泳帽を被ったママの頭は、なんだか急に小さくなったように見える。

ママは海でしゃがんで、骨なしの手を揺らしていた——水に入った体は、骨が全然ないみたいにフニャフニャに見えた。ふと、澄んだ水の中でママがおしっこしてるのがわかった。そのときの私には、それがすごく奇妙なことに思えた。でも、ママに何か言うのも怖い気がした。

ママは、水泳帽がピンポン玉くらいの大きさに見えるくらい、ずっと遠くまで泳いでいけた。パパと私は浅瀬に座ってママを眺めていた。とても楽しかった。指で水を掻く。波は私の足を開こうとする。あたり一面、幸せな人たちばかり。幸せな声、幸せな波、幸せな足。

パパが実はかなづちだったってことを知ったのは、だいぶ後になってからのことだ。ママはママであんまりいつまでも泳いでいるから、私はいつも、だんだん心配になってくる。でもそんなときパパはきまって、

「大丈夫だよ。うちのスイスイうさちゃんは、なにがあったって溺れやしないんだから」

と笑った。

海からあがったママがタオルで体を拭いていると、さっきのサッカー選手みたいな足の男の人が、またママを見ていた。ママは、湿った水着をタオルで拭いていく——胸、おなか、わきの下、股のあいだ。

それからママはバスタオルの上に腹ばいに寝転んで、また水着の肩紐を解くと、本を読み始めた。私は隣に座って、ママの髪を編んだ。

海水は蒸発して、ママの肌に塩の結晶を残していく。

頭の上にはカモメが飛んでる。まるで、カモメも風を編んでいるみたい。

それから、ママの傍で横向きに寝そべって目を閉じた。耳に響く波の音は、誰かが本のページをめくり続けている音のよう。

私は幸せな気分で、そのまま眠ってしまった。

雷の音で目が覚めた。あたりは暗くなって、冷たく強い風が吹きつけている。嵐が来るんだ。浜辺にいた人たちは、みんな走って逃げていく。最初の雨粒が肌に当たった。砂粒を投げつけられたみたい。

私たちは荷物をつかんで走り出す。強風がデッキチェアをなぎ倒していく。水着姿の人たちが浜辺を走り回って、風に飛ばされたパラソルやタオルやスカートを追いかける。海はもうすっかり灰色になって荒れ狂っている。なんとか建物までたどり着いた瞬間、大雨が降りだした。ママと私はシャワーを浴びた。ママは私の髪をほどいて海水を洗い流す。私は、冷たくて鳥肌のたったママの肌に抱きついた。

それから、ソファーで毛布に包まってパパを待った。パパは私にお話を読んでくれる約束だったのに、まだシャワーを浴びながらアリアなんか歌ってる。

その頃のパパは、指揮者をしていた。

私はそれを、べつに特別なことだとは思わなかった。

パパの話ではパパのお父さん、つまり私のおじいちゃんはバイオリニストで、いつも家で練習していたらしい。パパは子供の頃、おじいちゃんが練習している傍で、棒を二本持っておじいちゃんの仕草を真似していたんだって。

私がまだごく小さかった頃――ピアノの回転椅子に座ってぐるぐる回るのが好きだった頃、パパはよく、私と一緒にピアノを弾いていた。長音ペダルを踏みながら低音のトーン・クラスターを弾くと、その音は雨雲になった。ソフトペダルを踏みながら弾く高音のスタッカートは、雪の結晶になって舞い降りた。夏の夕立の作り方は、両手の人差し指だけを使って、片方の手は白い鍵盤、もう片方の手は黒い鍵盤の上を、超特急で滑らせていくの。パパの手は大きくて、片手で一オクターブ半は届いた。

ほかに記憶に残ってるのは、パパがピアノのふたを開けて、私に中身を見せながら、

「ごらん、不思議だろう。複雑で説明のつかないようなものには、どこかしらすごく単純な部分があるんだ。中ではこうやって、ただフェルトのハンマーで叩いているだけなんだよ」

って言ってたこと。

強制的にピアノを弾かされて、しまいにはうちにあったレーニッシュ製のピアノが大嫌いになった。

ひたすら指の練習ばかりだし、パパに、

「そんなしかめっ面で弾いてたんじゃだめだ!」

って怒られる。

緊張して、眉間にシワがよってたんだ。パパにそっくりのね。

パパがいないときは、ずるをした。譜面台の楽譜の上に本を重ねて置いて読んだんだ、練習曲をめちゃくちゃ適当に弾きながら。あるときそれが見つかって、パパは激怒した。部屋じゅうを歩き回って、私が音痴だとか、なぜこんな不幸が起きたんだとか、天才の子供は凡庸なのが多いとか。私は涙目になって、よけいにひどい弾き方をした。パパは私に怒鳴ったことなんかなかったのに。

パパが誰かと入れ替えられてしまって、これは偽者のパパなんじゃないかとも思った。そのときの私にはわかるはずもなかったけど、パパはただ、俳優として役になりきってしまっていて、そこから抜け出すことが出来なかっただけだったんだ。

私が練習していると、パパは傍に跪《ひざまず》いて、私の手の形が潰れていないかチェックしてた。私が弾き間違えるとパパは身震いして、舌でも噛んだみたいな唸り声をあげた。薬指と小指で弾くはずのトレモロを、気づかれないかと思って人差し指と中指で弾いたときなんかは、パパは怒りのあまりもう少しで、ボロボロになったツェルニーの譜面で私を叩きそうになった。

しまいには、ママが額に濡れタオルを押し当てて部屋を覗いて、静かにしてほしいと言いにきた。本当に偏頭痛に悩まされてたのかもしれないし、もしかしたら、ああやって私を助けてくれていたのかもしれない。

あるとき、パパは夜中に鼻をすすりながら帰ってきた。鼻炎がひどくてコンサートの間じゅう鼻水と戦ってたって、不機嫌そうだった。アンコールの曲も、あんまりうまくいかなかったって。だから、ママがベランダに干したパパの燕尾服も、いつまでも落ち着かないみたいで、風に吹かれてずっと指揮をしていた。

パパは家でも練習をしていた。パンツ一丁の姿で、交響曲のレコードをかけて。私はドアの隙間から、パパが、椅子やテーブルや本棚や窓を相手に指揮をするのを見ていた。食器棚は打楽器で、壁掛けじゅうたんは管楽器。テーブルの上の、片付け忘れた朝食の残りはバイオリン。指揮棒でソファーを指せば、ソファーは即座に低音で応える。電気スタンドに指で軽く合図をすれば、ホルンが遠く鳴り響く。パパは激しく腕を振り体を揺さぶって、汗が滝のように流れ、鼻からも汗のしずくが落ちる。

ママが覗きに来て、「そんなことしてる暇があるなら、切れた電球でも取り替えてくれないかしら」って言ったけど、パパは体を揺さぶり続けながら横目でチラッとママを見ると、何も言わずにドアをばたんと閉めた。

曲の終わりになると、パパは全ての音をてのひらに収めるような仕草で手を電球のあたりまで持っていき、その手をぎゅっと握って音の灯を消した。

私は、パパが家にいないときを見計らって、ひとりで勝手に指揮棒の入ったケースを取り出すと、レコードの音量を最大にして、パパみたいに指揮をしてみた。ベランダに出て、アパートの中庭や、辺りの家々や、木々や、水たまりや、木の下で片足を上げている犬や、雲を相手にして。でも一番気に入ったのは、最後に手を握って音の灯を消すところ。

それから私はまたピアノの前に座って、メンデルスゾーンの『無言歌集』を弾き始めたけれど、やっぱり何度弾いても同じ箇所でつっかかった。

その次にパパがなったのは北方探検隊のパイロットで、私はそのほうが好きになった。

パパの着てた、丈の長い黒いパイロットコートは、革のとってもいい匂いがした。

毛皮のパイロットスーツとブーツ、それに航空ヘルメットを身に着けたパパは、別人みたいになった。私は、パパのブーツの片方に両足を突っ込んで、部屋の中をジャンプして回った。パパがいつか話してくれた一本足族みたいに。

パパはお土産に、セイウチの牙で作った人形とか、歯を紐に通した飾りとか、瓶詰めのクラウドベリーとか、トナカイの毛皮とかを持って帰ってきた。

私を寝かしつけながら、パパは子供のときにパイロットになりたいと思ったきっかけを話して聞かせた——あるとき、パパが住んでいた村の隣の村に、飛行機が不時着したのを見たんだって。

パパは田舎の子供で、そう簡単にはパイロットになれなかったから、人一倍たくさん勉強した。航空専門学校（パパは航専校って呼んでた）の訓練生活も、相当きつかったらしい。そこには陸軍学校もあって、街への外出許可が出るたびに乱闘になっていたんだって。ベルトを武器にして闘ったから、バックルで危うく目をやられるところだったこともある。そう言って、額の傷跡を見せてくれた。私はかわいそうになって、その白っぽい膨らみを指で撫でた。

一度なんて、懲罰として航空学校内の、いわゆる営倉に入れられたこともあった。その理由は、こんな事件だった。パパは、冬の哨所で武装して飛行機の見張りをすることになった。格納庫の見回りをしていたとき、暗闇を誰かが横切ったような気がした。だけど辺りを見回しても誰もいなくて、闇のなかに水が滴り、一面が息づくような雪解けの音が響いているだけだった。引き金に手をかけ、恐る恐る格納庫の角を曲がったその瞬間、パパはガツンと何かで頭を打たれた。その拍子に引き金が引かれ、銃声が鳴り響いた。大騒ぎになり、目を覚ました上官たちが駆けつけて、事の真相が明らかになった——格納庫の上に積もっていた雪が溶けだして、パパが格納庫から頭を出した瞬間に、雪の塊が上から落ちてきたんだって。

パパは私に飛行機の操縦を教えてくれた。ごっこ遊びだったけど、全部本物みたいな気がした。ソファーの上はコックピット。航空機関士はプロペラの翼をつかんで力いっぱい回す。

「応答せよ！」

パパはエンジンから飛び降りて呼ぶ。私は大きな声で、

「了解！」

って応える。エンジンはブルンブルンと何度か音をたて、ブルーグレーの煙を吐いて回転数を上げていく。車輪止めが外されると、飛行機は滑走路へと向かう。航空整備員が白い旗をあげて合図

する。フルスロットル。プロペラは風を切り、機体は軋むような音をあげて動き出す。速度を上げていく——速く、もっと速く。でこぼこの滑走路を走っていく。起伏のある地面に差し掛かると、左右に大きく広がった翼が揺れて、まるで綱渡りをする人が両腕をひろげてバランスをとってるみたい。

パパが操縦桿をゆるやかに手前に引くと、後輪が地面を離れ、飛行機は飛びたつ。操縦桿をさらに手前に引くと、飛行機は空高く舞い上がる。機体がぐんぐん上がっていくのを、体じゅうで感じる。足元に地面を見下ろして、背筋がヒヤリと冷たくなる。

地面に映った機体の影が私たちを追いかけてくる。エンジンの音は静かになり、飛行場の格納庫や倉庫がどんどん小さくなって、まるでおもちゃのブロックで作った建物が床に転がっているみたいに見える。

パパが足元のペダルを踏んで操縦桿を右や左に動かすと、機体はその度に旋回をして右や左に大きく傾く。まるで、飛行機が動いてるんじゃなくて、飛行機のまわりの空と大地が動いているみたい。

飛行機は雲の上に出て、ぴかぴかの太陽の下を飛んでいく。機体の影は、時々雲の隙間に落ちながら、必死で後を追いかけてくる。

私はパパを見る。いくつもの計器に慎重に目を配り、安定した操縦で形のない巨大な雲の狭間を縫っていくパパを見て、世界中の誰よりもパパが好きだって思うんだ。ママよりも、自分よりも。

パパは私に、事故で死んだ仲間の話をした。

「誰でも生きたいと願うのに、やはり還らぬ人となることもある」

って、パパは言った。

旋回の途中でモーターが停止したんだって。それから、飛行士たちが一番恐れる静寂が訪れた。さっきまで前方で回転し輝いていたプロペラの円は消え、三枚の羽根が棒のように突き出ていた。飛行場まではたどり着けそうにない。二人は、不時着できそうな場所を探しはじめた。操縦士が、

「どうだろう、うまくいくだろうか」

と訊くと、副操縦士は、

「いくさ、でなけりゃせっかくとった劇場のチケットが無駄になっちまうからな」

と答えた。

着陸できそうな場所はどこにも見当たらず、パラシュートを使って飛び降りるしか助かる道がなかった。だけど辺りは人の住む村ばかりだ。飛行士たちは助かるかもしれないが、無人になった機体は墜落し、大惨事を引き起こすだろう。

操縦士は副操縦士に、先に飛び降りるように指示したけれど、副操縦士は友を見捨てなかった。そして二人とも飛び降りないまま、機体を出来る限り民家から遠ざけようとして操縦を続けた。

大破した機体と飛行士二人の遺体が発見されたのは次の日のことだった。飛び散った破片、湾曲した翼、ゆがんだプロペラ。機体は折れ、後部は空を向いていた。どうやら上空で昇降舵が故障したらしい。なおも空しく機体を立て直そうとするように、二人とも操縦桿を握ったままの姿だった。

パパに連れられて行った墓地には、十字架の代わりにプロペラを掲げたお墓がずらりと並んでいた。プロペラブッシュには、精悍な若者たちの顔写真がはめ込まれていた。

パパは、救急医療飛行機の操縦をしたこともあった。遠隔地の気象台にいる、困難な出産が予測される女性を連れ出して病院に搬送するという仕事だった。だけど途中で雪嵐に遭い、凍った川の上に不時着しなくてはならなくなった。それに加えて片方の雪上降着装置が壊れてしまった。残っ

た片方の降着装置だけでどうやって着陸したかを、パパは身振りをまじえて説明した。飛行機は片足でバランスを取るように、氷の上を滑っていく。速度を落とすほど操縦がきかなくなり、翼は下がって氷に接し、ガリガリと摩擦音を出した。そして機体はまるでコンパスが円を描くように勢いよく回転し、静止した。吹きすさぶ吹雪から身を守るため、パパは翼の下に野営テントのようなものを作って、その中で丸二日のあいだ、その女性と共に救助を待っていた。女性はひっきりなしに叫んでいた。そのうちにお産がはじまり、パパは赤ちゃんを取り上げることになった。

パパは飛行機に乗るときには必ず、私が昔使っていた手袋をお守りとしてポケットに入れて持っていった。凍った川の上で、来るかどうかさえわからない救助をひたすら待ち続けていたその時も、私の手袋がパパを救ってくれたんだって。

パパが出かけていった後、私は空を飛ぶ飛行機を見ると必ず、もしかしたらパパかもしれないと思って手を振っていた。飛行機は、まるで見えないクモの巣に張り付いたクモみたいに、空に浮かんでいた。

心配しなくても大丈夫。だって私の手袋を持っているんだから、絶対に大丈夫。あの手袋がパパを救ってくれる、守ってくれる。

パパが話してくれた、エヴェン人の暮らしの話も面白かったよ。現地の人は自分たちのことを、「チャフチフ」って呼ぶ。トナカイ人っていう意味なんだって。パパは何度か本物のトナカイ人のテントに泊まったことがあるんだ。パパもびっくりしたらしいんだけど、そのトナカイ人たちは、鯨の肋骨とトナカイの皮を使って、どんな場所にも数分で、暖かくて快適なテントを張ることが出来るんだって。

パパがツンドラでトナカイ人のテントに泊まったとき、絶品のごちそうとしてトナカイの骨髄を振舞われたっていう話をしていたら、キッチンからママが顔を出して、「あら、そのトナカイ人って歓迎のしるしに、主人が妻をお客さんに差し出すっていう話は本当なのかしら？」って訊いた。ママの言い方には、まるでパパの話を全然信じていないみたいな妙な含みがあって、私はそれに気づいて、ものすごく悔しい気分になった。でもパパは笑って、「もちろんそこの主人は奥さんを勧めたよ。だけどその奥さんときたらよぼよぼのお婆さんで、全身腫れ物だらけで、髪はフェルト状になっていて、腸には寄生虫がいるような女性だったんだ、まあ、トナカイ人は生まれてから死ぬまで一度も体を洗わないから、無理もない話だけどね」と答えた。

パパは長いこと家を空けることもあったけど、そのかわり帰ってきたときはいつも、寝る前にお話を聞かせてくれた。私のお気に入りのお話の本には、世界のいろいろな国のことが書いてあった。なかでも大好きだったのはプレスター・ジョンの王国のお話で、私はそれを何度も繰り返し繰り返し聞いた。

そのお話を読むとパパはまるで別人みたいになって、読み方も、本を読んでいるっていうより、大昔の、椰子の繊維を編んだ紙か、羊の骨に書かれた文書を読んでいるみたいだった。パパは私のカーディガンをターバンみたいに頭にぐるぐる巻いて、あぐらをかいて、普段とは全然違う声で話した。

「私はプレスター・ジョン、主のなかの主、裸形者の王、君主のなかの君主。首都のなかの首都、ありとあらゆる有人無人の地の都に住んでおる。私の宮殿は果てしなく高い塔にあり、毎晩占い師たちが星で未来を占うためにやってくる。巨大な象の御殿に乗って、私は旅する。この国の川は、昼は上流から下流へ、夜には下流から上流へと流れる――」

本なんか要らなかった。パパは全部暗記していたし、自分で考え出した部分もたくさんあった。

私は毎回、息を殺して、その現実離れした不思議な言葉に耳を澄ませていた。

「私の王国に暮らすのは、フタコブラクダにヒトコブラクダ、カバ、ワニ、メタガリナリア、キリン、ヒョウ、アフリカノロバ、白い獅子や紅の獅子、鳴かないセミ、グリフォン、ラミア。そして不老不死の人々が暮らし、ユニコーン、オウム、黒檀の木、シナモン、コショウ、薫り高い葦が育っておる。私には娘がいる。王女のなかの王女、生の営みに君臨する女の子。私の王国は、あの子の王国じゃ――」

お話がこの箇所に差し掛かると、身のまわりのものは――切れたままの電球も、出窓に置いてある新聞も、窓の外のざわめく町並みも、なにもかも偽物になって、プレスター・ジョンの王国だけが本物になった。本物のプレスター・ジョンが、ベッドの端じゃなくて巨大な象の御殿に乗って、王様らしい目つきで自分の領地を見回していた。

そうして辺りには本当に、プレスター・ジョンの王国が見渡す限りに広がって、不老不死の人々や、鳴かないセミが暮らしていた。

■

サーシャへ
ごめん。手紙を書く時間が、全然とれなかったんだ。
ようやく、誰にも干渉されない時間ができた。これで少しの間は、君といられる。

どうして、「キスを送るよ」って書くのは手紙の最後だなんて決まってるんだろう。すぐにでも書きたいんだ、君にキスを、そう、君の体じゅうにキスを送るよ！

さて、じゃあそろそろ本題に入ろうかな。

昨日、射撃訓練があった。そしたらなんと、僕の撃った弾五発のうち三発が、四百歩離れたところにある標的の頭に命中したんだぜ。コンモドゥスのあの驚いた顔、君にも見せたかったな。

こんなことが起きるとやっぱり、ものごとの偶然性について考えたくなる。

世界は偶然で成り立ってる。どうして僕たちは、そうだな、例えば……三十四世紀じゃなくて、今世紀に生まれたんだろう。どうしてこの世界はあらゆる可能性のうえで最悪のものじゃなく、最良のものだって言われたんだろう。今、この瞬間に、鐘楼鳴らしの本を読んでいる人はいるだろうか。どうしてあの弾は、未来や過去には向かわずに、あの穴だらけの無残な標的に向かって飛んでいったんだろう。だってもし

ごめんサーシャ、今ちょっと邪魔が入って、手紙を書くのを中断した。結論から言うと、今日から僕はなんと名誉にも司令部で、雑用係兼書記として、指令文やら戦死公報やらを書く役目になったらしい。いや、びっくりしたぜ。いきなり上官に呼ばれてさ、読み書きができるなら司令部の書記になれって言うんだ。僕は直立不動の姿勢をとって、肘を——汚れた窓の向こうに見える、僕たちのために輝く夕焼け空の方向へ——張って、伸ばした指先を自分の巻き毛のあたりに持っていって、言った。

「上官！」

「うん、なんだね？」

「自分は、字が汚いので不適任かと思われます！」

「字というものは、君、きれいに書くことより、誠意を持って書くことが大事なんだ。わかったか。」

上官は酒を注いで、僕に差し出した。

「書記任命に乾杯！」

僕は差し出された酒を飲んだ。

上官は黒パンにニシンと玉葱の欠片をのせて、僕に差し出した。

「私は、ちょうど君くらいの年頃に、突然全てを理解したような気がしたことがあったよ。それからというものずっと、あの時私はいったい何を理解したのだろうと考え続けているんだ。君、この脂身も食べなさい、いい肉だ。それからね、覚えておきなさい、言葉はペンよりも賢し——戦死公報を書く役目を、気に病むことはない。前の書記が、お前の分まで気に病んでおいたよ。酒を飲むと、俺の肩にもたれかかっては小さな子供みたいに泣きわめくんだ、『コーリャ、なあ、許してくれ、死んだのが俺じゃないってこと——俺はこの戦争で、一度だって前線に出ていないんだ……』ってね。俺に向かって『許してくれ』なんて言っていたけれども、本当は自分が戦死公報を書くことになった死者たちに、謝っていたんだろうな……」

さて、私は今どこにいるでしょう?

答えは、お風呂の中でした。

ダビデ王は、浴場にいたときに突然、自分が裸で何も所有していない存在だってことに気づいたんだよね。

私もほら、裸で何も持ってない。

湯船に浸かって、自分のおへそを眺めてる。

えへへ、いいでしょ。

あなたのおへそは結び目の形だったね。

私のおへそは輪っかの形。

ママのおへそもおんなじ輪。

輪は連なって鎖になって、どこまでも続いていく。私のおへそには先祖代々の輪が繫がってる。ううん、それだけじゃない、この輪はこれから先も続いていく。過去へも未来へも、どこまでも繫がっているんだ。

不思議。私のこの輪は、地球のおへそ。そしてここに繫がっている鎖こそが、宇宙の枢軸で、世界はその軸を中心に回ってる。今この瞬間も、何百万光年もの速さで。

うん、裸じゃ何も持っていないのは、ダビデだからよ。私なんて、おへそひとつのなかに、世界がまるごと入ってるんだから!

あ、今思い出したんだけど、小さい頃に水疱瘡にかかって、体中にプツプツが出来たときのこと。

パパが、

「うん、満天の星空みたいじゃないか」

って言ったの。私はその気になって、おなかのプツプツが星座で、おへそが月だっていうことにして遊んでみた。水疱瘡にかかったそのときの私そっくりの姿に描かれた、古代エジプト神話に出てくる天空の女神ヌトの絵を見つけたのは、ずっと大きくなってからのこと。

今ふと思ったんだけど、この天空の下に、あなたと私の子供ができたらいいな。おかしいかな。まだ早いかな。

このお風呂に、あなたと一緒に入ったときのことを思い出すのが好き。向かい合って入ったよね。ぎゅうぎゅうだった。私は、自分の髪をスポンジの代わりみたいにして、あなたの足を洗った。そしたらあなたは私の足を持ち上げて、指をパクッとくわえた。パパみたい。小さい頃、パパはよくグルルって唸って、「食べちゃうぞー」って言って、私の足の指をくわえた。くすぐったくて、ちょっと怖かった。本当に食べられちゃったらどうしよう！　って思ってね。

そのあと私はあなたの背後に回って、あなたのわきの下に足を通した。あなたはその足にスポンジで泡をつけて、かかとや指の隙間を洗ってくれた。嬉しかった。

あなたが私の体中に泡をつけていくの、すごく好きだった！

ねえ、どうして今、ここにいないの。どうして今、水の中で揺らめいてきらきら輝いてる、私のあそこの毛を見てくれないの。

ごめん、バカなこと書いて。

あのね、妊娠六ヶ月から八ヶ月のあいだのおなかの赤ちゃんって、毛むくじゃらなんだよ。じきにその毛は抜けるんだけどね。病院で、早産の赤ちゃんを見たの。すごかった。

ところで、どうしてヒトが毛を失くして今みたいな姿になったのか知ってる？　昨日学校で習ったんだ。毛があれば便利なのにね。だって猫は、あんなにふわふわで温かくて柔らかくて綺麗じゃない。毛のない猫なんて想像するだけで不幸そうでしょう。そう、それで話を戻すとね、あるとき大洪水が起きたんだって。ノアの箱舟なんて作り話で、実際は人間なんてみんな流されて滅びちゃったの。だけど、水中生活に適応できた、ある種の猿だけは生き残った。私たちは何千世代かの間、水中で暮らす猿だったんだって。ヒトの鼻の穴が前じゃなく下を向いているのは、そのせい。イルカもアザラシも、やっぱり水中生活のせいで毛がなくなった。

今の私も、水中で暮らす猿。ここに座って、あなたが帰ってきて一緒にお風呂に入る日を夢見てる。

それにしても私、ムダ毛が多くて嫌だな。あなたはそんなところも好きだって言ってくれたけど、やっぱりあれは私に気を遣ってそう言ったんでしょ。だって、こんなのが好きなわけないじゃない。ここにもそこにも、それにほら、こーんなところにだって、毛が生えてるんだよ！

ピンセットで、挟んでひっぱる。痛い。

なんだか原始人の女の子みたい。洞窟で、ピンセットの代わりに二枚貝を使って毛を抜いてる。わきの下や足の毛は、火打石か動物の角で作ったカミソリで剃るの。

ヤンカはいいな、どこの毛も薄くて目立たないから。

やだ、こんなにくだらないこと書いて、あなたに読ませてるなんて。

昨日ヤンカが来て、あなたによろしく伝えておいてだって。

とってもおかしな話をしてたよ。ヤンカに恋をした、おじいさんの話。プロポーズまでされたんだって！

そのおじいさん、「ヤンカちゃん、わしは君の両親が生まれるより前から、もう恋愛をしていたのだよ」なんて言うらしいの。おじいさんは跪き、ヤンカの足にすがりついて、嫁に来てくれって頼んだ。その禿げた頭を見下ろしたヤンカは、涙が出るほどかわいそうな気もすれば、ひっぱたいてやりたいような気もして、やっとのことでその気持ちをこらえてたんだって。

ヤンカはもちろん断ったんだけど、でも、まるで賞状でももらったみたいに嬉しそうにしてた。おじいさんはずっと彫り物師をしてきた人で、これまでにどんな言葉を依頼されて、時計や煙草ケースに刻んできたかっていう話を、面白おかしくヤンカに話して聞かせていたらしい。

そのおじいさん、何をプレゼントしたと思う？　ヤンカにね、指輪のケースみたいな綺麗な箱を差し出したんだって。開けてみると、入っていたのはなんと米粒だったの。おじいさんはどうやら、その米粒に何か刻み込んだみたいだった。

「ヤンカちゃん、これが私の一番大切なものじゃ！」

って言われたヤンカは、家に帰って虫眼鏡を用意して、その米粒に何が書いてあるのか見てみようと、箱のふたを開けた。ところが指が滑って米粒を落としてしまったの。それきり、いくら探しても米粒は見つからなくて、おじいさんがその米粒に何を刻んだのか、ヤンカは今でも知らないままなんだって。

どうしてヤンカはあんなにモテるんだろう。ウサギみたいな出っ歯だし、耳だってやたらと大きいのに。大きい耳を髪で隠してるんだ。

さて、今はもうお風呂から上がって毛布に包まって、ソファーでこれを書いてるよ。

私のことを綺麗だって言ってくれたのは、あなたが初めてだった。あ、パパの言葉を数に入れなければの話だけど。パパにそう言われても、信じられなかった。それよりはママの言う、

「へんてこちゃん」

って言葉のほうが真実味があった。

あの頃ママはよく、きらきらと輝く水色の龍が刺繍された中国風の絹の浴衣を着ていた。ママと私は古い大きなソファーの上に膝を抱えて乗っかってくつろいで、ありとあらゆる内緒話をした。例えば私を産むとき、なかなか出てこなくて、帝王切開をした話。ママのおなかにある硬い傷跡に触れると、そこから自分が出てきたってことが、なんだか不思議な気がした。今でも不思議だと思う。

初体験のことも話した。

「それはね、美しい出来事でなくちゃいけないの。そして、ちゃんとそれに見合うだけの人じゃなくちゃだめ。大事なのは、絶対に後悔が残らないようにすること。その人と結婚しなきゃいけないわけじゃない、結果的に別れることになったとしてもいい。何が起きるかはわからないもの。だけど、それがつらい思い出になってしまっては、絶対にいけないのよ」

って、ママは言ってた。

私には、パパの言うことより、ママの「へんてこちゃん」って言葉のほうが本当っぽく思えた。ママはいつも私のことを、センスが悪いとか、服の着方が変だとか、話し方がなってないとか、笑い方がおかしいとか言っては叱っていた。ママといると、自分はすごく悪い子みたいな気がした。ママが私に厳しすぎるとか理不尽だとかいう風には思ってもみなかった。パパは私のいいところばかりを見て、ママは私の悪いところばかりを見ていた。

パパは私に一度だって手を上げたことがなかったけど、ママには小さい頃からずっとベルトで叩かれたり平手打ちをされたり。いつだったか、パパとママがけんかをしていたとき、私はママに近寄って、後ろから抱きつこうとした。そのときママはちょうど薬の錠剤を飲もうとしていたところで、私のひじが当たったはずみにコップの水をかぶってしまった。ママは私を叩きだして、叩いても叩いても止まらなかった。パパが私をはぎ取るように抱きあげた。

パパとママは私のことで喧嘩をしていた。

「どうしてそう絶えずこの子を叩くんだ」

ってパパが怒鳴ると、ママは、

「じゃなきゃ、どんな子に育つかわかったもんじゃないわ」

って返す。

ママが数日、家を空けたときのこと。ママは帰ってきた途端に「家の中が散らかってる」って言って怒り散らした。だから次のときはママが帰ってくるまでに家じゅうピカピカにしておいたのに、ママはやっぱり不満そうだった。ううん、むしろそのほうが不満だったみたい。もしかしたらママは、ママがいなくても、パパと私は二人でも充分やっていける、何の問題もなく生活できるって感じたのかもしれない。

ママはいつも、どっかで読んだこんなフレーズを繰り返していた――人生は小説とは違うの。バラ色の人生なんてないし、やりたい事だけやっていればいいわけじゃない。そもそも人生っていうのは、楽しむためにあるんじゃないのよ――って。

ママは私が外出すると眉をひそめた。私の友達が気に入らないらしく、なかでも特にヤンカを目の敵にしていた。私のいけないところは、全部ヤンカから受けた悪影響っていうことになった。

パパはいつも私をかばって、

「この子にだって友達が必要じゃないか」

って言ってくれた。しまいにはママが、

「あなたはいつもそうやって、この子の味方ばかりして！」

って泣き出すの。

たぶんママは、ママより私のほうが、パパと強い絆で結ばれてるって、気づいてたんだ。そう、ママも私も、パパにとってはママより私のほうが大切だっていうことに、気づいてたんだ。

あるときふと、私はママのどこが嫌いなのかがわかった。ママはこれまでの人生ずっと思い通りに事を進めてきて、それ以外の人生はありえないって思ってる人なんだ。ママは自分が何をしたいのか、どうしたらそれが叶うのか、いつも知っていた。家具にしてもそう、人間関係にしてもそう。小学校のときから、ママはずっと優等生だった。ママの友達は、なぜだかみんなママが助けてあげなくちゃいけないような、かわいそうな人たちばかり。しかも、心の内では、何もかも自分みたいには上手く出来なくて、まともな暮らしもしていないその人たちを見下してた。ママはいつでも、まるで幸福を証明する記録をとるみたいにして、家族旅行の写真をアルバムに貼り付けていた。ママは私のこともパパのことも、アルバムに押し込んでしまおうとしていた。だけどそんなことは出来なかった。

だんだんと、パパには俳優の仕事が来なくなっていった。パパは不安から自暴自棄になった。家では飲まなかったけど、しょっちゅう酔って帰ってくるようになった。私が、

「パパ、酔っ払ってるの？」

って訊くと、

「まさか。うさちゃん、パパは酔っ払いの真似をしているだけだよ」

って答えるの。

パパとママは激しく口げんかするようになった。まるで、人を傷つけるような言葉は、言ったら最後取り返しがつかないってことを、知らないみたいだった。まるで、本気でけんかをしたら、仲

直りをしても半分しか元に戻らなくて、けんかをするたびに本当の愛からは遠ざかっていくことも、そうして愛がどんどん小さくなっていくことも、知らないみたいだった。ううん、知っていたのに、どうすることも出来なかったのかもしれない。

私は自分の部屋に閉じこもって、愛のなさを噛みしめて泣いていた。

最悪なのは鏡だった。こんなのは目じゃない、こんなのは顔じゃない、こんなのは腕じゃない。こんなのは胸じゃない——おひさまにさえも触れられていない胸。いつかは……って思ってみても、いつになるのかわからない。

どうしても腑に落ちなかった。ママは美人なのに、どうして私はこんななの。

私っていう存在がこれなんだって考えるだけでも、すごく変な気がした。

しかもこんなのが私なんて、不幸すぎる。

ヤンカはもうとっくに初恋も、二番目の恋も、三番目の恋だって経験してるのに——私はもう一生恋なんて出来ないんじゃないかって、本気で思ってた。壁紙を睨みつけながら、声を押し殺して泣いた。

そんなとき、あの人が現れたの。若い頃パパの友達だったその人は、今では映画監督になって、パパを新たに俳優として起用するためにうちに来た。

赤毛で、まつげにも燃えるように赤い長い毛がびっしり生えてた。紅葉した針葉樹みたいに。そもそも体じゅうが、獣みたいに毛深かった。ご飯を食べてるときに、暑くなってシャツのボタンを外して腕まくりをすると、そばかすだらけの太くてたくましい筋肉が見えた。シャツの襟元から胸にかけて、赤い胸毛がのぞいていた。

そうそう、そのとき彼はちょうど海に行ってきたところで、直接うちに来たって言ってたのに、肌は全然日焼けしてなくて、赤らんでいるだけだった。

その人は、それからよくうちに来るようになった。

パパは昔の写真を見せてくれた。わんぱく少年だった頃のパパとその人が、さかさまに鉄棒にぶら下がってる写真。そこに写ってる二人の男の子を見て、私は考えた。パパは、私のパパになる前から、パパだったのかな？　そして赤毛のこの人も、彼だったのかな？　彼って、誰？

彼はいい年をして独身だったから、パパとママはいつも、「お嫁さんを探さなくちゃね」なんて冗談を言っていた。いつだったか彼が、

「女性の胸なんて、一人のを見ればもう、すべての女性の胸を見たのと同じさ」

なんて言ったら、ママが、

「あら、そんなことないわ、女性の胸は雪の結晶みたいなもので、ひとりひとりみんな違うのよ」

って返して、笑い合っていたことがあった。私は、なんだか気持ちの悪い、嫌な気分になった。

彼は私のことを、「吸い取り紙のサーシャちゃん」って呼んだ。私は彼が近くにいると、そわそわ落ち着かなくなった――っていうより、また自分が分裂したみたいになった。しかも、怖がりの自分だけがここにいて、何も恐れなかったあの子は、一番いてほしい時に限って、まったく姿を現さなかった。

彼は、私の部屋をのぞきに来て、私が読んでいる本の表紙を見ると、

「おお、トロイはどうだ、まだ陥落していないか、いや、もう陥落したかな」

なんて言った。

私は勇気を振り絞って、彼がどんな映画を撮るつもりなのかを訊いてみた。彼は、こんな風に答えた。

「そうだね、例えば君がケフィアを飲んだとする、そしたら鼻の下に、白いケフィアひげが残った。一方、外ではその頃、これは昨日の夕刊に書いてあったんだけど、バスがバス停に突っ込むっていう事故があって、バスを待っていた沢山の人たちが死んだ。いいかい、このケフィアひげとその事故死には、密接な関係があるんだ。それだけじゃない、世界中のすべてが、互いに関係しあっているんだよ。」

私は彼に夢中になった。

彼がうちに来ると、私はこっそり玄関に行って、彼のロングコートや、白いマフラーや、帽子の匂いを嗅いだ。私の知らないオーデコロンの、男っぽい、素敵な香りに包まれた。

夜も眠れなかった。好きで好きで死にそうだった。一晩中、枕に顔を押しつけて泣いた。来る日も来る日も日記帳に、「好きです、好きです、好きです」って書き続けた。

切なくて切なくて、どうしたらいいのか全然わからなかった。

ママはそんな私をずっとハラハラしながら見守っていた。どうしたら助けられるのかわからないみたいだった。私を抱きしめて、幼い子供にするみたいに頭を撫でて慰めた。そして、言い聞かせるように言った。

「あなたはまだ子供なの。だけどあなたは誰かに好かれたいだけじゃなく、本気で自分を捧げようとしている。それは素晴らしいことよ。でも誰を好きになったらいいのかしら。あなたの結婚相手になるような男の子たちは、まだようやく兵隊ごっこをして遊ぶのを終えたくらいの時期でしょう。そのせいで、枕に顔を押しつけて泣いたり、他人を羨んだり、おかしな空想をしたり、運命を呪ったり、世界中を恨んだり、自分に一番身近な人たちのことを悪く思ったり——まるで、一番身近な人たちが全部悪いみたいに——そしてそのせいで、ありもしないことを考えだしたりするのよ。」

ママは、私がまだ恋をするには早すぎる年齢で、これは本物の恋じゃないって言った。私が泣きながら、

「じゃあ、本物ってどんなの？」

って訊いたら、ママは、

「そりゃあ、まあ——パパとママみたいなのよ」

って答えた。

パパも私の部屋に来て、ベッドの端に腰掛けると、なぜか申し訳なさそうに微笑んだ。まるで、パパが悪いみたいに。まるで私が重い病気にでもかかってしまって、パパにはどうすることもできないみたいに。パパはため息をついた。

「ねえ、うさちゃん。パパはおまえがとっても好きだよ。どうしてそれじゃあ足りないんだい？」

私は、なんだか急にママやパパがかわいそうになった。

私は毎日彼に手紙を送った。何を書いたらいいのかわからなくて、その日自分の一部だった物を封筒に入れて送った——路面電車の切符、鳥の羽、買い物メモ、糸くず、葉っぱ、ベニホタル。

彼は何度か返事をくれた。ユーモアのきいた紳士的な手紙。それから、彼も妙な物を送ってくるようになった——切れた靴紐とか、映画のフィルムの切れ端とか。あるとき封筒を開けると紙ナプキンが入っていて、その中には、前日に抜いた彼の歯が入っていた。紙ナプキンには、「君がもし私に恋心を抱いていたとしたら、その気持ちはこれできっと消えてくれるだろう」って書いてあった。その歯は確かに、衝撃的だった。だけど私はそれを、自分の口に放り込んだ。

その後のある日、彼はうちに来てパパやママと閉じた扉の向こうでなにやら長いこと話しこんで、それから私の部屋に来た。私は体が麻痺したみたいに、じっと窓際に突っ立っていた。彼は近づこ

うとした。私はカーテンを引っ張って、その陰に隠れた。

「吸い取り紙のサーシャちゃん。つらい恋をしたね。だけどこんな怪物に惚れるなんて、そんなことってあるだろうか。あのね、僕は君に大切なことを説明しなくちゃいけない。本当は、君はそのカーテンの向こうで、もうちゃんとわかってくれているんだと思う。君は僕に恋をしているんじゃない、恋に恋をしているんだ。その二つは、まったく別のことなんだよ。」

そう言うと、彼は出て行った。

それきりもう、私がいるときにうちに来ることはなかった。手紙を送っても、返事は返ってこなかった。

ある日、私は学校をサボることにした。特に理由もなかったけど、ただ行かないって決めて、サボったの。雨のなかをふらふら歩きまわった。まるで牛がそうするみたいに、空から何かが降っていたって、気にもしないで。

彼の歯を、ポケットの中で握り締めていた。

覚えているのは、ゴミ箱の焦げた匂いが鼻にツンときたことくらい。あと、雨に打たれたショーウィンドウの向こうに、幸せを絵に描いたような新婚夫婦の写真が見えたこと。

身震いをした。ずぶぬれだった。重たい体を引きずって、家に戻ることにした。

ドアを開けると、玄関に大きな傘が開いたまま転がっていた。

知ってる香りがした。コート掛けには、ロングコートと白いマフラーと帽子が掛けてあった。

お風呂場から、水の音が聞こえた。

寝室のドアは開いていた。髪を乱したママが、龍のついたあの中国風の浴衣を素肌に羽織りながら覗いた。そして気が動転したみたいに、訊いた。

「サーシャ？　どうしたの？　そこで何してるの？」

■

今日、長官殿と司令官殿に呼ばれて、そこに座って指令を書き取るようにって言われたから、僕は言われたとおりに書きとった。

「親愛なる兄弟姉妹のみなさん！　兵士諸君！　徴集兵、調停人に暗殺者よ！　祖国は雨に打たれた吸い取り紙のごとく溶けてしまいそうである。もはや後退はできぬ。ひるむな！　おっ、見ろ、いいケツしてるぜ！　違う、その女じゃない！　もう角を曲がって行っちまった。おいこら、ケツのことは書かんでよろしい、消しなさい。えー、ゴホン、どこまで話したかな。うむ、そうだった。〈以下、十八世紀の大元帥Ａ・スヴォーロフによって書かれた軍規律より引用〉頭髪は頭頂部から編み、下部でリボンを編みこむ。膨らみはもたせない。こめかみの髪は定めどおり一束の巻き毛にし、丁寧に梳かし耳の後ろに撫でつけて、ツララ状に垂れ下がらぬようにすること。厳寒の際にはこの巻き毛を太くし、耳を隠すこと。かかる規律は兵士たちにつきものの浮かれた心を戒めるものであり、常に厳守に値するものである。軍靴は各自にあった大きさのものを着用すること。厳寒の際には靴中に藁を入れることの出来る寸法が望ましい。小さすぎる軍靴は足指を痛める恐れがあり、俊敏な敵の追跡に支障をきたすため絶対に着用せず、必ずぴったりあった大きさを選ぶように。また、軍靴はこまめに点検し、磨き、靴墨を塗っておくこと。毎日左右の靴を取り替え、戦闘および歩行の際にどちらか一方が磨り減ったり、足を痛めたりしないようにすること。ヒゲを剃り忘れないこと。理由がわからぬという鈍い奴のために教えておくと、ヒゲを蓄えることは白兵戦の際に決定的な不利を招く恐れがあるのだ、ヒゲは摑んで倒すのに都合がいいからな。明日は進撃だ。道は遠い。夜は短い。雲は眠る。まずは、友好国であるプレスター・ジョンの国へ進むぞ。かの王の強さは全世界で話題になっておるのだ。夕刊によると、あのチンギスハンをも倒したそうだ。この先、道は険しく、進軍は困難を極めるだろう。全連隊および部隊の隊長は、下士官および兵士たちに以下を徹底させること。すなわち、行軍中すべての村落、宿泊所などにおいて一切の強奪行為を禁ず。住民には手を触れないこと。略奪者などという不名誉な称号を得ないためにも、人々の反感を買うような行為は一切行わないこと。民家には侵入しないこと、敵が降参した場合は聞き入れること、丸腰の者は殺さぬこと、女子供には手を出さぬこと。弾の節約のため、敵を撃つときは必ず急所に命中するよう狙いを定めること。殺された仲間には冥福を祈ること、生き残った者には、栄誉あれ！　パニックに陥った者や臆病者は、その場で殺害する。いざ出陣だ！　進め、進め！　攻撃開始！　ひるむな！　ついて来い！　歩兵部隊前進！　倒せ！　行け！　皆殺しにするか、さもなくば捕虜にせよ！　追え、斬れ、殴れ！　ヤァ！　トォ！　今だ！　エイッ！」

そこで長官は中断し、呼吸を整え、襟首のボタンを外すと、窓際に移動した。そしてカーテンで額の汗をぬぐい、ポケットから煙草ケースを出した。ケースのふたを煙草でトントンと叩いた。湿気たマッチを擦った。もう一本擦った。三本目で煙草に火をつけると、煙を深く吸い込んだ。吐き出した濃い煙の流れが、小窓から外へと出ていった。

その瞬間、長官は過去にまったく同じことがあったような気がした。いつか確かにこの部屋に、このインクまみれの少年が座っていた。少年は、戦死した息子によく似ていた。どことなく乳くさいところのある、まだ女性に神秘的な感情を抱いているような少年だ。それに、すっかり冷めたお茶が入っている、注ぎ口の欠けたこのポットも、確かにあった。間違いなく、過去にこれと全く同じことがあったのだ。まるで水疱瘡にかかって発疹が出た肌のようにも見える赤い小花模様のついたこの部屋の壁紙も、確かにあった。それに、目に紐を通して出窓の留め具に吊るされた魚の干物も、確かにあった。今、窓の外を通った奴も――ジャケットの両方のポケットに瓶を突っ込み、足を引きずって歩いていったあいつも、確かにいた。道の向こうに掛かっている看板――誰かがいたずらで「駐」の字に泥を塗りつけたせいで、「屯地《とんち》シャワー室」になっているその看板も確かにあった。遠くのほうで、誰かが子供みたいに柵を小枝で叩いていくカンカンという音が聞こえた。顎ヒゲを触るとジャリジャリと硬い毛の音がした。これもまた、確かにこの通りだった――顎ヒゲを触り、ジャリジャリと音がしたのだ。

デジャヴュはなぜ起きるのか。おそらく、すべては創世記に書かれているのだろう。もちろん書かれたのは一度きりだ。しかし、既に読んだことのあるページを読み返すとき、すべてが蘇る。この壁紙も、柵を鳴らすカンカンという音も、吊るされた干物の匂いも、ジャリジャリいう顎ヒゲも、冷めたお茶の入ったポットも、女性に神秘的な感情を抱く少年も。

つまり、誰かが今このページのこの部分を読んでいるだけなのだ――それが理由でデジャヴュが起きるのだ。

吸殻を指で弾いて窓の外に飛ばすと、クルクルと回転して飛んでいった。

欠けたポットの吸い口に直接口をつけて冷め切った苦いお茶を吸い、服の袖で口を拭いた。

そしてまた、指令の続きを始めた。

「第三に――これがおそらく最も重要なことだが、むやみに人を殺さぬこと。いいか、奴らだって人間なんだ。この先は困難が待ち受けているだろう。行く先は遠く、世界の果てだ。アレクサンダー大王さえたどり着けなかった地だ。たどり着いたのは国境まで、そこに大理石の碑をたてるように命じ、『我、アレクサンダーここに来たり』と刻ませた。お、信じていないな。まあいい、そのうち見せてやろう。耳をピンと立てたようなサボテンや、裸形の民もな。アレクサンダー大王は現地の人々を見て驚いて、『そなたたちの望む物を何でも与えよう』と言った。すると彼らは『では不死が欲しい、他の富は何も要らぬ』と答えた。アレクサンダーが『私とて、いずれ死にゆく身だというのに、どうしてそなたたちに不死を与えられようか』と返すと、彼らは『では、自らをいずれ死にゆく身と知っているのなら、なぜなおも悪を撒き散らし、世界を彷徨《さまよ》い続けているのか』と問うた。どうだ、よく言ったものだろう。奴らに背を向ければ、後ろ頭にズドンとくらうぞ。まず鉄道で進み、その先は航路だ。現地に着いたことは、そこに犬の頭を持つ人々がいるのですぐにわかるはずだ。また〔オデュッセイアにあるように〕我々が櫂を持っていけば、彼らはそれを見て、なぜシャベルを担いでいるのかと言うはずだ。さらに、その地には、女装した男のいる娼家をはじめ多くの忌まわしいものがあるので常に用心すること。われわれにとっては通過点でしかないが、彼らにとっては完成された世界なのだ。彼らは知識を記憶と見なしている。誰しも自分の未来を知っていながら、なおもその人生を生きている。つまり、愛し合う者同士は、まだ相手の存在を知ったり、知り合いになって言葉を交わしたりもしないうちから、もう愛し合っているということになる。また、彼らは決して自分の身に関することは祈らない。自分たちの存在価値など自分ではわからないのだから。彼らの信仰する神々は素朴だが、膨大な数にのぼる――鳥や木々や雲や水溜りや夕焼けや我々と同じ数だ。異世界の存在については基本的に否定的な見方をしているが、しかし、目に見える世界以外は何も存在しないと主張することは愚かであるという。なぜなら彼らは、この世界にもこの世界の外にも、無は存在しないと考えているからだ。彼らが世界の起点とする二つのものは、父なる太陽と母なる大地だ。空気は空の欠片であり、火は太陽の一部であると考えている。海は地球の汗であると同時に、大気と地球を結ぶ役割を担うと見なされている。動物にとって血が肉体と魂を結ぶ役割を果たしているのと同じようにな。世界は巨大な一つの生物で、我々はその腹に住んでいる——人間の腹に寄生虫が住むようなものだと考えればよいだろう。寄生虫が幸福かどうか、我々にはわからない。だが我々は幸福にこの世に生まれ、幸福に生き、幸福に死んでいく。ただ、いつもそれを忘れてしまうだけだ。ところで、この裸賢の民どもが、チェーホフの短編さながら線路の枕木を留めているナットというナットをみんな外してしまった。釣りの錘《おもり》にでもするのかね。まったくもってたいした悪党どもだよ。風水で鉄道が良くないと出たんだとさ。いかん、一刻も早くやつらを皆殺しにしなくてはならんぞ。狂犬を処分するように、この地上からあの狂人どもを抹殺してくれる。汚い仕事だが、誰かがやらなくてはならんのだ。男たちよ、戦死した戦友の敵をとるのだ！　たとえまだ死んでいない戦友も、微笑んでいるそこの者も、いずれ死ぬ。覚えておけ、我等こそ正義であり、奴らは間違っているのだと。いや、もしかしたら逆かも知れんな。光とは闇の左手であり、闇とは光の右手なのだから。太陽とて、地球を焦がそうと目論んでいるのであって、はなから植物や人間を育てようなどとは考えてはおらぬ。人生の勝者など存在しない、人は皆、敗者なのだ。ましてこちらが槍で突こうとしているときに、奴らときたら、『死後はどうなるかなどと心配するのは、握りこぶしの開いた状態とか、曲がった膝を伸ばした状態とかについて考えるのと同じようなものだ』とくるのだからな。しかし大事なのは、用心することだよ。命令の下らないうちは撃たないように。ピタゴラスの定理は覚えているか。嘆かわしい、なんたることだ。学校で習っただろう。大方、片方の耳から入って、もう片方の耳から抜けとるんだろう。ちゃんと勉強しなさい。女のスカートのことばかり考えやがって。いいか、ピタゴラスはこんな風に教えたんだ――死が訪れるとき、魂だけがただ月下の世界や陽光の下を後にする。ペルセフォネの明るい草地と林を左へ行きたまえ。そして、もし君が誰でどこへ向かうのかと聞かれたら、『私は山羊の子で、ミルクの上に転んだ』と答えなさい――とな。うむ、まあそんなところかな。ああそれから、食事の際に書記の粥皿につばを入れるのはやめること。いいかげん、この聖愚者をいじめるのはやめたまえ。ふん、おおかた自分の戦死公報を書かれるんじゃないかとびくびくしているのだろう。この書記が何をしたというのだ。〔ボリス・ゴドゥノフの真似をして〕ヘロデ大王のためには祈りたくないだと？　祈りたい者などおらぬ！」

●

病院から帰ってきてからずっと、気持ちを切り替えられないでいる。だって、命を助ける仕事のための勉強をしたくてこの学校に入ったのに、中絶の方法を教わらなきゃいけないなんて。そもそも私、最初は獣医になりたかったんだ。だけど人間にとって都合がいいようにするためだけに犬を去勢してるのを目の当たりにしたら嫌になって、やめちゃった。

あなたにこの手紙を書いてから、予習をしよう。だけど勉強して知っていくことの内容っていったら！

ねえ、人間はどうして服を着るようになったんだと思う？　寒さのせいでもなければ、恥ずかしいからでもない。二足歩行をするようになったからなんだって。後ろ足で立つようになったから、性器を隠さなきゃいけなくなった。でも、恥ずかしいとかそういうのとは全然違う――動物は恥ずかしいなんて思わない。例えば猿の場合、性器を見せて性交の意思を表すためには、そのためのポーズをとらなきゃいけないでしょ。でも、実はヒトは、常にそのポーズをしてることになるんだって！　だから性交の意思がないことを表すために、わざわざ隠さなきゃいけなくなったの。

だけど、全てのことには理由があったとして、知って幻滅することだってある。例えば、母性愛について。どうしてヒトは他の動物に比べて母性愛が強いんだと思う？　それはね、たとえば猿と比べても、ヒトの赤ちゃんはものすごく未熟な状態で生まれてくるからなの。猿と同じくらいきちんと発達した状態で生まれてくるためには、二十ヶ月はお母さんのおなかの中にいなくちゃいけないんだって。つまり、一歳くらいになってようやくその状態まで育つっていうこと。だから母親は生まれた赤ちゃんを、片時も放さない。ただしもうおなかの中じゃなくて、外にひっつけて歩くんだ。そしてそのせいで、母親は子供をいつになっても手放せない。子供はどんどん大きくなるのに、母親はいつまで経っても子供を追いかけて、離れられないの。

小さい頃は、思ってもみなかった――大きくなればいずれ、まるで嘔吐でもするみたいに、自分の中から母親を吐き出したくなる日が来るんだってこと。

ある時、うちに誰もいないときを見計らって、私はママの大切にしていたアルバムを引っ張り出して、写真を剝いで小さくちぎってトイレに流してしまった。

煙草も吸い始めた。やめなさいって言うママに反抗するためだけに。

外から帰ると、ママは煙草の匂いを確かめようとする。どこを嗅いだらいいかちゃんとわかっていて、「ハァーって息を吐いて」なんて言わない。チョコを食べればすぐごまかせるって知ってるからね。そのかわり、手の匂いを嗅ぐの。服や髪だったら近くで吸っている人の匂いが移ることもあるけど、手は自分で煙草を持たない限り匂わないから。

私は別に隠さなかった。むしろママに見せびらかすくらいのつもりだった。

パパは私にこっそり、

「おいおい、どうしてわざわざ問題を起こすような真似をするんだい、煙草を隠しなさい。上着のポケットから思いきり飛び出しているじゃないか」

なんて言ってた。

ママが怒れば、私は、

「へえ、私ってそんなに悪い子なの。じゃあ、もっと悪い子になるもんね！」

って返す。しまいには、ママも私もかんしゃくを起こして泣き出すまで喧嘩した。でもきっと、それも必要なことだったのかもしれない。泣いたりわめいたり、足を踏み鳴らしたり、枕カバーを引き裂いたりしたこともあった。あるときなんか、部屋の鍵を閉めて、カーテンを滅茶苦茶に引き裂いた。そのうちカーテンレールごと、音をたてて落ちてきた。ママは部屋の戸を叩いて、

「私があんたを生んだんだから、それだけでも感謝に値するじゃないの！」

なんて怒鳴っていた。私は、

「ママの卵細胞に自分から飛び込んだ覚えはないし、そもそも生んでくれなんて頼んでないし、全然ありがたくなんかないんだから！」

って怒鳴り返した。

ママのマニキュアを勝手に使って元に戻さなかったせいで怒られたこともあった。私はママの小

言を聞きながら、マニキュアどころかママのお金だって盗んでることを知ったら、ママはどうするんだろう――って考えてた。別に、お金が必要だったわけじゃない。煙草代だって何だって、パパがいつでもくれたから。私はただ、ある一線を越えようとしていただけだった。

ママがおしゃれをしてるのを見ると嫌でたまらなかった。だってどこへ行くのか、ママの熱に浮かされたような潤んだ目を見れば、とっくに察しがついていたから。

ママが浮気相手の前で服を脱ぐところを想像した。一枚ずつ、ママがいつもしているみたいに、丁寧に脱いでは形を整えて、きちんとたたんでいく様子を。

そのころ私は、十六歳だった。途中の段階なんてすっ飛ばして急に自分が変わったのを感じていた――ついこの間まで子供だったのに、突然、孤独な女性になっていた。

家出をした。「もう帰らない」って叫んで、叩きつけるようにドアを閉めた。行く場所なんて無かった。ヤンカの家に泊めてもらうことにした。ヤンカは両親に私を一晩泊めるように頼んでくれた。ヤンカには母親と祖母しかいなかったけど、その二人のことを両親って呼んでた。

パパはそこらじゅうを駆けずり回って、夜中まで私を探したらしい。私の居場所なんて、考えたらわかりそうなもんなのに。ようやく私を見つけ出すと、すぐに帰るぞって言い出した。ヤンカの両親にはなんだか悪い気がした。私はパパに、

「わかった、帰る。でも、私はもうママのこともパパのことも嫌いなの。軽蔑してるの。それはどうしたらいいの？」

って訊いた。

叩かれるかと思った。でもパパは叩かなかった。帰り道は黙り込んだまま、時々鼻をすするだけだった。

どうして今こんなこと思い出したのか、よくわからない。

ねえ、私にはあなたしかいない。すごく寂しいよ。

あなたの手紙が届く度に、何度も何度も読み返して、句読点のところにキスする。

毎日ひたすら、手紙を待って暮らす日々。

あの銅像の傍を通ると思うんだ——この像はここにあるのに、私たちがしたデートはどこへ消えちゃったんだろう？

それから、気がつくといつも、あなたが今ここにいないことを——私と一緒にいないことを、どうにかして正当化しようとしてる。説明じゃなくて、正当化。だって、こうなるってことは、なんらかの理由があってそれが必要だからでしょう。それで考えたんだけど。ほら、子供の頃よく言われたじゃない、「みんなにも分けてあげなさい」って。もし私だけがチョコをもらって、他の子が持っていなかったら、分けてあげなきゃいけない。ひとりじめなんかしようとしたら、全部取り上げられちゃうかもしれない。それと同じできっと、人生でいちばん大切なものも分け合わなきゃいけないんじゃないかな。しかも、大切なものほど、手放さなきゃいけないのかもしれない。いちばん大切な人を分かち合う——そうじゃなきゃ、全部取り上げられちゃうかもしれないから。

キスを込めて。大好きなあなたへ。元気でね。体に気をつけて。眠りにつく瞬間も、目が覚める瞬間も、あなたのことを考えてるよ。

もしあなたがいなかったら、私は自分の内面に溺れて沈んでた。自分っていう空虚のなかで、支えになるものを見つけられずに。

だから、あなたにもしものことがあったら——って考えると、すごく怖い。

今なぜか、あなたがいつか話してくれた、飛びながら愛し合う鳥のことを思い出したよ。あれ、なんていう鳥だっけ？

ねえ、私が今一番何をしてほしいか、わかる？　妊娠させてほしい。あなたの全てで――口で、目で、おへそで、てのひらで、あらゆる穴で、肌で、髪で――全身で！

■

配車完了。人が四十名、馬が八頭、ハムスターが一匹。つくづく訳が分からないよな。人間って同じ人間に対しては、あっという間に獣のように残酷になれるのに、その反対にポケットに入るような小動物に接すると、途端に人間らしくなる――優しくなるんだ。かわいがってさ。背中を撫でるときなんか、もう別人みたいになっちまう。

列車に揺られ続けた、長い一日。

おそらく、プレスター・ジョンの王国でも通過しているところなんだろう。

電信柱、橋、丸太小屋、レンガ造りの工場、ごみの山、待避線、貨物倉庫、穀物倉庫、草原、林、そしてまた待避線、積み下ろし所、給水所。

貨物を重そうに引きずって、列車は走る。閉じた踏切の向こうに、荷馬車が見えた。おなかの大きな女性転轍手が、緑色の手旗を巻いて首の後ろを掻いていた。杭に繋がれた山羊が、じっとこちらを見つめていた。

開けた場所に出ると、汽車の煙は大地を這い、乾いた草に絡まっていく。

昨日、どこかの駅で事故があった。連結手が連結器に挟まれて死んでいるのが見えた。

今また、加速している——下を見ると、レールが流れ去っていく。

地球は地軸を中心に回っているってことの証明を探してきたけれど、それが今目の前に、窓の外にある。

煙のたちのぼる小さな村を通り過ぎた。

ここのところ、よく母親のことを考える。

見送りに、目の見えない夫を連れてきた。やめてくれって言っておいたのに。

たぶん母さんを本当に愛することが出来るようになるのは、母さんが死んだときだ。血縁の絆なんて一番脆いって言ったのは、誰だっけ。あれは残酷だけど真実だ。

あの二人が去って行く姿が、記憶に残っている。継父が一歩を踏み出すごとに、母さんは小股に二歩ずつ歩いていた。

継子って、変な言葉だよな。

母さんは、ばあちゃんの紹介で継父に出会ったんだ。あれはいくつの時だったか……八歳かな。うちに何度か来て、その度に母さんは食事の席で僕が行儀良く大人しく座っているようにって、無言で脅すみたいな合図をしていた。僕はあんなやつ、最初から大嫌いだった。

あいつはよく大人が子供に対してするように、やけに堂々とした、見下ろすような態度で僕に接した。毛の生えた耳で僕を見つめながら。あいつにばからしい質問をされたけど、答えなかった。

母さんはその度に、いかにも優しそうな声で、

「まあ、答えなさいよ、あなたに聞いてるのよ」

なんて言った。その声が嘘っぽく響いたことは、母さんも僕もよくわかっていた。そして僕は、

そのことにひどく傷ついていた。

いやがらせのつもりで、僕はそのばかな質問よりもっとばかな答えをぼそぼそと呟いた。するとあいつは、くしゃっと顔を歪めた——それがあいつの笑い方なんだ。あの笑顔には、なかなか慣れることが出来なかった。

ねえサーシャ、君にこんなことを書いてもいいんだろうか。一緒にいた頃は、継父の話なんてしたことがなかったのに。

でもさ、僕はあいつの生きている世界を思い描こうとすると、不安でたまらなかったんだ。僕は、盲目の人の暮らしっていうのは、モグラの暮らしみたいなものだって思っていた——重く閉ざされて湿った土のトンネルを走り回るようなものじゃないかって。だから、きっとあいつの周りにも暗いトンネルが張り巡らされていて、そのトンネルのどこかに僕と母さんがいるんだって思い浮かべたんだ。特に夜になると、暗闇とあいつの存在が重なって気になって仕方がなくて、どうがんばってもその考えを頭から追い出せなかった。

ショックだった——母さんがあいつと結婚するって言い出したとき。母さんは、あいつのことをとても愛していて、僕にもあいつを好きになってほしいと言った。「好きになる」という言葉を聞いて、僕は唖然とした。好きになる？ あいつを？ 僕は、母さんがどうしたらあんなどこの誰かも知れない、恐ろしく目の落ち窪んだ、緑がかった出っ歯の男を連れてくることができたのかさえ分からないでいたのに。

母さんは僕に、目の見えないあいつに僕の顔を触らせてあげてほしいと頼んだ。何年も経った今でも、あのときの感覚を思い出すだけで虫唾《むしず》が走る。

そうそう、実は、母さんとあいつの結婚式を台無しにしてやろうと思って、子供っぽい計画をたくさん考えてたんだぜ。母さんのウェディングドレスをナイフでずたずたに切り裂いてやろうかとか、ウェディングケーキに下剤を混ぜてやろうかとか、そういう類のことをいろいろとね。だけど結局、僕が想像していたような結婚式は全然やらなかった。あいつはただうちに引っ越してきて、一緒に住むようになっただけだった。

どうして母さんがあんな障害者を必要とするのか、どうしてもわからなかった。しかも、あの体臭！　あれを嗅げば、君も分かってくれると思う。きつい汗の臭いを放つ、大きな体。どうして母さんは耐えられるんだ、まさか気づかないわけはないだろう——僕にはそれが、どうしても信じられなかった。

あいつは時々、僕に手土産をくれた。あるとき、ケーキ屋の小さな包みを持って帰ってきた。ふたを開けてみると、そこには僕の大好きなトリュフケーキが入っていた。二つ並んだトリュフケーキから、チョコレートの甘い香りが漂っていた。僕はすぐにでも食べてしまいたい気持ちを抑えて、こっそりその箱を持ってトイレに行って、ケーキを便器に流してしまった。

うちに、昔ばあちゃんからもらった目の見えない人用のチェスがあるって知って、あいつはすごく喜んだ。だけど僕は、一緒にゲームをするのは絶対にいやだと言って断った。あのときまで僕は、鏡でもいいから対戦相手がほしいと思っていたはずだったのに。

母さんと三人で街を歩いていると、通行人に振り返られて、すごく恥ずかしかった。僕は少しでもチャンスをうかがっては他人のふりをした——例えば、母さんとあいつがショーウィンドウの前に立ち止まったり、店に入っていったりしたときには、僕はあたかも一人で散歩をしているように見せかけようとした。あいつと一緒に人前に出ないために、ありとあらゆる言い訳をひねり出した。

一緒に映画を見に行くと、母さんが絶えずあいつに映画の進行を耳打ちするもんだから、ひっきりなしに周りから「シーッ」と咎められた。僕はあいつをトイレに連れて行く役目だった。あいつは膀胱が悪いらしくて、一時間おきぐらいにトイレに行っていた。

些細なはずのことに一番腹が立った。何でも出しっ放しにしてはいけなくなって、それぞれの物の置き場が決められた。ドアを半開きにしておくのもだめで、完全に閉じるか開けるかどちらかにしなくてはいけなくなった。あいつが休んでいるときは、家中で静かにしなくてはいけなくなった。トイレにマッチが置かれるようになり、用を足した後はマッチを燃やして消臭することを、他の人にまで強要した。

あいつの手がシュガーポットやバターケースを探すためにテーブルの上を這っているのを見ると、目を背けたくなった。

考え事をするときは顔を上に向けて、親指で眼球の下辺りを押していた。

指を突き出してあいつがうちの廊下を歩いて行く姿が、今でも目に焼き付いている。

夜になると母さんがあいつの靴下を脱がせて、曲がった白い足を拭いているのを見るのが、嫌でたまらなかった。でもなぜだか一番嫌だったのは、母さんがあいつのことを、まるで子供の名前を呼ぶみたいに、「パーヴリク」と愛称で呼ぶことだった。

時々、あいつは盲目なんかじゃなくて、何でも見えているんじゃないかと感じる瞬間があった。たまたま開いていたドアの向こうを覗いたら、外から帰ってきたあいつが上着を脱いで、かかとを踏みながら靴を脱いでいるところだったんだけど、そのとき突然、僕に向かって大声で、

「ドアを閉めなさい！」

って言ったんだ。

母さんは、自分が都合が悪くてあいつをどこかへ連れて行けないときは僕に代わりを頼んだ。あ

いつは僕の肘を摑んで歩いた。初めに、「怖がらなくていいぞ、感染することはないからな」と言われたときは、なんだかぎょっとしたよ。

道行く人々に同情のまなざしで見られたり、「まあ嫌ねえ」とか「くわばらくわばら」なんて囁かれたりすることが、耐えられなかった。手を引くのだって簡単なことじゃない。急な動きを避けてそっと歩かないと、あいつはすぐに怒って文句を言い、僕の腕を痛いほど強く握った。世話を焼くにもそれなりの技術が必要だった。手を引こうとした親切な人に、ステッキを握っている手を摑まれて激昂したこともあった。雨の日なんか最悪だ、そこらじゅうの水たまりをよけて歩かなきゃならないんだから。

継父はいつも、蓋つきの鉄の板と四角い穴の開いた定規みたいな物を持ち歩いていた。歩いている途中で何か書き留めたいことを思いつくと、突然立ち止まってしまう。僕はあいつがペンのような棒で分厚い紙を突っついている間じゅう、待っていなくてはならなかった。周りの人たちにじろじろ見られて、恥ずかしくて、いっそ消えてしまいたいと思った。

しかもあいつはトンネルモグラのくせに、一人だってちゃんと歩けたんだ。白い杖で鮮やかに、舗道をトントン叩きながらさ。

天井裏の物置に、古い物が詰まったトランクがしまってあって、母さんは時々それを引っ張り出していた。いつだったか、大きなセーターを出してきて僕に合わせてみると、「もう少し大きくなったら、あなたが着られるわね」なんて言ったことがあった。きっと父さんのものなんだって、僕にはピンときた。なのにある日突然その、僕の、父さんのセーターを、継父が着ていたんだ。あの事件が僕にとっては何よりもショックだった。

公園の湖でボートに乗ったときのこと。継父がオールを漕いで、母さんが舵をとっていた。あの二人は、どうして僕だけがボートに乗っても全然嬉しそうじゃないのか、わかっていないみたいだった。二人は楽しそうだった。あいつはボートのわきの水に手を伸ばし、僕と母さんに水しぶきをかけた。キャッキャと笑う母さんの横で、僕は濡れるにまかせて仏頂面で座っていた。僕は藻混じりの淀んだ水を両手ですくって、あいつの顔にバシャッとかけた。母さんは悲鳴をあげて僕の頬を叩いた。このときまで僕は一度も、母さんから平手打ちを受けたことはなかった。

謝りなさいって言われたけど、僕は意地でも謝らなかった。

「なんでだよ、僕が何したっていうんだ？　こいつが先に水かけたんじゃないか！」

母さんは泣き出した。継父は顔についた藻を取り除くと、いつもと同じように、くしゃっと顔を歪めて笑った。

「大丈夫だよ、ニーナ。大丈夫。」

でも僕にはちゃんとわかっていた。あいつだって僕のことが大嫌いなんだ。

そのとき、傍を通ったボートに乗っていた学生の一人が、指笛を鳴らして、

「おい見ろよ、カローンがいるぜ！」

と叫んだ。他の学生たちはボートが転覆しそうなほど笑い転げた。

その頃の僕は既に、カローンというのがギリシャ神話に出てくる薄汚い神様だって知っていたから、一緒になって笑ってやった。

その後、母さんは僕と二人のときに、

「ごめん、許してね。でも、解ってちょうだい。そして、もう少し思いやりを持ってほしいの」

と言ってきた。なんだかすごく不可解なことを言われた気がした。母さんが僕をじゃなくて、僕

が母さんを思いやらなくちゃいけないなんて！

結局あの平手打ちは、いつまでたっても許すことができなかった。

あるとき継父は一人で外出して、どこかで転び、血まみれで泥だらけの姿で、シャツまでボロボロになって帰ってきた。母さんは大泣きして、救急箱をひっくり返して包帯と傷薬を探した。その間、継父はポタポタと床に血を垂らして立っていた。だけど僕はこれっぽっちも、かわいそうだとは思わなかった。

母さんは僕に、毎週日曜日は早く起こさないでほしいと頼んだ。寝室から出てきた母さんは、満足そうな顔で鼻歌なんか歌っていた。母さんの首は、あいつの硬いヒゲで擦れて赤くなっていた。あいつのヒゲはすごいスピードで伸びるんだ。夕方から母さんと一緒にどこかへ出かけるような日は、一日に二回もヒゲ剃りをするくらい。

継父は明かりがなくても困らないから、よく暗い所にいた。ヒゲも暗闇で剃っていた。手と耳で確認して——ジャリジャリ音のする箇所があれば、剃り残しだ。

やたらと蒸し暑かった夜のことだ。僕は窓を開け放した部屋で横になったまま、眠れずにいた。辺りはしんとしていて、木々のざわめきもよく聞こえた。母さんたちの部屋の窓も開いていて、二人が、ドアが閉まっているから僕には聞こえないだろうと思い込んで喋っている声が聞こえてきた。あいつは、母さんの胸が毛深くて、乳首は指ぬきみたいだって囁いた。あと、わきの下は熱帯雨林みたいだって。母さんはそう囁かれる度に、嬉しそうにクスクスと笑っていた。

僕は継父への憎しみと母さんに対する軽蔑で、はちきれそうになった。

それから、ベッドの軋む音が響き始めた。僕は、すぐにでも部屋から飛び出して、何かしでかしてやりたかった。壁に花瓶をぶつけて割るとか、叫ぶとか、何でもいいから。だけど僕は横になったまま、喘ぎ声や、汗が二人のおなかの間でピチャピチャと大きな音を立てるのを聴いていた。それから母さんが、押し殺した声で、

「あぁ！　あぁ！　あぁ！」

と叫ぶ声がした。その後、ペタペタと足音をたてて、急いで浴室へ向かう音が聞こえた。

今、小さな駅で、汽車が立ち往生してる。また少しこの手紙を書けそうだ。

サーシャ、どうして僕は君に、継父の話なんか書くことにしたんだろう。自分でもわからない。どうでもいい話なのにさ。

もっと面白い話をしたほうがいい。

面白い話っていえば、デモクリトスは、人の体は魂に至るまではどこまでも分解していくことが出来るって考えてたんだよな。だけど魂は、原子と同じように不可分だって考えてた。原子と原子の間には常に空間がある。「もし、原子同士が触れ合うことができるとしたら、原子は可分だということになる。しかし定義によると、原子は不可分だ。触れ合うことができるのは常に部分のみなのだから、部分という定義の成り立たない原子同士は、触れ合うことができない」。つまり、体と体は触れ合うことが出来ても、魂と魂の間には常に隙間があるってことになるな。

おなかが空いた。

てかてかと黒光りするカラスたちは、まるで機関車の種みたいだ。

おそらくすべての人間は、大きく分けて二種類に分類することが出来るのだろう——例えば僕が今からお茶を飲むとして、その二時十分前という瞬間にも地球は回転していて、その二つが何の矛盾もなく両立するんだってことがわかる人間と、そんなことわかりもしないしわかろうともしない

人間とに。

給水所に停車すると、汽車がごくごく水を飲む。

窓際に座って外を眺めていると、O型蒸気機関車が通っていった。シューッという音をたてて、熱気と重く熱い湯気を吐き出していく。

暗くなってきたのに、この汽車は動き出す気配もない。

夜は寒いから、凍えないようにコートにくるまらなくちゃ。

線路沿いを、柄の長いハンマーを持った人が、カンカンと軸受けカバーをひとつずつ叩いて、全ての車両を見て回っている。彼は、彼と軸受けカバーにしかわからない特別な音を聞いているんだ。

待避線のレールが錆び付いている。

ふと、すごく簡単なことがわかる瞬間がある。今ここにある小さな駅や、灯火や、軸受けカバーを叩く音や、キリギリスの合唱や、煙の匂いや、熱い湯気と潤滑油にまみれた汽車の匂いや、今聞こえた、唸るような汽車の声——しわがれた、疲れた声のような音、そのすべてが僕なんだ。それ以外の僕なんてどこにもいないし、これからも現れない。永劫回帰なんて、みんな作り話さ。すべては一度きり、今は今だけ。もし今この汽車が動き出せば、この小さな駅も見えなくなり、僕も消えてしまうだろう。

汽車が唸りをあげたということは、もうすぐ動き出すのかな。

だけどひょっとしたら、汽車はこうやって互いを呼び合っているのかもしれない——オスとメスみたいに。深く響く声で。夜更けに互いを探しあっているのかもしれない。汽車の愛だ。

そうして今、誰かが呼んだのに、答える者はなかった。きっと、汽車にとってみればこの声は、とても優しい声なのかもしれない。

ところで、ドストエフスキーに出てくるグルーシェンカの体は、なにか特別な「曲線」を描いていたって書いてある。僕、いつも思うんだけど——いったいどんな曲線なんだ？

●

ねえ、なんだか胸騒ぎがする。

眠るときになると、あなたの身に何かあったんじゃないかって不安になる。ちゃんと我に返って考えてみれば、絶対に大丈夫だってわかるのに。

あなたが私と一緒にいない時間が長くなればなるほど、私の中であなたの存在が大きくなっていく。時々、自分でもわからなくなるの。どこまでがあなたで、どこからが私なのか。

自分の周りで起きていることはなんでも、どうやってあなたへの手紙に書こうかって考えたときに初めて、私にとって現実になる。たとえ嬉しい時だって、それをあなたに伝えられないなら、喜びを感じることなんて出来ない。嬉しいってちゃんと感じるためには、それをあなたと分かち合わなくちゃだめなの。

それでね、例えば昨日の話。ヤンカと約束してたから、ヤンカが通ってる美術学校まで迎えに行ったんだけど、予定より早く着いちゃって、まだ授業が終わってなかった。なんだか夏らしくない夏で、寒いし風は吹いてるし、外で待っているのは嫌だったから、中に入ることにした。入り口は工事中で、仮設足場には壁を塗ってる人たちがいた。そこにいた、熟す前の苺みたいな鼻のおじさんが私に目配せして、冗談ぽく「塗料をかけちゃうぞ」ってジェスチャーで示した。笑っちゃった。くだらないことに、ふと幸せを感じる。後であなたに伝えられるって思うだけで。そうじゃなきゃこれも全部、存在しないの。苺鼻のペンキおじさんも、黄土の塗料が入ったぼろバケツも。

廊下を歩いた。嫌な感じ——窓からは隙間風が入ってくるし、絵の具の匂いが充満していて、トイレの臭いまでする。時間割表を見て、ヤンカのいる教室を探した。覗いてみると、ヌードデッサンの時間だった。私はそっと教室に滑り込んで、椅子に腰掛けた。誰も、私のことなんて見向きもしなかった。みんな集中して描いてる。一所懸命だ。台の上には裸の女の人がいるのに、周りにたくさんいる若い男の人たちはそれを見ていない。ううん、見ているんだけど、何か違うものを見ている。

静寂のなか、カツカツという石筆の音や、紙の上を滑る木炭の音だけが響いていた。鉛筆を前に突き出して片目を閉じ、モデルのサイズを測ってばかりの人もいた。

教授はみんなの間を縫うように歩いて、大きなドアの鍵で絵をトントン叩きながら、この辺りがちょっと違うとかその辺りがおかしいとか、注意して回っていた。それから誰かに、えらそうな調子で、

「ハーフトーンを見直しなさい」

なんて教えてた。私には目もくれなかった。

ヤンカは私に、

「あの先生、〈ゴーゴリの『肖像画』にちなんで〉チャルトコフって呼ばれてるの」

って教えてくれた。

ヌードモデルの前の床には小型のヒーターが置いてあったけど、モデルが寒そうなのは見てわか

った。ずっと鼻をすすってたから。

なんだか女性らしくない立ち方だった。腕も足も、大きく開いていた。花瓶みたいに空っぽだ。体だけがここにあって、本当の彼女はどこか遠くにいるみたい。

何もかもが偽物みたいに思えた。女じゃない女と、男じゃない男たち。

そこに突然、窓の向こうにさっきのペンキおじさんが現れた。おじさんはヌードモデルを目にすると、ペンキ塗りのローラーを片手に持ったまま、その場に立ちすくんだ。

モデルはおじさんに気づくと、すぐに体を隠そうとした。すごく女らしい仕草で——片方の手でこっち、もう片方の手であっちを押さえて。その瞬間、モデルは本物の女性になったの。

私まで、そんな彼女を描きたくなったくらい！

ちょうどその時みんなが帰り支度を始めて、モデルはガウンを羽織ってついたての裏に姿を消した。

その時にはもう、今あったことを全部あなたに話そうって決めてたの。

ね、話したでしょ。

今朝は、起きてからしばらく目を開けないで、周りの音を聞いていた。いつもと同じ、日常的で生活感にあふれた音——カタカタカタ、朝早くから響くミシンの音、エレベーターの低い動作音、アパートの入り口のドアがバタンと閉まる音、角を曲がる路面電車がガシャガシャいう音、小窓にとまって鳴きだした鳥の声。あなたがいれば、あの鳥がなんていう鳥なのか、教えてくれたはずだね。

こうしていると、どこかで戦争が起きているなんて嘘みたいに思えてくる。それに、これまでも人はずっと戦争をしてきたし、これからもするなんて。そこでは本当に、人を傷つけたり殺したりしている。そして、本当に人は死ぬんだ。

ねえ、愛しいよ、大好きだよ。お願いだから信じていてほしい、あなたの身には何事も起こらないってことを。

■

貨物搬入のため寄港。物資は以下の通り。砂糖十九プード五フント六十ゾロトニク、紅茶二十三フント三分の一ゾロトニク、煙草七プード三十五フント、石鹸八プード三十七フント。

負傷兵は水兵が二名、四番戦隊の兵士が十四名、水は船艙から五インチの汲み出し。

同日午後。風は穏やか、快晴、気圧三〇・〇一水銀柱インチ、気温十三・五度。搬出された貨物は次の通り。銃器一箱、肉四樽、ライ麦粉二十九プード、麦四プード、箱（品名は判読不能）一箱、弾薬筒二千百六十個、鉄鍋三つ、縄五プード二十フント、鉄板五十枚、魚網一つ、馬一頭、牛二頭、船艙の水は十二時現在、二十四インチ。

行軍一九二日、停泊一〇二日。

今日、ミミズが食事として出された。平気さ、食ってやったよ。誰も文句なんか言わなかった。

四ヶ月後、部隊は一マイルほどの大きさの平坦な島を見つけ、上陸して食事をとろうと島へ降り立った。ところが、火をおこしたその瞬間、島はブクブクと水に潜っていってしまった。僕たちは食料を回収する余裕もなく、大慌てで船に戻った。後になって聞いた話によると、あれは島ではなく、ジャスコニウスという巨大な魚だったんだって。だから、火の気を感じて驚いて、食料と一緒に水に潜ってしまったらしい。

僕たちはさらに北へと航海を続けた。六日の間、船は霧に覆われた二つの山の谷間を進んでいった。島に近づくと、様々な珍しい動物や、裸で暮らす森の住人たちが見えた。その先の島には、犬の頭を持つ人々や、牛の子くらいの大きさの猿が住んでいた。ここで五ヶ月の間、足止めを食らった。天気が悪くて、先へ進めなかったんだ。そこの人々は、頭も歯も目も犬そのもので、よそ者を捕まえると食べてしまう。木になっている実も、西洋と全然違う。

暑い。照りつける太陽が、耐えがたく暑い。川に卵を入れたら、あっという間にゆで卵になりそうだ。ここでは乳香が多量にとれるが、色は白ではなく褐色をしている。龍涎香《りゅうぜんこう》や硬麻布、その他たくさんの品物がある。それから、巨大な象やユニコーンやオウムもいて、黒檀の木、紫檀の木、カシューナッツ、カーネーション、ブラジルウッド、シナモン、コショウ、鳴かないセミや、薫り高い葦が育っている。それからクジャクもいる。西洋のクジャクより大きく綺麗で、一見すると違う動物のように見える。ニワトリも西洋のとは全然違う。

ここ最果ての地には、生姜や絹も豊富にある。野鳥も驚くほど多く、ヴェネツィアのグロッソ銀貨一枚で、キジが三羽も手に入る。ただし住民は野蛮で、盗みも略奪も罪とは見なさない。ここまで粗暴な人々は、世界に類をみないだろう。彼らは偶像崇拝の信仰を持ち、貨幣は紙幣を用い、死者は火葬する。食物は豊富にあるのに、マングースを食している。

彼らは何にでも祈る。朝起きると、まず目に入ったものに最初の祈りを捧げる。

北極星は基本的に見えない。しかし爪先立ちになれば、星は僅かに海面から覗くだろう。

ここの人々が死者を火葬するのには理由がある——もし焼かなければ、死体に虫がわいて体を食い尽くしてしまう。そしてついに食べるものがなくなれば、わいた虫も息絶える。そうなると、食われた体の持ち主の魂に、重い罪が残ることになる。だから死体を焼くのだという。ここの人々は、一寸の虫にも魂があると考えている。

僕が櫂を持って歩いていると、道行く人から「なぜシャベルを担いでいるのか」と訊かれたよ。そうそう、サーシャ、なんと、ブラジルよりもブラジルウッドって木のほうがまず先にあって、その名前をとってブラジルって名前の国になったんだって。

甲板に出た。船首には誰もいない。風を避けるために、巻き上げ機の裏に隠れた。ここ、特等席なんだぜ。覆い布の陰に入れば、こっそり煙草を吸うことも出来る。

目の前には海と空が広がっている。この地上のどこかではこの二つが別々に存在しているなんて、なんだか不思議な気がする。

もうすぐ戦闘になる。サーシャ。僕はもしかしたら死ぬかもしれない。それでも、負傷して障害者になって帰るよりはましだろう。だけど、僕自身が人を殺さざるを得ないような状況にはならないように祈っている。

ねえ、僕はもう、すっかり覚悟ができているんだ。

波と黒雲を見つめている。足元に、低い振動音が響いている。機械室の作動音だ。どう説明したらいいのかわからない、不思議な気持ちでいる。

風はまるで、煙突から出てくる煙を無理やり押し戻そうとしているようだ。だけど、風の思惑通りにはいかない。

カモメは空中で静止していた。考え事でもしているみたいに。それから、何か大切なことでも思い出したように——もしかしたら、人生は長くないと悟ったのかもしれない——超特急で飛んでいった。

ああ、僕はどうして君に、自分に、嘘をついているんだ？　本当は、覚悟なんてこれっぽっちも出来ていないのに！

船から海にゴミが投げ捨てられると、カモメたちが一斉に群がってきた。

ねえサーシャ、たぶんこういうことなんだ。目に見える表層世界である物質は、いつか張りつめ、汚れ、擦り切れ、ついには穴が開く。するとその穴から――まるで靴下に開いた穴から指が出てくるみたいに――本質が顔を覗かせるんだ。

●

大好きな、大切な、かけがえのない恋人、ワロージャへ
ねえ聞いて、すごいことが起きたんだよ。

自転車に乗って、あなたとよく行ったあの林へ出かけたの。それからその向こうの――ほら、今はもう使われていない飛行場があったでしょ、あそこへ行ったの。

そこらじゅう草ぼうぼうで、滑走路はゴミだらけ。格納庫は空っぽで、汚れ放題。あちこちに錆びた鉄条網が、雑草みたいに茂ってた。

どうしてこんなところに来ちゃったんだろう、って思った。足には引っかき傷ができるし、靴下いっぱい種だらけ。

もう日も暮れかけていた。

自転車をとめた場所に戻ろうとしたそのとき、茂るアカザの合間から錆びた鉄条網が顔を出し、私と同じくらいの背の高さになって目の前に立ちはだかった。鉄条網は夕日に照らされて、赤くきらめきだした。まるで、モーセの前に現れた燃える柴みたい。

そしていきなり、

「動くな！」

って喋ったの。私はその場に静止した。

鉄条網の束は黙ってる。

私が、

「あなたは誰？」

って訊いたら、燃える束はこんな風に答えた。

「わからないのかい。私は、アルファとオメガ、ゴグとマゴグ、エルダデとメダデ、右手と左手、葉っぱと根っこ、吸う息と吐く息、急《せ》いては事を仕損じる。私は、あるというものである。刈り取り笛吹き縫い物師、何でもござい の者でござる。怖がらないでおくれ。ただ、話す相手によって色々な話し方をするだけだ。だって、この世界では、雪の結晶もひとつひとつ形が違うのだから。そして鏡は本当のところ、何も映し出しはしない。どのホクロにも、他人とは違うただひとりの主人がいる。さあ、話しなさい！」

私：そんなこと言われたって、何を話したらいいの？

燃える束：身の周りの全ては知らせであると同時にその知らせを運ぶ者でもある、と言いなさい。

私：身の周りの全ては、知らせであると同時にその知らせを運ぶ者でもある。

彼：さて、悩みごとは何かな。
私：みんながよってたかって、愛する相手なんて問題じゃないって言うの。プラトンも、「愛は愛される側ではなく、愛する者の内に存在する」って言ったんだって。
彼：だからなんだ。そりゃあ、色々なことをいう人はいるさ。だが、そう何でも聞き入れようとしてはいけないよ。
私：じゃあ、どうしたらいいの？
彼：自分をよく見てみなさい。
私：不細工ね。
彼：そういうことを言っているんじゃない。ほら、君の靴下には草の種がついているだろう。これだって、知らせであると同時にその知らせを運ぶ者でもあるんだ。速達でね。命について、勝利について伝えようとしている。その二つは、同じことなんだ。人生の敗者など存在しない、人は皆、勝者だからね。
私：私は彼と一緒にいたいの！
彼：言葉を言いなさい。
私：言葉って、どんな？
彼：知っているはずだよ。
私：私が？　知ってるわけないじゃない。
彼：よく考えてごらん。
私：じゃあ、ええと、敬虔なるにんじんワロージャと私は、結婚できるのかな？　言い伝えにあるみたいに、式のとき先に私が足を踏み出して、台所仕事が板につくようになるかしら。

彼：違う、そうじゃない。
私：当てるなんて出来っこないでしょ！
彼：当てなくていいんだ。もう、知っているはずなんだから。いいかい、この蚊を見てごらん。それから雲を。そして、ささくれのある指先、傷跡の残る君の指を――
私：なんだか、わかってきた気がする……
彼：ほら、これが目に見える世界。そして目を閉じれば――目に見えない世界。
私：わかった！
彼：そうか。
私：すっかりわかっちゃった。ねえワロージャ、私、すっかりわかっちゃったの！　私とあなたはもう夫婦なんだ。私たちは、とっくに夫婦になっていたんだ。あなたは私の夫。私はあなたの妻。そしてそれは、世界で一番素敵に響きあう言葉なの！

■

謹啓　何某殿
御子息殿におかれましては、当公報を差上げるにあたり、謹んでお悔やみ申し上げ……おそらく、もうお察しいただけたでしょう。

どうぞお気をしっかりお持ちになってください。

心よりお悔やみを申し上げます。どんなに言葉を尽くしても、御遺族の悲しみを癒すことなどできないでしょう。

これを書いている私も、つらくてたまらないのです。しかしこれが人生であり、戦争というものです。問答無用で、義務が優先されるのです。

少しでも気が休まるように、御子息殿は何か素晴らしい貢献をして戦死したということにいたしましょう。え、具体的にですか。定番ですが、「お国のため」でどうでしょう。

ええ、存じております。だめですね。

まあ要するに、戦死したんです。

どの戦闘で死んだかって？

詩人トヴァルドフスキーの表現を借りて、「とある無名の戦いで」亡くなったと言えば、それで充分でしょう。いいじゃないですか、それが例えば白軍のためであろうと赤軍のためであろうと、ギリシャ人のためであろうとユダヤ人のためであろうと。

どの無名の戦いで死んだかなんて、どうだっていいことです。

それでも遺族の方々としては、敵国のいったいどの場所で御子息が亡くなったのか、気になるのでしょうね。やはり気になりますか。じゃあ、天下の原で戦死したということにしてください。クトゥーゾフ将軍がフランス人をやっつけたように、御子息は、まあ、歩兵がよく冗談で言う言葉を借りるなら、中国人をやっつけに来たんです。そしてこれが、その結末です。受領のサインをお願いします。

そういえば、我がロシアの豪傑軍師は新聞にも載りました。ここにある昨日の夕刊の三面で、

「兵士が聖ゲオルギー勲章を授かるのは難しい」と語っております。

同封します。

「大変遺憾な事態であるが」と、当戦線の従軍記者は書いております。――開戦後まもなくして、このような現状を余儀なくされた。敵を見逃してやろうとすれば、すぐさま後方のコウリャンの茂みから攻撃を受けるのだから致し方ない。敵の寺院に刻まれた以下の戦意高揚詩は、戦慄すべきものである。

雨が降らぬぞ
大地が乾く
洋鬼子どもが　すべての調和を乱してゆく
奴らは天の怒りを買って
天は大地に八百万の　天兵たちを遣わした
いまこそ倒せ　洋鬼子どもを
あの鉄道を　破壊せよ
恵みの雨が　降り注ぐなら
民は勇気を　取り戻し
鶏や犬も　鳴き止むだろう
さあ殺すのだ　一人でも
そいつを早く　さあ殺せ！
奴らを目にすりゃ　何度でも

その都度必ず　殺すのだ！

「洋鬼子とは」と、記者は続けます。――洋鬼子とは人ではなく、神に背く者であり、犬の頭を持つ。これは我々のことを指すのだ。

我々こそが、すべての調和を乱したのだ。我々は、あたかも完全に調和した世界にぽっかりとあいた穴のようなもので、そこからあらゆる熱も意味も抜け出てしまい、凍りつくような宇宙の風が吹きつける。調和とは何か。調和とは――それを風水と呼んでも、規律と呼んでもいいが、そんなことはたいした問題ではなく、大切なのはそこにすべてがあるということで、生や死があり、またさらに大切なのは、人の温もりに溢れているということだ。

いや、もう少し簡単に、読者の皆様にわかりやすいように説明するなら、調和というのは新兵に対して「すべての言葉は響きあう」と教える規律のようなものだ――粥と繭、愛と貝、雪と水、父何某とその息子、というように。

ここが天下であるゆえんとは、この天下の地でも、むろん人は死にゆくが、しかし生の営みはなおも続いていくことにある。人々は変わらずこの土地の家々に住み、同じ通りを歩き、言葉足らずな言葉を話し、沈みゆく夕日を眺め、湯桶に足を浸して爪を切る、という生活を続けている。古くから何も変わらない。その家々を、道を、土地を、夕日を、爪を、奪ってはならないのだ。

その規律には、こうある――土地も道も彼らのものであるという自覚を持って行動すること。彼らの壁に釘を打ち付けるならば、前もって許可をとらなければならない。また、家を建てる場合、自分のために建てるのではなく皆のために建てること。この地のあらゆる生物や非生物のために。すべての夕日や爪のために。

線路や枕木が問題なのではない。無断で建設することが問題なのだ。人々の暮らす、天下の地に。洋鬼子が乱した調和を、再び取り戻さなくてはならない。だから洋鬼子を——すなわち我々を、撲滅しなければならない。我々こそ、犬頭なのだ。我々こそ、狂犬のように退治されるべきなのだ。

我々こそ、人々の生活を脅かし続けているのだ。

そしてついには天の怒りを買い、天は我々に対抗するための兵を遣わした。

我々は、天を相手に戦をしているのだ。

読者の方々も、天兵の姿を見たら仰天するに違いない。

天兵というのは、子供たちなんだ。

それも、女の子ばかりだ。

あの子たちは天下の呪文という特別な言葉を唱えれば、不死身になれると信じている。それを唱えれば体は透明な金の鐘《かね》で覆われ、その鐘が鎧の役割を果たして銃弾や槍から守ってくれると信じている。またあの子たちは、軽く手で触れたり目線を投げかけたりするだけで家を燃やすことができるとか、忽然と姿を消したり現したりできるとか、透明になれるとか、地下に潜ったり空を飛んだりもできると思っている。そして、自分たちが手に持てばコウリャンの茎でさえ武器に変わると信じているのだ。その武器を持って洋鬼子に立ち向かえば、たちどころにその透明な鉤爪で洋鬼子をズタズタにできると。

天兵は敵を捕虜にとることはない。とても女の子とは思えない残虐さで必ず敵を殺し、死体を愚弄し、切り刻む。刻んだ体は豚の飼料とし、心臓は自分たちで食べてしまう。だがそれを単なる殺戮と見なすのは間違いであり、あの子たちがそんな残虐なことをなし得るのには深い理由がある。なぜならあの空飛ぶ女の子たちは、知る由もないのだ——殺した相手も人の子で、二度と蘇ることはなく、三日後になっても十万三日後になっても、復活することなどないということは。

そろそろ話を戻しましょう。

本題に戻ります。

司令部書記用の文例集に倣いまして何某の名義により、戦死公報には手短に御子息の戦死の原因および場所を記すことになっております。御子息殿は馬鹿司令官の指揮に忠実に従い、果敢に敵に立ち向かい、戦死いたしました。あるいは、次のように言い表すことも可能です。馬鹿司令官の指揮に忠実に従い、果敢に敵に立ち向かい、重傷を負ったのち死亡に至りました。ただしこのような文例は、御子息が誤って武器を暴発させ死亡に至ったような場合や、病死、その他の原因で死亡した場合にも用いられます。例えば、赤痢に感染して死亡したような場合でも、そんなことを書いては御遺族の皆様に顔向けが出来ませんからね。そういうわけで、御子息はその馬鹿野郎の指揮に忠実に従い、果敢に敵に立ち向かい、病に倒れたのち、亡くなりました。

通知いたします。

御子息は通州地方、白河《ペイホー》の岸にて戦死なされました。

いえ、正確には次のようになります。

御子息は戦死なされましたが、無事に生きております。

しかし物事は順を追って書かなくてはなりません。

我々は、既に連合軍により陥落していた大沽《ターク－》へと到着した次第であります。

●

ワロージャへ

どれくらい時間が経ったんだろう。

あなたのお母さんが電話をくれた。だけどお母さんは一言も喋ることが出来なくて、あなたのお継父《とう》さんが代わりに電話口に出て、全部話してくれた。

私は二日間、寝込んだまま起き上がらなかった。起きる必要なんてないもの。

何もかも凍りついてる。心も、足も。

だけどそのうちついに起きだして、あなたの家に行った。

あなたのお母さんの様子は、悲惨で見ていられなかった。泣きすぎて腫れあがった顔をあげて、まるで知らない人みたいに私を見た。

居間で話をした。お継父さんは傍で、お母さんの肩に手を置いて立ってた。それから、お茶を淹れるって言ってキッチンへ向かった。

お母さんは、

「せめて棺があれば、お墓があれば……。ねえ、何もないのよ——紙切れ一枚きり……」

そう言うと、私に戦死公報を差し出した。

「ほら、紙があるでしょ。サインもある。判も押してある。で、息子はどこなの？」

そこまで言うと、お母さんは泣き崩れた。私も泣いた。一緒に、思いきり泣いた。

お母さんは、しきりに繰り返していた。

「どうして殺す必要があるの？　どうして？　負傷していたって、帰ってきてさえくれたら……腕がなくたって、足がなくたって、生きてさえいてくれればどれだけ良かったか……だってあの子は、私の子なのよ。私のものなのよ！」

それから、お茶とお茶菓子を出してくれた。お継父さんがみんなのお茶を注いでくれた。そのとき気づいたんだけど、お継父さんってお茶を注ぐとき、指に触れるところまで注ぐんだね。

たぶん、こういうこと。痛みの閾値《いきち》っていうのがあって、その上限を超えると人は意識を失うでしょ。死なないために。それと同じでつらさの閾値ってのがある。その上限を超えると、突然つらくなくなるの。

なんにも感じない。全然なんにも。

お茶を飲んで、お茶菓子なんかつまんでる。

それからもうひとつ気づいたこと。普段はたくさんの人たちに囲まれて生活しているけれど、ひとたびこんな風に不幸が起こると、みんなどこかへいなくなっちゃう。どっかで読んだことがある。昔は不幸も感染すると信じられていて、「やもめや未亡人とは付き合うな」って言われていたんだって。たぶん、今でも似たようなことが言われてるんじゃないかな。それにもしかしたら、不幸は本当に、感染するのかもしれない。

今日は、いつかあなたと待ち合わせをした公園を通ったよ。そしたらちょうど、冬に備えて銅像を保護用の板で覆ってるところだった。まるで、銅像が棺に入れられていくみたいに見えた。

ペンキ塗りのおじさんを見たときのモデルさんみたいな格好をしてる銅像もいた。

私はその場に立ち尽くして眺めていた。そこから動くことが出来なくて、気づいたらすっかり凍えていた。

きっと、板で打ち付けられたのは私なんだ。

棺に入れられたのは、私なんだ。

■

サーシャへ
今日は一日じゅう、荷降ろしをしていた。今やっと君に手紙を書く時間ができたところだ。僕がいま一番、頭を抱えて悩んでいることはね、ここの様子をどうやって君に伝えようかってことなんだ。そんなの簡単なはずなのに、どうしたって言葉にならないんだよ。彩りも、匂いも、声も、植物や鳥たちも——なにもかもが独特なんだ。

今日、初めて戦死公報を書いた。兵士の一人が、どうにもやりきれない死に方をしてね。巻き上げ機の脇にいるときに縄が切れて、落下した箱の下敷きになって死んでしまったんだ。なにか特別なことを書かなきゃいけない気がした。でも、恐ろしいことに手が勝手に、何事もなかったかのように、普通の戦死公報を書きあげていた。

ひょっとするとこれは、あれほど望んでいた現象の始まりかもしれない。

これまで生きてきてずっと、繰り返し考え続けた問いがある。

いま僕は、それに近づきつつある気がするんだ——答えを出す段階ではないにしろ、いくらか理解するというところまでは来たんじゃないだろうか。

僕は自分が嫌いで、軽蔑さえしていた。磨り減ってきつくなったブーツのように、脱ぎ捨ててしまいたかった。彼らのようになりたかった——粗野で、楽観的で、図太くて、疲れを知らなくて、すべてはわかりきったことだと思っていて思い悩むこともない、彼らのように。世渡りだって上手くなりたかった。必要のない知恵や、本で読んだことなんて全て忘れてしまいたかった。死の恐怖について考えたりしないように——いや、正確には、思い悩んだりしないようになりたかった。今あるものに満足して、どうしてそれが必要なのかなんて考えないようになりたかった。

だからさっき、戦死公報を書いても手が震えなかったのは、いいことなんだ。

ここ二日の出来事について、簡単に説明するね。

昨日、大沽に到着した。停泊所にはもう各国の国旗を掲げた船がたくさん泊まっていた。湾は浅瀬になっていて、大きな船だと白河の河口までは入れない。だから、僕たちはまず渡し舟に乗りこんだ。馬を巻き上げ機で吊るして渡し舟に降ろすところを見たときはハラハラしたよ。馬は怖がり、空しくいないて、長い足を空中にバタつかせていた。

錨を降ろしたのはもう日暮れ時で、荷降ろしは夜中まで続いた。暗くなると、船がいっせいに明かりを灯して、河に浮かぶマストや帆が満天の星空みたいに輝いた。とてもきれいだったよ。僕はここに来て初めて、君も一緒にいればよかったのにって思った。ボートも渡し舟も、みんな明かりを灯して、その光が黒い水面に反射していた。投光機の光が瞬いては雲を照らし、光の跡を残していく。その眩《まばゆ》い光を見つめながら、君のことを考えていた。岸辺から吹きつける暖かい風に乗って、嗅いだことのない不思議な匂いが漂ってきた。僕はなぜだか嬉しいような、少し怖いような気持ちになった。光は瞬いては消えていた。船と船とは、こんなふうに雲に光を当て合って、会話をしているんだね。

曳船に乗って河口に着いたときにはもう夜が明けようとしていた。河岸は両岸とも要塞の低い壁が長く続いている。辺りはがらんとしていて、人の気配はない。数日前にこの要塞は陥落していた。砲弾を受けた壁には、ところどころ穴が開いていた。

それにしてもここの渡し舟は、今までいったいどんな貨物の積み下ろしをしてきたのかと思わず唸りたくなるほど、ひどく汚れていて滑りやすく、僕はその粘つく船底に足をとられそうになった。白河《ベイホー》っていうのは、中国語で白い河っていう意味らしい。だけど実際には、この河には黄土が混ざっていて、色は茶褐色に濁っている。しかも、そこらの町や村から出た、ありとあらゆるがらくたを、山のように蓄えながら流れていく。ゴミや、板切れや、スイカの皮なんかを。

そして、僕はついに見てしまった。まだ目に焼きついているよ——渡し舟のすぐ傍を、死体が流れていったんだ。みんな、息を飲んでその光景を見ていた。水にさらされて膨らんだ死体が、うつ伏せに流れていった。灰色のお下げ髪が見えた。男なのか女なのかさえ、わからなかった。

葦、細長い柳、濁った川浪、地平線まで続く砂原。その砂原に起伏を作っているのは、海水からできた塩の塊や、小高い丘や盛り土だ。後で聞いた話によると、あれはお墓らしい。時々、人のいない閑散とした村があるのがわかった。何度か見かけた犬の群れ以外には、あまり生き物は見当たらず、泥臭い河岸を漁る黒い豚が数匹、目に付いたくらいだった。

まもなくして塘沽《タンクー》が見えてきた。遠くに黄褐色をした家々の土壁が見えたかと思うと、今度は大きな貨物の積み下ろし所や倉庫や工房が見え、積荷の箱や大袋が所狭しと並ぶ船着場が見えた。

夜じゅうずっと、船着場に荷を降ろし、貨車に積み込む作業をしていた。じきにまた呼ばれるだろう。次に君へ手紙を書けるのは、いつになるかな。

町の空は一晩じゅう赤く光り、辺りには焦げたような匂いが充満している。聞いた話によると、現地の住民の一部が民家に放火し、外国人のせいにして住民の憎悪を煽っているという。塘沽の半分は既に焼け野原になっているのに、なおも火は広がり続けている。消す者がいないのだから無理もない。

どこが苦しいって、なんたって鼻だ。今も、葦の焼ける匂いに混じって得体の知れない異臭を乗せた風が吹いてきて、それを嗅ぐと吐き気がする。だんだん、鼻につくこの異臭を嗅ぎ分けることが出来るようになってきた。

●

大好きなワロージャへ

お墓ですっかり凍えちゃって、足が氷みたいに冷たい。

なんて言ったらいいんだろう。食事をしたり、着がえたり、買い物をしたりしていても——どこにいても、やっぱり私は死人なの。

学校では、救命病棟での実習をしてる。悲惨な患者が数限りなく運ばれてくる。

今日は、寒くて薄暗い。休日。朝から出かけたりしなくていい日。暖房があんまり効かなくて、部屋の中にいても寒い。窓も凍りついてる。二枚重ねの毛布に包《くる》まって、あなたのことを考えた。そっちはどう？　あなたはどうしてる？

それから、がんばって起きて、家事なんかしてみた。ゴミ箱が異臭を放ち始めているのに気がついて、ゴミを捨てに行くことにした。
中庭も凍りついてた。木々には霜が降りてる。吐く息が白い。
外に出て、ゴミ捨て場に向かった。ゴミ捨て場のタンクも、白い息を吐いていた。
汚れた吹き溜まりには、ちぎれたモールの絡まった、クリスマスツリーが捨てられていた。
辺りには、誰もいなかった。
私は訊いてみた。
「あなたなの？」
彼：私だ。
私：知らせであると同時にその知らせを運ぶ者？
彼：そうだ。
私：どっか行って！
彼：君は、わかっていないんだ。
私：わかってるもん。どっか行ってよ！
彼：まだ夜も明けていないのに、もう夕暮れだ。ほら、あの木はシーラカンスに似ているね。冬の枝にぶら下がる葉は水かきのようだ。月もなんだか不機嫌そうだ。そこのアパートの二階では、風通し用の小窓が開いていて、音楽や笑い声が聞こえてくる。きっと鼻炎の酒宴ってやつだ。ベランダの揺りかごで赤ちゃんが目を覚まして泣いている。まだ生まれたばかりだというのに、生きることはつらいな。ねえ、わかっておくれ、私は、君がこの世界を好きになるように仕向けた者だ。
私：この世界を、好きに？　あなた、そんなことしかできないの？
彼：わかってるよ。今、君はとてもつらいんだね。

私：あなた、そもそも何かできることってあるの？
彼：私は全ての物の名前を知っているが、何も出来ない。
私：どうして？
彼：どうしてもだ。いつか、学校で習っただろう。過去と非現在と未来があるということを——授業で教わらなかったかい？　物理の時間は何をしていたんだ、さては机の下に隠してこっそり分厚い小説なんかを読んでいたんだろう。いいかい、重要なのは光だ。全ては光で出来ている。熱も肝心だ。人は、光と温もりの塊なんだよ。人の体は熱を放つ。体は体温を失って冷たくなることもあるけれど、熱は熱のままだ。まだわからないのか？　そうだ、いつか君たちは銅像の前で待ち合わせをしたね。しかし正確には、銅像の前で待ち合わせをしたというより、待ち合わせ場所に銅像があったと言うべきなんだ。銅像はいつか無くなるけれど、待ち合わせは消えないいんだよ。
私：私、あの人がいなきゃ生きていけない。あの人がいなきゃだめなの。どうして、どうしてあの人がいないの？
彼：君は、自分で言っていただろう。「分けてあげなきゃいけない」って。なにかを得たら、他の人にも分けてあげなきゃいけないんだ。そうじゃなきゃ何も残らないかもしれない。大切な人であればあるほど、手放さなくちゃいけない。そもそも、不幸はみな過ぎ去ったと思い込んでいるのは群集だけだ。そうだ、君が授業中にこっそり読んでいた恋愛小説に、こんなのがあっただろう——主人公の男の子と女の子が、すぐ近くにいるはずなのに、すれ違いの連続でなかなか会えなくて、その会えない状況を嘆いている。そしてついに再会を果たしたときに二人は、すれ違っていた頃はまだお互い会う準備が出来ていなかったということを悟る。それまでは、二人の精神が充分に成長するための困難を、乗り越えていなかったんだということを知ってね。君たちもそれと同じさ、まだ二人とも準備が整っていない、まだ充分に困難を乗り越えていないんだよ。難しく聞こえるかもしれないけれど、本当はすごく簡単なことなんだ。どんな複雑な音色でも奏でることができる、あのフェルトのハンマーのようにね。

私：「簡単なこと」？

彼：言葉にこだわるのはやめなさい。これは翻訳にすぎないのだから。君も知っているだろう――言葉は、全ての言葉は、原文からの下手な翻訳だということを。全ては、存在しない言語で語られている。正しいのは、その存在しない言葉だけなんだよ。

私：私に何の用があるっていうの？

彼：周りを見回してごらん。みんな自分で精一杯で、同じことばかり繰り返し、自分とは違う境遇の人を見ると仰天する。誰とも――それこそ動物とさえ関わらずに、自分の殻を破って顔を出すこともなく、閉じこもったまま死んでゆく人も多い。君は、そんな風に生きていきたいのか？

私：そうよ。

彼：雪が降り積もる光景にさえ、見向きもしないような奴らだぞ。

私：でも、大事なことを知ってるもの。

彼：何のことだ。人は幸福でなくてもいいということか？

私：そう。あの人たちは知ってるのに、私は知らない。私もあの人たちみたいになりたいの。

彼：なんだ、反抗しているのか？

私：そうよ。

彼：ばかな真似はやめなさい。

私：私、自分でいることにすごく疲れちゃった。

彼：君はただ、知らないだけなんだ。喫茶店に忘れた傘を取りに戻っただけで人生が変わることもあるんだってことを。この前、君は昔よく行っていたあの公園に、一人で行ったね。さらさらと粉雪が舞っていた。辺りには誰もいなくて、公園が君だけのものになったようだった。君はベンチに歩み寄り、手袋で雪を払って腰掛けた。目の前には、板で覆われた銅像が立っていた。吹雪の吹きすさぶ冬の夜は、自分のしたことについて、どこがいけなかったのかを考えるための時間だ。片方の手でこっち、もう片方の手であっちを押さえていた銅像も、棺の中でポーズを変えて、より彼女らしくなっていた。だけどもうすぐ人前に出るということも、ちゃんとわかっている。板を開ければ、元の通りに片方の手をこっち、もう片方の手をあっちに戻して、何事もなかったように「じゃーん、お待たせ」なんて具合に登場するだろう。「私がいなくて退屈だったでしょ。何か面白いことはあった？　トロイはもう陥落した？」なんて言ってね。彼女は、以前と変わらないようでありながら、どこか違っている。冬の間に少し考えを深めたようだ。――そのとき、君の足元に、スパニエル犬が駆け寄ってきて、君の匂いを嗅いだ。君が耳の後ろを掻いてやると、尻尾を振って応えた。犬らしい、いい匂いがした。それからリードを手に持った女の子がやって来て、だしぬけに、自分はバレエを習っていてもう一通りのポーズは習ったとか、犬のドンカは甘い物をあげたら吐いちゃうからあげちゃだめだとか言った。その女の子は耳たぶが大きくて、少し斜視気味だった。その後ろから、ヤンカの学校の教授が現れた。君はすぐにそれが誰だかわかったけれど、向こうは気づかない様子だった。彼の耳は大きく分厚く、毛が生えていて、耳たぶは襟元まで垂れていた。君は最初、その女の子は早めに出来た孫じゃないかと思ったけれど、彼は、君のお父さんが君を呼ぶのと同じように、女の子のことを「娘」と呼んでいた。彼は、手に幼児用の浣腸を持っていた。彼がそれを放り投げると、犬はワンワン吠えながら、木々の合間を縫って追いかけていった。それから先生は手で膝を押さえて、ベンチに——君の隣に腰掛けた。膝にのせた手はたくましくて、油絵の具の希釈液のせいで荒れて皮が剝け、爪には絵の具がこびりついていた。女の子が犬を追いかけているあいだに、彼は、君にこんな話をした——「もう長いこと、本は読まないことにしているんだ。ものを書くならば、ありのままの生で書かなくちゃならない——血や、涙や、汗や、尿や、糞や、精子で書かなくちゃならないのに、本はインクで書かれているからね」。それを聞いて、君は思った——この人は、これまでの長い人生でいったい何度、ばかな女の子を見つけては同じ台詞を言ってきたんだろう……と。

私：だから何よ。

彼：人生の岐路に立つ者を、助けなければ。

私：なんで？

彼：水の入った瓶に挿した枝は、根を伸ばすだろう。ところが、とっかかる物が何もないと、根は自分で自分に絡まってしまうのさ。

私：私、凍えちゃった。

■

奇跡のような僕の恋人、サーシャへ

傍には、一日の疲れが出て眠りこけてる奴らがいる。羨ましいよ。グーグーいびきをかいてさ。

きっと恋人の夢でも見てるんだろう。僕もすごく疲れたけど、やっぱり君に手紙を——今日のことを書くよ。

この部隊は天津に派遣されることになった。北京への中間地点だ。電報は依然として届かない。イギリスのシーモア将軍は、天津からさらに北京へと軍を進めていった。軍には各国の兵士たちが所属していて、ロシアの二個中隊も加わっているんだけど、その部隊からも何も連絡がない。

しかも困ったことに、包囲され、部隊が救援に向かうはずだった北京列国公使館街には、どうやらもう生存者がいないらしい。つまり、救援する相手がいなくなってしまったということになる。逃げ出した者は町で惨殺された。西洋人は一人残らず殺されて、公使館は打ち壊されたという。天津で包囲された連合軍はなんとか持ち堪えたけど、相当打撃を受けているらしい。部隊はそちらのほうへ救援に向かうことになった。おそらく、明日か明後日には現地に到着するだろう。

塘沽から天津へは鉄道が通っているけど、線路はとても使い物にならない状態だ。枕木は燃やされ、レールは地面に埋まっていたり農家に隠されていたりして、連合国の鉄道工兵が辺りの村落を探し回らないと見つからない始末だ。

それでも、破壊された線路の一部はどうにか修復された。レールのつなぎ目部分を通過する度に、列車は激しく揺れた。枕木も、レールの留め具も足りていない。通常なら枕木が三本か四本分必要なところへ、一本しか敷いてないなんてこともある。レールはゆがみ、たわんで揺れる。通過している間じゅう、いまにも転覆するんじゃないかと気が気じゃなかった。線路沿いの電柱は根元から切り倒されている。給水所も使えなくなっていて、汽車に給水するための水は、兵士たちが近くの村から汲んでこなくちゃならない。

サーシャ。ここがどんなに暗澹としているか、君には想像もつかないだろう。村はがらんとしている。住民たちはどこかへ姿を隠してしまった。建物は破壊され、畑は焼かれ、踏み荒らされている。

目的地までの道のりを半分くらい進んだところで、立ち往生する破目になった。修復したばかりの線路は、夜のうちに再び破壊されていた。レールは外され、場合によってはどこかへ持っていかれてしまっていたし、枕木に至っては影も形もなかった。僕たちは駅に降り立った。いや、駅というより、かつて駅だった場所といったほうがいい。レンガ造りの駅舎は打ち壊され、礎石まで掘り返されて、こっぱみじんに砕かれていた。彼らは連合国に属する物ならなんでも、そのくらい憎んでいるんだ。

一日中、暗くなるまで線路づたいに徒歩で行軍した。線路は河川沿いに敷かれていた。白河はこの辺りに来て曲がりくねっていたけれど、それでも木々の合間から遠くにいつも河を目にすることができた。

すごく喉が渇いていたけれど、水はなかった。村の井戸には毒が混ぜられていたし、河は汚染されていた。馬は最初こそ河の水を嗅ぐだけで飲むのをためらっていたけれど、そのうちあまりにも喉が渇いたらしく、水というよりゼリーに近いその液体を飲むようになっていた。

ほんの少しの水でも、かなり貴重だ。

そのうえひっきりなしに、ここに生息している小さな蚊に刺される。手や首が何箇所も赤く腫れて蚊こぶになって、かゆくてたまらない。まあでも、そんなのはもちろん、たいしたことじゃない。

前方を行く部隊は二度の奇襲に遭ったが、幸いにも死者は出ず、負傷者も軽傷で済んだ。

交戦のあった場所を通りかかったとき、僕は初めて実戦の跡を目にした——倒れた馬、壊れた銃、転がった軍帽、血まみれの布。

この先、僕は何を目にしていくことになるんだろう。生き延びられたらの話ではあるけれど。

そうそう、うちの部隊に新しく配属になった通訳兵と仲良くなったよ。ペテルブルグ大学の東洋学部の学生で、苗字はグラゼナプ。彼は背嚢《はいのう》に本やら巻物やら召集書類やらをいっぱい詰め込んで、所かまわず引っ張り出しては、本に張りつくようにして読んでいる。視力が悪いらしく、やたら分厚い眼鏡をかけている。

ある村で、ほとんど倒壊したお堂を見つけて中に入ってみたことがあった。柔らかい紙を得るためだけに兵士たちがそこにあった本を破りだすのを見ると、グラゼナプは必死でやめさせようとした。まあもちろん、奴らは彼の言うことなんて聞かなかったけど。

それにしても無残な光景だ——屋外の軒下やお堂の内部に吊るされたガラス製の大きな灯籠は、一つ残らず砕かれている。中国の神々の像も、腹や背を割られて床に散乱していた。聞いた話によると、現地の人たちは像に金や宝石を隠していることがあるらしい。

興味が湧いて、僕はお堂の中をぐるっと回ってみた。両脇の像はまだなんとか原形を留めていて、恐ろしい形相で立ちはだかっている。その手前には灰の入ったつぼが置いてあった。蠟燭を立てるためのものらしい。祭壇は空っぽで、そこにあったはずの本尊は打ち砕かれて床に転がり、割られた頭部が上向きに転がっていた。僕はその頭に近寄って、眺めてみた——頭は半開きの目で、ひっくり返った世界を眺めていた。愛に満ちた、寛容なまなざしで。いくつもの柱に、口を開けた青い龍が鱗を輝かせて巻きついていた。

兵士たちが、巨大な銅鑼《どら》を見つけて大きな木槌で叩きだした。グラゼナプは大慌てでその木槌を取り上げると、むやみに霊を呼び出してはいけない、龍は善の象徴だと説明した。兵士たちは声をあげて笑った。

あいつがうちの部隊に入ってきてくれて嬉しいよ。彼は、孔子や李白や杜甫の国の言葉に夢中なんだ。どことなく、ジュール・ヴェルヌの小説に出てくるパガネルに似ているかな。パガネルの若い頃は、きっとこんな風だったに違いない。自信がなさそうで不格好で、だけど知識だけは誰にも負けないと気負っている。今日は彼から、白河の水の飲み方を教わった。塩辛くて泥臭い水を、黄酒っていう中国のお酒と混ぜて飲むんだ。

サーシャ、僕はそろそろ眠ることにするよ。蚊に刺された跡が、かゆくてたまらないけどね。信じられないな、明日になって戦闘に突入したら、僕だって負傷するかもしれないし、殺されるかもしれないなんて。

人間って不思議なもので、周りの人が死ぬってことはちゃんと理解できるのに、自分が死ぬとはどうしたって思えないように出来ているんだね。

それからもうひとつ、とても大切なこと。初めての実戦を前にしているせいか、今すごく感覚が研ぎ澄まされている。身の周りで起きていることの全て、世界の全てが、そうだね、開かれているっていうのかな、それでいて大人らしい、男らしい感じがするんだ。周囲が違って見える――まるでこれまでの人生でずっと目を覆っていた膜がすっと取れたみたいに、なにもかも鮮明に見えるんだ。神経が張り詰めていて、夜になるとどんな小さな音も耳に届いてくる――木々のざわめきや鳥の鳴き声から、草のそよぐ音までも。空に瞬く星も、いつもより近く大きく見える。なんだか、いままで生きてきた世界が偽物で、今ようやく本物の世界を生き始めているみたいにも思える。

おそらく、戦闘を前にした者は、みんなそう感じるものなんだろう。

それでね、僕が本当に言いたかったのは、日々を追うごとにどんどん君のことが好きになっていくってこと。言葉では言い尽くせない。もし今君が目の前にいたら、君の顔を両手で包んで、キスをしただろう。そうしたらそのキスは、ほとんど何も伝えられないまま書き終わろうとしていることの手紙より、ずっと多くのことを伝えられたはずなんだ。

君に「好きだ」って言ったことは何度もある。だけど今は、まるで初めて言うような気持ちでいる。だって今の僕は、あの頃と全然違う心で、君のことを想っているんだ。言葉は同じでも、今の気持ちのほうがずっと強いんだ。

そして僕は君が、何があっても待っていてくれることを知っている。僕は、それを思うだけですごく朗らかで嬉しい気持ちになれる。

好きだよ。

●

愛しい人、かけがえのない私の恋人、ワロージャへ

あなたがいてくれて、本当に幸せ。

ねえ、知ってるでしょ、ホクロはうつるってこと。現れたり消えたり、他の人の体にうつったりもするってこと。

私ね、自分の体にあなたのホクロがあるの、見つけちゃった。すごいでしょ。ほら、ここ、肩のところ。いいでしょ！

今日は街じゅうを歩き回ったのに、どういうわけか眠れない。こういう時って、布団のなかでも

ぞもぞ動いてひんやりした場所を探すんだけど、そのうちにまたそこも温まっちゃって、またもぞもぞ……って繰り返すことってあるでしょ。ひんやりした場所はもうどこにもなくなって、いつまで経っても眠れない。

開いてるのか閉じているのかよくわからない目に、断片的な映像が浮かぶ。こんな風にして、目に見える世界と見えない世界の狭間を、もう二晩も彷徨ってる。

ううん、三晩だったかもしれない。

草の上を駆けるみたいに、思考が時間の上を駆け巡ってる。時間は均一に進まずに、ぽっかり穴が空いてたりする。まるで水飲み場で立ち止まってるみたいに、ある場所から動かない。

同じ場面ばかり思い出す。しかも、どうでもいいようなことばかり。

お店でお釣りをもらい忘れて、後ろから店員さんが、

「ちょっと待って待って」

なんて言って追いかけてきたこと。

路面電車に乗ったら、隣の人が私のスカートの端を下敷きにして座っちゃったから、私はそれを引っ張り出したこと。

おじいさんとおばあさんが乗ってきた。二人とも頭が揺れている。おじいさんは「いやいや」っていうみたいに首を横に振って、おばあさんは「そうそう」って頷くみたいに縦に振っていた。

ヤンカは、婚約者とデートしたときの話をしてた。レストランで食事をとって、ウエイターに小銭をチップとして渡したら、つき返されたっていう話だった。

通りを歩いていたら、開いた窓から誰かの手が見えた。私を呼んでいるようにも見えたし、蚊を追い払っているようにも見えた。

新聞には、どこか北のほうで、雪上降着装置の壊れた飛行機と凍死したパイロットが発見されたっていう記事が載ってた。パイロットの履いていたブーツには、燃えた跡があった。どうやら死の直前に、温まりたい一心で凍えた足を火に突っ込んだらしい。彼が身につけていた時計は、暖かいところに置いたらまた動き出したんだって。

子供の頃のことも思い出した。パパと公園を散歩して帰ってきたときのこと。パパは、泥だらけになった靴底を舗道の角や草に擦り付けて、泥を落としていた。私にはなんだか、パパが自分の影を削ぎ落とそうとしているみたいに見えた。

ママは、私の大好きなパン粥を作っていた。パンをサイコロ状に切って、温かい牛乳の入ったカップに入れて、お砂糖を振りかける。それを眺めていたとき、ふと、いつかママが死んだら、私はきっとこの場面を——ママがパン粥を作って、ティースプーンでお砂糖をかけるところを思い出すんだって悟って、切なくてたまらなくなったことがあった。

美術教師のチャルトコフに招待されて、彼の知り合いのピアニストが開いたホームコンサートに行ってきた。ピアニストの女性は背が高くて、長い足をがに股に開いてピアノの前に座っていた。私たちの席は彼女のすぐ近くで、ちょうど背後にあたる場所だったから、グランドピアノに映った指がよく見えて、彼女がまるで四本の腕でピアノを弾いているように見えた。弾きながら彼女の頬が振動しているのも見えた。

帰り道、交通事故の現場に遭遇した。歩道に、車にはねられた人の死体があって、顔には新聞紙が被せられていた。

それを見て、脳裏にまた救命病棟での実習がよみがえった。

運ばれてきた患者のなかには、カーテンをかけようとして踏み台から転落したはずみに、今までにも何度か折ったことのある足の同じ部分をまた折ってしまった女性もいた。

木の根に足を引っ掛けて転んで焚き火に突っ込み、手の皮が手袋みたいにつるんと剝《は》げてしまった男性もいた。

だぶだぶのズボンを自転車のチェーンに引っかけて転んで、舗道の縁に頭を打ち付けて、目玉が糸状の神経でぶら下がっていた男性もいた。

棒アイスをくわえたまま走って転んで、アイスの棒が喉に突き刺さった子供もいた。

日々そんな調子で、際限がない。

どうしたら、こんな毎日から逃れられるんだろう。

そういえば、チャルトコフと、彼の娘のソーニャと遊んだよ。ソーニャは面白い子でね、道端に捨てられていた靴を見つけて、「もう二度と歩けないのね。かわいそうに。それにこんな所じゃ、ずっとゴミ捨て場を眺めて暮らすことになっちゃう」って言って、その靴をライラックの見える場所に持っていった。それから、アトリエに行った。ソーニャは私の肖像画を描くって言って、私を壁際に横向きに座らせて後ろから光を当てると、私に紙をかざして、そこに映った私の影を鉛筆で縁取っていた。

あの斜視は、どうにかしてあげなきゃ。鼻先に指を突きつけても、片方の目はちゃんと指先を見ているのに、もう片方の目玉は泳いでる。

犬のドンカは、すぐ靴紐をかじろうとする。撫でてやると、犬のいい匂いが手にうつった。

匂いといえば、アトリエにはいろんな匂いが充満してるの——絵の具、テレピン油、木炭、木、キャンバス。部屋の隅に置いてある絵は、背を向けて壁に立てかけられていて、まるで罰を受けて立たされているみたい。イーゼル、木枠、絵の具箱、油まみれの筆、ペインティングナイフ。床には色とりどりの絵の具が飛び散って、乾いてこびりついている。流し台は洗っていない食器であふれ、部屋の角にはカラスノエンドウが生えていた。

二度目にアトリエに来たとき、彼は私を油でベトベトの椅子に座らせて、木炭を手に取ると、私を描き始めた。眼鏡の上から私を見てる。唇を噛んで、うーんと唸ってみたり、舌を出してみたり、ため息をついたり、呻いてみたり、口笛を鳴らしてみたり。呟き声、呻き声、息づかい。画用紙の上を滑る木炭の音。

不意に、窓の外からチャイムの音が響いてきた。アトリエの向かい側は中学校だった。校庭に、箒を持ったおじいさんがいた。私と同じで、何もわかっていない。

モデルになるって不思議な感じ。ただ座って窓の外を眺めるなんていうどうでもいい瞬間が、必要なこと、大事なことになっちゃうなんて。

それから男の子たちが校庭に駆け出して、人形の頭をボールにしてサッカーを始めた。みんなやけに背が高い。あの子たちはきっと物理の授業かなにかをサボっていて、大事なことを聞き逃してるんだ。例えば、宇宙はもうだいぶ前から膨張するのをやめて、闇の速さで収縮してるっていうことなんかを。人形の頭は宙を舞い、アスファルトの上をポンポン音を立てて楽しそうに跳ねていた。お転婆そうにお下げ髪を揺らしながら、「大丈夫、まだやれる。どうにかなるでしょ、諦めるのはまだ早いわ！」なんて言っているみたいだった。

チャルトコフは、死期の迫ったお母さんのデッサンをしたときのことを話した。

そして、最初に描いたのは人の顔や表情だったこと、それから体を描くようになって、その後、石を描くようになったっていう話をした。

それから、本来ならば女性が種を植えつけて、男性が妊娠して出産するんだっていう話。

あと、ロンドンの国会議事堂が火事になって人々が犠牲になっていくその瞬間にも、ターナーは水彩で燃え盛る炎を描き留めようとしたっていう話。暴君ネロは芸術家ではなかったけれど、芸術家はみなネロのように残酷なものだって。

それから、ヨブ記の話。ヨブは実在しなかったから偽物で、実在する人間こそが本物だって。そして、人には最初に全てが与えられて、それから全てが取りあげられていく。しかも、なんの説明もなしに。

昨日アトリエに寄ったら、絵の具で絵を描いているところだった。ふと、チューブの絵の具をミミズみたいに押し出してみたら面白くて、私は次々に絵の具を出してみた。それから、指でも触ってみた。

彼はいきなり、

「そうだ、絵の具は肌で感じなくちゃ」

と言ったかと思うと、てのひらでパレットの絵の具を拭い取り、絵の具だらけになった手で、私の顔に触れた。

■

サーシャへ

出せるのはいつになるかわからないけれど、やっぱり手紙を書くよ。ここ数日の間に、すごくいろんな出来事があって、今ようやく君と話をする時間がとれたんだ。でも僕の身に起きたことを話す前に、一番大事なことを言っておきたい——君は僕の大切な人だ。君と離れてから、時が経つほどに強く君を感じている。

あまりにも強く近くに君の存在を感じているから、君もきっとそれを感じないはずがないと思えるほどだよ。

僕たちは天津に到着した。到着してどのくらいの時が経ったかな？ ——まだ三日だ。だけどまるで三年、いや、三十三年の年月が過ぎたような気さえする。

今から君に、ここで起きたことを全部話してみようと思う。

アニシモフの率いる部隊は僕たちの部隊が到着するまで持ち堪えて、合流に成功した。けれどかなりの打撃を受けていて、負傷兵たちの状態は悲惨で見ていられない。

包囲下にいて衰弱しきった兵士たちも戦火の元から無事救出され、この野営地に保護された。彼らは旅順を出て以降、ここで初めてぐっすりと眠り、温かい食べ物を口にし、体を洗うことが出来たという。白河の汚い水でも、大喜びで下着を洗っていたよ。君が見たら驚いただろうな。

僕たちはまず河の左岸、町の防壁沿いの、開けた平らな場所に野営を張った。だけど中国人側、天津の町外れから榴弾が飛んできたから、もう少し離れた場所に移動する命令が下った。野営を張ったのは、白河から一露里（約一〇六七メートル）、租界からは二露里の場所だ。あ、「租界」っていうのは、西洋人の居住地区のことだよ。

シーモア軍下のロシア部隊からは依然として何の連絡もない。シーモアの指揮の下に北京へ進軍していったのは、イギリス、ロシア、ドイツ、アメリカ、イタリアの連合軍で、兵の総数は約二千ほどだった。彼らは線路を修復しながら鉄道で北京へ向かったんだけど、どこかで待ち伏せにあったり、また線路が寸断されたりしたっていう話だ。今頃、まだ無事でいるんだろうか。

北京の列国公使館街が壊滅したというのはもう確実で、そこにいた西洋人はおろか、中国人のキリスト教徒も皆殺しにされたらしい。ドイツ大使館で働いていた中国人のうち奇跡的に助かった人が、ロシア公使館の惨状を語った——教会も、図書館や病院や学校の入った建物も焼き尽くされた。彼らの憎悪の念といったら、正教会の墓という墓を掘り返し、墓石を破壊し、死者の骨をばら撒くほどだったという。その中国人の目の前で、公使館に住んでいたロシア人一家は、腹を引き裂かれ頭を砕かれていったらしい。

他にも、同じくらい恐ろしい噂がいくつも飛び交っている。実情はどうなのか、知る者はない。僕はまだ実戦に参加したことはないし、敵を近くで見たこともない。いや、死体だけなら何度か見た。彼らの軍服は一風変わっている——青い上着の上に赤い縁取りのついたベストを着、金色のボタンをつけている。腹部と背部には、油を塗った白い丸い布が縫い付けてあり、そこに兵士の所属が書いてあって、それが僕らでいう肩章の役割を果たしているらしい。足にはズボンを穿き、分厚いフェルト底のラシャ製ブーツを身に着けている。だけど、完全装備の死体を目にすることはあまりない。死体はたいてい半裸の状態になっているからだ。あと、なぜかみんな口を開けている。傍を通ると、おびただしい数のハエが舞う。

猛烈な暑さで、誰もが水不足に喘いでいる。井戸を掘ってもみたけれど、水はそれでも足りなくて、負傷兵は特につらそうだ。

包囲下のフランスの軍病棟内にあったロシア軍の野戦病院もここへ移設された。このテントのすぐとなりに彼らのテントがあって、今も誰かの呻く声が聞こえてくる。それから、そんな兵士を叱る軍医の声も。軍医の苗字はザレンバっていうんだ。よく負傷兵を叱りつけるけど、意識してわざと粗暴に見せかけているだけで、本当は優しい人だよ。妻と息子の写真を、みんなに見せて回っていた。ただ彼はとても疲れているんだ。

負傷兵は次から次へと担架で運ばれてきて、その光景は果てしなく続くように思えた。彼らには決まってハエがたかっていた。体は深く担架に埋もれ、顔は見えなかった。きっと、担架からは空だけが見えるのだろう。担架が揺れると、たいていの負傷兵は呻き声をあげた。

「足だ足、気をつけろ!」

と、子供みたいにわめき続けている兵士もいた。僕だって、いつ何時あんなふうに担架で運ばれることになるかわからないんだと思うと、恐ろしくなる。僕は負傷兵たちに話を聞いてみた。以前からここにいる兵士たちは、やはり色々と恐ろしい体験をしている。春からずっとここにいたというルィバコフっていう士官は、両足とも足首から下の骨が砕けてしまっている。彼の話によると、天津は事変以前から義和団で溢れかえっていて、寄り合いを開いたり、外国人排斥を呼びかける張り紙をそこらじゅうに貼り付けたりしていたらしい。中国側の軍や警察は動こうとはしなかった。連合軍が大沽を攻撃占拠するまでは、中国政府も反乱者を取り締まる方針でいたのに。そのうち、中国人居住地の内にある西洋人の家や中国人キリスト教徒の家には、血の印がつけられるようになった。犬を殺しその内臓を玄関口に塗り、窓に投げつけたという。外国人の元で働いていた中国人家族たちは租界への移住を要請したが、当初は許可が下りなかった。許可が下りたのは、義和団が夜毎そういった家族を皆殺しにするようになってからのことだった。子供は赦されることもあったけど、そういう場合でも手首を切り落とされた。おそらくは脅しのためだろう。

サーシャ、こんなこと何もかも君に書いちゃいけないって、わかってる。でも耐えられないんだ。すまない。僕もそんな少年を間近に見た。フランス軍病棟にいた男の子だ。手首を切り落とされて、包帯を巻いた腕で受け取った乾パンを押さえ、吸いつくようにかじっていた。

ルィバコフ士官の話に戻るね。彼は最初の動乱があった夜、部下たちと共にフランス公使館街の警備にあたっていた。中国人居住地域から叫び声や騒音が聞こえ、燃え上がる炎が確認された。カトリック教会が焼かれたんだ。人々は逃げ惑い、彼らの元へ逃げてきた。義和団によって中国人キリスト教徒の家々は焼かれ、数百の住民が犠牲になった。教会の神父はどうにかフランス公使館に逃げ込んだ。その晩、西洋人居住地区も最初の襲撃を受けたが、なんとか守りきった。

町を離れて西洋人の多い安全な土地まで逃げるのは、もはや不可能だった——線路は破壊されていたし、包囲された町には多くの女性や子供が取り残されていた。ロシアのほかにドイツ、イギリス、日本、フランス、アメリカ、オーストリア、イタリア混成の連合軍が天津の守備にあたっていたが、兵の総数は千人にも満たなかった。その僅かな兵力で、総数数万にものぼる義和団や中国兵を相手に戦わなければならない。後退することもできず、戦火の下に留まることを余儀なくされた。大使館街に残った住民は自ら武器を取り自衛せざるを得なかった。町中いたるところに壕が掘られ、中国人居住地域のある川向こうから砲弾が飛んでくるような所には防塞が築かれた。

ロシア部隊は左岸の鉄道駅付近の守備にあたることになった。最も任務のきつい場所だ。もしその駅を占拠されてしまえば、左岸全域を中国側に渡すことになり、そこから直接公使館が銃撃される可能性も出てくる。路線沿いには塩の入った袋が大量に積み上げられていて隠れるのに丁度いいし、そこから攻撃されでもしたら、連合軍は一昼夜と持たずして陥落することは目に見えていた。

ルィバコフは指揮下の兵士たちと共に、数日間その駅を守った。昼夜をおかず戦闘が繰り広げられた。彼らはできるだけ直接照準射撃を受けないように、奇襲作戦に出た。そしてルィバコフは負傷した。彼は自決するつもりで、その時を窺っていた。敵に捕らえられるのは恐怖だった。だが味方の兵士たちに助けられ、戦火を逃れることができた。

サーシャ。僕は双眼鏡でその駅を見たんだ。駅は焼け焦げて穴だらけの廃墟と化していた。

天津の戦乱は今も続いていて、町からは砲撃の音が聞こえてくる。中国側が西洋人の居住地区を攻撃している音だ。なかでもフランス公使館街はいちばん酷い被害を受けている。義和団はそこに住むカトリックの宣教師たちを特に嫌悪しているからだ。そして同じ場所に、ロシア公使館やロシアとフランスの共同病院があった。

砲弾は町の外や士官学校から飛んでくる。ドイツ公使館から白河を隔てた向かい側の高い防壁の向こうに、中国軍士官養成の学校があるんだ。そこでは、三百人ほどの士官候補生が学んでいて、以前はドイツ側が最新の武器を提供していたらしい。西洋人技師たちは命からがら逃げてきたけど、一人、照準器を破壊しようとした男が捕らえられて八つ裂きにされた。今でも、竹竿に突き刺された頭がさらしものになっている。いや、少なくとも噂ではそういう話だ。実際、昨日みたいな天気のいい日には、その頭は双眼鏡で確認することが出来た。今日は、ドイツ兵とイギリス兵が士官学校に奇襲をかけて、連合側にも中国側にもかなりの犠牲が出た。

もう一人、ヴェリゴっていう名の負傷兵がいる。戦乱のさなか公使館街に残っていた男だ。公使館街は絶え間ない戦闘状態にあった。人々は寝巻きに着がえることもできず、ほとんど眠ることも出来なかったという。テントを張ればとたんに標的にされるから、野営も不可能だ。町にいる中国人は砲撃箇所の目安を示すため、外にいる仲間に合図を送っていた。住民や馬は防壁の陰に隠れさせ、通りや家の中にはなるべく残さないようにした。しかしそれでも、戦場にいるのと変わらないほどの被害が出た。公使館街には、砲弾や銃弾の飛んでこない場所はどこにも残されていなかった。建物は防壁の役割さえ果たさない。窓や戸には銃弾が撃ち込まれ、壁には砲弾が穴を開けた。女や子供は地下に身を潜めた。

ヴェリゴの両腕は、包帯を巻かれて胸部に固定されていた。気の毒に、一人では何もできなくて、ほかの負傷兵に助けてもらっている。それでも本人はその無力さを笑い飛ばしている。彼は橋の上にいたときに榴散弾にやられたんだ。

驚いたことに、武器も中国側のほうが勝っている。ヴェリゴは、「中国側の大砲はドイツ式の最新型で、おまけに多量の砲弾を確保している。それに対してこっちの大砲は旧式だ。向こうが五発撃ってくる間に、こっちは一発しか返せなかった。銃器なんかもっとすごいんだ。苦力《クーリー》でさえモーゼルやらマンリッヒャーやらを持ってやがる」って話していた。

川向こうの駅から町へは艀《はしけ》を繋げて作られた浮橋が渡されていて、唐船が通るときには一時的に撤去できるようになっている。浮橋は絶えず銃撃を受け、そこで多くの兵士が命を落とした。毎日のように上流から、火をつけた干草を積んだ舟が流れてきて、銃弾の飛び交うなかで浮橋を撤去する作業を行わなければならない。

そうそう、フランス軍病棟でロシア人負傷兵の看護をしていたフランス人の看護婦が、ここの野戦病院に入ってきた。パリから来た娘で、みんなにはリュシーって愛称で呼ばれてる。素朴で可愛らしくて、消毒液で赤くなった手でテキパキと仕事をこなす。華奢に見えるのに、寝たきりの負傷兵を軽々と動かして背中を拭いている。首に不器量な大きいホクロがあるのを気にしていて、よく無意識に手で隠すような仕草をしている。どうして彼女が中国へ来ることになったんだろう。ロシア語はほとんど話せないけど、みんな彼女を慕っている。

野戦病院で昨日の真夜中に凄まじい声で叫びだした負傷兵がいた。野戦病院は僕たちのテントのすぐ隣にあるから、とても寝ていられない。僕は何事か確かめるために見に行った。叫んでいたのは前夜に足を切断された哀れな若い兵士だった。なだめられてもいっそう激しく叫び続けて暴れようとし、力ずくで押さえられた。モルヒネを注射しても効かず、まわりの負傷兵をみんな起こしてしまった。軍医のザレンバは腹を立てて、

「もういい、叫ばせておけ。そのうち喉が嗄れれば黙るだろう」

と言い捨てると、どこかへ行ってしまった。

すると、リュシーがそいつの傍に腰掛け、頭を抱き寄せてなだめ始めた。最初はフランス語で、それから、彼女が知っているほんの少しのロシア語で――

「ダー？　ニェット？　ハラショー！　ハラショー！　パーパ！　マーマ！」

足を失った哀れな青年は――彼はきっとまだ母親以外の女性に撫でられたことなんてなかったに違いない――狂人のような瞳でリュシーを見つめると、そのうちおとなしくなって、静かに眠りについた。

野戦病院では日々人が死んでいく。死体は別のテントに移されるけど、この暑さのなか、いつまでもそのままにしておくわけにはいかない。今日は八人が埋葬された。そのうちの二人は、僕が昨日の朝この目で元気な様子を確認したばかりだった。ところがその夜には、一人は首、もう一人は腹に銃弾が貫通した絶望的な状態になって、担架で運ばれてきた。一人目はその夜のうちに息絶え、もう一人のポポフ大尉は一晩中、意識を失ったり取り戻したりを繰り返しながら呻き喘いで、朝まで苦しみぬいて死んだ。彼は最近結婚したばかりだった。

棺になるような板が無いため、死体は袋につめて埋葬される。兵士たちは悪臭を嗅ぐまいとして、鼻を軍帽で覆いながら死体を運んでいる。なかに極端に小さい袋がひとつあった。爆撃を受けて、肩から腕にかけてと頭だけを残して、他の部位はみんな四方に飛び散ってしまったんだ。

埋葬場所は、野営から半露里ほどの所にある小高い丘だ。全員に対してたった一つの十字架を、乾いた粘土質の土に立てた。穴は深くはない。照りつける日差しの下で深い穴を掘るだけの体力はなかった。

サーシャ。僕はそのとき、お祈りの文句を聞き、墓から一斉に天へ飛び立つ兵士たちを眺めながら、不謹慎にもこんなことを考えていた——アメリカの原住民は邪悪な霊を追い払うために弓で天を射たっていうだろ。僕らは、埋葬のときに銃を撃つ。惜別の礼砲っていうんだけど、それはアメリカ原住民が天に矢を射たのと同じ儀式なんだ。そして、袋詰めにされて粘土質の土の下に埋められた兵士たちにとっては、まったく意味のないことだ。

帰り道は黙りこくって、みんな同じことを考えていた——明日、こうしてカラス麦の袋に詰められて悪臭を放ち、軍帽で鼻を隠した兵士たちに運ばれるのは、自分かもしれないと。

今、この手紙を書いている最中に、このテントに友人のキリル・グラゼナプが来た。彼の話は前にも書いたよね。すっかりしょげた様子だった。連合軍の兵士が隣の村で捕らえてきた中国人を尋問するっていうんで、その通訳に呼ばれていたんだ。キリルの話では、その中国人は義和団員じゃないと主張していたのに、やはり射殺されたということだった。

サーシャ。ここにいると、そういった何もかもに慣れてしまいそうになる。

今、辺りはしんとしている。銃撃や砲撃の音はおさまって、聞こえてくるのは、野戦病院で誰かが呻いている声と、隣のテントでいびきをかいている音、それから食料の箱に忍び込んでガサゴソやってるネズミの音くらいだ。

日も暮れて、こんな時間になってもまだ蒸し暑い。そしてまた、やたらと蚊に刺される。もう、頭からつま先まで全身が虫刺されだらけになってしまった。そっちの、遠くから音を立てて自分の存在を知らせながら飛んでくる無邪気な蚊とは全然違う。音もなく、姿も見せずに飛んできて、突然チクッとくるんだ。どうしようもない。しかもあの蚊は、マラリアを感染させる蚊だ。今日、蚊帳として使うようにネットが支給されたけど、使ってみたら小さすぎて使い物にならない。今、兵士たちがネットを二つ三つ縫い合わせて、中で眠れるくらいの大きさにしている。

ねえ、僕が泣き言を言っているなんて思わないで。ただ、ここ数日で途方もなく疲れたんだ。昼間は絶えず生き残ることだけを考えて行動しなくちゃならない。だけどそんなときに限って強烈な睡魔に襲われる。少しでもどこかに腰掛けると、もう夢を見ていたりする。それなのに、夜になって横になると、昼間の感覚が焼きついて離れない。

目を閉じればあのときの、手首を切り落とされた男の子が目に浮かぶ。あの子が、お茶の入ったカップに手のない腕を伸ばしているその姿が。寝返りを打てば今度は、廃墟と化した駅へと続くあの浮橋が見えてくる。僕は昨日あの場所で、一晩の間に流れ着いた死体を下流に流すために、浮橋をどかす作業をしているのを見た。河の上流でいったい何が起きているのかわからないけれど、とにかく膨大な数の死体が流れに乗って漂着してくる。後ろ手にして手首を縛られた死体もあった。僕には、その死体の曲がった指が動いているように見えた。まあ実際は、波に揺られていただけなんだろうけど。

大切な君への手紙に、こんなに悲惨で恐ろしい話を書いてごめん。でも、これが今の僕の人生なんだ。

だけどその全てから、逃げ出してしまいたい。どこかに隠れて、空想に耽りたい——そう、子供の頃のこと、僕の部屋や、本や、君とのことを。なにか懐かしい思い出を。

今、自分で手紙を読み返したら悲しくなった。君への思いやりが足りなくて、自分のことばかり考えている。

もう一つ反省していることがある。僕は君と一緒にいたときに、いくらでも愛情を表現する機会があったのに、そんな風には考えもしなかったことだ。今じゃもう君は遠すぎて、何もしてあげられない。抱きしめることもできないし、キスをすることも、君の髪を撫でることもできない。愛に証明は必要ないけど、気持ちは表現しなきゃだめだ。今すごく、君に花をあげたい。だって、一度もあげたことがなかっただろう。一度だけ、いつもの公園に咲いていたライラックを摘んであげたことがあったね。それから、君とデートをして、女の子らしい、他愛ないものをたくさん買ってあげたい。指輪や、ブローチや、ピアスや、帽子や、バッグなんかを。ずっと、そういう物はみんなくだらない、ばかげたものだと思っていた。だけど今ならわかるよ。それがどれだけ大切で、何のために必要なのか。こんな所まで来てようやく気づいたんだ。そういう他愛ないものが、とても大切だってことに。

そうそう、今「他愛ないものが大切」って書いて、子供の頃隣に住んでたおばあさんのことを思い出した。時々、遊びに行ってたんだ。その頃の僕には、おばあさんは百歳くらいに見えた。たぶん実際かなりの歳だったんだと思う。太い足は包帯でぐるぐる巻きになっていて、椅子の背を支えにしてなんとか歩いていた。椅子を前に押し出しては、足を引きずって進むんだ。母さんの話では、おばあさんは足に水がたまる病気で、片足だけでもバケツ一杯くらいの水が入っていたらしい。今でも目に浮かぶよ。白髪のお団子頭からはヘアピンが飛び出し、目はいつも涙ぐみ、関節の膨らんだ手は震えていた。耳はばかでかくて、耳たぶはピアスの重みで広がり化膿して、いつも脱脂綿がぶら下がっていた。でも、怖くはなかった。おばあさんはいつも僕のためにチョコやら砂糖菓子やらを用意していてくれた。だけど僕の本当の目的は、おばあさんが飲んでいる粉薬やシロップ容器についている輪ゴムだった。おばあさんは僕のために、輪ゴムを窓の取っ手に引っ掛けてとっておいてくれた。僕はもらった輪ゴムと、糸巻きと鉛筆を使って、おもちゃの投石器を作っていたんだ。

おばあさんは変わった人で、いつも僕には分からない話をした。のっそりと鏡の前に座って、

「ここにいるのは本物の私じゃないんだよ」なんて言う。美人だった若い頃が、本物なんだって。僕が頷いても、信じてないと思って古い写真を引っ張り出してくる。だけど、僕の記憶に残っているのは、ゴンドラの写真だけだ。おばあさんは僕に、ゴンドラの漕ぎ手が狭い水路を通って舟を漕いでいく様子や、家々の壁を足で蹴る仕草について話してくれた。そしてあるとき、おばあさんはこんなことを言った。

「必要なことはみんな忘れていくのに、ゴンドラの漕ぎ手がこうやって家々の壁を足で蹴る仕草だけは、覚えているの。」

おばあさんは、そうやって何かを話した後、決まって、

「あなたにはまだ分からないでしょう。ただ、覚えておけばいいのよ」

と付け加えた。

そう言われて、僕はゴンドラの漕ぎ手の話を覚えておいた。そして今ようやく、他愛ないことの大切さに気づいたんだ。

それから、こんなこともあった。僕がおばあさんに何か質問したら、おばあさんは、

「それはね――」

と言って、僕を鏡の前に連れて行くと、僕の頬を自分の頬に押し付けた。そのとき僕が何を質問したのかは全く記憶にないけど、その答えだけは覚えてる。僕たちは二人で鏡をのぞいていた――七歳だった僕の顔と、皺だらけの、年老いたボロボロの顔。顎や唇の上に生えた毛、もじゃもじゃ

の眉。加齢臭が鼻をついた。早く逃れたかったけど、おばあさんは僕の頭を強く摑んでなかなか離さなかった。

ある夏のこと、夏休みの終わりに旅行から帰ってきたら、そのおばあさんはいなくなっていた。母さんは、「おばあさんは引っ越したのよ」と言った。そのときは本当だと思った。

今ふと思ったんだけど、おばあさんの足にたまっていたバケツ二つ分の水は、どこへ行ったんだろう。もしかしたら、いまごろこの白河の水に溶けて流れているかもしれない。

読み返して思ったけど、どうしてあの、僕以外の人にはきっと忘れ去られてしまったおばあさんが、君への手紙にひょっこり出てきたんだろう。まあ、いいか。

大事なのは、サーシャ、僕たちは一緒だってことだ。僕たちの仲を引き裂くことができるものは何もない。

僕には、君を守る責任がある。だからそう簡単に消えてしまうわけにはいかない。だって誰かが君のことを気にかけて、愛さなくちゃいけない。君のことを考えて、心配したり、君の成功を一緒に喜んだり、苦しみを共にしたりする人が必要だろう。ほらね、だから僕はどうしたって、いなくなるわけにいかないんだ。

今になって、君からこんなに遠くに離れてようやくわかったんだ。僕は、君に愛を——君がいなきゃだめだってことを、伝えきれなかったって。僕は君にしがみついている、命綱にしがみつくみたいに。説明するのは難しいけど、でも僕がまだ息をして目を開いていられるのは全部、ただ、君を愛しているからなんだ。

●

ワロージャへ
あなたになんて伝えたらいいのか、よくわからない。だけど、きっと分かってくれると思う。

私、結婚するの。

今日、彼にプロポーズされた。

すごく可笑しかったんだよ、レストランで食事をしたんだけどね、入り口は回転扉になっていて、彼は私を先に通したの、そのとき、私が何か言おうとして振り向いたら、彼は私に顔を近づけようとして、私は結果的に後頭部で彼の鼻に頭突きを食らわせちゃった。かわいそうに鼻血が出ちゃって、記念すべきディナーの間じゅう、鼻に血まみれの脱脂綿を突っ込んで、頭を上向きに傾けていなきゃいけなくなった。

もう、離婚の手続きに入ったって言った。

それから、テーブルの上に飾ってあった花が、本物か造花か確かめた。そのあと、私に返事を聞いた。

「どうだろうか。」

私は頷いた。

そして、席を立ってお手洗いに行った。

洗面室の窓が開いていて、雨の音が聞こえた。朝からずっと降りそうだったんだ。私は手を洗いながら考えた――私、何をしてるの？　何のために？

そこへ、四十前くらいの女性が入ってきた。

「まったく、私がどうにかするなんて絶対嫌なんだから！」

なんて、ぶつぶつ言いながら、アイラインを引きなおした。

それから彼女は香水をつけた――上向きにスプレーして、香りの霧の下に立った。

そして口紅を塗って、鏡越しにちらっと私を見た。たぶん私の目を見て察しただろうな――私からみれば彼女は、歳をとって枯れてゆく、世界中のどんな口紅を試したってもうどうにもならない女だってことを。

テーブルに戻ったら、周りの人の視線が私たちに集中していた。特にウエイターは、せせら笑うような目で見ていた。

彼は放浪生活について話した。たまたま乗ることになった寝台車のコンパートメントを、丁寧に飾り付ける必要なんてない、その場所は、A地点からB地点へ向かう途中の、夜を過ごすためだけの場所にすぎないのだから――って。

彼は、お手洗いにいた女性の香水の匂いが私にもついていることに気づくと、私に香水をプレゼントしたいと言いだした。私たちは帰りに香水を買いに行くことにした。彼は、お店にあった香水を片っ端から試した。私の手首につけてみて、服の袖をめくって、腕につける場所がなくなると今度は首につけて、さらには自分にもつけた。つけるたびに、この香りは君の匂いじゃない、誰か別の女の匂いだとか言って、結局、何も買わなかった。帰り道、分厚い香水のコートを着ているみたいで、吐き気がした。

そう、肝心なことを、まだ言ってなかったね――私、おなかに赤ちゃんがいるの。

今書いてみた「おなかに赤ちゃんがいる」って言葉を、もっと書きたい気分。

私、おなかに赤ちゃんがいるの。

その子が今どのくらいなのか、ずっと考えてる——カボチャの種くらいかな。耳たぶくらいかも。それとも指ぬきくらいかな。丸めた靴下くらい？　九センチ、四十五グラム。本に載ってた写真を眺めていた——もう背骨がちゃんと見えて、骨の数まで数えられるんだよ。

ママは私がおなかにいたとき、無性に苦いものが食べたくなって、パパに「苦党ちゃん」なんて呼ばれてたんだって。私は、マッチをマッチ箱で擦って、箱の側面が熱いうちに舐めるの。子供の頃にも、そうやって遊んでたことがあった。衝撃的？　あとは、向日葵《ひまわり》の種菓子もよく食べてる。さっき袋を開けたばかりなのに、もう食べカスだけになってる。

それでね、突然思ったの。だから、世界は創造されたものじゃないんだって。つまり私が……うぅん、正確に言えば私の中にいる子が、マッチを擦ったときの匂いを嗅ぎたがっている。だけど、そんなことを考え出すだけの想像力なんて誰にもない。こういうことは、ただ知ることしかできないの。だけどそんなことを知っているのは私だけ。要するに、些細なようでいて、どんな創造主も考え出すことのできないことって、必ずあるんだ。それは、見るか、体験するか、思い出すしかないの。

すごく食欲旺盛なのに、全部吐いちゃう。朝、決まった時間のこともあれば、昼間、職場にいるときに吐くこともある。常に自分の口から異臭を感じるようになった。トイレに駆け込もうとして間に合わなかったこともある。手で口を押さえたけど無駄で、こみ上げてきたものが指の隙間から噴き出した。ものすごく恥ずかしかった。べつに恥ずかしいことじゃないはずなのにね。

動物のメスは、妊娠しても吐き気なんて感じない。人間だけなの。人間って、本当に未完成な生き物だよね。すべてにおいて。こんなことでさえも。

そのせいで疲れきっちゃって、何時間もただ横になっていることもある。ベッドの横に洗面器を置いて、ひたすら怯えながら待っている。

体のなかに体を蓄え、月を数えて暮らす日々。

自分が変わっていくのがわかる。動作はゆったりとして、目は潤んでる。けだるい眠気が続く。目は内側に向けられてる——目に見える世界なんて要らないじゃない。私の内側には、見えない世界が育っているんだから。見えるものは霞み、どこかへ影を潜めていく。まだ見えない存在に、席を譲るみたいに。

とても不思議な感覚。まるで新しい惑星の生成に携わっているみたい。この惑星は一定の期間を過ぎれば私から離脱していく。生命の姉妹になったような、あらゆる木々と親戚になったような、そんな感覚。ううん、本当にその通りなんだ。ドンカの首を撫でながら考える——ねえ、犬のあんたも私も、生命の起源を辿っていけば、祖先は同じなんだね。ドンカはちゃんとわかってくれるの。ドンカにも私にもおへそがある。私たちはおへそで繫がっている。おなかを撫でると、ドンカは嬉しそうに尻尾を振る。そうすると私もドンカと一緒に、幸せで一杯になる。ただ私には尻尾がないから、いくら嬉しくてもドンカみたいに尻尾でフローリングの床を叩くことはできないけどね。

ドンカはちょっと間抜けでおかしな犬。遠くの何かを指差すと、ドンカは指されたほうじゃなくて指をじっと見つめる。ドンカは、私がスリッパを脱いで、疲れて裸足で横になると、寄ってきて足の指を舐めるのが好き。くすぐったい！　ドンカの舌はザラザラしてる。

すごいのは、私のおなかに宿った命の塊には、もう次の命も、その次の命も、そのまた次の命も息づいているっていうこと——そうやって、命は果てしなく続いていく。私のなかには未来の命が、ぎゅうぎゅうに詰まっているんだ。小中学生の頃は、どうしても無限っていう数を思い描くことができなかったけど、無限はほら、このてのひらの下にある。

周りの女性を見回して、不思議に思う。みんな、こんなに素晴らしい可能性を秘めていながら、空っぽのままでいるなんて。

でも、不思議ね。私はこんなに変わったのに、鏡をのぞけばそこには見慣れた私がいる。おなかもまだ膨らみ始めていない。

毎晩のように、冷や汗をかいて目を覚ます――奇形児を生む夢を見るの。ベッドに横になって、病院で見せられた毛と歯の生えた肉の欠片や、半分人間で半分ヒラメみたいに目が片側に寄った赤ちゃんを、必死で忘れようとする。

朝起きると恐怖でヘトヘトになってる。ママは慰めてくれる――ママはいつだって私のために、慰めの言葉を見つけてくれる。

「花はね――どんな花もそうだけど、何のために生きているかっていうと、しまいには枯れて、あとに種の入った無愛想な箱を残すためだけに生きているのよ。」

パパは、酔っ払っては私に電話してきて、切らないでくれって頼んで、おじいちゃんになるんだって喜んでる。もう本当にわけの分からないことばかり。

「なあ、俺もそのうち子供を生もうじゃないか、そうすれば孫よりも若い子供ができるぞ。そうだ、男の子を生んでくれよ！」

私は、「忙しいから」って電話を切る。

そうそう、ママが、マタニティー用のホックの大きいブラジャーと、大きくなっていくおなかに合わせて調節のできる腹帯をプレゼントしてくれたよ。

ママは色々とアドバイスをしてくれる。

「もし尿が濁ったら、すぐお医者さんに相談するのよ。私、あなたがおなかにいるとき、尿蛋白が出たの。」

考え事をしながらつい指のささくれをかじったら、子供の頃と同じようにママは私の腕をパチンと叩いた。

変なの。ママに、「大丈夫よ、何も心配ないわ」なんて言われると、なぜだかどんどん不安になる。

アトリエが、私と彼の放浪の住処になった。

ひとつずつ、一から覚えるの。ティースプーンはここでしょ、ティーポットはここ。あれ、お茶はどこだっけ？　住居じゃない住居に、だましだまし慣れていく。

引き出しから引き出しへ、食器棚を小旅行——これが私の新婚旅行。

きっちり四十五分ごとに、学校からチャイムの音が聞こえる。

それから、ひっきりなしにトントンいう音も聞こえる。隣は彫刻家のアトリエで、朝早くから槌《つち》で鑿《のみ》を打つ音が響いてる。隣に貸した本は、石の粉だらけになって返ってきた。

ソーニャは、週に二回ここに来る。もうすぐ弟か妹ができるって聞いて、ソーニャは、生まれるのは弟ってことにしたみたい。来る度に、

「弟は元気？」

って訊くの。私は笑って、

「元気よ」

って答えるんだ。

彼は、ソーニャのバレエ教室の送り迎えをしてる。この前、私もついて行ってみた。ソーニャは

彼の手をしっかり握って、私には手を繋がせてくれない。

「じゃあ、パパとママはもう二度と結婚しないの？」

なんて訊いてた。彼は、「これからは、パパはうちじゃないところに住むんだよ」って説明した。

ソーニャは、

「でも、パパにとってはやっぱり私が一番でしょ？」

って訊いた。そして、

「そうだね」

って返事をもらうと、勝ち誇ったように私を見た。

最初に行った時は春の初めだった。湿った風がやっと吹き始めた頃で、夕方になると気温はまた氷点下にまで下がっていた。水溜りの表面には氷が張っていて、踏むとパリパリ楽しい音がした。割れる前に、氷が軋む音も聞こえた。

凍える寒さのなかを歩いてバレエスクールに到着すると、バレエシューズは冷たくなっている。彼は口に近づけて息を吹きかけ、シューズを温める。

ふと、私もすごくバレエを習いたくなった。子供の頃、どうしてママは私をバレエに通わせてくれなかったんだろう！

足を滑らせる音に、シフォン生地の擦れる音。女の子たちはずらっと並んで廊下に座って、絹のタイツの上にニットのレッグウォーマーを履いていく。先生は、元バレリーナ。背中をピンと伸ばして、女の子達の足をまたぎながら廊下を歩いていった。壁際には何人か、毛皮のコートを着た親や、おばあさんたちも立っている。伴奏者が、ヒーターで手を温めている。レッスンが始まった。顎を上げて、足を上げて、足！背中伸ばして！足はコンパスみたいにまっすぐ！背中！

頭！　そこ、ふざけないの！

五つのポジションに、五つの和音。五番のポジションで動きを止めた。

その子たちを見ていたら、私もあんな風に小さく身軽になって、バーにつかまって練習できたら、どんなにいいだろうって思った。基礎から始めて、一通りのポジションをやって、プリエ、プレパラシオン。そうだ、子供にはバレエを習わせよう。女の子かもしれないじゃない。ううん、どっちだっていい。男の子だって、女の子だって、私はもう、この子を愛してるんだから。

子供たちは、レヴェランスをしているときが一番楽しそうだった。

昨日はソーニャがアトリエに来た。彼は絵を描いていた。彼はソーニャに遠近法を教えた。なんでも、教え方が上手いの。

「ごらん、世界はパースで繫がっているんだよ。こんな風に、紐で釘に吊るされた絵みたいにね。もし、この釘と紐が無くなったら――パースが無くなったら、世界は崩れ落ちて、壊れてしまうだろう。」

私が見ていると、ソーニャは雑誌を手に取って、そこに載っていた絵のなかに定規で線を入れ、その線を一箇所に集めていった。椅子、花、腕、足、目、耳と、全ての物が紐で結ばれ、ひとつの釘に集まった。ソーニャに近づいて、

「すごいすごい、上手くできたね」

って声をかけたら、ソーニャは唐突に、

「ジプシーの腕輪って知ってる？」

なんて聞いた。

「知らないなあ」

と私が答えると、

「やってあげようか」

って言うから、

「じゃあ、やって」

って答えたら、ソーニャはおもむろに両手で私の手首を摑み、全力でひねりあげた。あまりの痛さに私は悲鳴をあげそうになった。肌がひりひりして、手首に赤い輪が残った。

私は微笑んだ。

ソーニャは、パパをかけて私と戦ってるんだ。

■

サーシャへ
一行目に君の名前を書いただけで、とても温かくて優しい気持ちになった。サーシャ。君はどうしてる？　どんなことがあった？　君のことばかり考えている。君の頭の中にも同じようにいつも僕がいるんだと思うと、それだけで嬉しくなる。
知ってるんだ。君が僕のことを考えてくれていることも、心配してくれていることも。だけど心配しないで。ほら、僕がこうしてこの手紙を書いているってことは、僕は無事だってことだろ。書いているってことは、生きているってことだ。

君はいつこの手紙を受けとることになるんだろう。いや、受けとること自体できるのだろうか。だけど、こんな言葉がある——届かないのは、書かれなかった手紙だけだ。

君はきっと、僕がどうしているか、見た目はどんな風になって、何を食べて、どんな風に眠って、何を見て生きているのか、想像してみたりしているんだろう。今、少し時間ができたから、ここの暮らしがどんなか、説明してみるよ。

ここに来てすぐ君に手紙を書いた頃は戦闘が続いていたけど、今は休戦状態に入って、時々砲撃の音が響いてくるだけだ。

依然として猛暑日が続いているうえに、強い風も吹くようになった。本場の砂嵐だ。風に乗ってゴビ砂漠から細かい砂が飛んできて、何もかも黄色い砂で覆っていく。テントも砂まみれだ。何を食べても口の中がジャリジャリする。目も耳も襟元もポケットも砂だらけで嫌になる。

雨が降るといいんだけど、さっぱりその気配がない。みんな雨を待ち望んでいるよ。そうすれば、きれいな水が手にはいるからね。仲間の兵士たちが白河で体を洗ったら、全身に赤い斑点が出た。軍医によると、死体から出る屍毒のせいらしい。掘った井戸からは少ししか水が出ないし、水質も悪い。夜には全ての井戸に見張りをたてる。毒を投げ込まれるのを恐れているんだ。

次々に新しい部隊が到着している。僕らのいる野営自体が、かなり長距離に及ぶようになった。このあたりにもコウリャンが茂っていたけれど、既にほぼ踏み倒された状態だ。

さて、今度は周囲の様子を描いてみよう。

南方には、廃墟と化した中国人の村が見える。住民たちは逃げていって、焼け焦げた壁の残骸の合間を、豚や犬がうろついている。たまに仲間の兵士たちがその豚や犬を獲りに行く。だけど犬は最悪だ。すっかり凶暴化して、誰彼かまわず怒り狂って飛びついてくる。だいたい、この辺りには貧しくて汚い村が多い。

前景には、林がいくつか見える。緑のなか、白いテントが等間隔に建てられている。馬は長い鎖で杭につながれて、頭を揺らしている――ハエがたかっているんだ。

司令部のテントは騒々しい。隣村の倒壊した民家のゴザが運び込まれた。空の弾薬箱をテーブルの代わりにしている。さっき、お湯が沸いた。この猛暑を耐え抜くためにできることは、お茶を飲むくらいしかないらしい。

野戦病院はすぐ目の前にある。そのせいで困ることもあるって話は、もう書いたね。

左のほうには、測量士たちがテントの合間をぬって、三脚とプリズムポールの回りをうろうろしているのが見える。

僕の右斜め向かいでは、日よけの下で兵士たちが銃を磨いている。潤滑油の匂いが漂い、銃身と洗い矢やブラシが擦れ合って、金属音を響かせている。

その奥は炊事場になっている。今日、牛を潰すところを間近で見た。ものすごい量の内臓がどっかり出てきて、驚いたよ。どうやってあれだけの量が収まっていたんだろう。人のおなかにもあんなに臓物が入っているんだろうか。僕の腹にも？　出てきたものは全部、目玉も一緒に土に埋められた。牛の目玉って、りんごくらいあるんだぜ。

でも、よく食べているのは馬肉だ。味は牛に似ている。

野営地のはずれでは、新しい便所を作るための穴が掘られている。最初の便所は場所を考えずに作ってしまって、風に乗ってものすごい異臭が漂ってくるんだ。

サーシャ、こんな話を読んでもきっと面白くないだろう。だけどこれが今の僕なんだ。

野営地の中心の、炊事場や上官たちの食堂がある大きなテントの辺りは、大きな墳丘になっている。その周りにも、小さめの土山がいくつかある。君は笑うかもしれないけど、僕たちは本当に文字通り、墓場で暮らしているんだ。

中国人の墓は至る所にあって、天津の周囲はぐるりと墓に囲まれている。グラゼナプがその理由を話してくれた。つまり、彼らには僕たちが考えるような墓地っていうものは存在しなくて、その代わり、各家庭が所有する土地の一角に、必ず祖先を祭るための場所があるらしい。死体を埋めるときは穴を掘らず、反対に盛り土をしてそこに棺を置き、上からまた土をかける。だから、円錐形の塚になる。その大きさは棺の大きさと死者の地位によって決まるらしい。塚には上から泥と藁をまぜたものが塗られ、見た目にはキルギス遊牧民のテントのようになる。中国では祖先が子孫を助けてくれると考えられているらしい。まあ実際、その通りかもしれない――仲間の兵士たちはこの塚を嫌っている。敵が隠れて狙撃するのにうってつけだからだ。あれのせいで、常に戦闘準備の態勢でいなくちゃいけない。

斥候たちの話によると、この辺りには蛇も多いらしいけど、僕はまだ一匹も見ていない。そうだ、この話はしたっけ？　小さい頃、森で焚き火用の小枝を拾っていたとき、摑んだ小枝の束から蛇が滑り出てボトッと地面に落ちたことがあって、僕はそれ以来すっかり蛇恐怖症になってしまった。ここには蛇のほかにも、些細だけど気色悪いことが色々とある。ポケットに入れた砂糖の欠片を取り出したら、蟻まみれになっていたこともあった。

だけど休戦状態とはいえ、死は休みなしだ。依然として毎日のように誰かを埋葬しなくちゃならない。でも、もう十字架を飾ることはせず、できる限り墓を目立たせないようにしている。前に書いた共同墓地は、夜中に中国人に掘り起こされて、遺体は切り刻んでばら撒かれてしまった。僕らはそのくらい憎まれているということだろう。発見されたのは朝になってからだった。犬が、散々かじった跡のある人間の手首をくわえているのを、番兵が見つけたんだ。

二艘の艀をつけた曳船が天津からの避難者を乗せて川を下り、大沽へと向かった。船には、衰弱した女子供や荷物がたくさん乗っていた。オウムの入った鳥かごが目に留まった。

武器や人を鉄道で運べるようにするために、急ピッチで線路の復旧作業を進めている。壊れた機関車の修復には、アメリカとロシアの鉄道技師があたっている。通信兵も交信の回復に努めているが、とにかく材料が不足している。柱もないし、絶縁体もピンで代用している始末だ。

たまに、他の国の兵士と話すこともある。毎日次々に新しい部隊が到着する。昨日は、ここの司令部に日本人が数人来ていた。なかにロシア語がわりと上手な日本人がいて、義和団との戦いは困難だという話になったとき、彼は、

「中国人の見上げたところは、つまり」と言うと、ハエがびっしりと群がったテーブルにトンと手を置いた。自然、ハエは四方へ飛び立った。

「こういうことだ。この手をどければ、ほら、ハエはまた戻ってくる。義和団というのは、ハエのようなものだ。普段は物陰に隠れて此方を攻撃し、此方から攻撃しようとすると一目散に逃げ、そしてまた戻ってくる」

そう言うと、彼は器用にもぴしゃりぴしゃりとてのひらで数匹のハエを潰して見せた。

日本人は独自の戦術を持ち、宿命的に恐れを知らないようなところがある。連合国のなかで日本が一番多くの犠牲を出しているのは、そのせいかもしれない。指揮をとっているのは福島司令官といって、ペテルブルグからウラジオストクまで馬で横断したことで有名な人だ。日本兵は、まるで足を結ばれたような、おかしな歩き方で行進する。

そもそも連合軍は、並べてみるとなかなか絵になる。

アメリカ兵はつばの大きな柔らかい帽子をかぶっていて、さながら勇敢なカウボーイのようだ。戦はなかなか強いけど、これといって特別な戦術はない。彼らを見ていると、メイン・リードの小説に迷い込んだような気分になる。

生粋のフランス人はあまりいない。フランス部隊の大半は、インドシナ半島からさしあたって派遣されたズアーブ兵だ。正規のフランス軍とはかなり様相が違い、戦闘意欲がやたらと高い。

イギリス人は、セポイというインド人の傭兵を所有している。彼らは背が高く痩せ型で、黄色や赤のターバンを巻いている。各隊の隊長は決まってイギリス人士官で、セポイの士官は時にその三倍くらいの年齢のこともあるにもかかわらず、イギリス人隊長の部下を務めている。イギリス人が、あまりセポイを頼りにできるとは思えない。セポイはターバンと胸に手を当てて忠誠を誓う。

オーストリア人は全部で数十人しかいない。そのわりにオーストリア国旗は巨大で、一枚で一度に全員を隠せるほどでかい。

イタリア部隊は、ベルサリエリ隊と呼ばれる、アルプスの狙撃兵たちだ。『図解・世界の国々』から抜け出してきたみたいな格好で、鳥の羽つき帽子をかぶり、ふくらはぎはむき出しで、小型のカービン銃を持っている。そして誰にでも愛想よく笑いかける。

今日は、不格好な茶色い上着を着たドイツ兵を見かけた。照りつける日差しにやられて気分が悪くなった兵士がいて、仲間が木陰に運んで扇いでやっていた。ここでは日射病にかかる兵士がかなり多い。

時々、やはりこれは奇妙な仮装大会なんじゃないかと思うことがある。軍服、礼服、軍帽にターバン……。昔の人が、仮装大会で普段と違う格好をしたのは、死神を惑わせるためだった。僕らがここでしていることは、それなんじゃないか？

ほかに目につくのは、連合軍同士は一般兵でさえ、お互いすごく仲がいいことだ。まあ、皆ここでは同じ指令を受け、同じ危険を背負い、助け合って生きていかなきゃならないんだから、当然といえば当然だけど。

なかなか壮観だよ。ロシア軍の制帽やイギリス軍の白い軍帽、フランス軍のブルーグレーの帽子、ドイツ軍のヘルメットに、セポイのターバン、威勢よく曲がったつばのついたアメリカ軍の帽子や、日本軍の小さな白い制帽が、入り混じっているんだからね。なんだか、人類は本当にいつか一つの家族になれる、これまでの全ての戦争は既に過去のものになったんじゃないかって気がしてくる。きっと、これが最後の戦争になるんだ。

たまに任務から解放されると、僕は野戦病院へ行って負傷兵の話を聞く。今日はあるテントで、大砲の戦力について話し合っていた。第二砲兵隊のアンゼルム隊長は、砲弾で肘を砕かれて破片で鼻もやられ、腕も大半は失ったうえに顔まで滅茶苦茶になったのに、そのくらいで済んで良かったと喜んでいる。彼の話によると、中国人は最新式の煙の出ないクルップ砲を使用し、しかも鉄道の盛り土に隠れて完全に死角になった場所、町を囲む堡塁《ほうるい》の外から撃ってくるので、此方から場所を特定するのは非常に困難だという。

彼を見ていて、すごいと思った——顔に包帯を巻かれ、これから死ぬまでずっとその醜い顔で生きていくことになり、身体にもかなりの傷を負った人間が、気を落とすこともなく、笑う気力をも見つけ、他の負傷兵を支えようとさえしていた。僕だったら同じように振舞えただろうかと考えずにはいられない。

負傷兵のなかで秀でて痛みに強いのがコサック兵だ。アムール流域出身のサーヴィン下士官は、顎が砕けてしまい、舌が膨張して口の中に収まりきらないほど大きくなっているのに、それでもまだ自分がまるで女みたいに縛り上げられたという話をしては笑ってみせようとしていた。

前に書いた、両足首から下に酷い怪我を負ったルィバコフの話、覚えてる？　彼は、片足を膝のところで切断したんだ。でも、膝下がまだあるような気がするって言っている。僕はルィバコフのその話を思い出しながら考えた——死んだ人間も、もう無くなってしまった体をそんな風に感じているのかもしれない。

毎日新たに負傷兵が担ぎこまれる。今日は例外的にいい日だ。生きていた者はそのまま生きているし、負傷していなかった者は負傷しないままだった。昨日は、ここに派遣された連絡兵が夜中に運ばれてきた。あれは不運な負傷だった。気の小さい味方の番兵が、暗闇でスパイと勘違いしたんだ。現場に担架がなかったため、哀れな連絡兵は崩壊した家のドアに乗せられて担ぎ込まれた。下腹部に傷を負い、かなり苦しそうだった。そして苦しみのなか、自分は敵の弾ではなく味方の弾で死ぬかもしれないというやりきれない不安を募らせている。怖いのは、細菌感染症にかかることだ。傷そのものより、感染症が原因で死ぬ負傷兵が多い。

僕は、あの短気なザレンバ軍医がとても好きになった。機嫌のいいときは、以前北京の公使館で数年間働いていたときの話をして、皆を笑わせてくれる。彼は中国語も少し知っている。今日彼はお茶を飲みながら、こんな話をしてくれた。若い中国人が訪ねてきて、母親の病気の症状を語った。ところがザレンバが薬を処方すると、彼は母親の元に持って帰らずに、その場で自分が飲もうとした。彼は、母親の代わりに自分が薬を飲んだおかげで母親の病気が治ったとしても、特に不思議だとは思わないらしかった。このことは、中国の発展の度合いについて多少なりとも理解する手がかりになるかもしれない。

軍医の仕事は山のようにある。さっきも、手術をしに行った。工兵部隊の兵士が担ぎこまれた。

彼の足は壊死し始めていたけれど、本人は足を残してくれと懇願していた。ザレンバは、

「必要が無ければ切断など絶対にせぬ」

と言って、助手に命じてクロロフォルムを染み込ませたマスクをかけさせた。

このあいだ、興味本位でちょっとだけ、あのマスクを嗅いでみたよ。なんてことはない、少し温かくて、ゴムの匂いがした。

時々、リュシーと言葉を交わすこともある。昨晩は軍医補を手伝って包帯の巻き直しをしていたらしい。彼女は負傷兵の乾いた傷に張り付いていた包帯を、引き剝がさなくてはならなかった。負傷兵はあまりの痛さにリュシーの腕にしがみついた。リュシーは微笑んで、手首にある青黒いあざを見せてくれた。彼女はそのあざを誇りにしているんだ。

実は、リュシーが看護婦になったのには、やむをえない事情があったらしい。リュシーは町が包囲された際に避難しようとしたが、天津から大沽へ向かった最後の避難列車は銃撃に遭い、乗客たちは――乗客は女性や子供や負傷者ばかりだったが、町へ引き返さざるを得なかった。線路は既に破壊されていた。皆、包囲された町に残り、凄まじい砲火の下に身を置くことになった。リュシーはじっとしていられず、病院へ行って手伝いを申し出た。そして、しようと思えば避難出来るようになっても、当面はここの野戦病院に残る決意をしたという。実際、彼女の温もりと優しさは負傷兵たちにとって薬に劣らず必要なものだった。

リュシーと話していると無意識に、あの不格好なホクロに目がいく。彼女はそれに気づくと手でホクロを隠し、なんだか気まずくなってしまう。

リュシーは皆に好かれている。無理もない。ここにいるのは、家族や恋人と離れ離れになった男たちばかりだ。誰もが、ほんの少しの優しさや、人間らしい言葉や温もりを求めている。リュシー

は皆に平等にやさしく接していて、特定の誰かと特別親しくなろうとはしない。いや、僕の見た感じでは、キリル・グラゼナプだけは例外みたいだ。よく二人が一緒に、なにやら楽しそうに話しこんでいるのを見かける。リュシーは快活に笑う。たった今、キリルがまたリュシーのところからこのテントに戻ってきた。寝床に倒れこんで、じっと黙ったまままため息をついている。ビン底みたいに分厚い眼鏡についた砂をふき取りながら。僕は一度あの眼鏡をかけてみたけど、目が痛くなっただけだった。

ここではちょうど今くらいの時間に、急激に暗くなっていく。コオロギやカエルが、夕暮れの歌をうたい始めた。そしてまた蚊が大量発生する。そこらじゅうで、蚊をピシャピシャ叩く音や、畜生と叫ぶ声が聞こえる。

少しでも涼しくなってくれるかと期待して夜を待ってみても、だめだ。夜になると風が止み、地面は昼の間に蓄えた熱を放出するから、よけいに蒸し暑くなる。

今日の砂嵐は、そこらじゅうに砂の層を残していった。歯を嚙みしめるとジャリジャリ音がする。ひっきりなしに口をゆすいでいたくなる。だけどもっと深刻なのは、喉の渇きだ。絶えず水筒の水をすすっているけど、この水を飲むと余計に喉が渇く。顔や全身から、だらだらと汗が流れる。肌についた砂は、ねっとりとした層になってへばりついている。すっかり愚痴を言ってしまったね。だけどこんなことはみんな、たいしたことじゃないんだ。本当だよ。

でもね、サーシャ。ここにきて分かったんだけど、戦争っていうのは戦闘や爆発や負傷だけで成り立っているわけじゃない。終わりの見えない待機の時間や、心もとなさや、退屈でいっぱいなんだ。そういう時、キリルがいて本当によかったと思う。彼とは何でも話せる。よく口論にもなるし喧嘩をすることもある。そういう時はお互いにむかむかするけど、長くは続かない。喧嘩をしたことなんてじきに忘れて、また話を始めるんだ。

君もきっと彼のことを気に入ってくれると思う。まあ僕だって、あいつの好きじゃないところはあって、例えば身振り手振りが大げさだったり、話している相手の服の袖を掴んだりするところはどうも気に入らないけど、やっぱり気が合うし、いい奴だと思う。彼の理知的な声も、眼鏡のレンズのせいで実際より小さく見える、賢そうな目も好きだ。寝るときは必ず、模様のついた中国製の小さな枕をして眠る。その枕には特殊な茶葉が詰まっていて、耳のあたる部分に穴が空いている。中に入った茶葉の香りは、彼の話によると、目にいいらしい。

キリル・グラゼナプはいつも、とても面白い話をしてくれる。例えばこんな話、君はどう思う？僕らを取り囲むあらゆるものに循環している生命エネルギーを、中国では「気」と呼ぶんだって。気に働きかけることができるのは音楽で、音楽を使って気の状態を知ることも出来るらしい。昔は、戦の準備が整ったかどうかを調べるために、ラッパ吹きが兵士たちのなかに立って専用のラッパを吹いた。もしもラッパの音が弱々しければ、戦闘力もそれ相応だから戦をしたら負けるだろうといわれた。だからそんなときは戦はとりやめになって、隊長から退却命令が出たんだって。面白いよね。

キリルは時間を見つけては習字をしている。習字道具一式も持っているんだ。硯に水を入れて、そこで固形の墨を擦っていく。だけど紙が不足しているから、彼はたいてい板や布に、水でぬらしただけの筆を使って書いている。いくつかの漢字を縦書きに書き連ねると、一篇の詩になる。最後まで書き終える頃には、書き出しの部分はもう日光と風にさらされて消えかけている。君にも見せてあげたいよ。とにかく素敵なんだ！

ほら、ここでも、なかなか素敵な時間を過ごすことだってあるんだよ。

すまない。冗談のつもりが、ばかなことを書いてしまった。

ただ、少しでも隙を見つけては現実逃避したくなるんだ。

今日もキリルは習字の練習をしていた。見ているうちに僕はうずうずして、試しにちょろっと書いてみた。あいつが穏やかな口調で「竹の断面に似てる」なんて言うから、僕は一瞬ほめられたと思って喜んだけど、違った。なんと、書道の筆跡は羊の頭に似ていてもいけないし、ネズミの尻尾に似ていても、コウノトリの足に似ていても、折れた枝に似ていてもいけない——つまり、そもそも物に似ていてはいけないんだって。横の線は一万里の彼方へと延びていく、雲のようなものなんだって。僕はもう、習字の練習はあきらめることにした。

太古の昔、書は生贄《いけにえ》の記録を記すものとして始まったという。画によって、儀式の道具やその様子を描いていた。これはまあ、わかりやすい話だ。でも、その後に起こったことがすごい。その時点では、描かれた画を見れば誰でも内容が分かった。犬は犬の形をしていたし、魚は魚、馬は馬、人は人の形をしていたからね。それで、きちんと学んだ人にしかわからないようにするために、表記はわざと難しくされていった。その段階で記号はその記号が表すもの——木や、太陽や、空や、川から、遠ざかっていったんだ。以前、記号は美や調和を映しだすものだった。その調和が、書に融合された。そしてその結果、書は美を映し出すものではなく、美そのものになったんだ。

なんだかとても親しみのもてる話で、なるほどと思った。

キリルは、姉さんの結婚式に出席できないといって悲しんでいた。母親は、彼が戦場で死ぬのではないかと心配し、出征に反対していたという。

彼は、「自分が死ぬのを怖いと思ったことなんて一度も無かったのに、今は、母さんの気持ちを思うと同じくらい怖いな」と話した。

僕は黙っていた。うちの母さんも、きっと同じように僕のことを思っているんだろう。僕は気恥ずかしくて、駅で別れを告げると、母さんは泣いて僕にすがりつき、キスを浴びせた。僕はその腕から逃れようとした。

そのうえ目の見えない継父まで、突然僕を抱きしめた。顎ヒゲがチクチクした。

母さんは別れ際に、

「何か言葉をかけてちょうだい」

と頼んだ。

僕は、やっとのことで、

「もう行けよ。大丈夫だから。じゃあな」

とだけ言った。

サーシャ。君は分かってくれるだろうか。あのころ僕は、「母さんのことなんか嫌いだ」って自分に言い聞かせていたんだ。いや、君に分かるはずがないね。だって今となっては正直、自分でもよく分からないんだから。

目を閉じると、もう誰にも見えなくなってしまった世界が見える——あの古いアパート、壁紙、窓に掛かったカーテン、家具、板張りの床。クローゼットの鏡を覗いて、よく変な顔をしてみた。自分の存在を確かめるみたいにね。ソファーには、クジャク模様のクッションが置いてあった。ばあちゃんが縫ったクッションで、ボタンの目がついていた。その目はしょっちゅう取れた。いや、もちろん僕がいじってたからだけど。それで、取れた目を縫い直すたびにクジャクの表情が変わった。びっくりして横目でこっちを見ているみたいだったり、驚いたように天井を見つめていたり、性格の悪そうな笑い方をしていたり。

それから、扉の横の柱も目に浮かぶ。母さんは僕の頭の上に本をのせては、身長を刻んでいた。だけど僕がいくら頼んでも、母さんの背は測らせてくれなかった。

ねえ、こうして暑さや負傷兵や死から目をそらし、遠い世界のことを考えていると、だいぶ楽になるね。

僕のベッドの上には、かなり大きな大洋航路汽船の断面図が張ってあった。そこに描いてある船室やタラップ、機関室、船橋、船倉、甲板を歩いている小さな人影、食堂で食事をとっている人や、船員やボイラー工を、僕はいくらでも眺めていることができた。豆粒のように小さな犬が料理人からソーセージを横取りしたところまで描かれていた。僕は、ポスターを貼ったのは父親だと信じていた。描かれた人々の生活を想像するのが好きだった。船長が拡声器で呼ぶと、マストによじ登っている赤毛の見習い乗組員が返事をする。甲板磨きをしている乗組員たちは、何を話しているんだろう。僕は乗客にまつわるエピソードをあれこれ考えたり、彼らにおかしな名前をつけたりもした。そこに足りない人間を、自分で書き込んでみたこともあった。例えば、ペンキの入ったバケツを片手に、猿みたいにロープにぶら下がって、錨に色を塗っている乗組員なんかを。

そして、彼らからみれば僕はいったい何者なんだろうと考えては、面白いような不思議な気分になっていた。

彼らは、僕の存在に気づいているんだろうか？

別荘地に出かけるときは、画鋲をそっと外してポスターを丸め、そのまま誰にも渡さずに別荘地まで持っていった。その筒から遠くを眺めながら――まるで望遠鏡を覗くみたいにね。母さんは、そのポスターを僕が子供の頃描いた絵と一緒にとっておいてくれていた。僕が捨ててしまうまで。

父さんのことは、断片的にしか覚えていない。何歳の時のことかハッキリしないけど、僕と父さんで駅へ母さんを迎えに行ったことがある。すごい混雑で、父さんは僕を肩車して、「がんばって母さんを見つけないと迷子になってしまうな」と言った。僕は父さんの首につかまって、人混みを眺めていた。僕は、母さんを見つけられないかもしれないと思うと不安で怖かった。ふと母さんの姿を見つけ、僕は駅じゅうに響き渡るような声で叫んだ。

「ママ、ママ、僕たちここだよ！」

写真撮影スタジオに行ったことも記憶に残ってる。まあ、この箱から鳥が出てきますよって言われたのに、出てこなくてがっかりしたせいだと思うけど。その時父さんと一緒に撮ったはずの写真はどこかへ消えてしまった。おそらく母さんが捨てたんだろう。残っているのは、僕が一人でコントラバスを抱えるみたいにギターを抱えて写っている写真だけだ。

もうひとつ、全然しょうもない記憶だけど、寒気のなかでピエロみたいに赤くなった父さんの鼻を触っていただけの思い出もある。

こんな風にもう誰にも必要の無くなってしまった思い出でも、君と共有できるだけで、すごく幸せに思える。

他にはどんな思い出があったかな？

一年ものあいだ、母さんに連れられて、首と背骨を伸ばすための体操に通っていたことがある。医者に、背骨が歪んでるって言われてさ。額と顎を固定するベルトがついたきつい革製の補正器具を頭に巻いて、天井につきそうなほど強く上に引き上げる。傍には同じように背骨の歪んだ男の子や女の子がいて、みんな肉屋のソーセージみたいにそうやって吊るされていた。僕はその体操も、いくら僕が嫌だと言っても無理やりそこへ通わせた母さんのことも、大嫌いになった。

それから、うちにお客さんが来ていたときのこと。僕はたんすに隠れて、みんなが僕がいないことに気づいて外へ探しに行くまで、その暗く息苦しい場所にじっと座っていた。僕は叱られて、どうしてそんなことをしたのかと咎められた。あの時は自分でも分からなかったけれど、今なら分かる。僕はただみんなに、僕を探して、見つけて、喜んでもらいたかったんだ。

そうだ、サーシャ。僕は小さい頃、時々とてもおかしなことを考えつくことがあった。いや、そう特別おかしくはないかもしれない。あるときどこかから、洒落たブリキ缶に入ったフランスのクッキーをもらったことがあった。それで僕は、こんな素敵な缶はいったい何に使ったらいいんだろうと考えてみた。で、思いついた。缶に色々な物を詰め込んで、土に埋めるんだ。いつかその缶を掘り起こして開けた人は、僕のことを何もかも知ってくれることになる。僕は缶に自分の写真や、絵、切手、それに机のひきだしに詰まっていた、こまごましたもの――石ころ、兵隊人形、ちびた鉛筆、ほかにも色々、その時大事にしていたがらくたを入れて、別荘に生えていたジャスミンの根元に埋めた。ところが埋めた後になって、ふと思った――ずっと後になって、あの缶が掘り起こされる頃には、僕はもういないし、母さんも、ほかの人も、みんないなくなっている。だから母さんの物も何か入れなくちゃいけない。僕は母さんのアルバムからこっそり写真を抜き取ると、それも一緒に埋めた。そして、ハッとした。僕は、ものすごい権力を持っているんだ。だって、その未来に残ることが出来るのは、僕が選んで缶に入れた人だけなんだから!

あのブリキ缶は今どこにあるんだろう。まだあのジャスミンの下にあるんだろうか?

母さんはいつも僕を外に遊びに行かせようとしていた。

「まったくもう、また本なんか読んで! 外に出てほかの子と遊んできなさい!」

なんて言って。僕は男の子たちと遊ぶのは嫌いだった。だって四六時中、我慢比べみたいなひどい遊びばかりしているんだから。例えば、Y字のパチンコを引いて相手の目に突きつけて、瞬きするかしないか確かめるとかさ。

あと、子供の頃どうしても犬を飼いたくて、野良の子犬を拾ってきたこともあった。うちで餌をあげた。だけど子犬がその餌を吐いてしまって、しかも床に吐いたものを舐めているのを見ると、母さんは、それきりもう僕がいくら頼み込んでも、子犬を飼うことを許してくれなかった。

それから?

うちのばあちゃんは、いろんなボタンの入った箱を持っていた。僕はそのボタンを軍隊に見立てて遊ぶのが大好きだった。小さな白いボタンは歩兵で、ほかのボタンは騎兵隊や大砲の役にしていた。そうそう、すごく大きな真珠層のボタンもあった――あれは将軍で、戦闘相手はいつも同じもう一人の将軍――緑がかった青銅の留め具だった。戦闘は繰り広げられた――ボタンたちは突撃し、叫び、白兵戦になり、死んでいく。僕は、死んだ兵士をもとの箱に埋葬した。

サーシャ! どこかへ消えてしまった過去のことでも、こんなふうに君と話せるだけで本当に嬉しいんだね。

あるとき母さんは僕を連れて、手品のショーを見に行った。よくある普通の手品だったと思うけど、その時の僕には衝撃的だった。物が現れては消えたり、あるものが別のものになったりした。スペードのエースはハートのクイーンに化けるし、手品師がコインをてのひらに置いて拳を握り、その手を開けば、白いネズミが飛び出してくる。男性のネクタイをハサミで切って、それをまた繋げると、あら不思議、ネクタイは元通り!

そのあと、手品師は希望者を舞台に上げて催眠術をかけると言った。母さんもウズウズして前に出ていった。僕は母さんを引っ張って行かせまいとしたけどだめだった。僕は怖くて、目が離せなかった。生きた人間が目の前で、あっという間に夢遊病者みたいにされて目を閉じたまま動き出す。

手品師が母さんに、「洪水が起きてこの部屋に水が溢れ、どんどん水位が上がっていきます」と言うと、母さんはスカートの裾をたくし上げた。後になって母さんにそのときのことを聞いても、何も覚えていなかった。

おもちゃ屋で手品セットを見つけて母さんにねだったら、誕生日プレゼントに買ってもらえた。それはまるで魔法の箱だった。そこには観客を熱狂させるための材料が全て入っていた。そしてたぶん、僕が本当にしたかったのはそれだった——手品がしたいというより、ただ、愛されたかっただけなんだ。

箱にはとても素敵なものがたくさん入っていた。スポンジのボール、シルクタッチのハンカチやリボン。卵や花は本物そっくりに見えて、実は仕掛けがついていた。マジックロープにマジックリング、僕の指が蠟燭みたいに燃えているように見える指キャップ。

僕は図書館で読み古された本を見つけた。偉大な魔術師や催眠術師や手品師のことが書かれた本だ。僕が気に入ったのは、人を棺に入れて埋めて、上から石を置いて塞いだのに、いざ棺を開けてみたら空っぽだったっていう話だ。しかも、埋められたはずの人は家に帰って居間でみんなを待っていたんだって！

僕も手品師か催眠術師になりたいと思った。でも、ばあちゃんにはその素敵な考えがまったく気に入らないらしいと知って、がっかりしたよ。ばあちゃんはため息をついて、

「おやまあ、甘やかされたもんだよ！」

なんて言っただけだった。

ばあちゃんは、もっと真面目なことに取り組んでほしいと思っていたんだな。

手品セットには、それぞれの手品のやり方が詳しく書かれていたから、僕は一所懸命その通りに

やろうとしたのに、手品はいつも上手くいかなかった。いや、鏡の前で練習すると、ちゃんと上手くいくんだ。ちなみに一番難しいのはミスディレクション、つまり観客の注意をそらすことなんだけど。でも僕がうちに来たお客さんの前で手品をすると、みんなは手品の技術に驚嘆するんじゃなくて、僕の不器用さを笑っているみたいだった。ふと、僕は手品師じゃなくピエロだと思われているんじゃないかと考えて、たまらない思いに駆られた。しまいに、僕は手品が大嫌いになった。

だけどこの手品の話にはまだ続きがある。

ばあちゃんが病気になった。いや、正確には病気じゃない。冬に郵便局の前に張った氷の上ですべって転んで大腿骨を折ってしまったんだ。ばあちゃんはそれきり起きられなくなって、何ヶ月もベッドに寝たきりで、次第に衰弱していった。母さんがため息をついて、「おばあちゃんはもう、まともな生活はできないのよ」って言っていたのが記憶に残っている。それから母さんが、手や頭の震えるばあちゃんの髪を結ってあげていた場面も。ばあちゃんは若い頃はすごく美人で、長い髪を、二の腕くらい太い三つ編みにしていた。いつだったか病気のせいでその髪を切り落とさなくちゃいけないことになって、そのとき切り落とした三つ編みを、家宝みたいに大事にとっておいていた。歳をとると、また髪が伸びた。

あるとき僕は、かなり夜遅くに学校から帰ってきた。五段階評価の二をとって、ひどく叱られると思うと気が重くて、家に帰りたくなかった。それで、余計に叱られるだけだと分かっていながら、夜遅くまで外をふらついていた。どんな目にあうかと覚悟を決めて玄関を開けると、母さんは怒るかわりに僕を抱きしめてキスをした。はじめは訳が分からなかったけど、そのうち、ばあちゃんの部屋から医者が出てきて、何が起きたかを悟った。医者は手を洗った——指を一本一本、念入りに洗っていた。母さんは医者と何か話すと、僕の頭を抱いて胸に押し付けて、ばあちゃんが危篤だと言った。そして僕を連れて、お別れを告げるため、ばあちゃんの部屋へ入った。

死を前にしたばあちゃんは壮絶だった。身なりは乱れ、全身ががたがたと震えていた。とりわけ手がひどく震えていた。

何を話したかは覚えていないけれど、ばあちゃんは唐突に、何か手品を見せて欲しいと言いだした。僕は首を横に振った。僕には出来なかった。別にやりたくなかったわけじゃない。ただ、出来なかったんだ。でも、そんな心の内を説明するのは不可能だった。

母さんは頼み込むように言った。

「ワロージャ、お願い。おばあちゃんはもう、二度と頼みごとなんてできないかもしれないのよ。ほら、簡単なことじゃないの。」

だけど僕には出来なかった。母さんの腕を振り払うと、なるべく遠くへ走って逃げて、大泣きした。

葬儀の段になり、僕は棺に入ったばあちゃんの手を見た。その手は不思議なほど静かだった。母さんは屈んで、死んだばあちゃんの髪を結っていた。

墓地では、お別れのキスをしなさいとか、最初の一摑みの土をかけてあげなさいとか促されたけど、僕は無言で拒んだ。怖かったわけじゃないけど、なんていうか、そんな気になれなかった。

棺の上に、ぽとりぽとりと音をたてて土の塊が投げ込まれていくのを見ているとき、どういうわけかふと、こんな考えが浮かんだ。今、この棺を開けたら、きっと中は空っぽで、ばあちゃんは家で僕たちを待っているんだ――って。

ばあちゃんは埋められ、土は花壇みたいに均《なら》された。ばあちゃんが花壇になったなんて、どうしても信じられなかった。

葬儀は長く続き、僕はトイレに行きたくて我慢ができなくなった。僕は母さんに断って、墓地にある、床に穴が開いただけの簡易トイレに行った。そのとき、お墓みたいな穴の上に立って、僕はようやくはっきりと悟ったんだ。ばあちゃんは家で僕たちを待ってなんかいない、土に埋められた棺の中にいる。なぜって、死は本物だから。悪臭を放つこの穴と同じくらい、本物だから。

ばあちゃんの死は、子供心に恐怖だった。けれど、僕もいつか死ぬかもしれないということは、そのときはまだ考えなかった。それを実感して怖くなったのは、ずっと後になってからのことだ。今、野戦病院で負傷兵が呻く声を聞きながら、ばあちゃんの死について考えていた——思えば、あれはなんて素晴らしい死だったんだろう。与えられた生を生きぬき、老いて死んでいくなんて、とても素敵なことじゃないか。

こんな場所にいると、幸せの捉え方がこうも変わるんだな。

僕が今、何を考えているかっていうとね——僕はこれまで、誰にも何も与えてこなかったっていうこと。些細なことを抜きにすれば、一度だって、本当に誰かに何かを与えたって言えるようなことをしていない。ずっと、周囲から与えられるものを受け取っていただけで、僕自身は誰にも何も与えていない。母さんにさえ、何も。だけど決して与えたくなかったからじゃない。機会を逸してしまっただけなんだ。

またこんなに簡単なことを、僕はまるで新発見でもしたかのように考えている。

だけど、そうして気づくんだ。僕は多くのものを与えたかった——温もりや、愛を、思いや、言葉や、優しさや、理解を——ところが、そうする前に、明日にでも、五分後にでも、今にでも、全てが台無しになってしまうかもしれないなんて、やりきれないよ！

今日はもう終わりにするね。手も疲れたし、眼も痛む——小さなランプの明かりで、手紙を書いていたから。

サーシャ、君が元気でいてくれるように、心から祈っている。

僕にはわかるよ、僕たちはまた会える。

●

なぜ？

ずっと問い続けてる——なぜ？

どうして、こんな罰を受けなくちゃいけないの？　別のことじゃだめなの？

路面電車に乗っていたときに、突然、下腹部に刺すような激痛が走った。驚いたと同時に全てを悟ったのに、「違う、そんなわけない」って自分に言い聞かせようとした。何が違うのか知らないけど、とにかく「違う」って。血が滴った。

病院に直行しなくちゃいけないはずなのに、私は彼に会うために家に帰った。やっとの思いでたどりついたけど、彼はただオロオロするばかりで、家のなかを歩き回っては、ひたすら、

「ああ、どうしたらいい？　教えてくれ、どうしたらいいんだ？」

と繰り返すだけだった。

それにしても、彼があんな風にパニックを起こすなんて……。私より気が動転して、救急車の呼び方もわからなくなっていた。私は「大丈夫だから」って彼を慰めた。でも本当はわかっていた

――子宮からの出血を止めなければ出血多量で死ぬ可能性だってあることも、放っておいたらこの出血は止まらないってことも。

救急車を待つ時間は、果てしなく長く感じた。

まるで、おなかに石を詰められて工具で締め上げられてるみたいだった。足の指の感覚がなくなっていった。汗が噴き出し、がたがたと全身が震えた。私は唸った。痛いやら腹が立つやらで、訳がわからなくなった。なのに彼は、コニャックを注いで飲み始めた。何杯もたて続けに、気を落ち着かせようとして。地獄のような痛み。目の前が暗くなり、部屋が遠ざかっていく。何度か気を失いかけた。

病院に到着すると、すぐに手術室に運ばれた。麻酔を打たれ、流産の手術を受けた。

赤ちゃんは体から出ていったのに、どうやって出ていったのかさえ、自分では感じ取ることができなかった。何かが滴り落ちた。どろっとした血の塊が流れ出た。

体の中は、ボロボロになった――心も、子宮も。

おなかは小さくなったのに、そこらじゅうの物に体がぶつかっていくような気がする。ドアにも、人にも、音にも、匂いにも。全てがうるさくて、どうでもよくて、うんざりする。いらないものばかり。

だって、どういうことなの。数日前にはまだ、ベビー用品が飾られたショーウィンドウの前に立ち止まって、覗き込んで、「このちびちゃんのために、なんて沢山の物が要るんだろう!」って驚いていたのに、今はもう、私はひとり。

ことの次第を知ったママは、こう言った。

「泣きなさい。それが今のあなたに必要なことよ。しっかり泣きなさい。」

ヤンカは、こう。

「最初から中絶すれば良かったのよ、そしたらそんなに苦しまなくて済んだのに。」

生まれてくる赤ちゃんのためにと思って子供部屋のあるアパートを借りたけど、その子供部屋は、ソーニャが泊まりにくるための部屋になった。

退院してしばらく家で横になっていたら、ソーニャが来ていつものように、

「弟は元気？」

って訊いた。

私は微笑んで、

「元気よ」

って答えた。

「じゃあどうしてベッドで寝てるの？」

「うん、ちょっと風邪ひいちゃったの。」

私は枕に顔を押しつけて咳をするふりをして、ソーニャに背を向けた。また泣いていることに、気づかれないように。

昨日はソーニャをお風呂に入れた。だけど服を脱がせようとしても嫌がって、ほっぺたを膨らませて、わがままお姫様になる。どうにかして入る気にさせようと思って、洗濯ばさみを使って遊んでみた。まず適当に軽くソーニャの肌をつまんで、ソーニャにも洗濯ばさみをあげて、

「ほら、はさんでごらん」

って言ったら、痛いほどめいっぱい力を入れて、私の肌をはさんだ。

体を洗えば、石けんが目に入ったとか、ママと洗い方が全然違うとか言って泣きべそをかく。

お風呂からあがってバスタオルで体を拭いていく。きれいになった髪が、キュッキュッて音をたてる。うちのママは私が小さい頃いつも、「髪はキュッキュッて音がするまで洗うのよ」って言ってたの。

いつか私にも子供ができる――そう、いつか絶対にできる。そうしたら、やっぱりこんな風に髪を洗ってあげよう。キュッキュッて音がするまで。

だいぶ後になってからようやく、どうしてソーニャが夜うちに泊まりたがらないかがわかった。あの子、まだおねしょしてるんだ。夜中に起きてシーツが濡れていないか確かめて、もし濡れていたら取り替えなくちゃいけない。ソーニャはそれで、すごく恥ずかしがっているの。

今日は彼の代わりに、ソーニャをバレエに連れて行った。

靴を履き替えるときに、ソーニャがバレエシューズを私の鼻先に突きつけて、

「パパみたいに息かけて!」

って言うから、私は、

「自分でしなさい」

って言って、シューズをソーニャの鼻先につき返した。ソーニャは、私を睨みつけた。

レッスンが終わるまでその辺りをぶらぶらしていようと思って、外に出た。路面電車の線路が、見えない釘に向かって伸びていた。そう、世界を支えている釘に向かって。不意に、はっきりと見えたの――全ての物から消失点に向かって、糸のように伸びている線が。ううん、糸っていうより、ピンと張ったゴム紐みたいなもの。全ての物はいつか、一つの点から広がった――電柱も、積もった雪も、灌木も、路面電車も、私も。だけど際限なく広がるわけじゃなく、ぴんと張ったまま一定の状態を保っていた。それが今また、元の点へと引き戻されようとしている。

■

サーシャへ

奇跡みたいな、素敵な君へ

僕には分かる。今僕が傍に居てあげられなくて、つらい思いをさせているね。ずっと考えている——君はどうしてる？ 何があった？ 今何をしているの？ 何を考えて、どんな悩みを抱えているの？ 今すぐ君の傍に行って、優しく触れて抱きしめて、君の頭をこの胸に押し当てたい。頼む、もう少しだから頑張ってくれ。今はただ、負けないでいてほしいんだ。

帰ったら——僕はきっと帰る、そうしたら、もう大丈夫だ。

僕たちが別れたのはつい最近なのに、もう何年も経ったように思う。

特にここへ着いてからというもの、気づかないうちに時間が足早に過ぎるかと思えば、反対に時が止まったようになってしまって、時間というものが存在しているのかどうかさえ分からなくなることもある。つまりこういうことだ——ここで起きた出来事を思い出すと時間の感覚なんてどこかへ消えてしまうけど、君と離れた日のことを思い返すと、沢山の、ものすごく沢山の時間が過ぎたことがわかる。

君には想像もつかないかもしれないけど、こうして君に手紙を書けるというだけで、君は僕を支えてくれている。救われる。笑わないでくれ、本当に救われるんだよ。

僕は何を書いているんだろう。笑っていいよ、サーシャ。ねえ、笑ってほしい。

朝早くに目が覚めた。ここでは一番いい時間帯だ。夜明けの新鮮な空気に、朝のそよ風が吹く。ここにいて暮らしやすいと思えるのは、この時間帯だけだ。涼しさを噛みしめながら、目の前のコウリャンの畑に立ちこめた朝靄から昇る赤く大きな朝日を眺めて、その太陽がもたらすはずの暑さを思って恐ろしくなる。太陽はじきに金色になり、それから白くなる。畑に立ちこめた朝靄は消え、そよ風は止み、また地獄が訪れる。ここの暑さは文字通り脳みそを焼いてしまう——多くの兵が日射病で倒れている。

さて、ここ数日の間に起きた出来事や感じたことを書くことにするよ。すまない、聞きたくないような話もあるかもしれない。

出来事の重要さは無視して、ただ頭に浮かんだ順に書くね。

昨日、フセスラヴィンスキーっていう将官が白酒《バイジュウ》に酔っ払って、ぐにゃりと歪んだ双眼鏡を皆に見せびらかしていた。まあなんていうか、将官はその双眼鏡のせいで酔っ払っていたとも言える——飛んできた弾丸が、胸に掛けていた双眼鏡に命中したおかげで将官自身は助かって、青あざができただけで済んだ。それでその割れた双眼鏡と青あざを、みんなに見せて回っていたんだ。僕はこれまで、そんな幸運な出来事は本の中だけで起こり得るものだと思っていたよ。将官はすっかりたがが外れたようになり、子供のように泣きじゃくって、ひたすらに酒を呷っていた。僕はその将官のことを、いかにも冷血な軍人だと思っていたから、なんだか不思議な気がした。だけど将官は次の朝、池で溺死した状態で発見された。それは、近くの崩壊した古民家の傍にある、子供でも溺れないような小さな池だった。おそらく足を滑らせたのだろう。なにしろ、へべれけに酔っていたから。池から引き上げると、将官の鼻や口から泥水が流れ出た。人工呼吸をしても無駄だった。軍医補は将官の喉の奥に指を突っ込んで、何かぬるっとしたものを引っ張り出した。

どこまでも間抜けな話だ。

それでも遺族は、勇敢に戦って戦死したっていう公報を受け取ることになる。

もっとも、他に何て書いたらいいんだ？　本当のことか？

本当のことを言うなら——犠牲者は日々出ているけど、前にも書いたように、戦闘以外で死ぬことだっていくらでもある。一番多い死因は、事故死や日射病だ。依然として耐えがたい猛暑が続いている。

犠牲になっているのは人だけじゃない。一昨日、僕の目の前でこんなことが起きた。第二砲兵隊が戦闘位置に向かっていた。道は下り坂で、馬は速足に進んでいた。そのとき突然、ある騎兵の乗っていた馬が転倒した。幸い兵士は脇へ飛び退くことができたが、はずみで銃弾が暴発し、その弾が馬の後ろ両足に命中した。馬は嘆くようにいなないたけれど、すぐに銃殺処分された。

だけどそうだ、いいニュースもある。生き残ったシーモア連隊の一部が戻ってきた。もう戦死したものと思われていた兵士たちだ。線路を破壊され、鉄道の駅は中国側に占拠され、北京には到達できなかったらしい。防衛に充分なだけの兵力もなく、引き返すしかなくなってしまった。そして手ぶらで……いや、正確には二百人ほどの負傷兵を抱えて、帰り着いた。行軍中に死んだ者はできる限りその場で埋葬して来たという。

彼らに同行したロシア部隊は、チャーギンの率いる海兵隊員による二個中隊だが、帰還したのはその半数に過ぎなかった。ロシア海兵は途中、二週間もの間絶え間なく続く壮絶な戦闘を強いられることになった。チャーギンが将官たちにこんな話をしていた——あるとき、負傷兵の一部を崩壊した駅舎に残しての後退を余儀なくされた。少し経ってその駅の奪還に成功したときには、負傷兵たちは一人残らずバラバラに切り刻まれていたという。想像を絶する残忍さだ。味方側も、捕虜はとってこなかった。チャーギンはできる限り、部下が捕らえた敵を苦しめぬよう配慮していたが、上手くいかなかった。それに、捕まるのはたいてい衰弱したり傷を負ったりした兵士だから、簡単に死んでしまう。味方が酷い目に遭ったところを見た者は、いくらでも残酷になる。

ここの戦況には、そう目立った変化はない。頻繁に戦火があがるのは、駅や、町の防壁周辺や、その向こうの蘆台《ルータイ》運河の辺りだけど、たいした規模じゃない。そういえば、君に話したっけ。天津には千年も昔に建設された運河があって、それが中国全土へ繋がっているんだよ。

今は、敵味方とも様子をうかがっている状態だ。でも、町への砲撃は絶え間なく続いている。中国側はやたらと時間に正確だ。砲撃は通常、昼の三時に開始され、夜八時まで続く。その次は深夜二時に再開され、朝の十時まで続くといった具合だ。

サーシャ。僕はすっかりその絶え間ない砲撃の音を聞き慣れて、聞いただけで、今のは味方か中国側か、いやそれだけじゃなく、大砲や銃の口径まで分かるようになってしまった。中国側の堡塁から口径六インチのクルップ砲を放つ音や、ホチキス機関銃の音が聞こえる。君はきっと、「あなたが武器に詳しくなるなんて、ありえない！」って言うだろ。まあ、確かに別に詳しくなんてなってない。ただ耳が慣れてしまっただけさ。僕だって少し変わったんだ。なんだか別人になったようにも思う。ここにいたら、嫌でも人は変わっていく。いや、それこそ僕が望んだことのはずなんだけど。

ちょっと中断した。今は次の日になって、またこの手紙を書いている。

昨日は指令が出て町へ行ってきたんだ。ちょうど良かったよ。そんなことでもないと、ずっとテントにこもってばかりだからね。戦闘に巻き込まれる危険があっても、少しは変化がないと。あ、はじめに言っておくけどね、サーシャ。僕が町にいた間は、その区域には砲弾なんて一発も飛んでこなかったから、安心して！

それでさ、町に向かう途中に小さな沼があってね。そもそも、この辺りはそういう沼や池が沢山あったんだけど、干ばつで干上がったうえに暑さにやられて亀裂が入っていた。そこで僕は、蛇が何度かSの字を書きながら這っていくのを見た。いつもみんなが話題にしていた蛇を、初めて目の当たりにした。

天津からは、からし色の白河が平野を二分するように横たわっている様子が見渡せる。なかなか絵になる風景だ。至る所に戦闘の痕跡が残されてさえいなければね。

駅も駅舎もひどい状態だ。プラットホームは弾痕だらけで、ゴミや瓦礫が山になっている。貨物置き場の鉄の屋根は銃弾を浴びて穴だらけになり、まるで鉄のレースのようだ。焼け焦げた車両も、放置されたままになっている。

橋は味方の工兵が橋桁を新しくして補強した。数日前に流れ着いた大量の死体はもうないけど、やはりまだ少しは死体が流れてくる。兵士たちが、浮橋に引っかかった、青ざめて膨張した物体を、長い竹竿で突いて流そうとしているのを見た。

僕はアニシモフ部隊のウブリという変わった名字の将官と行動を共にすることになった。彼は破壊される前からここにいて、以前の天津を知っていたので、包囲された町の変わりようを見て嘆いていた。ウブリ将官は戦闘中に受けたストレス障害のせいで耳が遠くなっていて、彼と話すときは叫ばないと声が届かない。

将官は僕を租界へ連れて行った。橋を渡ってすぐのところに、イギリス公使館がある。大通りはヴィクトリア・ロードと名づけられている。この通りは川沿いに続き、中国の堡塁から見て真正面にあたるため、榴弾砲がばんばん飛んできて、今ではすっかり大穴だらけになっている。

建物の壁は砲撃で飛び散る破片にやられてボロボロになっているし、崩壊した建物も多い。焼け焦げた廃墟に割れた窓。十字路という十字路には、羊毛入りの麻袋や街灯の柱や煉瓦を積み上げて防壁が作られていた。そこらじゅうに家具やゴミや屋根瓦が散乱していた。町は静まりかえって出歩く人もなく、ただ司令部や病院や倉庫と化した建物の周りに各国の見張りが立っているだけだった。

驚いたことに、看板にはまだ広告が貼ったままになっていて、「サーカスへ行こう」なんて書いてある。国際サーカス団は町が包囲される直前に町中にポスターを貼ったんだけど、観衆からお金を儲けるどころか、大沽へ向かう最終の避難列車で逃げられただけでもありがたいと思わなければならなかった。

ウブリ将官と僕はイギリス公使館の庁舎にあたるゴードン・ホールに到着した。将官の話では、ここの地下室は包囲戦のときに、女や子供たちの避難場所になっていたらしい。食料は、隣にあるアスター・ハウスというホテルで作っていた。ここゴードン・ホールの地下室には、ロシア公使のシューイスキーとその家族も避難していた。その七歳の息子は、銃撃戦の犠牲になって死んだという。

ホテルのほうも銃撃を受けた。それでも、バルコニーやテラスや塔のあるその建物は今もなお壮大な外観を保っていた。ただ、ひさしのついた大きな窓は粗雑な袋で塞がれていた。ウブリ将官の話では、ホテル内部には大理石の風呂があり、電動ベルや豪華な装飾や、その他快適な生活に必要なものは何でもそろっていたらしい。けれど、それはみな過去の話になってしまった。包囲されたその時から、電気や水道は全て止まっていた。

だけど、この町が美しく洒落た町だったことは今見ても分かる。まったく、西洋人はずいぶん快適な暮らしをしていたんだな。美しい河岸に、ポプラやアカシアの植えられた立派な広い通り、庭園、洗練されたヴィクトリア・パーク、英国風デザインの壮麗な建物、クラブ、郵便局、電信局、電信機、排水設備、街灯。大きく豪華な店もいくつかあるけれど、みんな破壊されて焼け焦げている。

アジアの中心に建設されたこの西洋の町は、見るも無残な姿になってしまった。官舎にしても邸宅にしても、砲火や銃弾を逃れた建物はひとつもない。しかし、破壊したのは中国人側だけではないという。将官はフランス公使館の外れにある区画に僕を案内したが、そこは広域にわたって焼き尽くされていた。病院に直結していた中国人キリスト教徒の居住地で、位置的に中国人居住地域から放火や襲撃を受けやすいことを危惧したフランス公使が、先手を打って自ら焼き払うことを命じたという。

一面焼け焦げた壁ばかりの土地にぽつりぽつりと煙突が残り、瓦礫や石や炭が山となっているその様子は、二露里ほど離れた場所からでも見てとることが出来た。戦火を逃れた中国人の家は略奪を受け、敷地内には普段着から晴れ着まで様々な絹の服も、ありとあらゆる家具や食器も、きらびやかな中国刺繍も陶器の花瓶や貝細工の素晴らしい絵も、時計も、なにもかもが破壊され踏みにじられて散乱していた。

廃墟と化した家々には、既に連合軍の兵士たちが陣取っていた。情けないことに、その財宝とゴミの山を漁る兵士のいない部隊は無かった。中国人居住地域には、見張りは一切置かれていない。まあ確かに、屋外に散乱する中国人の財産に見張りをつけるなんて、不可能だしその必要性もないだろう。

ウブリ将官は、ストレス障害の原因となった砲撃の現場を見せてくれた。彼の隣にいた戦友は爆発の衝撃波を直に受けて両足を失い、数時間ひどく苦しんだ末に死んだという。

国際クラブの庭には、インド人傭兵セポイの部隊が野営を張っていた。僕たちが通りかかると、ちょうど火をおこして料理を作り、笛やバグパイプを吹いているところだった。辺りには人の内臓が放つ異臭が漂っていたけれど、ターバン頭の彼らは気に留めていないようだった。僕と将官は鼻をつまんで急いで立ち去った。

イギリス部隊が中国人スパイを捕らえる現場にも遭遇した。まだほんの少年だった。セポイは彼を処刑するため、部隊の司令部からアスター・ハウス前の広場へと連行していった。イギリス人の将官に話を聞くと、その少年は屋根に上りハンカチを振って誰かに合図するところを目撃されたという。だから中国人は、租界で何が起きているのか手に取るように分かっているんだ。

少年は痩せこけて、骨と皮だけだった。頭は坊主に剃りあげていた。少年が傍を通ったとき、僕と目があった。その目は恐怖と絶望を湛えていた。おそらく恐怖のせいだろうが、しきりにしゃっくりをしていた。僕は耐えられず、とっさに顔を背けた。今もまだ、あのまなざしが目に焼きついている。

サーシャ。僕はね、少年は銃殺されると思ったんだ。でもセポイは、頭を切り落としたんだよ。現場には他に、アメリカ人の写真家がいて、カメラを構えていた。誰かが、あの写真を見ることになるんだ。セポイは誇らしげに笑って、ポーズをとっていた。

僕はすべてを見届けようと決意したけど、だめだった。切り落とされるその瞬間に、目を閉じてしまってね。音だけが聞こえた。枝切りバサミの音に似ていた。次に目を開けたときには、少年の頭が地面に転がっていた。これまで生首の絵なら、数え切れないほど見てきた。例えば、皿にのせられた首ってのは画家の好む題材だし、そういうのは恐ろしくもあったけど、美しく、崇高な感じもした。だけどあのとき僕の目の前にあったのは、どす黒い血にまみれて砂だらけになった小さな塊だった。歪んだ口は舌を噛み、白目をむいていた。頭のない体っていうのは、目を疑いたくなるような、奇妙な物体だ。首からは、黒ずんだ液体が流れ出ていた。

不思議だな。あんな場面を見ても、気が狂わずにいられるなんて。

それどころか、その日のうちに食べ物を口にすることさえできる。それに関係のない話もできる、ここの話じゃなくて、全然違う話や、人間らしい話も。例えば今日僕は、キリルにその処刑の現場に居合わせた話をした。だけどそれは輪廻転生について語るきっかけになっただけだった。

ここにいて、人が殺された話で驚く奴はいない。殺さなければいけない理由は、誰もが知っているからだ。彼らを殺すことで、自分たちの命を救っている。単純なことだ。

キリルは死後の魂は転生すると信じている。いや、少なくともそう主張している。

僕は、じゃあどうして僕らは、もうナポレオンでもマルクス・アウレリウスでもなく、殺された中国人でさえもなく、この世の何より死を恐れて、［ゴーゴリの『査察官』に登場する］ドプチンスキーとボプチンスキーみたいにビクビクしていることを不思議に思わないのかと訊ねてみた。するとキリルはこんな風に答えた。

「僕らは夢を見ているとき、ものすごく不条理な状況に置かれたとしても、とうの昔に死んだ人たちに会ったとしても驚かない。それと同じで、僕らは以前、まったく別の世界で別の時代に生きていた。そして今ここで目が覚めて、何も不思議に思わずに全てを当然のものとして受け止めて生きている。だから今後も、きっとまたどこか別の場所で目を覚ますだろう。」

キリル・グラゼナプって、やっぱり相当おかしな奴だな。

でもまあ、彼のことを笑いながらも、僕はこんな風に思ったよ——あの中国人の少年は、魂とまではいかないまでも、頭だけは一時的に、休息の場を見つけたかもしれない——僕のなかに。目を閉じる間もなく浮かんでくる。踏み荒らされた地面に転がった、血と砂にまみれた生首が。白目をむき、舌は黒く、茶色い歯で嚙まれていた。

すまない、サーシャ。許してほしい。

だけど何も消しはしないよ。

君は、この部分は読まないで、飛ばしてしまったっていい。

本当は、いいことだけを伝えたい。

サーシャへ。少し中断することになって、今また手紙に向かった。どうして中断したかって？ばかみたいな話だけど、やっぱり書こう。だって君には全てを話したいから。馬屋でコサック兵と砲兵が馬を洗いながら大声で言い合っていた。今はもう静かになって、そっちのほうから風が吹いてくる。馬の匂いがする、馬の汗や尿の匂い——だけど、すごく人間的な、いい香りだよ。ここでは人間が動物じみた異臭を放っているのに対して、動物はその反対だ。それで話を戻すけど、彼らは互いに下品な話をしては、馬がいななくような粗暴な笑い声をあげていた。僕はその声を聞きながら君への手紙を書き続けようとしたけど、やめてしまった。彼らの言葉がこの手紙を汚してしまう気がしたんだ、その声がこの紙に届いたということで。

外に出て、馬を眺めた。馬は仕切りのなかで、愛らしく清らかな姿で立っていた。動物らしい匂いの息を僕に吹きかける。ハエを追い払おうとして体を振るい、鼻息を鳴らし、頭を揺らしていた。そして従順で悲しげな目で、ちらりと僕を見た。馬には道徳心ってやつがありそうだな。一緒にいて心地がいい。

さて、もうあの兵士たちもいなくなったし、続きを書くね。何の話を書こうかな？

今日はリュシーが、春ごろ天津の北に位置するカトリック伝道所で襲撃を受けて奇跡的に助かったときの話をしてくれた。リュシーはその一年前からそこにいたんだって。リュシーがどうして中国に来たのか、みんなは知らない。でも僕にはキリルが、絶対に秘密にするっていう条件で、彼女から聞いた話をこっそり教えてくれた。実はリュシーは、愛する人のために中国へ来たんだ。なにもかも捨てて家を発ち、その人を追いかけて世界の果てまで来た。ところが、そいつは最低の男だったという――ありふれた話だな。もう家にも帰ることができない彼女は、カトリック伝道所に身を置くことにしたってわけだ。まあ、そういうわけで彼女の話に戻るね。

あの小さな女性が、体験することになった事件の話に。

群集がカトリック伝道所に押し寄せ、誰も逃げることができなかった。怒り狂った農民たちは炊事場でビンに入った酢漬けの小タマネギを見つけ、これこそ西洋人の悪と魔性の証拠だと言って村中に見せびらかした。農民たちは小タマネギを中国人の目だと思ったらしい。もはや暴動を止めることは不可能だった。虐殺が始まった。

カトリック宣教師はフォークで目をえぐり取られた。お手伝いの女性は息子を抱きかかえたまま頭を切り落とされ、その息子もすぐに殺された。リュシーはそれら全てを、感情を高ぶらせることもなく、まるで自分が見たことではないような、自分はもう死んでしまって他人の思い出を語っているような、無表情な声で語った。

リュシーは小さな拳銃を持っていたが、最初はどうしても撃てなかったという。襲撃を受けたときに撃とうとしたけれど、人間に狙いを定めることができなかった。そして、捕らえられるよりはましだと思い、自殺しようとした。けれどリュシーは親しかった人々が目の前で惨殺されていくのを見て、襲撃者たちを撃ちはじめた。そのとき考えていたことは唯一つ――一人でも多くの敵を殺すことだけだったという。

リュシーは奇跡的に助かった。物置部屋に隠れて銃で身を守り、数人を殺したところで、彼女は中国正規軍の小さな部隊に救出された。当時はまだ義和団の暴動が取締りの対象になっていて、直隷省の総督は、反乱者を捕らえた者に賞金まで与えていたらしい。

リュシーの話を聞き終えても、しばらくはみんな黙っていた。僕は顔を上げることができず、リュシーの手を見つめていた。今、人を慰め、癒し、治しているこの手が、人を殺したということが、信じられなかった。

僕はもう長いこと戦場にいるけれど、その最も恐ろしい試練は、まだ体験していない。なのにこの華奢な女性は、その優しい手でそれを成し遂げた。

それから、リュシーはもっと殺したいと話した。彼女は彼らを憎んでいる。

サーシャ。何もかも訳が分からなくて、不可思議で、野蛮だ。

リュシーに同情して、つらいと感じる――そうすると、自分まで彼らを憎んでいるような気がしてくる。

キリルは僕と二人になると、とても優しい愛情を込めてリュシーの話をする。彼は、ペテルブルグにいた頃、好きだった女性がいた。けれどその女性はグラゼナプの気持ちを踏みにじり、別の、軽薄な男と一緒になるためにグラゼナプを捨てた。グラゼナプはここへ来て、ようやく本当に大切な人に巡り会えたと感じているという。

ねえサーシャ、とても素敵だと思うんだ。みんなの見ている前で、二人の愛が育っていく――そこらじゅう、血と、死と、傷と、痛みと、膿と、汚れにまみれたこの場所で。誰もが、二人が惹かれあっていることに気づいて、微笑ましく眺め、羨んでいる。いや違う、羨んでいるわけじゃない。喜んでいるんだ。これだけ残虐な暴力行為に溢れた場所にいて、あの二人のあいだにだけでも優しい愛情が育っていることが、嬉しいんだ。

きっとみんな二人を見ながら、自分の恋人のことを思い出しているんだろうね。

遠くにいる僕の恋人、サーシャへ。今僕は、君をとても近くに感じている。まるで君がすぐ近くに立って、僕の肩越しに覗き込んで、僕が書いているこの文字を読んでいるような気がする。

優しく優しく、キスを込めて。

好きだよ。おやすみ。

僕たちはもう、ずっと前からひとつなんだ。君は、僕だ。僕は、君だ。僕たちを引き離せるものなんて、あるだろうか？　ない。僕たちを引き離すことができるものなど、何もないよ。

●

足が、蟻塚みたい。パンパンに張ってる。

窓の外を、雨と子供が通っていった。

どんより、ぼんやり、鈍い感覚。

一日一日が、トカゲみたいにすばやく逃げていく。捕まえようと手を伸ばしても、手に残るのは尻尾だけ。ほらこの文章は、トカゲの尻尾。

チャイムが鳴って、休み時間。校庭から、生徒たちのはしゃぐ声がする。ふと思う。生徒たちのこの声は、百年後になってもきっと全然変わらないだろうな。二百年後になっても。

ドンカが爪で床を掻く。それから前足を私の膝にのせて、じっと私の目を見つめる。散歩に誘ってるの。

そういえば、バレリーナってトゥシューズのかかとにお湯をかけて、足に馴染むようにするんだって。

ドンカの散歩中に、何度か公園でソーニャのバレエ教室の先生に会ったんだ。スリッパくらいのサイズの、小さな犬を連れてる。大きさは違うけど、ドンカとお互いに尻尾の下の匂いを嗅ぎ合ってた。

バレエの話をした。彼女は舞台で、パ・ド・ドゥのときにパートナーのミスで転んで、今でもその時のパートナーが大嫌いなんだって。その男性は舞台上で、いつも表情を変えずにこっそりくだらない冗談を囁いては、彼女を笑わせようとしてた。

バレリーナを目指していた頃、扁平足を理由にしたような断られ方をしたことがあったけど、実際の理由は、胸が大きくなりそうな体型のせいだった。

通っていたバレエ教室ではいつも、こんな風に教えられていた——お尻をキュッと締めて、お尻でコインを挟んでいるみたいな気持ちで、レッスンの間はそのコインを落とさないように！

彼女の恋人は、ダンサーやバレリーナの治療を専門にしている整形外科医。妻と別れて彼女と一緒になると、ずっと前から約束しているのに、妻は病気だし子供もいるし……とかなんとか言って、いつまでたっても実現しない——ありふれた話ね。寂しくてペットを飼うことにしたんだって。

彼女は子供の頃、すごくスケートがやりたかったけど、足を挫くのが怖くてスケートもスキーもしないと決めたんだって。

ソーニャにはバレエの才能があるとも言ってた。ただ、

「バレエを習っている子は、なかなか本を読む時間がなくて勉強が追いつかない傾向があるから気をつけてね」

とも言った。

それから、こんな話もしてた。舞台に出た瞬間はまだ、客席にいる人たちは、ただそこに座らされているだけ。踊って魅了して初めて、その人たちは本物の観客になるの。

普段は彼がドンカの散歩に行ってる。ママはもう何度か私に、いつも彼がその元バレリーナと一緒にいるって言って、

「ぼやっとしてちゃ駄目、ちゃんと見張っておきなさい。夫はしっかり捕まえておかなきゃ！」

なんて忠告してきた。

可哀想なママ。私はもう自分の家庭を築いているのに、今でもそんな風に言い聞かせたりお説教したり責めたりしなくちゃ気がすまないの。気の毒に、きっと寂しいんだ。パパに別れを告げられて以来、ママは興味の対象を私に切り替えた。ママが来るのが、気が重い。子供みたいに言い訳したり、取り繕ったりしなくちゃならないなんて。私のやり方はなにもかも間違っていて、家は散らかし放題だし、恩知らずな子だなんて言われて。

ママはいつまでも、子供をしつけている気分でいる。買ってきたスプリングコートを見せれば、とたんにまた色が変だとか似合わないとか、お金をドブに捨てたようなものだとか言って、「まったく、いつになったら大人になるのかしら！」なんて責めたてる。ママの言葉を聞きたくないって

ことは、私はママのことが嫌いなんだと思う。ほんと、耐えられないくらい。だけど、思いやりが大切だよね。

ママはひっきりなしに、「あなたには幸せになってほしい」とか、「彼と上手くいくといいわね」って言ってるけど、本当はきっと私がもう一度小さな子供になって、ママの元に戻ることを望んでいるんだろうな。

彼はすごい心配性で、私の持ってた医学ハンドブックを眺めては、あれもこれも自分に当てはまるって言い出すの。婦人科の病気以外は全部。だけど本当は、遺伝で父親と同じ病気にかかるのを恐れているんだと思う。お父さんは晩年に強皮症を患っていたんだって。

彼は時々、唐突に自分の身の上話をすることがある。父親は大学教授で、学生と不倫関係にあった。彼はその女学生の本性を暴いてやろう、そして父親のことを愛してなどいないことを証明してやろうと思って、その女学生と寝た。父は息子を許さなかった。そして、彼が最初に個展を開いたとき、父親はあまりにひどく息子を侮辱するような言葉を浴びせたため、それ以来父子は言葉を交わすことすらなくなった。

父親は悲惨な死に方をした。冬の夜遅く、帰宅途中に暴漢に遭い、頭に傷を負って死んだ。今になって、死ぬ前に一度も好きだと伝えなかったことを悔やんでいる。

そして笑いながら、こんなことを言った。

「あのときは、父親が若い娘を選んで母親を捨てようとしていると非難した。それが今度は自分も同じことをしている。父親に何かを証明しようとやっきになっていたけど、結果的には逆のことをあの世から父親に証明された形になってしまった。不思議だな、俺がアーダと結婚した頃にも、君はどこかにいて、泥だんごでもつくって遊んでいたなんて。」

彼は時々、気づかずに私のことを、

「アーダ！」

って呼ぶ。でも自分でも自分の声が聞こえてないみたい。

「誰を呼んでるの？」

って聞くと、

「お前だよ、他に誰がいるんだ」

なんて答える。

それでいて、

「アーダは俺にとって、ちょっとした間違いのようなものだ。これでもう間違いは正した。俺の運命の女は、お前だ」

とも言った。

それが、八百年も連れ添って生きてきた女の人を言う言葉なのかな。あ、これは彼の表現でね、

「どうしろってんだよ。そんなすぐにアーダと縁を切ろうなんて無理に決まってるじゃないか。俺とあいつは八百年も一緒に生きてきたんだから」

って。

また別のときには、

「ある意味、孤独だったな」

とも言ってた。

他に、こんなことも言った。最初の頃、アーダと話し合って、「正直に何でも打ち明ける」と決めたから、自分の女づきあいの話もしようとしたけど、そのうち、そんな話をしてはいけないと気

づいた。自分を愛している人の気持ちを踏みにじるようなことは、すべきじゃないと。彼女に嘘をつくようになった。

「彼女は、俺の言うことなら何もかも信じた。しかし自分を信じている人間に嘘をつくなんて、とてもじゃないけど、できたものじゃないな。」

あるときは、

「一緒に住んでいる相手への気持ちは、毎日、必死になって磨き上げなきゃならないけど、そんな時間も気力もない」

って言ったあとで、それは彼とアーダの話であって、私とのことじゃないって付け足した。

「アーダと別れる決意をした日、街角で新聞売りをしていた少年に、『おじいさん』って呼ばれて愕然とした。どうにかしなくちゃと思ったよ」

と、彼はまるで可笑しな話でもするみたいに言った。

それでいて、何かあると彼はすぐに向こうへ行ってしまう。アーダがカーテンを掛けたいって呼んだくらいで。長いこと一緒に暮らしてきた家族を、いきなり終わりにするなんてできないって言い訳をして。

ソーニャにホットケーキを焼いてあげていると、ソーニャはこんな風に言い放った。

「ママがね、あなたがパパを盗んだって言ってたよ。」

「他には？」

「あなたは、あたしの面倒をみてくれてないって。」

「あとは？」

「あなたのせいで、夏休みになっても旅行に行けないの。もう、うちにはお金が無いんだって。」

あるとき、夜中に突然電話が鳴った。ソーニャが熱を出したって話をきいて、彼は出かけていこうとする。引き止めて、

「待って、私も一緒に行く」

って声をかけたら、彼は困った顔をして、

「わかってくれ。アーダは、ソーニャがここに来ているときに君がちゃんと世話をしてやらなかったせいで熱を出したと思い込んでいるんだ」

と言った。

彼と一緒にタクシーに乗った。道中ずっと黙りとおしたまま、互いに顔を背けていた。運転手はひっきりなしに鼻をすすり、しまいにあまりにも大きなくしゃみをして、はずみで路面電車に突っ込みそうになった。

あのとき初めて、私はその家に足を踏み入れた。

壁じゅうに絵が飾られていた。彼は何枚も彼女のヌードを描いていた。あんなポーズやこんなポーズで――立っていたり、座っていたり、寝転んでいたり。そこへ彼女が出てきた。絵のなかの若い体と、着古したガウンを羽織り、履き潰したスリッパをつっかけた、ボサボサ頭の老けた女性との落差に、私は啞然とした。

ソーニャは三十九度の熱で、全身汗だくだった。上あごと舌には、白い斑点が出ていた。頰は赤く火照り、口の周りが三角に白くなっている。ごく僅かな斑点がそけい部に出ていた。

アーダはいきなり私に食ってかかった。ソーニャが私のところに来たあと、濡れた足でこの家に帰ってきたのは、水たまりで遊んでいたのに私がブーツの中をちゃんと確かめなかったせいだ、と言って、

「また気管支炎にでもなったらどうしてくれるの？」

と、涙目でまくしたてた。

私はアーダの言葉を遮った。

「すみませんけどあなた、お医者さん？」

「違うわよ……」

「では、あなたの意見には興味ありませんから。」

そう言って私は、病気の説明をした——ソーニャは猩紅熱で、斑点は次の日には消えるということ。

手を洗っていたら、彼がタオルを持ってきた。私はよく考えもせず、小声で、

「彼女、いくつなの？」

と訊いた。彼は当惑した顔つきで、

「俺と同い年だよ」

と答えた。

家へは一人で帰った。彼は、朝までここに残らなきゃならないと言った。

「わかるだろ？」

私は頷いた。大丈夫、わかってる。

三週間後には、ソーニャの手の皮が剝けた。

夜、抱き合って寝ているとき、彼はこんな風に話した。

「俺が生まれて、いつか死ぬってことは分かる。嫌ではあるが、理解はできる。怖いとも思うが、しかし説明もつくし、仕方のないことだ。しかし娘となると違う。娘は今、生きている。それがい

つか死んでしまうとしたら、これほど恐ろしいことはない。ここまで恐ろしいとは、思ってもみなかった。」

彼はソーニャをひたすら甘やかして、ソーニャはパパが言いなりなのをいいことに、わがままを言い放題。

彼は、いつもソーニャをどこかに連れて行かなきゃいけないと思ってるの。サーカスや、動物園や、子供のお楽しみ会なんかに。ソーニャが帰った後は、うちじゅうが飴やらチョコやらでベトベトして、お菓子の殻が散らばってる。彼はソーニャになんでも買ってあげる――どうしても、駄目って言えないの。そこまで気前がいいのは、ソーニャが離れていくのが怖いから。

ご飯のときもソーニャは好き嫌いばかり。あれはいらない、これもだめ。だいたい、ママの料理と違うし、ママのほうがずっとおいしいんだって。彼は何も咎めないし、私は何も言えない。ソーニャがおなかをすかせるだろうと、ばかみたいに気をもむくらいしかできない。

ソーニャは、勝手に私の棚からブローチを取ったり、鏡の前の箱を開けてネックレスや香水やマニキュアに手を出す。彼はただ肩をすくめるばかりで、ソーニャに直接話してくれ、だって。それで私がソーニャにその話を切り出すと、彼はソーニャを庇いだした。まるで私が何か不公平なことでも言ったみたいに。

髪を梳かしてあげるときも、ソーニャはじっと座っていない。絶えず動いては、櫛が髪に引っかかるたびに悲鳴をあげて、私がわざと痛くしてるって言う。

日曜日の朝、少しは長く眠っていられるって時に、夜明けごろにはソーニャが私たちの部屋に飛び込んで来て、ベッドの上によじ登り、彼の胸にまたがって、まぶたを指でこじ開ける。彼はそれでも耐えてるだけ。

ソーニャの誕生日に、彼は私を連れてプレゼントを買いに出かけた。私に、ソーニャのワンピースや靴を選ぶのを、手伝ってくれって。なのに、私の誕生日は忘れられてた。私も、自分が生まれたことなんて忘れちゃいそうだった。

ソーニャは大好きなぶどうパンを食べながら、パンくずをてのひらに集めては、彼に差し出す。彼はそれを、口でつついて食べる。

そして二人で肩と肩を並べて座って、らくがき帳にお絵かきをする。ソーニャは片方のページに木を描いて、彼はもう片方のページにキツネを描く。

二人は一緒にいて幸せなんだ。

私はこの二人にとって、必要なの？

彼は夜中に起きだしては、ソーニャのシーツが濡れていないか確かめて、ベッドからソーニャを抱き上げる。眠そうにだらんと抱かれて、ぶつぶつ寝言を言ってるソーニャを、バスルームに連れて行ってトイレに座らせる。彼はソーニャが頭を自分の膝にのせられるように浴槽の端に腰掛けて、おしっこが出るまでじっと待っている。

それでも、おねしょをしてしまうこともある。彼は乾いたネグリジェに着がえさせ、シーツを剝がして半分に折り、乾いた面が上になるように敷き直す。それからソーニャをベッドに寝かせ、眠りにつくまで背中を撫でてやる。

寝る前には、小ビンに入ったママお手製の「よく眠れる水」を飲まないと眠れないの。

ソーニャの友達はみんな、お互い泊りに行ったり来たりしてるのに、ソーニャはもしおねしょがばれて、いじめられたらどうしよう、遊んでくれなくなったらどうしようって怖がって行かない。泊まりに行けない言い訳を、いつも考えてる。

ソーニャは私の前でも恥ずかしがる。だから、「大丈夫、子供はみんなおねしょするものよ、でも大きくなれば治って、おねしょシーツなしで寝られるようになるの」って言い聞かせた。他の洗濯物と別にソーニャのを洗う。

時々、私とソーニャはいつまでたっても本当にお互いを好きになることなんてない、って思う。だけど時にはその反対のことを考えることもある——ソーニャが突然私に抱きついてくるときなんかは、この不思議な存在の女の子に、押し寄せるような愛情を感じるの。

ソーニャの斜視を診てもらうために、いくつもの病院をまわった。医者に、片目だけにレンズが入って、もう片方の目は黒く覆われてる眼鏡を渡されて、それをかけるように言われた。ソーニャはその眼鏡をすごく恥ずかしがって、ことあるごとに外そうとする。他の子に笑われたらどうしようって。

家では気が強いけど、学校では全然違うんだ。小学校の発表会を見に行ったとき、ソーニャは舞台に立って詩を朗読することになってた。だけど斜視治療の眼鏡をかけて壇上に上がったら、どっかの男の子が声をたてて笑ったの。ソーニャは言うはずだった言葉も忘れちゃって、慌ててその場から逃げ出して、大泣きした。

そのかわり、家ではソーニャは女王様で、周りはみんな、ソーニャの言うなりになるためだけに存在している家来たち。

ソーニャがお絵かきするところを見ていたら、あの子、描いてる絵が気に入らなくなると、もうその絵は自分にとって存在しなくなって、見えなくなるみたい。同じ紙に、上から別の絵を描いていく——古い線は見ないで、新しい線だけを見てるの。

そう、こんな風に生きなくちゃいけない。

だけど、ソーニャが一番好きなのは、パパの絵の具を使って描くこと。私はソーニャに、汚れてもいい彼の古いシャツを着せる。彼は本格的に何か教えようとしてみたけど、それはまだ早いみたい。ソーニャは興味を示さない。

いつだったか、手芸バサミで自分の髪の毛をちょっと切って、糊で顎に貼りつけて、パパみたいな顎ヒゲを作ったこともあった。

あるとき、彼がソーニャを寝かしつけようとすると、ソーニャは枕に顔を押し付けて泣いていた。

「いい子ちゃん、どうしたんだい？」

ソーニャは泣きじゃくりながら答えた。

「パパ、ねえ、パパはいつか死んじゃうんでしょ。とっても可哀想！」

ソーニャは、ようやく本当に自我が芽生えてきた頃なんだね。池のほとりで夕焼けを眺めていたら唐突に、

「あのね、水に映ってるおひさまの光《ソーニェチナヤ・ダローシカ》は、おひさまじゃないいんだよ、これはね、私《ソーニェチカ》なんだよ。そうでしょ？」

だって。

ソーニャを連れて子供劇場に『雪娘』を見に行った帰り道、歩きながら考えた――どう考えても不思議ね、雪で女の子を作るなんて。だって、雪だるまを作るのとはわけが違うでしょう――腕や足を作って、指も一本一本作ってあげなきゃいけないんだから。でもソーニャはそんなこと、別になんとも思わない。そんな疑問もわかないみたいで、

「だって、ゆきむすめは本物でしょ。生きてるんでしょ！」

って。

彼はソーニャに、大人用の腕時計を買い与えた。ソーニャは時間を合わせて、耳に近づけて、嬉しそうに大声で言う。

「聞こえる？　キリギリスが鳴いてるみたい！」

彼がソーニャのために凧を作ったから、みんなで飛ばしに出かけた。だけど凧はすぐ近くの電柱までしか飛ばずに、電線に絡まっちゃった。それ以来、その傍を通るときは凧に手を振る。切れ端だけになった凧も、ひらひらその手を振り返す。

もうひとつソーニャが好きなのは、私の聴診器を借りて、手当たり次第にいろんな音を聞いてみること。自分やドンカや壁やソファーや出窓の音。窓ガラスに聴診器を当てて、窓の外の世界に向かって真剣に話しかける。

「はい、息を吸ってー。はい止めて！」

寝る前に本の読み聞かせをしていると、ソーニャはじっと聞き入って、どこか自分だけの世界を見つめながら、手首の少し上あたりの産毛を舐めてる。片方の手をしばらく舐めたら、今度はもう片方。私がページをめくると、本を覗き込む。挿絵が入ってないかなって。

ソーニャといると、常にいろいろとチェックしなくちゃいけない。ソーニャはもうベッドに潜り込んだけど、歯ブラシを触ってみると、まだ乾いてる。もう一度起こして、洗面所へ連れて行く。それでもどうにかして反抗を表明したいらしく、歯ブラシは歯に当てたまま動かさないで、首を横に振って歯を磨く。

たぶんソーニャは、私を好きになるのが怖いんじゃないかな。そうしたら、ママを裏切ることになると思って。ソーニャは裏切り者になるのを恐れてる。私はソーニャを諭してみた。怖がることなんてないの、もしソーニャがママと私の二人を本当に好きになったとしても、どちらかを裏切ることにはならないのよって。

きっと上手くいくと思う。たまに、ソーニャと一緒にいて本当に心地いいときもある。この前の日曜日にソーニャを寝かしつけようとしたら、薄闇のなかで、もう少しここにいてって言われた。暗いところで寝るのが怖いから電気をつけておいてって頼むの。私は電気に薄いシェードをかける。その時々で、いろんな影ができる。ソーニャは天井に映った影が何の形をしているのか、あれこれ考える。

それからいつも、パパみたいに筆で撫でてってねだる。柔らかいリス毛の筆で腕や足や背中やお尻を撫でると、ソーニャはくすぐったがって、体をよじらせて幸せそうに笑う。

私はおやすみのキスをして、囁く。

「はい、おしまい。まあるくなって、おやすみなさい！」

■

サーシャへ
辺り一面、死で溢れている。考えないようにと思っても、無理だ。
大沽へ続く線路の修復が終わり、連合国側の応援部隊が毎日到着し、攻撃の準備を進めている。
つまり、死者はもっと増えるということだ。

キリルは、死ぬならルイ十六世のように軽やかに死ななくちゃいけないと話した。ギロチン台に上がるとき牢獄から出て初めて会った人に、だしぬけに、

「ラ・ペルーズ伯の探検はどうなったかな」

と訊ねたらしい。自らの死の数分前に、探検隊の発見のことを気にかけていたというんだ。

僕だって、そうありたいよ。朝食をとりに行くみたいに、軽やかにさ。

だけど、そのためにはきっと、かなり強くなきゃいけない。

僕は強い人間だろうか？

サーシャ、僕は理想の死を見た。若くて格好のいい、白い歯をした男が——いや、歯といえば本人はちょうどその前日ずっと歯が痛いって苦しんでたんだけどさ、歯槽膿瘍で、あまりの痛みに悲鳴をあげそうなほどだった。で、その男が瞬間的に消滅したんだ。砲弾が直撃してね。僕はその瞬間に居合わせたわけじゃないけど、後で木のてっぺんに引っかかった彼の腕を見た。

あれが僕の理想だ。

だけど、そうならなかったら？

毎日、負傷兵を見ていると、嫌でも考えてしまう——明日は僕が負傷兵の一人になるかもしれない。僕の頭蓋骨に砲弾が直撃する可能性は、限りなくゼロに近い。それに比べて、ひどく負傷して苦しみ悶えることになる可能性のほうが、はるかに高い。

銃弾や砲弾の破片は、僕の膝に当たるかもしれない。てのひらかもしれない。左の腎臓かもしれないし、右かもしれない。心膜が破れるかもしれないし、膀胱をやられるかもしれない。いや、そんな風に数え上げるまでもなく、人間はとても脆い存在だ。ここで見ていると良く分かる。

負傷兵を目にすると、無意識にそれを自分に置き換えて見てしまう。

ある兵士が突撃の叫びを上げた瞬間に、銃弾で両頬を打ち抜かれて歯が落ちた。それを見て僕は、自分がそうなったところを思い描く。嫌でも想像してしまうんだ。

夜中に、半分眠りながらトイレに立つと、野戦病院のほうから誰かの泣きすがるような声が聞こえた。

「俺の寝床はどこだぁ。誰か、寝床を探すのを手伝ってくれぇ！」

どうやら目を包帯で巻かれた若者が、寝床の合間を手探りで彷徨っているらしかった。彼も夜中にトイレに起きたものの、帰れなくなったんだな。

僕も包帯を巻かれたり、手術を受けたり、骨を切られたり、あるいは腐敗した右足を切断されたりするんだろう。いや、左足かもしれない。

片足を、あるいは両足を失って、その先ずっと不便な人生を送るなんて、僕には耐えられないと思う。

だけど、もしかしたら明日にでもリュシーが、僕がのった後の手術台の白い防水布についた血を洗うことになるかもしれないんだ。

けれども逆にそうなってしまえば、「軽やかに」死ぬ覚悟もできるかもしれない。あれはいつのことだったかな。そう、一昨日だ。手術の合間に、煙草を吸うために外に出た軍医補が、僕を見つけて近づいてきた。少し誰かと話でもして落ち着きたかったんだろう。みんなは彼のことを、敬意を込めて名前と父称でミハール・ミハールィチと呼んでいる。彼はいい人だ。いつも穏やかな顔つきをして、もう白髪になった丸い頭を、まだ学生風に刈りあげにしている——彼はその昔、大学を中退したらしい。貫禄のある口ヒゲを生やし、おなかは丸々として、老人らしく小股に歩く。茶目っ気のある丸い鼻には、赤やら青やらの血管が浮いている。彼は少しのあいだ黙って座っていたが、そのうちため息をついて、言った。

「まったく、凄まじい光景ばかりだ。なに、今朝、君くらいの若いのが運びこまれたんだがね、あまりに酷い状態になったせいで自殺しようとしてね。医者が注射を打つまで、私が押さえておかなきゃならなかったのさ。」

そして煙草を吸い終えると、僕の肩を叩いて、「がんばれよ、どうにかなるからな」と言い残し、またせかせかと手術所へ戻っていった。

死。何度その言葉を聞いただろう。自分でも口にしたし、文字としても書いた。でも今は、本当にその意味が分かっていたのかどうか、自分でもよく分からない。

この文を書きながら、また考え込んでしまう。

今なら分かっているんだろうか？

サーシャ、ここにいて大事なのは、考えないことだ。なのに僕はずっと考えている。これじゃあ駄目なんだ。だって、もう何世代も前から同じ問題が考えられ続けてきて、ようやく、「考えてはいけない」っていう偉大な結論に達したんだから。兵士は常に何らかの任務を与えられている。何でもいい、まったく意味のないことでもいいから、常に何かすることがあるように。どうしてだと思う？　考えないようにさ。これには深い意味がある。考えさせないようにすること。そうすることで人を救えるんだ、その人自身から――つまり、死を思うことからね。

どうにかして気分を変えて、なにか手仕事でもしなくちゃいけない。だから上官はいつも仕事をひねり出しては兵士たちに、やれ武器を掃除しろとか、やれ制服を調えろとか、やれ穴を掘れとか命じているんだ。

だから僕もそのために、やることを考え出しているんだと思う――時間を見つけては君に手紙を書く。文字を書く。そうすることで僕は大好きな君に、大いに救われているんだ。

愛しいサーシャ、ねえ、僕は泣き言を言っているんじゃないよ。いや、君はちゃんと分かってくれているね。

僕は絶えず死について考えている。ここは一面、死で溢れている。朝から晩まで続き、夢にまで見る。悪夢と寝汗に悩まされて酷い眠り方をしている。尋常じゃないほどの寝汗をかくこともある。見た夢はたいてい覚えていない。目が覚めた次の瞬間に、夢は跡形もなく消えていく。まるで、鏡に息を吹きかけて白く曇らせても、風に吹かれてすぐに消えてしまうように。だけど今日見た夢は、記憶に残っている。

夢のなかで、僕は再び徴兵所に呼ばれ、裸で徴兵検査を受けていた。なかなか屈辱的な儀式だ。でも何もかも現実とそっくり同じで、僕はその体験を二度もしていることに、驚きもしなかった。列に並んで、両手で局部を隠しながら、自分の前に立っている男の、大小の傷跡や、毛の生えたむき出しの尻や、吹き出物やイボなんかを、無意識に眺めていた。すべてが屈辱的だけど、特に嫌なのは医者にまず下腹部を触られ、それから後ろを向いてお辞儀の格好をして、会陰部を突き出さなきゃならない時だ。ついに僕の番が来た。すると医者はなぜかヴィクトル・セルゲーヴィチ先生に──授業中に死んだ、あのハイタカ先生になっていた。先生はネクタイで眼鏡を拭いて、僕を見た。僕は言い訳をした──先生が言っていた薬の錠剤をちゃんと探したけど、焦るあまり、見つけられなかったんだって。

「先生、僕あのとき──教室で、先生が黒板の前に倒れていたとき、先生の上着のポケットを全部ひっかきまわして探したんです、でも、錠剤なんて無かったんです。本当です！」

でも先生は首を横に振って、ずっとネクタイで眼鏡を拭き続けている。

「無かった、ねえ……。でもあのあと駆けつけた校長先生はすぐに見つけたじゃないか。ほら、ここにあったんだよ、ここに！　見せておいたじゃないか！」

そう言って、先生は上着のポケットをポンポンと叩いた。

そこで、どうしようもなくつらくなって、目が覚めた。

サーシャ。これは今まで、君にも話さなかったことだ。

先生が授業中に発作を起こした時、僕はすぐに助けなきゃと思ってハイタカ先生の元へ駆けつけたのに、どうしてもその錠剤を見つけることができなかった。後になって薬を投与されたときには、もう手遅れだった。僕には罪がないのはわかってる。だけど、今でも思い出すたびに、自分にそう言い聞かせなきゃならないんだ。

僕はあの先生がとても好きで、「ハイタカ」なんて、あだ名で呼ばれているのを聞くと失礼だと思った。休み時間になると何かと口実を見つけては先生のところに行った。蝶の入ったガラスケースや、巨大なガチョウの卵やヒトデやなんかの剝製の入った古い棚が、僕のお気に入りだった。植物学を教えるときに先生が持ってきた箱も記憶に残っている。脱脂綿の上に、いろんな種類のりんごの蠟模型が入っていた。みずみずしくて新鮮で本物そっくりで、思わずかじりつきたくなるような模型だった。

夏休みの宿題は標本作りだった。はりきって集めたよ。だけど草藪で植物を採る作業や、重たい百科事典に挟んで乾燥させる作業より、その後、丁寧な字で「タンポポ—*Taraxacum*」とか、「オオバコ—*Plantago*」なんて書いていく作業のほうが好きだった。どこにでも生えているオオバコに、「プランターゴ」なんていう立派な美しい名前があるなんて、すごいじゃないか。どうやら僕は乾いたつまらない葉っぱより、むしろ言葉のほうに惹かれていたんだな。

授業が動物学のところに入ると今度は、本気で鳥類学に目覚めたような気になった。ご飯のときも、鶏モモ肉を食べながら、舐めてきれいにした骨を合わせて、関節の動きを研究していた。この骨や、この軟骨は、どういう働きをしているのかなって。

先生に教わる以前は植物や鳥が好きだったかといえば、正直よく分からない。たぶん、ほとんど気に留めていなかったと思う。先生が生物を好きだから、僕も同じように好きになったんだ。

それとも僕は先生に、がんばりをみとめて欲しい、褒めて欲しいと思っていたんだろうか。だけど中学に入る前にも、鳥をかわいがった記憶はある。別荘地で、白樺の木の上にある巣の中に三羽のコクマルガラスの赤ちゃんがいるのを見つけて、毎日何度も木に登っては、ハンバーグの欠片を飲み込めるように小さく砕いてあげていたことがあった。水は、ばあちゃんにせがんで借りた古い指ぬきの中に入れて与えた。

自然に対する愛が本当に試されたのは、それから数年後のことだった。やはり別荘地とひな鳥にまつわる記憶だ。近所の男の子が、泣きわめきながら僕のところへ走ってきた。泣きじゃくって話もできない。僕はその子について行った。着いた家の玄関へ続く道で僕が目にした光景は、確かに子供に見せられるものじゃなかった。ひな鳥が巣から落ちていた。ところがその場所は運悪く蟻の巣の傍だった。ひな鳥は蟻まみれになり、音もなくもがいていた。僕はどうしていいか分からず、思わずどぎまぎとした。ひな鳥を助けるのは、もはや不可能だ。かといって苦しんでいる姿をこのまま見ていることもできなかった。

サーシャ、おそらくあの瞬間に、僕は本当に大人になり始めたんだ。僕は意を決して、しなくてはいけないことを悟った。あの時するべきことは、早くその苦しみを止めることだった。僕はシャベルを摑み、男の子に、家に入るように言った。そして、蟻の塊と化したそのひな鳥に近づくと、シャベルで真っ二つにした。ひな鳥は半分になっても、まだもがいていた。いや、蟻のせいでそう見えただけかもしれない。僕はその蟻まみれの塊を塀の傍に持っていって埋めた。男の子は一部始終をテラスの窓から見てショックを受け、それきり僕を許してくれなかった。

僕が先生を好きだった理由は、まだある。先生は、よく知っているはずの物の新鮮な見方を教えることができた。例えば文学の授業中、プーシキンが若い頃、イナゴ退治に派遣されたときに嫌味で書いたって言われてる詩を読んで、僕たちが笑っていたときのこと。

イナゴは飛んで飛んで
とまった
とまってとまって、何もかも食べてしまった
そしてまた飛んでいった

な、可笑しいだろ。だけど先生の説明は全然違っていた。プーシキンは、日ごろの活躍ぶりと能力を買われて、大事な任務を果たすために現地へ派遣されたんだって。そこでは食べ物も生活物資も何もなくなって困っている人たちがいて、政府からの援助を待っていたんだって。

たぶん、先生はただ、昆虫をばかにされたと思って気を悪くしたんだ。先生にとって昆虫は、僕たちと同じくらい大切で、複雑な生き物だったはずだから。

中学ではみんなが先生のことを笑いものにしていた。他の先生たちまで。すごく悔しかったけど、僕には何もできなかった。

先生が好きなものだけを好きになった——植物や、鳥を。そりゃあ先生が死んだ後は、裸子植物

やら新顎類やら古顎類やらへの愛情は薄れていったけど、名前は記憶に残ったままだ。おかげで、ただ森を歩くだけじゃなく、何でも名前が分かるようになった——あれはラベージ、これはコストマリー。オルキスやアマランサスもある。小路を行けば、辺りには、クロウメモドキにカキラン、カタバミ、マツムシソウ。それからキンポウゲ、ノゲシ、リンドウ。鳥もいる。ムシクイにクマゲラ、あれはカツオドリ。

なぜヤナギランは石灰土を好むのか。そんなことを知ってるだけで、散歩がすごく楽しくなる。全てが、生命力に満ち溢れているのを感じる。決して終わることのない力に。

先生の死後、僕は初めて本気で自分の死について考えた。

君は言うだろう。誰でも成長期の頃に、一度はその恐怖を味わうものだ——って。君の言う通りだ。自分でも分かっていたはずだった。そういう風に突然怖くなったりするのも、当たり前のことだって。でも、そう考えてみたところで、気が楽にはならなかった。

母さんがよく話してくれたんだ、僕が五歳のときの話なんだけどね、大人が、誰かが死んだ話をしているのを聞いた僕は驚いて、「僕も死ぬの？」って訊いたらしい。母さんは「いいえ」って答えた。それで僕は安心したんだ。

子供の頃、ボタンで戦争ごっこをするときは、僕も一緒に戦闘に参加している気分になっていた。突撃して、ワァーッと叫んで、倒れて、両腕を広げて死んだふりをする。少しの間横になると、また飛び起きて、何事も無かったかのように生き返って走りだし、白兵戦に飛び込んでいく。いけっ、斬れ、殴れ、刺せ！

あるとき、その遊びに熱中するあまり、母さんが戸口のところに立って見ているのにも気づかなかったことがあった。母さんは、

「あのね、死んだひとつひとつのボタンにだって、お母さんがいて、家で泣いているのよ」って言った。その時の僕には、母さんの言葉の意味がわからなかった。

ばあちゃんが死んだ後、僕は自分が死んだと仮定してみた。ソファーに横になって、手を胸の上で組んで、全身の筋肉の力を抜いて、目を閉じて、長いこと息を止めてみた。僕は一瞬、心臓まで止められたような気がした。それでどうなったかって？　僕はただ自分が生きていることを、とんでもなく強く実感しただけだった。それまで感じたことの無かったような未知の力が、僕に息をさせた。その力の前には、意思なんて通用しなかった。あのとき、死とは何なのかはこれっぽっちも分かるようにならなかったけど、その代わり、生とは何なのかをはっきりと感じた。それは僕の息だ。息は僕の主だ。

僕は、自分の体が嫌いだった。それはおそらく、僕は体じゃない、この体が僕のはずがない、と突然思い知るような、思春期のある時期から始まった。徴兵所で健康診断を受けたときは、なんだか妙な気分になったよ。子供のときに母さんが僕の身体に興味を持ったみたいに、また僕の身長や体重や歯の健康状態に興味を示す人がいて、その数値がひとつひとつ、丁寧に紙に書き込まれていくなんてさ。そんな数値なんて、僕とは何の関係もないのに。何のために、誰のためにそんなことをするんだ？

いつだったか、十四か十五の頃のことだったかな、突然ハッと怖くなった瞬間があったんだ——僕の体は、僕を棺に引きずり込もうとしているって気づいたんだよ。毎日、毎秒。息を吸ったり、吐いたりするごとに。

それだけで、体を嫌いになるには充分じゃないか。

自分の部屋のソファーベッドに横になって、壁のポスターに描かれた船の内部を何となく眺めていたとき、ふと思った――この巨大な船も、下に広がる海がどれほど果てしなく深いかを感じたら、すぐにでも沈んでしまうだろう。

僕の体は、その果てしない深さを感じたんだ。

ことあるごとに、自分の体が嫌いになった。例えば、そろそろヒゲを剃らなきゃってとき。君も知ってるだろうけど、僕の肌はニキビやできものがあって凸凹している、嫌な肌だ。ヒゲを剃ればいつも肌が切れて血が出る。いっそヒゲを生やそうとしたこともあったけど、だめだった。惨めなだけで、ヒゲでもなんでもない。あるとき、いつものようにヒゲを剃っていつものように肌を切った。するとその拍子にこんな考えが浮かんで、ショックで呆然とした――僕のこの、内臓の詰まったいまわしい皮の袋は、僕が怪我したところに新聞紙を押し当てている今この瞬間にも、僕を海底に引きずり落とそうとしている。そうして僕が生きている間じゅう、僕を沈め続けるんだ――完全に沈んでしまうその時まで。

なにもかも耐え難くなった。見慣れた物たちまで、申し合わせたかのように同じことを語っていた。例えばここにある小銭。僕がいなくなっても小銭は残る。このドアノブだって、使われ続ける。出窓の下に垂れ下がったつららは、三百年後もつららのまま、三月の昼下がりの陽光に、輝き続けるだろう。

朝早くに鏡を覗けば、それまでは何の変哲もない物体だった鏡が、突然本性を現した――鏡は、時の雫を飲み込んでいた。一分経って鏡を見れば、鏡はその一分をすっかり飲み込んでしまっている。そして僕の一生は一分減ったことになる。

他にも戸惑ったのは、周りのみんなは自分の存在を疑いもしないのに、僕はといえば自分が現実の存在じゃないような気がしたり、自分が全然わからなくなったりするんだ。そしてもし自分の存在に自信が無かったら、全てに自信がなくなってしまう。僕なんて全然いないかもしれないんだから。僕なんて誰かが考えて作り出した存在かもしれない。僕が船の乗組員を考え出したみたいに。そいつが今、こうして僕をいじめているのかもしれない。

僕はその黒い底なしの深淵に落ちて消え、存在しなくなってしまった。自分に自分の存在を証明しなくてはならなかった。けれど証明はなかった。鏡は何かを映し出してはいたけれど、その鏡も、それに僕自身も、僕について何か語ろうとはしなかった。鏡は何もかも手当たり次第に飲み込んでいるだけだった。

何も手につかなくなった。これまで楽しいと思っていたことも、読んで感動した本も、僕を夢中にさせなくなり、まるで油膜が張ったように何もかもねっとりした無意味さに包まれていた。目の見えないあいつが、何より気に障った。僕は自分の部屋のソファーベッドで、顔の上に枕をのせる。暗くて空っぽで、怖くなって小刻みな震えが起こる。なのにあいつは口笛を吹きながら、意気揚々とすり足で廊下を歩いていく。あいつは目が見えなくても、暗いとも空っぽだとも感じずに、充実した人生を送っている。見えない目で、僕には見えない何かを見ているのだろうか。目に見えない世界って、一体どんなだろう？

誰より母さんを困らせた。僕は部屋に閉じこもったまま、食事もとらず、誰とも話さなかったから。

母さんと話しても、もちろん無駄だった。母さんはそんな僕を見て、こういう年頃によくある「発作」だと考えてた。母さんが自分の友達に、そう言っているのが聞こえたんだ。

「絵画の発作が治まったかと思えば、今度は人生の意味っていう発作。まあ、そのうちどうにかなるわよ。変な女なんかに引っかかったわけじゃないから、まだましだと思わなきゃね。聞いた？

最近の子って凄いんですって！」

僕は女の子を恐れていた。いや、恐れていたわけじゃないけど、パニックになるほどの恥ずかしがり屋だった。いつか路面電車に乗っていたとき、前の席に、すごい髪をした女の子が座った。ウェーブのかかった茶色い豊かな髪は、とてもいい香りがした。彼女はくりかえしくりかえし、手で髪の先端をくるくるとまとめては、また肩の後ろにかきあげていた。それを見ていた僕は、どうしてもその髪に触りたくなった。僕は、誰も見ていないのを確認して、そっと触った。気づかれないと思ったんだ。でも彼女は気づいて、あざ笑うように横目で僕を見た。僕はいたたまれなくなって、弾丸のように路面電車から飛び出した。

そんなことがあった後は、余計に自分を軽蔑するようになった。

今思い出すと可笑しいけど、母さんは心配のあまり、こっそり僕の所持品をくまなくチェックしていた。毒か拳銃でも隠し持っていたらどうしようってね。

あるとき、ドアの向こうで、母さんが目の見えない継父に、ひそひそと話す声がした。

「ねえお願い、あの子と話してほしいの。男同士のほうが、きっと話もわかるでしょう。」

すり足で歩く音がして、ドアがノックされた。

僕は、

「ほっといてくれ！」

と怒鳴って、いにしえの賢者や隠者の本を適当に手にとって開く。答えとは言わないまでも、せめて正しい問いが見つけられないかと期待しながら。だけど彼らは口を揃えて、今を生きろ、その瞬間を喜んで生きろと教えている。

でもそのためには、そう生きられるようにならなきゃいけない。

今がどうでもよくて何の意味も無いとしたら、何に喜べばいいんだ。何を見ても吐き気がした。壁紙を見ても、天井を見ても、カーテンを見ても、窓の向こうの町を見ても、自我以外の全てに――自分自身さえも自我以外の何かだと感じていたから、自分を見ても吐き気がした。しょうもない記憶や悔しい記憶ばかりが細切れになって詰まっている情けない過去を思っても吐き気がした。そして何より未来を思うと吐き気がした――だってそれは、あの墓場の便所のくさい穴へと続く道なんだから。

その穴までのことなんて、何のためにあるんだ。僕が自ら何を選んだっていうんだ。体か？　時代か？　場所か？　何も選んだ覚えもなければ、どこへ呼ばれた記憶もない。

そうしてすっかり気分が悪くなって、風呂場にある継父のカミソリを使おうかという考えも脳裏によぎるようになり、息苦しくてもうこれ以上、息を吸って、吐いて、また吸って、吐いて……なんて、出来そうにないと感じ、全身から汗が噴き出して、心臓が痛み、悪寒がするようになったその時、突然、指先のあたりに不思議な振動が走った。

どこか奥のほうから、不規則な、けれど確かな轟音が響いてきた。その音は波となり、僕を揺り起こした。僕は早足に部屋を歩き回り、冬のあいだ目張りをして塞いでいた窓を開けた。窓枠は音を立て、破片を散らして開いた。外の空気を吸った。轟音はなおも強く激しく満ちていった。そしてついには心の底を揺さぶるような大波が訪れ、僕をすくいあげるように、どん底から空へと放り上げた。言葉が僕を満たした。

サーシャ、これは説明のしようがないことなんだ。経験するしかないことなんだ。

怖いと思う気持ちは、溶けて蒸発してしまった。消えていた世界が僕のなかに戻ってきた。見えなかったものが見えるようになった。

自我以外の全てが、応えるようになっていた――僕を仲間と認めてくれたみたいに、轟音を返した。ねえサーシャ、僕が何を言っているか、わかってくれるだろう？　全てが親しみのわく、嬉しくて、おいしそうなものに見えるようになったんだよ。何もかもに、触れたり、匂いをかいだり、舐めたりしたくなる。壁も、天井も、カーテンも、窓の向こうの町も。自我以外の世界が、僕のものになったんだ。

そんなとき、僕はひたすらに生きた。周りを見回しては、他の人がどうして生きていられるのか不思議に思った。こうなることなしに、生きてなどいけるのだろうかと。

その後また言葉は去り、轟音は消えて再び虚無感に襲われた。本物の発作のようだった。悪寒がして震え、何日もソファーベッドに寝込んだまま、どこにも行かなかった。どうして出かけなきゃならないのか、分からなかった。誰が出かけなきゃならないんだ？　出かけるって何だ？　僕って何だ？　何って何だ？

一番恐れていたことは――もう二度と、言葉が僕の元を訪れなかったら？

ふと、ある関係性をはっきりと感じとったと思った瞬間もあった――僕が抜け出せずにいる、世界のやりきれない虚無感は、あの奇跡の轟音や、ざわめき、せせらぎ、言葉の波でしか満たせない。ということは、つまり今この瞬間は、言葉を通して初めて喜ばしく意味のあるものになる。賢者の教えにあるような今を生きる喜びは、それなくしてはありえない。今この瞬間が言葉を導かないのなら、そして言葉が今この瞬間を導かないのなら、どうでもいいし、何の意味もない。言葉だけが、本質の存在を証明し、瞬間を意味のあるものにし、偽物を本物にし、僕を僕にする。

サーシャ、あのね、つまり僕はどこか人生から切り離されたところで生きていたんだ。僕と世界の間には、文字という壁が立ちはだかっていた。自分の身の上に起こることは、全て言葉の観点から見ていた。僕はこれを自分のノートに持ち込めるか、否か——って。僕は、太古の昔に朽ちてしまった賢者たちに何と答えたらいいかを悟った。瞬間は、瞬く間に捉まえれば、意味のあるものになる。あの賢者たちはどこにいるんだろう。おーい、賢者さん。あなたが見ていた世界はどこにあるんだい。その瞬間はどこにあるんだい。知らないって？ 僕は知ってるよ。

僕は真実を悟ったと思った。突然、強くなった気がした。ただ強くなったんじゃない、絶大な力を持つようになった気がした。そうさ、サーシャ。笑ったってかまわないよ。僕は自分が全知全能になったと感じた。僕は、知らない者には閉ざされたままの真実を——言葉の力を知った。少なくとも、その時はそう思ったんだ。僕のなかには、いつか実在した人から続く、大切な鎖が通っていた。たとえその人が実際は、汗かきだろうと、口臭が気になろうと、左利きだろうと右利きだろうと、胸焼けに悩まされていようと、その人のなかにあったもののうち、もしかしたらもっとも大切かもしれない鎖が。その人は、僕や君と同じように現実の人間で、いつか「はじめに言葉ありき」と書いた。そして、彼の言葉は残り、彼は言葉のなかに残り、言葉は彼の体になった。これが、唯一実在する不死だ。他はありえない。他は皆、あの場所に——墓場の排泄物のなかにあるんだ。言葉を通じて、生よりも死よりも強い何かが——生と死は同じと理解するならなおさらに強く——伝わってくる。

僕は、周りを見回して、驚きを隠せなかった。どうしてあれで生きていられるんだ？ 死の上に連なる鎖に繫がりもしないで、どうして落ちずにいられるんだ？ 何が彼らを繫ぎとめているんだ？

最古の物質がインクだということは、僕にとって自明のことになった。

あらゆる国や時代の文士たちが、文は不滅だと主張していた。僕はそれを信じた。だってそれだけが死者とも生者とも、まだ生まれていない者とも会話できる、唯一の手段だろう。

僕は確信していた。僕が書いた言葉は、残る。今この瞬間のすべてが何もかもばあちゃんの墓場のぼっとん穴に捨てられた後にも。だから、僕の書いたものは、僕の一番大切な、一番肝心な部分なんだって。

僕は信じていた。言葉は、僕がいなくなった後に残る、僕の体だということを。

たぶん、そんなに言葉を好きになっちゃいけないんだろう。僕は、頭がいかれるほど言葉を愛した。なのに、言葉は僕の背後で目配せしあっていた。

言葉は僕を笑いものにしていたんだ！

僕が言葉に身を尽くすほど、言葉で何かを表すのは不可能だということがわかった。いや、正確にはこうだ——言葉によって何か独自のものを生み出すことはできるけど、人は言葉にはなれない。言葉は詐欺師だ。人に航海を約束しておいて、勝手にこっそり帆をいっぱいに張って逃げていく——僕たちは岸辺に取り残されたままだ。

それに大事なのは、本物は言葉にならないってことだ。本当の瞬間が訪れると、言葉を失う。人生において大事なことは、全て言葉を超えたところで起きている。

そのうち、こんなことに気づく——体験したことが言葉で表せるようならば、それは何も体験したことにならない。

僕はたぶん、すごく混乱した書き方をしているだろう。サーシャ。だけど全部話してしまいたい。それに、僕がどんなに混乱しても、君は分かってくれると思う。

僕は、言葉の空しさについて話しているんだ。言葉というものがいかに空しいものかを感じなければ、言葉について何も分かっていないことになる。

そうだ、こんな例を挙げて説明してみよう。前にも書いたんだけど覚えているかな、中世の宮廷道化師が意地悪問題を出して領主を困らせるっていう話を読んだ僕は、休み時間にいじめっ子の上級生をつかまえて同じような意地悪問題を出してみたのに、いじめっ子は僕の難しい話なんか最後まで聞こうともしないで、いつものように、僕の頭を両手ではさんで耳をバチンって叩いたっていう話。でさ、言葉に期待をかけて、自分の存在を長く残そうとしている文士っていうのは、あのときの僕と同じような単なる本好きの少年にすぎない。生涯をかけて、意地悪問題で死を困らせようとしているだけのね。ところが死のほうは、最期には必ず、こっちの質問をおしまいまで聞こうともせずに、耳をバチンってやるのさ。

いつか、「全ての本は偽りだ」って君を説得しようとしたことがあったね。本に始めと終わりがある時点で、それはもう嘘なんだ。最後の句点を打って、「おしまい」なんて書いておいて、死なないなんてずるい。僕は以前、言葉こそ真実だと思っていた。でも実際は詐欺かまやかしか、本物じゃない、価値のないものだった。

僕はもう、何も書くまいと誓った。そうするべきだと思った。

サーシャ。だって、誰も教えてくれないだろう。予想もつかないような場所である瞬間に突然「僕は誰?」っていう疑問に答えなんて存在しない、その問いに答えることはできない、ただ答えで「在る」ことが出来るだけだ、って気づくまで。

だからね、僕はその「在る」っていう状態になりたいと思った。

それまでの僕は、僕じゃなかった。書きたい言葉が訪れれば、僕は自分を強い人間だと感じることができた。けれど言葉に向かって「来てくれ」とは言えなかった。言葉は時に、僕を空っぽのまま放置して、そのままゴミ捨て場に捨てることもあった。

弱い自分が嫌いで、強くなりたかった。だけど、どうしたらいいのか分からずにいた。言葉が僕のすべてを決めてしまっていた。

サーシャ。わかってほしい。僕はどうしても、あのままではいられなかった。君はずっと、それが君のせいだと思っていたみたいだけど、違うよ。

僕は言葉から解放されなくちゃならなかった。自由を実感したかった。単純に生きてみたかった。言葉なんてなくても、僕は僕として存在しているっていうことを、証明しなくちゃならなかった。自分という存在の証明が必要だった。

僕は自分の書いたものを全部燃やした。そして少しも後悔しなかった。あのとき君は怒ったけど、怒らなくていい。ねえ、お願いだから怒らないでほしい。僕は、変わらなきゃならなかった。別の人間になって、僕以外の人が皆——目が見えない人でさえもが見ているはずのものを、見なきゃならなかった。

かといって死んで生き返るわけにはいかない。僕に与えられた人生はひとつきりだ。僕が、本物にならなきゃいけないんだ。

不思議だね。あのノートはもうずっと昔に灰になってしまったのに、あの頃の、過去の自分を燃やし始めたのは、今ここに来て、やっとだ。

そうさ、目が見えてないのは僕だったんだ。言葉を見るだけで、言葉の向こうを見ていなかったんだから。窓ガラスを見つめて、窓の外を見ないのと同じさ。すべてのもの、あらゆる瞬間は、光に照らされる。その光は、ガラスを透すように言葉を通して伝えられる。言葉は、光を透すために存在しているんだ。

君は微笑っているね。そりゃあそうか。もう何も書かないなんて言っておきながら、今は、帰ったら本の一冊でも書けそうな気がしてるんだから。いや、書けないかもしれない。どっちでもいいや。

今、僕が体験しているのは、何百何千の言葉より大切なことだ。僕を満たす、生きていく覚悟を、どうしたら言葉で表現できるっていうんだ？

サーシャ。僕は今まで一度だって、こんなに強く、自分が生きていると実感したことはなかった。今少し外に出てきた。月夜だ。晴れた空には、幸せそうに星が瞬いていた。疲れた指を撫でながら歩いた。

綺麗な夜。月明かりの下で本が読めそうだ。銃剣の切先がきらめいた。テントも月の光に照らされて輝いている。

辺りは見事に静まり返って、物音ひとつしない。

いや違う、音は聞こえるな——様々な音がするけれど、どれもとても平和な、素敵な音だ。馬の蹄のコツという音、隣のテントから聞こえるいびき、野戦病院から聞こえる誰かのあくび、セミがポプラの幹にとまって鳴いている声。

立ち止まって天の川を見上げた。ここからは、天の川が宇宙を二つに裂いているのが一目瞭然だ。その宇宙の下に立って、息をして、考えた——ただの月でも、人を幸せにできる。それなのに僕は、何年も自分の存在の証明を探してきたなんて！

僕はとんでもないバカだ。ねえサーシャ。

月なんてどうでもいいんだ、証明なんてどうでもいいんだ！

サーシャ。どんな存在の証明がいるっていうんだ、僕は幸せなんだ、君がいて、君が僕を好きで、今これを読んでいてくれるだけで。

書かれた手紙はどうにかして絶対に君の元へ届くだろう。書かれなかった手紙だけは、跡形もなく消えてしまうけれど。だから君へ手紙を書くよ、サーシャ。

●

バスを降りて歩いていると、遠くからもう、彼女がこっちに向かってくるのが見えた。私が道の反対側へ渡れば、彼女も渡る。まっすぐ私のほうへ向かってきて、正面から顔を突き合わせる形になって、止まった。髪も服も整っていて、だいぶ若く見える。別人みたい。髪を高い位置で結って、耳が見えている。耳たぶが大きい。

黙ってる。ふと、彼女のまぶたが神経質そうにピクピク動いた。

私は口を開いた。

「こんにちは、アーダさん！」

まぶたがピクッと動いた。

「あなたに、いいえ、あんたに話があるの。聞きなさい。話さなきゃいけないことなの。」

私は、

「その必要はありません」

って答えた。

話さなくていいの。アーダさん、私は全部、知ってるんだから。

夫に煮え湯を飲まされたの。

その何年も前に、夫の妻はこう思った——こんな私はいったい誰に必要なのかしら。

乳首のまわりが膨らんできたときは、やっぱり嬉しかった。もう諦めていたの。それまで、体はまるで八歳のまま大きくなった、女版ガリバーみたいだったから。

ガリバーといえば、ずっと不思議だったのは、どうやってうんちしてたのかってこと。そして可哀想なリリパット国の人たちは、どう対処してたの。だって、おしっこで火事を消したことがあったくらいなんだから。ガリバーが食べた牛や羊は毎朝どんな量になって出てきたのかしら。そう考えたとき突然、これは絶対に嘘だって感じた。そんなに大きい人なんて存在しないっていう理由じゃなくてね。

母の二人目の夫は、人生に失敗した人だった。そういう人は決まって、子供のいる未亡人と結婚するのね。

その人はずっと昔、ごく若い頃に、自分で作曲した交響曲を有名な作曲家に送ってみた。返事はなかった。その後、コンサートで聴いた新曲に、自分の曲が使われていた——それ以来、何もしないことで人類に報復していた。バレエ教室で伴奏を弾くバイトをして、凍えた手をストーブで温めながら。

その人は面白い新聞記事を見つけては声に出して読むのが好きで、統計も好きだった。例えば、この五千年間で何人の人間が自殺したか。もちろん正確に何人か、知ってる人はいない。だけど本当はその何人という数がある、存在する。客観的な事実として。コロンブスが発見する前にもアメリカがあったように。私たちが何かを知らなかったり、見えなかったり、感じなかったり、聞こえなかったり、味わえなかったりしても、それはその何かが無いということにはならない。

統計によると、自殺は昼の二時から三時と、深夜十一時から十二時に多い。

人生に失敗したその人は、母と再婚して善いことをしたと思っていたが、それも的外れだった。好きになったときはこう言った。

「俺の人生に、君が現れてくれて幸せだよ。君は俺の救いだ。」

ところが、何年か経つとこう思った。

「女が救いなんてことがあるだろうか。女は、俺という船が航海をしているときにはその助けをしてくれる。だが沈むとなれば沈む助けをするだけだ。」

その人からは、父親みたいな目で見られていた。そうでなくなるのを待ってたけど、そんな日はついに来なかった。

母は一日中タイプライターの前に座り通しだった。指にはたこができて、硬い肉球のようになっていた。遺書、身分証明書、証券、調書、書類の翻訳。何度も職を失った。上司にブラウスの胸元を覗かれて、仕事の帰りに引き止められて、ドアに鍵を掛けられて、ワインボトルとグラスを二つ出されて、媚びた声でこう言われる度に。

「分かっている、君は夫を愛しているね、だが君も大変だろう。手助けをしてもいいんだよ。」

母はいつも断っていた。タイプライターに紙を滑り込ませる、その身軽な仕草ひとつで。

しまいには家で持ち込みの仕事をすることにした。絶えず頭痛に悩まされ、長時間の打ち過ぎで朦朧とする日々。タイプライターを枕の上に置いてベッドで仕事をするようになった。インクリボンは使いすぎて凸凹だし、カーボン紙は打ち抜かれて穴だらけ。煙草を吸おうと窓から顔を出せば、星空も穴だらけのカーボン紙に見える。

母の死後は、すぐに祖父母のもとへ引っ越した。飲んだくれてる母の夫と一緒にいないために。

祖母は葬式でこう言った。

「不幸を無駄にしてはだめ、泣きなさい。」

当初、母は心臓の病気で亡くなったと聞いていた。心臓が弱かったって。

十六歳になったときに初めて、母は自殺だったと知らされた。短い遺書を見せられた。その最後はこんな風に終わっていた——「アーダへ。本当の悲しみを知らないと、心は成熟しないの。人は悲しみを知って成長するのよ。」

母は、本当はこんな風に死んだ。小瓶に残っていた睡眠薬をてのひらに出して——誰もそれがいくつかなんて知らないけれど、本当はそのいくつっていう数がある、存在する。それをすり鉢に入れ、すりこぎで砕いた。ナナカマド酒を注ぐと、お粥のようなものができた。スプーンでかき混ぜてみて、もう少しさらっとなるように酒を足した。コップに注いで、一気に飲み干した。ふと自分に耳を澄ませた。それから救急箱をひっくり返して、手当たり次第に飲んだ。服用期限の切れた強心剤に、胃薬、抗炎症薬、肝臓疾患薬。

母の夫は夜遅くに帰宅し、眠っている妻を見ても起こそうとはしなかった。ただ、服も着がえずに寝ていたことに驚いただけだった。

母は、死のうなんて思ってなかった。助けられて、愛されたかっただけ。

その三年後、祖父母に手紙を書いた——「おばあちゃん、おじいちゃんへ。結婚しました。アーダより」。それから、手紙には書かなかったけど、こんな風に考えた——「ひとつだけわからないことがあるわ。この私が——自分のことは何もかも良くわかってるつもり——どうしてその私が、こんなに幸せに恵まれるのかしら。」
夫は若く、まだ世に知られていない才能があって、優しい手をしていて、炎のような吐息を吐く。夫は才能について、こんな風に話していた――才能は両親から受け継ぐものじゃない、才能は、目覚めるものなんだ。

お金は全然無かった。夫は、大学教授だった父親からの援助は受けたがらなかった。父親とは話もしなかった。妻は、たったひとつの貴重品だった母の結婚指輪を売り、夫は、平日は夜間に運送屋の力仕事をし、日曜は人のいない公共施設や、ショーウィンドウの窓を拭くこともあった。

アパートを転々とすることにも慣れたし、他人の使い古しの家具を好きになることもできた。夫が大学に通えるようにと、仕事を始めた。夫は、妻のお金で生活するのは心苦しいと言ったけれど、妻は、

「何をばかなこと言ってるの。私たち、夫婦でしょ」

と返した。

仕事が遅めに始まる日は、夫のために朝食を作ってベッドに運んだ。少しでもまた隣で横になって、甘えるために。夫がおふくろの味を語るのを聞いて、こっそり勝負に出たけれど、夫にとってはいつまでも母親の焼いた手作りパンが一番だった。

夫は図書館で借りた画集のページをめくって、

「ほらアーダ、俺たちがいるぞ」

と、一枚の絵を指差した。それは、額の広い貴婦人が、手懐けたユニコーンを抱いている絵だった。

妻は夫に訊いてみた。

「いつ、私と一緒になろうと思ったの？」

「お前が眼鏡を外した時かな。なんだか、服を脱ぐみたいでさ。不思議だよな。お前は眼鏡を外しただけなのに、俺は、お前を愛していると悟ったんだ。」

それまでポケットナイフで切っていた夫の爪も、妻が爪切りバサミで切るようになった。

夫の父から、こっそりお金を受け取った。さっぱり身なりを気にしない、口臭の漂う、学問のことしか考えてない教授だった。その頃にはもう病気で手の皮膚が硬化してきていた。毎回、お金を渡す度に、

「お願いだ、息子には私から貰ったとは言わないでくれ。あいつは苦しむだろうから」

と頼んでいた。

辺りには取り壊された家がいくつもあって、夫はそういう場所へ行っては色々なものを拾ってきた。椅子、写真立てに飾られた写真、銅で出来た窓の留め具。隣の棟に住んでいた住人が亡くなったとき、部屋をあけるために故人の持ち物がみんなゴミ捨て場に捨てられていたのを見て、夫は手紙の束を拾ってきた。呼びかけ文句が、どういうわけか、ことごとく気に障った——「子猫ちゃんへ」とか、「愛しい君へ」とか、「誰よりも素敵なターニャへ」とか。それは、他人の手紙だからだろう。

夫は、他人の手紙を読んでもいい理由をこう説明した。

「誰もが、いつかは死ぬ。手紙から見れば、俺たちはもう死んでいる。だから他人の手紙なんて存在しないのさ。」

いつも不思議に思っていた。なぜ夫は、妻がほとんど理解することさえできないような自分の考えを話して、共有しようとするのか。そしてただ、夫の言葉を覚えることにした。例えば、

「はじめにありき、なのは言葉じゃない、絵だ。アルファベットは絵を簡略化したことから派生して出来たものなんだ。」

とか、

「自らに似せた形のものを創ることは、誰でも出来る。猫だって、雲だって出来る。だから森を描くときは、木に見えているのとは違う姿の森を描かなくちゃならない。」

とか。

パステルで汚れた手で抱かれれば、そのカラフルな斑点をつけたままの姿で外へ出かけた。昼間のあいだは世界中の全てから夫を守る覚悟で強く生きていたけれど、夜になると夫の胸に抱かれて、思う存分泣きたかった。

何もかもひっくるめて幸せだった——洗面台で夫がヒゲを剃った後、カミソリについた汚れた泡を掃除することさえも。

子供はいなかったし、夫も特に欲しがらなかった。

フライパンの角で卵を割り目玉焼きを作っているうちに、一世紀ともつかない年月が過ぎた。上唇が荒れるようになった。けれどそんなことがなくても、もうだいぶ前から、夫は妻にキスをしなくなっていた。

夫が浮気をしていることを、信じようとしなかった。知らないでいられるうちは、知らないでいたほうがいいから。

だけどある日突然、目に見えなかった嫌な気配が、目に見えるようになった。

誰かの香り。

机の上に、誰かの口紅が転がっていた。

か。

「これ、誰の？」

「誰のって何だよ、お前のだろ。まったく、そこらじゅうに散らかすんだから。」

　どんな風にその女を抱いているんだろうと思った。妻を抱くのと同じようにか、それとも違うのか。

　会った時や帰りがけには、きっと、女をきつく抱きしめて——どんな言葉を言うんだろう？　妻といる時はどんよりと沈んだ顔をしているけれど、浮気相手といる時は優しい手つきで、炎のように熱い吐息を吐くのだろう。

　床の拭き掃除をしていたとき、フローリングに凹んだ箇所を見つけた。妻は、その女が尖ったハイヒールでコツコツと歩き、夫がその音にそそられる場面を想像した。

　ごくたまに夫に抱かれるけど、暗闇のなか、まるで「別人になったつもりになろう」というごっこ遊びをしているようで、夫が自分を求めているのか浮気相手を求めているのか、知る術もなかった。

　ベッドで、目を閉じている夫は別の女を抱いていると思い、ハッとして、

「私を見て！」

と求めたこともあった。

　何より嫌なのは、夫が浮気相手を家に連れてきていることだった。その女はきっと、妻の物を手にとって、何もかも触って、「奥さん趣味悪いわね」なんて笑っている筈だ。

　寝るのが怖くなった。自分のベッドが、自分のものじゃなくなったような気がした。この毛布や枕を整えたのは、誰？

　爪は短く切ってほったらかし。

夫が家へ帰って抱きしめたときに、妻の太ったおなかがあたるのを感じたら、どんな気持ちになるのか想像してみた。どこかでスマートな女と抱き合ってきた後で。

夫はその女のブラジャーを外して、胸にキスをする。どんな胸かしら。

夫が出かければ、女に会いに行ったと思うようになった。実際どこへ行ったかは問題じゃなく、女のところへ行ったのだと。

夫から、「今日は遅くなるから夕飯は先に食べておいてくれ」という電話が来れば、きっと女がシャワーを浴びている間に電話したのね、と思った。

夫の知り合いの女性は皆、浮気相手に見えた。

その人が着ている服を見ては、ひょっとしたら夫はこのワンピースを脱がせたのかもしれないと想像した。

そして、その女にこんな風に言われるんじゃないかと想像しては、びくびくしていた。

「あんたは彼を愛のない人にしてしまったけど、私はあんたがもう与えられないものを与えられるの。彼はあんたには秘密を持っているかもしれないけど、私には何でも話してくれるのよ。」

そんなことを言われたら返す言葉がない。実際その通りなのだから。

愛されるような女ではなくなってしまった、妻が悪いんだから。

だけど夫は浮気を隠している――だったら許さなきゃ。だってそれは、妻の気持ちを思って、気遣ってるってことだから。つまり夫には、妻が必要だってことじゃない。妻を大切にしているから、怒らせたり気分を害したりしたくないってことでしょう。

白状するのは、誠実じゃなくて残酷。夫は、家族に残酷なことをしたくないと思っているんだ。

夫を失うわけはない。すでに自分のものではないのに、失うなんてありえない。

人は優しさがないと生きていけない。優しさはいつも足りないし、どんなにあっても満足するということはない。優しくされたいという欲求は、どんな優しさより強いものだから。

息抜きをしたということは、息苦しかったということだ。

妻とうまくいかなかったとしたら、誰とだってうまくいくはずがない。

妻は何も言わず、気づいていないふりを——全てうまくいっているふりをした。何か言うのを恐れていた。何か言っても、壊してしまうだけだ。だって彼はこう答えるかもしれない——「彼女に触れられるとゾクッとするんだ。だがお前に触られても、ゾクッとはしない。俺にとっては彼女が本命で、お前といることで彼女を裏切っているんだ。」

だから、何も言わない。責めない。問い詰めない。つらいけど、許すことにした。

夫を責めようとも思わない——夫も苦しんでいるんだから。それに罪悪感から、夫は思いやりのある態度をとるようになっていた。

女から電話があれば夫に取り次いで、自分は浴室に入って蛇口をひねった——聞こえないように。

彼の持ち物を探るのが怖くなった。洗濯の前に何かを見つけてしまうんじゃないかと思って、「ポケットに何か入っていないか確かめておいてね」と頼んだ。

爽やかな態度でいようと心がけた。兄に朝のキスをする妹のように、「いってらっしゃい！」

なんて言って。

何事もなかったかのように生活した。泣き暮らすようなことはしない。洗濯をして、アイロンがけをする。だって、アイロンのかかっていないシャツを着て浮気相手のところへ行ったりしたら、その女が夫を不憫に思ってアイロンをかけるでしょう。

夫が自分のアトリエを持つようになってからは、だいぶ楽になった。夫はアトリエのソファーに寝泊りするようになったから。

朝目が覚めて、起きたくも生きたくもない時には微笑んでみる。もう一度、微笑む。そしてもう一度。

もう長いこと塗り替えていない天井に、お礼を言った。

だって子供は、精子から出来るわけじゃないもの。

産まれたのは女の子だった。遅く産まれた、待ち望んで授かった子供だった。母の体を掻きむしり、大きな頭をくしゃくしゃにして出てきた。

猿の子は産まれてすぐ母猿の毛にしがみつくけど、人間は産まれてもしがみつくことさえ出来ない。裸で、頼りない。

赤ちゃんの誕生で湧き起こった熱い波が、また別の形で二人を繋いだ。二人が一緒にいる理由が、再び鮮明になった。

母乳はあまり出ず、妻は哺乳ビンに嫉妬した。

夫は娘を着がえさせるのが好きだった。娘の足の爪を見ては、飴玉みたいだと言っていた。

ソーニャを産んで以降、夫に抱かれたいなどと思う暇もなくなった。夫も求めなかった。そうしてまた、一世紀ともつかない年月が過ぎた。

娘が病気にかかると身も心も消耗し、そうなると夫に愛されないのにも少しは納得がいくようになった。子供にばかり気をとられて夫を相手にしない自分が悪いとも思えた——夫は放っておかれて、寂しいと感じているはずだから。子供が病気になると、それ以外のことは考えられなくなった。他のことなど、彼女にとっては何も存在しなかった。

娘が中耳炎になって鼓膜切開を受けたとき、夫は耐え切れずに悲鳴の響く病室から出て行った。妻は娘の頭を膝にのせ、工具で締め上げるようにきつく娘の頭を押さえた。ソーニャは驚いたように母を見上げ、どうしてこんな痛みを感じなければいけないのかわからないまま、暴れるのはやめ、諦めたような悲鳴を漏らした。

鏡の前に立って、目の下の肌を指で引っ張ってみて、信じられなかった——こんなに皺があるなんて。髪も抜け始めた。風呂場の排水溝が詰まったといって掃除してみれば、どろどろとした髪の塊が取れる。虫歯だらけの歯を見せないように笑わなくなった。でもきっと浮気相手の若い女は、思い切りあくびをして、若く健康な歯を見せつけているんだろう。

夫の友人たちは皆、陰でアーダを笑いものにしていた。だって皆、もちろん何もかも知っているんだから。

夫は時々、今晩は帰らないかもしれないという置き手紙を残していくこともあった。あるときその置手紙に、こんな追伸がついていた——「君はその昔、天才と結婚した。ところが今君が一緒に住んでいるのは、自己愛に溺れ老いてゆく空しい人間だ。頼む、もう少しだけ俺に耐えてくれ。」

それ以降、もっと夫を好きになった。

つらいはずのときに目を閉じてふと幸せを感じた瞬間のことを、何度も思い出した。幸せって、きっとそういうものなんだ。針で刺されたみたいに、一瞬だけ訪れるもの。赤ちゃんはぐずってるし、おねしょシーツはおしっこくさいし、お金は無いし、天気は悪いし、さっき牛乳が吹きこぼれたからコンロを拭かなくちゃいけないし、ラジオからは、地震があったとか、どこかで戦争が起こっているとかいうニュースばかりが流れてくる。でもそれを全部ひっくるめて、幸せなの。

悪天候の続くまま、また一世紀が過ぎた。そしてもう一世紀。

だいぶ昔から、二人は床を共にすることはなく、食卓を共にするだけの仲になっていた。夫婦ではなく、食事仲間のようだった。

互いを見ることもなく服を脱ぎ、どちらもベッドの端に横になった。大きなベッドに眠る二人の間には、谷間が横たわっていた。アーダの頭はもう、夫の肩に寄りかかりはしなかった。冬の夜に凍える二人を引き裂くその距離は、ほんの少しなのに決して克服できなかった。

夫婦のベッドに寝ているというのに夜中に孤独で目を覚ました妻は、ふと、眠る夫を見つめてみた。その顔はすっかり歳をとっていた。

家には新しい音が住み着いた——戸を勢いよくバタンと閉める音。

夫は自分の人生を嘆いた。傷つくのは妻だった。夫の言う「人生」とは自分のことだと、よく分かっていたから。

喧嘩もした。怯えてすすり泣く子供の前で、長々と罵りあうようになった。

一度など、夫が熱湯の入ったやかんを手にしたこともあった。妻は自分が熱湯をかけられるかと思ってどきりとしたが、夫はどうにか思いとどまると、出窓にあったアロエの鉢植えに熱湯を注いだ。妻は鉢ごとそのアロエを捨てた。ゴミ箱を片手にゴミ捨て場から戻ってくると、台所にはまだ、煮えたアロエの匂いが充満していた。

酔って、

「いい加減、忠犬ぶった鬱陶しい真似はやめてくれ！」

と妻を怒鳴りつけたこともあった。

夫はいまだに、シャワーカーテンをきちんと閉めない癖を直せず、妻は毎回、夫がシャワーを浴びた後に雑巾で床を拭いていた。

トイレを汚しても、一度だって自分で掃除をしたことはなかった。

成功した友人を嫌い、妻をその捌け口にした。妻はいつしか、自分の人生は夫にとって吸い取り紙のようなものだろうと考えるようになった。夫の人生に何か起こると、すぐ妻に染み込んでくる——夫の人生は妻に滲み出る。夫の人生にシミがつけば、自分にもついたことになる。

部屋の隅にはホコリがごろごろ、ネズミみたいに転がっていた。何を食べて大きくなっているのかしら、といつも思っていたけれど、あるときふと気づいた——彼女の歳を食べているんだ。

夫はいつも、靴下を脱ぎ散らかしていた。かじったりんごの芯は本棚に置いてあるし、切った爪はテーブルに散乱している。だけど決定的なのはやはり靴下だった。瑣末なことじゃない。それは、一種のマーキング行為だからだ。人間は、動物と同じように行動している。ただ、その理由が自分でも分かっていないだけだ。足の匂いを残すことで、人は自分のテリトリーをマークしている。他の動物はみんな、それがわかっていて裸足で歩いている。だからドンカだって足やスリッパに顔をくっつけるのが好きなんだ。主人の匂いに鼻をくすぐられ、気持ちよさそうにしている。一緒に暮らしていくのが難しくなればなるほど、人はより強くマーキングしようとする。

いつか夫に、

「好きな女がいる。ここを出て、その女と一緒になる」

と言われるんじゃないかと、ずっと恐れていた。

そしてあるとき、夫は本当にその通りのことを言った。

夫は事前に、言うべき台詞をすっかり用意していた。もし追いすがるようなことを言われたらこう返そう、もし「子供のためを思って」と言われたらこう返そう、という具合に。そしてその通りになった——妻は追いすがり、「子供のためを思って」と言い、夫は用意していた言葉を返した。

「親が子にしてやれる唯一のことは、幸せになることだ。俺は、お前といると不幸だ。彼女とならば幸せになれる。不幸な両親は、子供に幸せを与えられない。」

妻は自分でも分かっていた――「子供のため」なんて、口実に過ぎないこと。けれどひとりになるのは怖い。もう他に、彼女を愛してくれる人などいないだろう。

自分でも自分の主張を信じられなかったが、それでも言った。

「早まるのはやめて。夏まで待ってみて。時間を置くのよ。あなたたちだって、気持ちをちゃんと確かめてみなきゃ。もしかしたら一時の気の迷いで、時が経てば冷めるかもしれない。だったら最初からそんなふうに人生を台無しにしないほうがいいでしょ。だけど本当に出て行きたいなら行きなさい、無理には引き止めないから。」

夫も、そんな主張は信じなかった。

「彼女と会って、俺は初めて愛とは何かを知ったんだ。」

「じゃあ、私は？」

「どう答えてほしくて言ってるんだ？」

「今言ったことは間違いだって。」

「いや、間違いは――お前だ、お前と一緒になったことが間違いだった。」

机の上にあったビンを摑むと、食器棚めがけて投げつけた。そのビンはソーニャが水彩絵の具で遊ぶのに使ったもので、濁った水が入っていた。何もかもが粉々に砕け散り、部屋中に濁った水とガラスの破片が散乱した。ソーニャが驚いて起きてきて、部屋の入り口まで来ると、裸足の足で立ち止まった。

「動かないで！　こっちに来ちゃだめ！」

二人ともソーニャの元へ駆けつけた。その拍子に夫は滑って転び、ガラスで手を切った。妻は娘を抱き上げて、寝室に連れて行った。そしてソーニャをベッドに運んで、なだめて寝かしつけると、そっと戸を閉めて居間へ戻った。二人は声を潜めて喧嘩を続けた。

血はなかなか止まらず、憎しみもまた止まらなかった。

しまいには言葉も尽き、夫は血まみれになった手を妻のカーディガンの胸元で拭うと、いまいましそうに割れたガラスをまたいで、家を出て行った。

妻はベッドに倒れこむと、泣き崩れた。そうして、割れたビン以外の全てを嘆いた。長年耐えてきたのは、こんな風に捨てられるためだったのかと。

夜中に掃除をし、それからソーニャを自分のベッドに連れてきた。ソーニャはひどい寝相で、明け方には真横になり、母を隅に押しやって寝ていた。

いくつもの世紀は終わりを告げた。

ソーニャが夫の元に泊まりにいく夜がいちばんつらかった。空っぽになった部屋の中をうろうろ歩き回っては、考えごとをする。

ふと、自分には女友達がいないことに気づいた。長い年月が過ぎるうちに妻の友人は皆いなくなり、夫の友人だけが残っていた。夫の友人たちは、以前とまったく違う態度をとるようになった。彼女にかまう暇などなくなったし、とうに分かりきっていたことを、今さら見直そうとする者はなかった。

以前なら、ストッキングを脱げばドンカが尻尾を振って足の指を舐めにきた。それなのに今は、ドンカは別の女の足を舐めている。

酒に酔おうと思い、ワインを買ってきた。酸味のきついワインだった。飲む気になれないまま、台所のシンクに流して捨てた。

しっかりしようと思ってみても、上手くいかない。夫の古い靴下を見つけては、また涙する。誰も隣でいびきをかかない、足で蹴りもしない、毛布を体に巻いて引っ張りもしない。夫は胃が悪いのに。その若い女は、ちゃんと気遣ってやれるかしら。朝食にはカラス麦のお粥を出して、減塩を心がけて――。

二人で暮らしていたときに、夫には何が足りなかったかが分かった。夫には、別の人生が足りなかったのだ。

突然電話がかかってくるかもしれない。酔っ払って、不幸そうな声で、後悔して――そのとき家にいなかったら？　だって、夫は必ず、自分はとてつもなく愚かなことをしでかしたと悟って、「許してくれ、おまえが好きだ」って言って、帰ってくるはずなんだから！　疲れて、妻に膝枕してもらうために、帰って来るはずなんだから！　だって、全てはそういう結末になるように出来ているんだから。男は、数々の試練を乗り越えて愛する女の元へ帰り、その膝に頭をのせるの。

なるべく外出しないようにした。まあ、どのみち行く場所も無かったけれど。ナナカマド酒を飲んでは、電話が鳴るのを待っていた。時々、受話器をあげて音を確かめると、ツーという音が聞こえた。電話は壊れていない。一度、シャワーを浴びている時に電話が鳴り、裸で駆けつけて受話器をとった。かけてきたのはソーニャで、用件は、パパにもらったプレゼントの話だった。

ソーニャはいつも、山のように色んな物を買ってもらって帰ってくる。夫はそのうちソーニャを完全に引き取ってしまうつもりなのかもしれない。

日曜の夜にソーニャを送りに来た夫に、文句を言った。

「ひどいじゃないの。私は、一週間ずーっとソーニャにぐだぐだ説教して、あれは駄目、これも駄目って言ってしつける役目で――、あんたはいいわよね、ひたすら子供を甘やかして、『駄目』なんて言ったこともなくて、私がさせてあげられないようなことも、何でもさせてあげちゃうんだから！」

ふと、夫が今でも、妻が昔編んだセーターを着ていることに気づいた。

ソーニャはベッドで飛び跳ねて、はしゃいでいる。

「見て、すごいでしょ、この時計。パパがくれたんだよ。聞こえる？　キリギリスが鳴いているみたい！」

「早く寝なさい！」

とソーニャを叱りつけた。

寝るときは、ソーニャは新しいぬいぐるみじゃなく、さんざんしゃぶった跡のある、赤ちゃんトラのぬいぐるみを抱いて寝ている。

夫はソーニャに絵葉書を送ってくるようになった。描かれていたのは、キツネやうさぎ、よくわからない二つ頭の怪獣、三つ目小僧、一本足。みんな笑顔で手招きをしている。最初は捨てたこともあったけれど、絵葉書に通し番号が振ってあるのに気づいてから、捨てるのをやめた。ソーニャはそれを画鋲でベッドの脇の壁に貼っていく。寝る前には、その絵に話しかけている。

ソーニャの夕食にお粥を作りながら、窓の外をぼうっと眺めていた。行き交う人々のくすんだ色合い。急ぎ足で、幸せに気づかずに歩いていく。お粥が焦げた。椅子に掛け、頭を抱えてむせび泣いた。ソーニャがやって来た。

「ママ、なんの匂い？　どうしたの？　泣いてるの？」

そして大人みたいに、ママの頭を撫でて慰めた。

「大丈夫だよ、ママ、お粥が焦げたくらい何でもないでしょ。」

ソーニャは最近ほとんどおねしょをしなくなっていたのに、夫が出て行ってからはまたするようになっていた。

なんとなく選んだ児童書を読み聞かせていたら、こんな話があった。その話の女の子は古い人形が売られている蚤の市に出かけ、突然ハッと気づいた――人形って、死んだ子供たちじゃないかしら。まったく、子供の本によくこんな話を書けるわね。

病院に行く途中、路面電車に乗っていたら、ソーニャは車内に響き渡るような大声でだしぬけに、

「ねえママ、パパはあたしのせいで出て行ったの？」

と訊いた。

長期休暇に入ると、まる一週間、ソーニャを夫の元へ預けることになった。アーダはほとんど家から出なくなり、ゴミも捨てず食器も洗わず、シーツも換えずアイロンがけもしなかった。ホコリがネズミのように転がっていても濡れ雑巾で拭くこともせずに、さっさと諦めてしまった。彼女としては、復讐をしているつもりだった。ダイエットをやめて、チョコばかり食べるようになった。それも復讐だった。

髪は汚れ、束になって垂れ、白髪にぎくりとさせられる。

鏡を覗けば、目の周りには皺ができ、頬は乾燥し、首まわりも老いている。女はまず内面から老いていく。心が枯れれば、外見も枯れていく。

そして思った。どういうことなの？　足には流れる川のように血管が浮いているし、前髪も白くなっていくなんて……。老いは、もうずっと前から始まっていたのね。

壁じゅうに掛けられた自分の絵を眺めて、思い出した。ヌードでポーズをとっていたときのこと。

夫は描くのを中断しては、体中にキスをした。そして今、妻はこう思った。

この絵に描かれているのは誰かしら。そして私は誰なの？

独り言を言うようになった。

「空気を入れ換えて、台所に行ってお湯を沸かさなきゃ。聞いてる？」

「何のために？」

「そうね。そのためには、その間だけでも自分を好きにならなきゃいけない。」

「好きになる？　自分のどこを好きになれって言うの？」

思いつきで、こんなことを考えた——今からシャワーを浴びて清潔にして、服を着て、お化粧をして、バス停で自分用に花束を買ったら、きっと何かが起こる。

そして、本当に起こった。

「アーダ！」

振り返ると、そこにはドンカを診てもらっていた獣医がいた。ソーニャはその獣医をアイタタ先生と呼んでいた。絵本にあったみたいに、「やさしいお医者さんアイタタ先生、なんでも治してくれますよ！」なんて言って。無理もない。健康な雄猫や雌猫が、動物病院に連れてこられては去勢され爪を切られて帰されているなんて、誰もソーニャには教えなかったんだから。

「アーダ、晴れて自由の身ってことかい。見違えたじゃないか！」

誰もが何もかも知っているというわけだ。獣医は腰に手をまわしてきた。以前なら絶対にそんなことはしなかったのに。そして不敵な笑みを浮かべて言った。

「ここで会ったのも何かの縁だ、夕食でもご一緒しましょう。」

あらすごい、本当にこんなことが起きるなんて。

いた。

「いいわね、レストランで、何かいいものご馳走してちょうだい。」

角の席についた。壁は鏡張りになっていた。

ウエイターは絶えず傍に立って、鏡を見ては、蝶ネクタイを直したり、袖口を引っ張ったりしていた。

アイタタ先生は動物病院でおきたハプニングの話をして笑わせた。

ウエイトレスは、空いたお皿を下げにきたついでにテーブルに屈みこみ、深く開いたブラウスの胸元を見せつけた。獣医は覗いて、「失敬」と微笑んだ。まるで「仕方がないでしょう、男は本能の奴隷なんだから」とでも言いたげな様子で。それから、

「長年、安楽死だとか交尾だとかいう仕事をしていると、嫌でもロマンチストになるものだよ」

などと話した。シャンパンを飲み干し、もっと注いで欲しいというようにグラスをトンと差し出して、獣医に訊いてみた。

「ねえ、長年ずっと一人の男を好きだったのに、他の人を好きになんてなれるかしら？」

「おいおい、さっきから同じ質問ばかり、もう三度目だぞ。」

「三度目？」

そういわれて初めて、自分がすっかり酔っていることに気づいた。

周りの人間は皆、二人がどこへ何をしにいくのか感づいているのではないか、という気がした。

帰り際、鏡越しに、ウエイターが皿を舐めたのが見えた。

レストランを出ると、獣医は唇にキスをしてきた。彼の首にしがみついて、

「うちには来ないで」

と頼んだ。

獣医の家に着くと、暗闇でスリッパを履きながら、獣医は、

「心配するな、妻と子供は別荘に行ってるから」

と囁いた。

獣医がパンツを脱がせようとしたとき、泣き出して、涙声で、もう何年も男の人と寝ていないと告白した。そりゃいいな、性病に感染する心配がないぞ、と獣医は思った。

獣医は息を荒げ、力んだが、どうしても上手くいかなかった。

そして浴室に入り、そのまま閉じこもってしまった。

彼女はしばらく待ってみたが、そのうち急いで服を着ると、表へ飛び出した。

こんな考えがよぎった――せめて冬だったらよかったのに。意識を失うまで外でお酒を飲んで、凍死できるのに。

だけどそうなったら、死ぬことよりもその後が怖い。裸にされて検死を受け、何もしなくても分かりきったことを証明するために、おなかを切って解剖するのだろうから。

簡単なことだ――薬を飲めばいい。

トイレの水を流した瞬間、ふと、もしかしたらこれが人生で最後かも知れないという気がして、もう一度水を流した。

両手に一杯の錠剤を集めて口に入れ始めてから、飲み物がないことに気づいて風呂場に行き、蛇口から直接水を飲んだ。

錠剤は大きすぎ、喉に詰まって飲み込めなかったから、割ることにした。浴槽の端に腰掛けて、ひたすら割った。

ふと、玄関のドアに鍵をかけていたことを思い出した。開けに行かなくちゃいけない。玄関へ向

かう途中に、もうふらついていることに気づいた。

ベッドに横になった。

頭の中でごうごうと音がし始めた。部屋は揺れ、ぐるぐると回りだした。

電話に手を伸ばし引き寄せると、番号をまわした。

受話器をとったのは、あの女だった。半分眠ったまま、わけがわからない様子だった。

「彼を呼んで。私の夫を出してよ。」

「今何時だか分かってるんですか。」

「知らないわ。」

夫が電話に出た。

「何事だ？　気でも狂ったのか？　ソーニャを起こしちまったじゃないか！」

「薬をいっぱい飲んだの。怖い。死にたくない。お願い、来て！」

もう舌がもつれだしていた。

「救急車を呼べ！」

「来て！」

「俺が救急車を呼んでやる。」

「お願い。」

「ええい、憎たらしい。今行くからな！」

「あの女は連れてこないで！」

「わかったよ。今行く。いいか、がんばって吐いてみろ。」

「待って！」

「なんだ。」

「好き。」

「ああ、すぐ行くからな！」

あの女は、早く寝たがっていた。次の日は、朝早く仕事に出なければならない日だった。

■

サーシャへ
そしてまた、僕の前に一枚の紙がある——君と僕を繋ぐもの。でも考えようによっては、こんな紙切れ一枚が僕と君を繋いでいるなんていうのは妙な話だよな。だって、僕たちの邪魔をするものなんて何もかもどうでもいい、つまらないものだって実感しているんだから。君と僕を分かつものなんてない。君も、同じ気持ちでいるだろ？

愛しい君へ。僕は、帰りたくてたまらない。

きっと、だから君に手紙を書くことがこんなに重要なんだと思う。手紙を書いている間は、そっちに帰っているような気分になれる。

今日キリルに、もし自分が死んだらバッグを母親に届けてほしい、と頼まれたよ。

「母さんはこれを見たって、何も分かりはしないけどさ」

って苦笑いして。

あいつはいつも、とても優しい調子で母親の話をする。

ここに来て——こんなに家から離れた場所にいて、僕はようやくわかった。母さんに対する反抗や、嫌いだと思っていた気持ちが、どんなにちっぽけなことだったか。

今、これまで母さんに感じた憤りなんて何もかも忘れて、僕がしてきたことの全てを謝りたい。できることなら手始めに、一度言いそびれたきりもう何年も言い出せずに悩んでいた秘密を打ち明けよう。サーシャ。あのね、すごくばかげた話なんだけど。僕は、出窓でコインを転がして遊んでいた。ほら、うちの出窓ってかなり広かっただろ。いや、それともあの頃の僕には広い気がしただけかな。まあとにかくそこで、コインを立ててその端を指先で弾いて回して遊んでいた。上手くいくと、コインは音を立てて回転して透き通った球みたいに見える。そのときふと、大きめのクリスタルガラスの器が目に留まった。そこには母さんのアクセサリーが入っていた。ブローチ、ブレスレット、ピアス。そのなかに指輪もあった。目の見えない継父が、母さんにあげた結婚指輪だ。僕はふと、それを出窓でコインみたいに回してみたい衝動に駆られた。

何度か失敗して、指輪はつるっと滑っては床に落ちた。でも、一度だけ成功したんだ。すごく綺麗だった。今にも浮きあがりそうな澄んだ金色の球体が、金属音をたてて出窓に円を描いていた。特に音が良かった。指輪が回り終わる少し前、倒れて小刻みに震えているときの音が。そしてもう一度回そうと思って指で弾いた瞬間、指輪は窓から外に落ちてしまった。

僕は外に飛び出して一所懸命探したけれど、指輪はついに見つからなかった。もしかしたら、誰かが拾って持っていってしまったのかもしれない。

最初は全部母さんに話そうと思ったのに、言いだせず、母さんも訊ねもしなかった。後になって訊かれたときにはもう打ち明けられなくなっていて、僕は全然知らないと答えた。母さんはひどく悩み、いつまでも引きずっていた。誰が盗んだのかとあれこれ推測しては、全く罪のない人たちを疑った。母さんが継父に、隣のおばさんじゃないかしらと話しているのも聞こえた。結局は、継父が風邪をひいた時に家に呼んだ医者じゃないかと考えたみたいだった。

たまらなく恥ずかしかったけど、黙っていた。

だけど今なら、全てを打ち明けられる。

母さんのことを考えようとすると、妙に些細なことばかり思い出す。例えばいつも黒いアイマスクをして眠っていたこと。母さんは部屋が少しでも明るいと眠れないらしかった。

小さい頃、母さんの煙草の匂いがとても好きだった。母さんは何か特別な、いい香りの煙草を吸っていた。機嫌がいいと、僕がせがむのに応えて煙の輪っかを作ってくれた。輪の中に輪を吐くことも、8の字形にすることも出来たんだ。

だけど継父が、うちに引っ越してくると、母さんに煙草を吸うことを禁じてしまった。母さんは時々こっそり窓辺で煙草を吸っては、僕に、二人だけの秘密にしてくれるようにと頼んだ。

僕が病気になったとき、母さんは寒い外から帰ってくると、僕に触れる前に、冷たくなった手をわきの下で温めてから、手が温まったかどうか、自分の頬を触って確かめていた。

もう少し後になって学校で数学の授業が始まると、僕は母さんがちょっと面白い人に見えてきた。宿題をやりなさいって言っておきながら、自分じゃ一問も解けないんだ。

もっと大きくなってから、僕は母さんの昔の写真を何枚か見つけた。男の人と一緒に写っているけど、父さんじゃない。そのとき初めて気づいたけど、僕は母さんのことをあまりよく知らない。この写真のなかで、椰子の木の下で母さんと一緒に永遠の記録を残すことになったのはいったい誰なのか。母さんに直接そう聞くのは、すごく簡単なはずなのに、なぜか絶対に不可能なことのように思えた。

今になって、それまでも、母さんとの会話がずっとそんな調子だったことを考えては驚いてる。

母さんが、

「そんなに立派に育っておいて、一日じゅう何もしないなんて！」

と怒鳴れば、僕は、

「何もしてないんじゃない、考えてるんだ」

と答えて、ドアをバタンと閉めるだけだった。

いつだったか、夜遅く母さんが僕の部屋に入ってきたことがあった。きっと、なにか大事な話でもあったんだろう。僕はソファーベッドに横になって、寝たふりをしていた。母さんは僕の毛布をかけ直して、しばらくそこに立っていたけれど、じきに出て行った。

でも、一番謝りたいのはやっぱり継父のことだ。

あるとき外で遊んで帰ってくると、あいつが僕の部屋にいて、僕の持ち物をべたべた触っていたんだ。僕はカッとなって母さんに、あいつが僕の物に一切手を触れないように言ってくれとわめいた。母さんは泣き出し、やはり頭に血が上って僕を怒鳴りつけた。そうして僕たちは二人とも互いの言葉を聞きもせず、怒鳴り合った。

今ならわかる。母さんは夫と息子の板ばさみになってさぞ大変だったろうって。

母さんは、夫が盲目なのを気に病むことはなかった。外で食事をとると、ウエイターは決まって母さんに、継父が何を注文するかを尋ねる。人と視線を合わせて意思を確認することに慣れている人間からすれば、盲目の人を見て同伴者に話しかけるのは当然のことだ。でも母さんは笑って、

「夫に聞いて下さいね、取って食ったりしませんから」

とかわす術を心得ていた。

母さんはむしろ目の見えない夫の傍にいて、自分の存在意義をしっかり感じることが出来ていたんじゃないかと思う。いつだったか母さんの友達の娘がうちに来た。昔見たときは美人だったけど、事故に遭った。よその家へ遊びに行ったとき、ソファーに座ってそこの家の犬と遊んでいた。その犬はもともと飼い犬じゃなくて、野良だったのを拾ってきた犬だった。おそらく、その子がなにかぎこちない動きをしたんだと思うけど、その瞬間犬はいきなり飛びかかって顔に咬みついた。美人だったその子の顔には、障害が残ってしまった。それで、その子は母さんのところに来て、誰か若い盲目の男性を紹介してほしいと頼んでいた。

僕はことあるごとに二人の人生をぶち壊そうとしてきたけれど、きっと、二人は愛し合っていたから、僕がどうしてそんなに酷いことをするのか分からなかったのだろう。

今になって思い起こしてみて、継父は一度でも母さんを怒鳴りつけたりしたことがあるだろうかと考えても、思い当たらない。いやむしろ、ありえない。例えば、母さんが足を捻挫したときなんか、継父は細やかに気を配って、母さんの寝床に食事を運んでいた。今でもあの光景が目に浮かぶ。母さんが松葉杖をついて、不慣れな動作で廊下を歩く。するとあいつはすぐ脇に立って、母さんが転びやしないか案じながら、支える覚悟でついてくる。

母さんが鏡を覗いて嘆くと、いつも継父が後ろから近づいては、母さんを抱きしめてキスをして、例の不自然な顔で笑っては、「目の見えない者の特権は、自分のありのままの姿を見られることなんだ。鏡が見せたがる姿じゃなくてね」と言っていた。

あるとき、僕が物理の試験の前に勉強をしながらぶつぶつ何か呟いていたら、継父が突然こんなことを言った。

とが。

「光は一秒間に、数十万キロメートルの距離を進む――誰かが鏡を見て帽子を直すためだけに！」その瞬間、どういうわけか僕にもはっきりと分かったんだ――光は無駄に急ぎすぎているってことが。

継父は読書家だった。部屋に入ってみると、一見、真っ暗で誰もいないようなのに、電気をつけると継父が椅子に座っていて、膝に分厚い本をのせて読んでいる。継父はよく図書館で、目の見えない人用に凸凹の字で書かれた本を借りては、その度に、穴が開くほど読み古されているといって困っていた。点字の膨らみが、指でなぞられすぎて磨り減っていたんだ。

それに、詩も書いていた。真夜中に、母さんを起こさないようにそうっと部屋を出て台所へ行っては、真っ暗な部屋で点筆を使って、すごいスピードで紙に穴を開けていく。

母さんはよく、お気に入りのこんな一節を繰り返していた。

「暗闇のなか、君の温もりは僕の光になった……」

二人の部屋は、点筆の穴だらけの分厚い紙で溢れかえっていた。

あと、僕に貨幣学への関心を持たせようともしていた。継父は古い硬貨を集めるのが趣味で、何時間もコレクションの整理をしていることもあった。なかにはいくつか貴重な、お気に入りの硬貨もあって、継父はそれを触るのが好きだった。

僕は継父の窪んだ眼窩を見つめていた。継父はパンティカパイオンの話をしていた。ボスポロス王国の首都だった場所だ。その硬貨には、凹凸の絵がついていた。片面には東に向けて張られた弓が描かれ、もう片面には半鷲半獣のグリフォンが描かれていた。

継父が触った後の硬貨は、ちょっと酸っぱい金属の匂いがした。僕はてのひらにその、軽くて丸い、でこぼこの硬貨をのせてみたけれど、それがアルキメデスやハンニバルと同じ時代のものだなんて、信じられなかった。

レスクポリス一世っていう妙な名前の王様が描かれた小さな銅貨もあって、その反対の面には、ローマ皇帝ティベリウスの横顔が描かれていた。「ボスポロス王国の王様は、『ローマ皇帝とローマ民衆の友』という称号を持っていて、自国のお金にもローマ皇帝の顔を刻んでいたんだ」と、継父は話した。

それから、人物像の描かれていないユトレヒトの硬貨を、とりわけ高く評価していた。

継父の話では、昔は人が死ぬと、あの世への切符代として歯の間に硬貨を突っ込んだらしい。いつだったか、こんな冗談を言っていた——死んだら、このユトレヒトの硬貨を頬に突っ込んでくれって。

「あの世に行くってのに、無賃乗車はいかんだろう!」

なんて言ってさ。

そういえばね、サーシャ。僕は子供の頃、硬貨はお金の赤ちゃんってことにして遊んでたんだ。継父はいつまでもそうして宝物の整理をしていた。平たく潰れて磨り減った、穀物の絵や消えかけたアラビア文字の浮かぶ硬貨の数々を。その様子を眺めていた僕は驚いた。継父には硬貨だけじゃなく、何もかもが見えているようだった——過去も、その硬貨を作った人も、太古の昔にいなくなった王たちの姿も。しかも、部屋の隅に張ったクモの巣や、遠く窓の外に見える工場の煙突は、継父にとっては存在しないも同然だった。

当時の僕は継父に対して、ちょっとした優越感を抱いていた。だって継父は盲目で、奴には見えないものが僕には見えるんだから。だけど今思えば、少年だった僕の目には、何もかも映っていたけれど、何も見えてはいなかった。目が見えない人っていうのは、守られるべき弱者のはずだった。

でも継父は強くて、生命力に溢れていた。だからこそ母さんは惹かれたのだろう。継父は自分のことを、不具だとも身体障害者だとも思っていなかった。彼にとって光を感じないということは、僕たちが目隠しをされた状態とは全然違っていた。彼にとって目が見えないのは、目の見える人間が肘や膝で見ることができないのと同じだった。

それに継父は、ちょっと妙なユーモアセンスの持ち主だった。例えばりんごを食べようとしていたときのことだ。皮をむき、ナイフの先にりんごの切れ端をのせて、笑いながらこんな話をした——中年の女性が中央郵便局まで道案内してくれたとき、別れ際に同情するような声で、「こうなるくらいなら、生きていないほうがましだわ」と漏らした。継父は腹が立ち、その女の人を杖で叩いたという。そんな話を、まるで聞いた人は誰だって面白がって笑うだろうとでも言いたげな調子で話すんだ。

それから、今ふと思い出したことだけど、夏休みに別荘に行くと、継父はいつも果樹園を歩き回って、枝を引き寄せて、りんごを触っていた。そうしてどこにどんなりんごがなっているかすっかり覚えて、毎日触っては、どのくらい大きくなったか確かめていた。

あと、また別の思い出だけど、買い物に行って詐欺にあったこともあった。会計を済ませようとしたら、親切そうな女の人に「手伝いましょうか」って声をかけられて、札入れからお金を抜き取られた。継父は怒って怒鳴り散らし、若い店員さんは可哀想に泣き出してしまって、自分は悪くないと弁明した。

初めてヒゲを剃ったとき、継父は自分のオーデコロンを貸してくれた。おそらく、その時が最初だったと思う。僕がようやく、とても単純なことに気づいたのは。子供のいない継父は、きっと何年もの間ずっと、僕が自分の息子のようになったらと望んでいたのに、僕はそうならないようにあの手この手で反抗していたんだ――って。

あ、そういえばあれは、継父に教えてもらったんだよ。ヒゲを剃ろうとして肌を切ってしまったら、ちぎった新聞紙で傷を押さえるといいって。

僕は何年もの間、ずっと父親のことを考えていた。なぜ父さんは、僕と母さんを捨てたんだろう。何があったんだろう。そして、父さんとの再会を夢見ていた。僕はなぜだか、父さんはある日突然やって来て、放課後の校庭で僕を待っているんじゃないかと想像していた。

いつだったか、子供に自転車の乗り方を教えている親を見かけた。自転車の後ろを支えて、走ってついていく。その様子を見ていたら、僕も父さんに自転車の乗り方を教えてもらいたくてたまらない気持ちになった。

それから学年末の終業式で、全校生徒から送られる拍手に押されて、僕が、夏に備えてさっぱり切った短髪姿で、校長先生に賞状をもらったときも――僕は保護者の集団のなかに、父さんを探していた。そりゃあ僕だって、そこに父さんがいるはずがないことくらいわかっていた。だけどもし父さんがその瞬間に帰ってきたとしたら？　僕の栄誉を見届けて、誇りに思っていたとしたら？

何度か父さんの持ち物を発見したこともあった。母さんがどういうわけか捨てないでおいた物だ。例えば子供の頃、父さんの計算尺で遊んでいた記憶もある。屋根裏には、父さんが昔使っていた教科書が残っていた。ホコリだらけで計算や公式ばかりのひどく退屈な本だった。父さんの写真は、母さんが片端から処分してしまった。二人で写っていたはずの写真も父さんのところだけ切り抜かれていた。僕がおなかにいたときに撮った記念写真なんて、父さんの体のうち残っていたのは、ふっくらした母さんの肩に置かれた指先だけだった。

一度だけ、母さんに父さんのことを訊いてみたことがあった。でも、返ってきたのは、母さんは今その人の話をしたくないという答えだけだった。

「大きくなったら教えてあげる。」

それ以来、父さんの話をするのは気がひけて聞けなくなった。

行き場を失った父さんへの慕情は、継父を嫌うことでよけいに強くなり、最終的にはハイタカ先生を慕うことに繋がったのかもしれない。あの変わり者の先生がそれに見合うだけの人だったのかどうかは、よくわからないけど。

いつか、原生生物を顕微鏡で見る授業があった。先生はネクタイを邪魔そうに肩に撥ねあげていたけど、その度にネクタイはずり落ちてきた。いくら見てもインクのシミみたいな物しか見えなかったけど、先生は興奮した様子で、「君たちは本物の不死を見ているんだ」と話した。それをみんなに分かりやすく説明するために、先生はなぜか僕を例にとった。クラスじゅう大はしゃぎだったけど、僕は泣きたいほど情けない気持ちになった。なんで先生は、僕がいじめられていることに気づかないんだろうって。みんなの笑い声のなか、先生は、もし僕が原生生物なら半分に切っても二つになるだけでどちらも僕のままで、それぞれが若い生命体でありながら同時に古い生命体でもあり、生はまた最初から始まる——そうして何百万年も続いていくのだと話した。

そして「いいかい」と言うと、感極まって声を張り上げた。

「今、君たちが顕微鏡の接眼レンズを覗いて見ているこのゾウリムシは、恐竜を見てきたんだ！」

僕は、この世に本当に死なない生物がいることや、原生生物に自然死はありえなくて、死ぬとしたら事故死だけだということに驚いた。だけどもっとずっと驚いたのは、敬愛していた先生が、こんなに簡単に、僕を獰猛なクラスメイト達の餌食にしたということだった。夜、枕に顔を押しつけて悔し泣きをしながら、先生は僕のことを嫌いなんだと思った。もしそうなら、僕だって先生を好きではいられない。

ハイタカ先生。

その一週間後、先生は授業中に発作で倒れた。

サーシャ。大好きな君に手紙を書いていると、今僕の周りで起きていることなんて、何もかも忘れていられるよ。すごくほっとする。

何もかもが死と苦しみに染まった場所にいると、どこかで何事もなかったかのように平和な暮しが続いているなんて、とても信じられなくなる。あの町並み、新聞、店、路面電車。動物園。レストラン。何気なく郵便局に立ち寄るのもいいだろう。ケーキ屋でケーキを買うこともできる。

ここにいると、普通のことが不思議に思えてくる。僕の住んでいた町が、僕のいないところで暮らしを続けているなんて、やっぱり信じられない。その世界は、僕にはもう見えなくなってしまった。そっちも夏だね。だけど、こんなに蒸し暑い猛暑じゃないだろうな。

たまらなく冬が恋しい。

凍てつく空気を口に含みたい。いったん溶けてまた凍った雪を、ビスケットのようにザクザクいわせて踏んでいくんだ。雨どいのパイプ下に張った氷を覗こう。朝から雪が降っているといいな——穏やかに、物静かに。

そうだ、こんな記憶がある——三月、林の雪はもう溶けて、冬の間に踏み固められた雪の部分だけが、枯葉の上に、氷の切り株みたいに残っていた。そして、そんな風に溶け残った泥だらけの氷でできた不思議な足跡が、林の奥までずっと続いていた。その光景が不思議と記憶に残っている。

それから、こんなのもある——水の入ったビンを窓際に置き忘れていたら、寒い夜のうちに水が凍って、ガラスが割れて砕けてしまった。でも氷はビンの形に凍ったまま、朝までそこに立っていたんだ。

こんなことばかり思い出すのは、今、暑くて死にそうだからだ。

サーシャ。僕はいったい何度、自分が家に帰る場面を空想しただろう。帰ると、全ては元のままなんだ。僕の部屋。そこらじゅうに本が散乱している——出窓にもあるし、本棚の上にも天井まで重ねて置いてあるし、床にもまるで薪の山みたいに本が積んである。古くてぺしゃんこになったソファーベッド。スタンドライト。どこからも、銃声なんて響かない。戦死なんてありえない。なにもかも、いつもどおり。時計はカチカチと音をたてているのに、時は止まっているかのようだ。全てが本物で、温かく、懐かしい。

僕が夢見ていることはね、帰ったらまず半日は寝転んで、うっとりと壁紙を見つめていたい。そんな小さなことで人が幸せになれるなんて、以前なら考えもしなかった。

そう、家に帰ったら見慣れていたはずのごくありふれた物が、まったく違って見えるはずなんだ。ティーセットも電球も、柔らかい布張りの椅子も、本棚も。窓から見える工場の煙突も。きっと、何もかも生まれ変わったように新しく、僕にとって意味のある物になる。ここでの経験に何か意味があるとしたら、ただそのためだけだろう。

死体のどこが凄いって、誰もが互いにそっくりになってしまうところだ。生きているときは違ったのに、死んだ人間の目はみんな同じさ。淀んだ瞳、蠟のような肌、口はなぜかみんな開いている。何より見てぞっとするのは髪だ。どうしてなのかは、うまく説明できない。あと、爪もだ。

それに匂いも同じ——いや、もちろん匂いなんてもんじゃない、鼻をつく異臭、悪臭。世界で最も酷い臭いだ。

これまで生きてきて、幾度となく死んだ魚や鳥や動物を見てきたけど、人間の死体が放つような悪臭を嗅いだことは一度もなかった。

慣れれば耐えられる程度の匂いじゃない。かといって息をしないわけにもいかない。

あれに比べれば、石灰と人間の排泄物を混ぜた堆肥の匂いなんか、たいしたことない。膿にまみれた包帯を替えるときの匂いだってそうだ。

馬小屋に敷かれた藁の匂いなんか、ぐっと吸い込みたいくらいだ。人間の汗や汚れた体の匂いを忘れるために。

時々、自分の鼻を切り落としてしまいたい衝動に駆られる。

そうさ、その切り落とした鼻だけでもそっちへ行かせるんだ。そうしたら鼻は、僕の住んでいた町を歩いて、色んな匂いを嗅げる。ゴーゴリの『鼻』は、逃げ出しておいて何の匂いも嗅がなかった。だけど僕の鼻は、懐かしい匂いを思い切り嗅ぐだろう。

それにしても、一度嗅いで覚えた匂いは時間がたっても薄れることがないからすごい。薄れるどころか、強まるばかりだ。

公園を歩けば、雨上がりの菩提樹の花がむせ返るほどの香気を放つ。

あの町のケーキ屋に漂うのは、バニラ、シナモン、チョコレートの匂い。メレンゲ、マジパン。エクレア、マシュマロ、メレンゲシャンティ。キャラメル。向日葵の種菓子。僕の大好きなトリュフケーキ。

花屋の店先を通れば、みずみずしい爽やかな香りがする。それは水滴の光る白百合や、湿った腐葉土の匂い。

挽きたてのコーヒーの香りが、開け放たれた家の窓から漂ってくる。あ、この家では魚を焼いている。そこの家では牛乳を吹きこぼしたな。誰かが出窓に腰掛けてオレンジを剝いている。こっちでは、いちごジャムを煮ている。

アイロンの匂いがした。熱くなった布と、アイロン台と、湯気の匂い。

壁の塗装工事をしている。ペンキの匂いが鼻にツンとくる。

今度は、革製品の匂いがする。靴やかばんやベルトの匂い。

それから、化粧品店。めまいのするような香水の匂いに、クリーム、オーデコロン、パウダーの香り。

魚屋。砕いた氷の上にのった魚からは、新鮮な磯の香り。

機械修理工場。錆と潤滑油と石油と機械油の匂い。

交差点の売店から、刷りたての新聞紙のインクの匂いがする。

ボイラー室から出てきた人は、汗と粗布と炭の匂いをまとってる。

パン屋からは、温かい焼きたてパンのおいしそうな香り。

あ、薬局だ。病院の匂いがぷんぷんする。

向こうの道路では工事をしていて、アスファルトを敷いている。樹脂の焼ける匂いが、全ての匂いをかき消していく。

そんな風にどこまでも歩いては、ひたすら匂いを嗅ぎたい。

●

もうすぐ、一ヶ月になる。

ソーニャがあんなことになってから、もう四週目に入った。ソーニャは依然として意識を取り戻さない。

どうしてそんなことが起きたのかも、はっきりとはわからない。おそらくはドンカが突然走り出して、リードを持っていたソーニャは引っ張られるかたちになって、凍った段差のところで転んで、硬い石の縁に後頭部を打ちつけたんだろう。ソーニャはみぞれの降りしきるなか、水溜りに倒れていた。

私は自分の働いている病院にソーニャを転院させた。おかげで、個室を確保することだけはできた。

骨と皮だけになって、寝たきりの状態が続いている。

注射のせいで、腕にも足にも青い腫れができている。

病院を訪れた医学生や医学博士が、ソーニャの容態について説明を受けていた。

「ええ、ちょっと変わったケースでして。先ほどお話したのはこの子なんですが、その事故の後、ずっと昏睡状態が続いていて……」

両親は順番に見舞いに来て、数時間は病室にとどまっている。

確かに、することは尽きない。タオルを換えて、乾いていく目に清潔な水を垂らし、乾燥した唇を湿らせてやる。寝返りをうたせ、体を拭く。

病室の傍を通ったときに覗いてみると、彼は窓の外を眺めながら、やせ細った生気のない足を揉んであげている。

事故が起こったことで、彼は自分を責め、アーダは私を責める。

アーダは主治医のところへ行っては、泣いて訴える。廊下から、

「どうにかしてください」

という声が聞こえた。

アーダがソーニャの病室にいる時は、私はなるべく行かないようにしている。

私が夜勤のときは、頻繁に覗く。

片目レンズの眼鏡は、サイドテーブルに置いてある。あの腕時計もある。時間を合わせた。

ベッドの上には、家から持ってきたぬいぐるみがいくつも置いてある。目のボタンが取れかけた、赤ちゃんトラのぬいぐるみもある。

ベッドの下ではスリッパが、じっと出番を待っている。

彼が来ているときに病室に行ってみると、彼はリス毛の筆でソーニャの腕を撫でていた。私に気づくと、気恥ずかしそうに筆を隠した。

小学校の友達が二人、お見舞いに来た。二人は萎縮したように身を縮めて座っていた。

そこに彼が、

「黙ってないで、ソーニャに話しかけてやれ。今授業では何をやっているとか！」

なんて言ったものだから、その子たちはよけいに縮こまってしまった。

そして二人は、どういうわけか持っていたどんぐりをソーニャの手に握らせると、病室を出て、泣き出してしまった。

真夜中に突然、彼が悲鳴をあげて目を覚まし、「ソーニャの指をドアに挟んだ夢を見た」と話した。

「俺は前を歩いていて、後ろからソーニャがついてきてドアの隙間に手を突っ込んだのが見えなかったんだよ。」

全身汗だくで、息を荒げてる。朝まで自分の部屋でうなされてた。

私たちは、別々に寝ている。

最初に私が別の部屋で寝たのは、彼がいびきをかいて、悪夢を見て暴れだし、その拍子に彼の手が私の目にぶつかったから。

でも今なら、彼が前「ある意味、孤独だった」って言っていたことの意味がわかる。あるとき目が覚めて隣の寝顔を見た——年老いた、他人の顔だった。

前は気づかなかったような彼の言動に、気づくようになった。

一方では妙に神経質なところがあって、人のたくさんいるホームパーティーでは、間違っても誰かに自分のワインを飲まれたりしないように、自分のグラスを少しでもどこか高いところに避難させる。でもその一方で、だらしがない。洗濯をしようと下着を手に取れば、トランクスにはいつも茶色いシミがついている。

彼がものを食べるのを見ると、イライラするようになった。せっかちに、がつがつと見苦しい食べ方をする。

旧友のところへ行っては、帰り道でその友達の悪口を言う。あいつは才能がないとか、こいつはせこいとか。そんなだから、友人もいなくなっていた。昔から家族づきあいをしていた女友達——というよりは友人の妻たちなのだけど、彼女らは、彼がアーダを捨てて以来、家に呼ばなくなった。

悪い例は伝染しやすいからって避けているみたい。

彼はどんどん老けていき、老いを恐れている。そのせいで、よけいに私につきまとう。しかもそれが原因でまた自分は年寄りだという実感を増長させている。

物忘れもひどくなった。重要なこともそうでないことも忘れていく。落ち込んだ顔をして私のところへ来ては、

「オルセー美術館にある『床削りの人々』を描いたのは誰だったか、どうしても思い出せない。朝からずっと悩んでいるんだ！」

なんて言う。

時には、彼といると楽だし居心地がいいと感じることもある。だけど時には、ひどく暗澹とした気持ちになる。

私たちは、二人でいても果てしなく孤独だ。

まだソーニャが事故に遭う前のこと、こんな会話をしたことがあった。

「なあ、俺たち、前は一緒にいて居心地が良かったよな？」

「そうね」

「何が起きているんだ？」

そう問いかけておいて、彼は自分でその答えを説明した。

「俺たちは、フレネルの鏡のようなものなんだ。二枚の鏡があって、二枚とも光を映し出していた。ところが二枚を向かい合わせにしてみると、ある角度にきたとき、それまで光を映していた二枚の鏡が、闇を映し出したのさ。」

定期的に大喧嘩をするようになった。B級映画みたいに、下らないことがきっかけで怒鳴りあっ

ては、しまいにドアをバタンと閉める。

時々、その一部始終を他人事のように傍から眺めている錯覚に陥る。台所にいるこの二人は誰なの。何を言い合っているの。何のために？

なかでもその「女の人」に腹が立つ。この女性は誰。私？　違う、私のわけがない。じゃあ、私はどこ？　私はどうなっちゃったの？　どこへ行っちゃったの？

「お前、マトンの料理法を知らないな、アーダならもっと上手く……」

その瞬間、何の罪も無い羊肉がゴミ箱に投げ捨てられる。

「あっそう、じゃあアーダに料理してもらえばいいでしょ！」

だって、今台所にいるこんな女性が、私のわけないじゃない。

ソーニャの事故が起きてから、喧嘩はしなくなった。かといって仲が良くなったわけでもない。

彼は、病院から帰ってきてはお酒を飲んでいる。あるとき、すっかり酔っ払った状態で、こんなことを言った。

「サーシャ、考えて恐ろしくなったんだが、まさか、お前は、俺がずっと待ち望んでいた女じゃないのか。まさか、またしても間違いなのか。だがそう考えたってことは、現にその通りだってことじゃないか？」

私は彼の上着を脱がせ、ベッドに寝かせて、残っていたお酒を飲み干した。

それから、こんな風に言ったこともあった。

「俺とお前は本物だっていう気がしたんだ。俺たちは、一緒にいれば本物で、もし違う人間と一緒になったら、相手のなかにお互いを探し続けて、見つけられないだろうって。たぶん、そんな気がしただけだな。」

一昨日、病院でアーダに会った。アーダはソーニャの病室に向かうところだった。しんどそうに階段を上り、踊り場の窓際で呼吸を整えるために立ち止まった。私は彼女の脇を通らなければいけなかった。アーダは私を見ると、不意に微笑んだ。

私はアーダに近づいた。

彼女はため息をついた。

「サーシャ、あなたがうちのソーニャのために手を尽くしてくれていることは、わかっているの。ありがとう。私のこと、悪く思わないでね。」

そう言うと、アーダはゆっくりと階段を上がっていった。

その夜は、いつまでも眠れなかった。息づかいを聞いて、彼も寝ていないのが判った。そうして長いこと二人とも眠れないまま横になっていたけれど、そのうち私が口を開いた。

「ねえ、前さ、アーダと結婚したのは間違いだったって言ったでしょ。覚えてる？」

「覚えてるさ。」

「そうね。だから、あなたはその間違いを改めて、アーダと生涯を添い遂げるべきだと思う。」

■

サーシャへ

どうしてる？　何があった？

だけど、わかってるよ。君が僕のことを考えているってことも、僕のことを待っていることも、君が僕を好きだってことも、僕に手紙を書いているってことも。

以前だったら、今ここに書いたようなことでも見直して、「僕のことを」って文が続いているから、その繰り返しがなくなるように推敲したところだけど、もうそんなのは、ちっぽけなことに思える。

君の手紙が恋しくてたまらない。ここでは皆が郵便を待っているけど、何も届かない。おそらく近いうちに届く見込みはなさそうだ。君の手紙はどっかで足止めを食っている。だけど何処にあろうと、いつか必ず僕の手元に届く。いつまでも待っていれば、いつかは受け取れる。きっと一度にどっと届くんだろう。今はどこかに溜まっているけど、そのうち堰を切ったように押し寄せてくるはずだ。

また少し時間ができた。少しでも君と一緒にいたい。

いいニュースだ。ここにも、いいニュースなんてあるんだな。北京の公使館は陥落していないらしい。そこにいた人々は残らず死んでしまったと思われていたのに、生きているという。北京から書簡を持った遣いが来たんだ。その書簡によると、彼らは包囲されていて救助を待っている。これまで何度か遣いを送ったけど、皆たどり着けなかったらしい。今は北京進軍に向けて準備が進められている。でもその前に、天津周囲の中国軍堡塁に強襲をかける。中国軍を背後に残したまま軍を進めるわけにはいかないからだ。

そうそう、もうひとつ。部隊は東部工廠に移動を命じられた。

司令部は旧工兵学校の校舎に配置された。将官たちも同じ建物内の、ドイツ人やイギリス人技術専門家が居住していた部屋にいる。今僕はアカシアの木陰に腰を下ろして、蚊を避けるため蚊帳に包《くる》まってこれを書いている。依然としてすごい猛暑で、みんな参っている。鼻から汗が滴って手紙に落ちる。ごめん、インクが滲んでいるね。

到着したとき、ここはすっかり荒廃していた。義和団に占拠されるぎりぎりのところで、生きていた者は皆どこかへ逃げたとみえる。校舎の中にも校庭にも制服が散らばり、中国語や英語やドイツ語で書かれた本が散乱している。学生が丁寧に図面や練習問題を書いたノートをめくると、不思議な感じがする。他にもそこらじゅうに、割れた食器やペンやインク、毛筆、碧玉の飾り、帽子、中国画、格言の書かれた巻物、荒らされた木箱やつづらがあった。何もかも破壊され、破かれ、踏みつけにされて転がっていた。

僕はここでキリルと一緒に、西洋の書籍が豊富にある書庫を見つけた。大半は数学や物理や化学の本だ。うちの部隊の兵士たちは、見つけたとたんに破って燃やそうとした――まったく手がつけられやしない。ところで面白いことに、この校舎はすべて中国風の建築様式で建てられていて、建物は横長に連なっている。入ってすぐの建物には研究室や教室、実験室、教員室があり、続く建物は学生寮になっている。その向こうの建物には事務室や炊事場がある。

前方の広場の中心には、木造の物見やぐらが建っている。今日、やぐらの一番上まで登ってみた。本来なら素晴らしいはずの眺めだった――周りで起きていることさえ考えなければ。真北に見える蘆台運河の両岸には、中国軍が砲台を構えている。西には天津の中国人居住区、その向こうには西洋公使館街があり、南西方向にはロシア部隊が野営を張っている。南東の塘沽《タンクー》方面へは鉄道路線が敷かれている。東方には果てしなくコウリャン畑が広がっている。ところどころに点々と黒く、中国人の村や林が見える。望遠鏡を覗くと、はるか北東のほうで中国部隊が動いているのがわかった。どうやら、蘆台から天津へ向かっているようだ。

キリルと一緒に工兵学校を見て回って、その豊富な設備に驚いた。武器製造所や倉庫、実験室もあるし、銅貨や銀貨を鋳造できる部屋もある。火薬や弾薬筒を製造する工場はかなり大規模で、最新式のモーゼルやマンリッヒャー銃に対応した弾薬筒を製造できる。地下倉庫には大量の武器が保管してあった。様々な種類の榴弾や榴散弾、地雷。グラゼナプは中国語で書かれたラベルの意味を教えてくれた。「地下的爆裂物」って書かれた箱には地雷のストックが入っているらしい。「水龍の住処」なんていったい何かと思ったら、消火用設備のことなんだって。

溶炉や大釜や溶接機の近くには、中国人労働者たちが描いた労働の守護神の画があり、その傍には線香がたかれていた。機械や釜には標語が書かれた赤い札が張ってあった。「機械を動かす者は、幸福である」とか「釜を開けるのは、成功の証である」とか。

今回の移動で良かったのは、野戦病院の隣から解放されたことだ。だからもう、昼も夜も負傷兵の呻き声が聞こえてくるなんてことはない。まあ、野戦病院にふらりと立ち寄って、軍医のザレンバやリュシーと喋ることもなくなったのは、寂しいけどね。ここにいると、周囲の人間の入れ替わりには容易に慣れてしまう。

工兵学校の西方には、野外にぽつりと火薬庫が建っている。その傍を通るといつも、もしここに砲弾が直撃したら何もかも吹き飛んでしまうな——と考えて、恐ろしくなる。まあ、即死したほうが、後遺症が残るよりましだけど。

いや、違うんだ、サーシャ。以前は確かにそう思ってた。だけど今は全然違う。以前は、障害や後遺症を抱えて生きるなんて不幸でしかありえないと思っていた。そんなのはミミズみたいに意味のない人生だと思っていた。それじゃあ自分にとっても周りにとっても、足手まといになるだけだと思って、理想の死を夢見ていた。自分が死んだってことに気づかないくらい、瞬間的に消えてしまうことを。

でも今は生きたい。どんな形でもいいから。

サーシャ。僕は生きていたい。障害者になっても、後遺症が残っても、そんなことはどうでもいい。生きるんだ。息をするのをやめたくない。死ぬことで一番怖いのは、息が止まることだ。

以前、野戦病院で驚いたことがあった。腕も足も負傷して、切断手術を待っている負傷兵がいた。ちょうどそのとき、誰かひょうきんな奴が面白い話をして、病院じゅうが笑いに包まれた。するとその負傷兵も一緒に笑っていたんだ。あのときは、どうしてその負傷兵が笑えたのか理解できなかった。だけど今なら解る。

負傷したっていい、後遺症が残ったっていい。僕は生きるんだ。足が一本になってもいい。一本足が何だ。一本だって足があれば、どこへでもジャンプしていける。両足を失ったら?——それでもいいさ、窓の外を眺められるじゃないか。

目が見えなくなったら——それでもいい、そうしたら音を聞くよ、身のまわりの音を。何でも聞けるんだ、すごいことじゃないか。舌か——舌だけが残ったっていい、紅茶が甘いか甘くないかわかる。手が残ったら——うん、できれば手は残ってほしいな。手があれば、触ることができる。世界を肌で感じることができる。

サーシャ。どうか、僕がうわごとを言っているなんて思わないでほしい。許してくれるかな、こんなことばかり書いてしまって。だけど、病んで言っているんじゃない。ただ、僕は僕でしかありえないんだ。

不思議なほど、ここにいる皆が皆、無事に家に帰ることばかり夢見ている。

他の誰かを……知っている人であろうと知らない人であろうと、淀んだ眼で倒れている人を見る度——蠟のような肌になり、口が半開きになった人を見る度、誰もが無意識に「良かった、自分じゃない」と考えてほっとしている。恥ずべきなのに、抑制できない喜びに襲われる。「今日は彼が殺された、自分じゃない、今日僕はまだ生きている」と。

それに、どうしても考えてしまう——どの手紙も、それこそ今書いてるこれだって、最後の手紙になるかもしれない。最後まで書ききることさえできないかもしれない。これがオペラなら、よく練られた結末が用意されていて、最後の音を響かせて、締めくくりのアリアで人生を終えることができる。でもここでは誰もが、行き当たりばったりに死んでいく。

ねえサーシャ、行き当たりばったりに死ぬほど恐ろしいことがあるだろうか。

どの瞬間が、最後になるか知れない、どの手紙が最後になるか知れない、だから何がなんでも、どうでもいいことじゃなく、一番肝心なことを書かなきゃいけない。

そうなんだ。いつ何時、この手紙が中断されるか分からないからこそ、これまで言いそびれてきたことや後回しにしてきたことを、みんな言ってしまおう。

何を書こう。何もかもどうでもいいことのようにも思えてくる。

そうだ。いつかずっと後になって、笑い話として話せるようになったら、君に話そうと思っていたことがある。それを今書くよ。後回しにして伝えられなくなったら嫌だから。僕以外は誰も興味を持たないような話だけど、僕にとっては大事なことなんだ。長い話じゃない。

いや、そもそも今なら、もう笑い話だと思えるかもしれない。

僕は父さんに会いに行ったんだ。

うちの戸棚には、母さんがいつも鍵をかけていた引き出しがあった。あるとき僕は母さんが鍵をしまうところを見た。僕は、誰も家にいないときを見計らって、その引き出しを開けてみた。そこには書類や証明書や領収書の類がしまってあった。それを見て初めて知ったんだけど、父さんはこれまで何年も定期的に母さんに送金していたらしかった。そして何より、そこには父さんの住所が書いてあった。

僕は、母さんには黙っておくことにした。

最初は手紙を書こうと思ったけど、何を書いていいのかわからなかった。それで、直接家まで行ってみることにした。夜行列車に乗って行き、ついに父さんの家の玄関前までたどり着いた。

立ち尽くしたまま、僕は呼び鈴を鳴らせずにいた。

何年もの間ずっと父さんとの再会を夢見てきたのに、いざとなったら自分が一体何を望んでいるのか解らなくなったんだ。僕は何故こんなことをしているんだろうと思うと、夜行列車でも一睡もできなかった。その頃の僕はもう、ずっと夢見てきた身近な人に再会するんだなんて考えるほど、能天気な少年じゃなかった。これから会う人間が、自分にとっては他人でしかないことも、よくわかっていた。そして、その人にとっても僕なんて、まったく要らない存在なんだってことも。だって、父さんは僕を捨てたんだから。しかも、これまで一度も、僕に会いに来ようともしなかった。もしかしたら、家にも入れてくれないかもしれない。僕はいったい何がしたいんだろう。長い間欠けていた愛を与えてもらいに来たんだろうか。だけど、そんなことは不可能だ。人生のなかで本当に父親が必要だった時期は、もう過ぎてしまった。じゃあひょっとして、復讐がしたいんだろうか。幼子を抱えた妻を捨てた男に、復讐をしに来たんだろうか。長年、心の内に溜めてきた憎しみを、ぶつけに来たんだろうか。正当な怒りを。確かに、そんな卑劣なことをしたなら誰かが咎めるべきかもしれない。顔を殴るとか、蔑むとか。じゃあ僕は父さんに、謝ってもらいたいとか、赦しを求めてほしいと思っているのか?

だけど妙なもので、僕はその全然知らない父親より、むしろ母さんと継父に対して負の感情を抱いていた。

もしかしたら父さんは、僕が金でもせびりに来たと思うかもしれない。慰謝料か何かを求めてきたと思うかもしれない。金なんかまっぴらごめんだ。渡されたって受け取るもんか！

心が揺れていた。そうして玄関の前に立ち尽くしたまま、時間が過ぎていくほどに僕ははっきりと悟っていた——子供の頃からひたすらに夢見てきた再会は、もはや実現の必要をなくしていたことを。父さんなんか要らない。そう思った。

帰ろうとしたその時、玄関のドアが開いた。おそらく、人の気配を感じて出てきたんだろう。荒い息、締りのない体。詰まった鼻でヒューヒューと音を立てて、息を吸っている。僕は予想もしていなかった——頰は垂れ、目の下の膨らんだ、小太りの老人と再会するなんて。それが父だった。父は黙って僕を見ていた。

僕は口を開いた。

「やあ。会いに来たよ。」

驚いたことに、父さんはすぐに僕が誰だか判った。まるで父さんも、何年もずっとこの再会を待ち望んでいたみたいに。

父さんの顔に動揺したような表情が現れたのは、ほんの一瞬だった。それから父さんは眉毛をあげて、ため息をつくと、だしぬけにこう言った。

「まあ入れ。長旅で腹が減ったか？」

僕は、何もかも自分の身に起きていることじゃないような、奇妙な感覚に包まれた。すべてがありえないことのようで、同時にあまりに平凡だった。父さんは、奥さんと子供に僕を紹介した。最初に結婚した妻の子だ――って。気まずい空気が流れた。誰も心の準備ができていなかった。みんな黙っていた。奥さんが全員に代わって喋りだした。押し殺したような、しゃがれた囁き声だった。甲状腺に腫瘍があって気管を圧迫しているせいらしい。不思議なことに、奥さんはどことなくうちの母さんに似ていた。

僕の妹は、かなり太った女の子だった。その子が座ると、一人がけのソファーは溢れんばかりにぎゅうぎゅうになった。そして、まるで僕が彼女のものでも盗みに来たみたいに、けげんそうな顔で僕を見た。

それとは対照的に、下の男の子のほうはいきなり僕に懐いてきた。どうやら、降ってわいたように兄が現れたのが、嬉しいらしかった。その子はやぶからぼうに、格闘技の技を知っているかと聞いてきた。僕が知らないと答えると、がっかりしていた。きっとあの子は、もし格闘技の技を知っているお兄ちゃんがいたら、人生がずっと楽になるだろうと思っていたんだろう。

それが、僕の妹と弟だった。でも僕は、その二人に何の感慨も覚えなかった。いや、覚えるはずもないか。

弟は、自分の部屋に僕を引っ張っていくと、ありったけの宝物を見せてくれた。船の模型、兵隊の人形、ダンボールのお城。それから、僕の妹のことも話した――自分の姉さんは、いじめが原因で中学には行っていないということ、学校へ行っても、教室でも学食でも誰も隣に座ってくれないということ。そういうわけで彼女は、年中家でごろごろして、女友達も、ましてや男友達もいないまま、日々を送っているということだった。

はからずも他人の生活に踏み込んでしまい、僕はなんだか妙な気持ちになった。

その後、少しの間、妹と二人きりになった。僕は何を言ったらいいのか見当もつかず、どんな本

を読んでいるのかと聞いてみた。気分を害するようなことを言おうなんて思いもしなかった。けれど彼女は突然むっとした声で、

「女はいつだって外見と中身をいっしょにされていることくらい、知っているんだから」

と言った。食事ができたと呼ばれて、僕はほっとした。

食事中もみんな黙っていて、奥さんだけが、例の押し殺したようなしゃがれた声で、僕の将来の計画についてあれこれ訊ねてきた。

かわいそうに、妹が鍋を開けてスープをおかわりしようとすると、父さんがたしなめるように、

「もう止めておいたほうがいいんじゃないか?」

と言った。

途端に妹は顔を真っ赤にしてワッと泣き出すと、席を立ってどたばたと自分の部屋へ走って行ってしまった。

父さんは深いため息をつくと、ナプキンをくしゃっと丸めて、妹の部屋へ向かった。けれど、何もできずにすぐに戻ってきた。妹はドアを開けなかったんだ。

その後は、全員じっと皿を見つめたまま、黙って食事を終えた。僕は考えていた——一体、何をしているんだろう。世に起こる全てのことには意味があるはずだ。じゃあ、このことの意味は何だ?

どう考えても、その意味は究明できなかった。だいたい、父さんとの再会が、こんな風に実現するなんて、それまでの僕にどうしたら想像できただろうか。

僕は弟の宿題を手伝った。電車と歩きの速度がどうとかいう問題を解きながら、弟がその歳にしては、ひどく学習が遅れていることに驚いた。そこへ妹が、廊下に転がっていたマフラーを届けに

来て、ベッドにマフラーを放り投げていった。

弟は彼女の背中に向かってあかんべえをすると、

「ふとっちょさんのでぶっちょさん！」

と、からかった。

僕は手で弟の首を押さえて、言った。

「姉さんのことをそんな風に言うのはやめろ。」

弟は、不満そうに顔をしかめて、

「僕の姉さんなんだから、なんて言おうと僕の勝手だろ！」

と返した。

僕は首を絞めた。表情から、痛がっているのがわかった。

「僕の妹でもある。もう二度とあんなこと言うなよ。わかったか！」

かすれた声で「わかった」と答えたのを見て、僕は手を離した。弟の目は、「やっぱりお兄ちゃんなんていらないや」と語っていた。

夜、父さんと二人きりになった。父さんは始終、大きなマグカップでお茶をちびちび飲んでいた。尿路結石なんだと語っていた。

どんな仕事をしているのかと思い訊ねてみると、父さんは建築家だった。僕は、それすらも知らなかった。

僕が、今はどんな建物の設計をしているのか質問すると、父さんは、

「バベルの塔さ！」

と答えた。それから、「いや実は、新しい牢屋を作れという注文が来てね」と話した。

父さんは猫背で、足を組み、手を膝の上に置いて座っていた。僕とまったく同じ座り方だった。そのときになって初めて気づいたけど、僕は父さんにとてもよく似ていた。話し方や動作や表情も、僕と似ていた。鼻も似ていたし、目の形も、唇も似ていた。

僕は父さんに、僕が生まれたときのことを覚えているかと聞いてみた。父さんは急に生き生きと、僕を初めて目にした瞬間のことを話した。生まれた直後はエジプトの浅浮き彫りみたいだったけど、次の日にはちゃんと鼻は膨らみ、目はへこみ、唇も唇らしくなった。僕は新生児黄疸で、にんじん色をしていたんだって。あと、爪が長く伸びた状態で生まれてきて、父さんはびっくりしたらしい。

それから僕は、一緒に駅まで母さんを迎えに行ったときのことを――母さんを見つけるために肩車をしてくれたときのことを、覚えているかどうか聞いてみた。父さんは確信が持てないような顔つきで頷いた。

父さんは、母さんのことや、再婚した盲目の継父のことや、学校のことを訊ねた。でもそういう話にはそんなに興味がないみたいだった。僕も同じだった。二人とも、あくびをしていた。僕は、前日の夜行列車で眠れない夜を過ごしていたせいもあった。

それから父さんは、部屋の本棚の傍にあったソファーベッドに布団を敷いてくれた。

僕はずっと、父さんが何か重要な話をしてくれるのを待っていたけど、言われたのは、

「おやすみ、また明日たくさん話そう」

という言葉だけだった。

父さんは、何だか少し可哀想な感じのする人だった。

僕は寝る前に、目の前の本棚から適当に一冊手にとって、ぱらぱらとめくってみた。それは建築用の石材について書かれた古い本だった。その本によれば、サルコファガスっていうのは元来、ト

ロアドで採れた石の名前だった。その石は人間の遺体をまるごと、骨まで吸収できる性質を持っていた。だから、その石から棺が作られていたんだって。サルコファガスっていう名は、肉を食べるものっていう意味なんだ。不思議だね、石が人を取り込んじゃうなんて。

明け方、まだ暗い時間に目を覚ました。そしてみんなが寝ているうちに、誰にも別れを告げずに駅へ向かい、始発列車で家に帰った。

僕は母さんには友達のところへ泊まりに行くと嘘をついて出かけたんだけど、帰ってきてから、ティータイムに母さんと二人きりになったとき、父さんのところへ行ってきたと白状した。

母さんはスプーンでカチャカチャと紅茶を混ぜながら、長いこと黙っていた。そして唐突に、

「なんでよ。あれは、あんたの父親じゃないのに」

と言った。

僕は愕然とした。

すると母さんはこんな話をした。若い頃、あの建築家に何年かアプローチされていた時期があったけど、母さんは彼を好きになれなかった。

「コンサートに誘われても、いざ会場の通路を一緒に歩いてみたら、周りからじろじろ見られるわけ。彼がむさくるしい薄汚い格好で、安い石鹼の匂いなんかさせてるから、もう恥ずかしくて。」

母さんはプロポーズされたけど、断った。だけど妊娠したときに、彼を思い出して、結婚に同意したという。結婚式の間ずっと、がんばっておなかを引っ込めていたけれど、別にそんなことしなくても誰も気づかないくらい、おなかは目立たなかった。

僕はやっとの思いで言葉を発した。

「じゃあ、母さんはあの人を利用したことになるじゃないか。」

「そうね。たぶん母さんは酷いことをしたんだと思う。それはそうかもしれない。だけどあなたのためなら、何だってする覚悟でいた。『子供には父親が必要だから』って、自分に言い聞かせた。あの人を、好きになれると思ったの。だけどだめだった。『こうじゃなきゃいけない』と思おうとした。でも結局、耐えられなくなった。彼に感謝しようと思っても、現実には、触れられるたびに吐き気がするの。家庭なんて程遠い、拷問のような日々だった。ついには別れる決心をした。あの人にしてみればつらい時期だった——彼が設計した橋が崩落したの。そこへもって、私が全てを打ち明けたから。」

僕はふと、我に返って訊ねた。

「じゃあ、僕の父さんは？」

母さんは、継父に隠れて吸っている煙草を取り出して火をつけると、小窓に向かって煙を吐いた。僕は待っていた。

そしてようやく、母さんは答えた。

「どうでもいいじゃない。元々、父親なんていなかったのかもしれないでしょう。私のおなかに現れた頃にはもう、あなたには私しかいなかった。処女で妊娠したとでも思っておいて。」

そう言って、母さんは苦笑いをした。それ以降、母さんは二度とこの話をしなかった。

さあ、サーシャ。とうとう話してしまったね。

本当に可笑しな話だけどさ、あの頃は本気で、このことを短編か中編の真面目な小説にしようなんて考えていたんだ。少年が父を探し求め、ついには見つけるっていう小説さ。実際のところ、笑い話にすぎないことに気づかずにね。僕は作家になりたかった。ああ、だけど作家になるってことは、何者にもならないってことだ。

サーシャ、昔の自分を思い出すと、可笑しくて嫌になるよ。線を引いて消してしまいたい。この歳になっても、僕はまだ自分のことをまったく把握していない。僕は誰で、何がしたいのか。僕は今もまだ、何者でもないままじゃないか。生まれてから今まで、まだ何も成し遂げていない。言い訳はいくらでもできるけど、したくない。僕はすべてを一から始めよう。僕のなかに別の誰か、本物の誰かが育っていくのを、確かに感じている。その誰かは、大切なことを成し遂げようっていう勇気と希望に満ち溢れている。帰ったら、一分たりとも無駄な時間は過ごさない。全てが変わる。僕にできることは、山のようにある。ただ空を見上げるにしたって、全然違う見方をすることができるんだ。

君は今きっと、このばかみたいな文章を読みながら、「空なんて今だって普通に見上げられるでしょ」って思っただろ。

違うんだよ、サーシャ。そうじゃないんだ。

あのね、今思ったんだけど……いいかい。いや、君は笑うだろう。お願いだ、笑わないで聞いてほしい。

帰ったら、教師になりたいと思う。

あっ、君がいま何を連想したか、だいたい察しがつくぞ——古代ギリシャで、教師になるのは誰だったか。奴隷が手や足を折って、肉体労働が一切できなくなると、主人に「じゃあ、お前は教師だな！」って言われるっていう。

まあ、僕がどんな先生になるか、わかんないけど。でもなんとなく、僕に向いている職業のような気がする。少なくとも、やってみる価値はあるだろ。

うん、僕はいい先生になれるんじゃないかな。文学なら教えられるぞ。ねえ、いいだろう。君はどう思う？

そもそも最近、以前なら絶対に考えもしなかったようなことを考えている。例えばね、君との子供がほしい。驚いた？

自分でも驚いている。そしてなぜだか、男の子だったらいいな、なんて考える。

でも、想像するのは少し大きくなった姿だ。だって新生児なんて見たこともないし、見たらきっと戸惑うだろうな。

それで、例えば一緒にチェスをするところを思い描いてみるんだ。ゲームに慣れるまで、最初はクイーン抜きで遊ぼう。

頭の上に本をのせて身長を測って、柱に刻もう。

一緒に絵を描いたり、工作をしたりしよう。アカシアの鞘笛の作り方を教えよう。

自転車の乗り方を教えているところも想像する。子供はあっちこっちへフラフラして、僕が後ろからサドルを押さえてついていく。でもそれは、結構大きくなってからだね。

サーシャ、何もかもきっと実現するからね。信じてほしい。

それから、君がどこかへ出かけたら僕と子供は家で待って、帰る日には駅まで君を迎えに行く。すごい混雑で、僕は子供を肩車して、「がんばって母さんを見つけないと、迷子になってしまうな」って言う。子供は君の姿を見つけて、叫ぶんだ。

「ママ、ママ、僕たちここだよ！」

●

昨日は夜勤だった。小児病棟を覗いたら、消灯前に『親指小僧』のスライド上映を見せていた。そのなかで男の子は、おなかをすかせた小鳥たちに食べられてしまうことになるパンをまいていた。まるで最初から、これから兄姉たちと一緒にどこへ連れて行かれるのかも、パンなんてもう要らないことも、知っていたみたいに。

それから、ソーニャの病室に行った。

相変わらず手にどんぐりをのせたまま寝たきりで、死を拒み続けている。もう手は尽くして、できることは何もないのに。

痩せ細った腕を撫でた。

キリギリス時計の時間を合わせた。

窓の外は雪。ひっそりゆっくり降ってくる、乾いた静かな雪。

ベッドの端に腰掛けて、ソーニャに身を寄せ、抱きしめた。そして耳元で囁いた――「ソーニャ、聞いて。これからあなたに、とっても大切な話をします。よく聞いて、わかってほしいの。この声は、きっとあなたに届いてる。ある本で読んだんだけど、死ぬときっていうのは、こんな感じなんだって――あなたは子供で、雪のなかで遊んでいる。ママは窓からあなたを見てる。そしたらそのうち、『帰ってきなさい』って呼ばれるでしょう。いっぱい遊んだから、帰る時間になったの。雪で遊んで濡れて、長ぐつも雪まみれ。いつまでもいつまでも遊んでいたいけど、もう帰る時間だよ。やだって言っても無駄。あなたは頑固で、それはとってもいいことだと思う。たったこれだけの体しか残っていないのに、必死で生きようとしてる。帰りたくないのね。わからずやさん。あなたはちっちゃなわからずやさん。ね、わかってちょうだい。もう、生きることはできないの。あなたは構わないかもしれないけど、パパとママはつらすぎるじゃない。二人ともあなたが大好きなのに、もう望みはないって聞かされて……。あなたを診たお医者さんたちは、本気であなたを救いたくてがんばったけど、どうすることもできなかった。怒らないで。お医者さんってね、他のことはともかく怪我や病気のことに関してはちゃんとわかってるの。あなたから見ればみんな大人だし、大きくて強くて頭も良くて、何でもできそうだと思うだろうけど、実際は何もできないの。本当だよ、もしあなたが自分の体を見ることができたら、すぐ判ると思う。その体はもうあなたの役には立たないって。もう、その体にしがみついてちゃいけない。体を手放せば、パパとママを楽にしてあげられる。あなただって二人のこと好きでしょ？　パパとママはひどく苦しんでる。ほんの少しでも望みがあるなら何だって耐えられるけど、そうじゃないときは——ただひたすらつらいだけ。二人のために、あなたは死んだほうがいいの。難しいかもしれないけど、わかってほしい。ね、やせっぽちのソーニャちゃん。自分の体を見てごらん、もう全然使い物にならない。それじゃあバレエも踊れないし、もう二度とレヴェランスもできない。飛んだり跳ねたりも、お絵かきもできないし、外にも遊びに行けない。その体が死ぬとしたら、それは素晴らしいことなの。人生っていう贈り物は、消耗品なんだよ。生きている間は何もかも少しずつ消耗していく。あなたが死ぬことも、贈り物なの。あなたを愛している人たちみんなへの、贈り物。あなたはその人たちのために死ぬ。誰よりも身近な人が死ぬっていうのは、人間にとってすごく大切なことなんだよ。だからそれも、贈り物。生きるってどういうことなのか少しでも理解するきっかけになるのは、それだけなの。大好きな人や、大切な人が死ぬ——それは、どうして私たちがここにいるのかっていう、大事な問いを理解するための贈り物。それからね、考えてごらん。あなたはまだ、フレネルの鏡どころか、どうして電球は光るのかなんてことも知らない小さな女の子なのに、ここにいるどんな大人も、どんなに賢い人たちも知らないことが、あなたには明かされる。そうだ、このどんぐり、春になったら土に埋めてみようか。そしたらそこから木が育つ。いいかな、考えてごらん、どんぐりは、どんぐりの殻を捨てることで、樫の木になれるでしょう。体なんて、ただの体でしかないの。バレエシューズも、きつくなるよね。それと同じで、あなたは大きくなったから、体がきつくなったの。そうそうそれから大事なのは、突然一人になるからって怖がらないこと。いつか、全ての人や物からひとつの点に向かう線を引いたこと、覚えてる？　世界はそういうふうにできているんだよ。はじめ私たちはみんな一緒にいて、ひとつの塊だった。その後そこらじゅうに飛び散ったけど、みんなには糸が括りつけてあって、誰もがはじめの点に引き戻される。世界じゅうの全てのものは、その点で再びひとつになるの。みんなそこへ帰っていく——まずあなた、次にドンカ、それからパパとママ——誰が最初かなんてたいした問題じゃない。私たちはそこでもう一度、ひとつになる。だからその点は、集合点とも言うんだよ。線路だってその点に集まっていく。路面電車もみんな、そこへ向かっているの。いつかパパと一緒に飛ばした凧も、そこへ飛んでいった。その途中で電線に絡まっちゃったけどね。そうそうあの凧、まだ絡まってる。今日も仕事に出かけるとき、手を振ってくれたよ。もう真夜中だね。窓の外は大雪で、辺りはしんとしてる。みんなは遊びつかれてぐっすり眠ってるよ。そうそう、何もできないのはあなたの体だけで、あなたは何でもできるんだよ。まあるくなって、おやすみなさい。」

■

サーシャ、カラフルな目をした僕の恋人へ

今日、君の夢を見た！

どんな夢だったのか、もうよく覚えていないけど、一緒にどこかへ行くところだった。その後なぜか君とはぐれてしまって、僕は追いかけようとしたけど、やけに体が重くて、まるで胸まで水に浸かっているみたいで、走れなかった。うーん、なんで夢ってすぐ忘れちゃうんだろうね。まあいい。肝心なのは君の夢を見たってことと、夢のなかで一緒にいたってことだ。

もしかして、君も僕の夢を見たんじゃないか？　ほら、思い描いてみて——僕の夢がどこかで君の夢に出会って、夢と夢がキスをして、互いを抱き寄せて、抱き合った。

僕の大切な女の子。大好きだ。

二日後には天津への攻撃が始まる。少なくともそういう噂だ。ここでは皆待機しているだけで、確かな情報は誰も知らない。北京進軍に向けて準備を進めている。でも、雨季が過ぎるまで待たなきゃならないとも聞いた。今はまだ雨の気配すらないけど、雨季までに出発するのはおそらく無理らしい。噂、噂、噂、噂——噂ばかりを聞いて暮らす毎日だ。

僕は無事だし、元気だよ。ただ、ひどく痩せてしまったから、服がすっかりだぶついて、ぶら下がったようになってる。それとここ数日、また胃をやられたみたいだ。軍医のところへ行ってみたけど、ザレンバには、とりあえず食べ物を口にしないでおいてみろと言われただけだった。ノミは今のところいない。他の皆と同じで、体を洗う機会はほとんどない。ヒゲ剃りもたまにしかしないから、毛はぼうぼうだ。今日はヒゲを剃って、少し身なりを整えることにした。弾薬筒の空き箱に腰掛けて、五日放置していた顎ヒゲを剃った。包帯の切れ端は、石鹸を塗るのに役に立った。ヒゲ剃り用の手鏡を切らしていてね——自分のは割ってしまったから、キリルに借りて間に合わせている。そう頻繁に剃るわけじゃないけど、やっぱり時々は剃らないと冗談ぬきで獣みたいになってしまうからね。

それで、ヒゲを剃るために鏡を覗いたら、突然、口をあけている自分が見えた。いや、つまり、死んだ自分を見たんだよ。誰を見ても、死後にそうなるだろう姿を見てしまうようになってきた——自分も含めて。

でも、そんな考えはできる限り追い払うようにしてる。

今日、負傷者たちの一団と一緒にリュシーが塘沽へ発った。一団は艀に乗って白河を下っていった。見送られる側は、銃弾や榴弾や手術台や苦しみで溢れるこの天津をようやく離れる喜びに浸っていた。ここに残る者は、羨望に満ちた顔で彼らを眺めていた。

リュシーは僕らに別れを告げて、しきりに首のホクロを手で隠しながら泣きじゃくっていた。キリルは、新しく来たスタンケーヴィチ大佐（君にはまだ、彼の話をしていなかったね、追ってまた書くよ）に許可を得て、見送りに行った。あいつは今頃、船着場にいるんだろうな、いや、時間的にはもうとっくに戻ってきてもいい頃だ。何事もないといいけど。

あの二人が幸せそうで、僕までとても嬉しくなる。二人はお互いをずっと探し求めていて、今ここで見つけたんだ！　キリルは僕に、リュシーと結婚するって教えてくれた。リュシーは、塘沽でキリルを待ってるんだって。

でもまあ、キリルがリュシーのどこを気に入ったのか、僕にはよくわからないけどね。そりゃあリュシーは可愛らしいけど、キリルにはちょっと何ていうか、素朴すぎるような気もする。それにあいつよりずっと年上だ。でも、そんなことはいいんだ。ほら、オウィディウスが言ってたみたいにさ、愛する者にとって相手の女性自体は、愛のほんの一部でしかないのかもしれない。

あ、キリルが帰ってきた。ばたっと倒れて、壁のほうを向いた。しばらく黙ってから、口を開いた。

「もう、なんとしても生き残って帰らなきゃな。」

サーシャ、あのね、死のある所——人を殺すために送られる先は、いつだって欺瞞に溢れているんだ。そう、今このことについて僕はどう考えているかっていうとね。実際、勝つか負けるかなんてどうでもいい。だって、あらゆる戦争の唯一の勝利は、生き残ることなんだから。だけど、悪を倒す正義の戦争っていう主張や不死を謳う華美な虚言がばかげているっていうこと以外にも、なにか重要な真実があるって感じるんだ。僕はそれを理解するために、ここにいるのかもしれない。

ここに来て、人は粗雑にもなる反面、優しくなることもある。その人のなかに隠れていた何かが目覚めていくんだ。気づいたんだけど、動物のように野蛮だった兵士たちでさえ、家に宛てて優しい手紙を書くようになってきた。家ではおそらく飲んだくれて奥さんに暴力をふるっていたような奴が、今ではその奥さんに「キスと抱擁を込めて、君を愛するペーチャより」なんて手紙を送っている。それだけのために奴をここへ送り込んでもよかったんじゃないか?

僕だってそうかもしれない。僕は、この経験なしに気づけただろうか——生きていくなかであらゆる複雑なものを経て到達するのは、すごく単純なもの、最も単純なものだってことに。

そうなんだ、ここの現状があまりにひどくて、粗野で無意味で理不尽な暴力に満ちているぶん、人は、自分や周りの内にある人間的なものを強く求めるようになる。自分のなかにある少しでも人間的な部分を、大切に守らなきゃならなくなる。僕にはこれまで友人らしい友人がいたことがなかった。けれどここで一緒になった人間とは、もしかしたら人生最期の日々や時間を一緒に過ごしているのかもしれない。そう思うと、人間らしい温もりの全てを、漏斗に流し込むみたいに、そいつに注ぎたくなる。

キリルはもう僕にとって兄弟みたいに大切な存在だ。そして、戦死者や負傷者のリストが長くなればなるほど、この分厚い眼鏡をかけた不格好な友人が大切になっていく。キリルは今、僕があいつのことを書いているなんて、思ってもみないだろうな。お、眼鏡を拭くために外したぞ。まぶたの少し腫れた近眼の目は無防備で、どう見ても子供のようにしか見えないほどに頼りない。また壁のほうを向いてしまった。寝るときも眼鏡をかけたままだ。

僕たちは同じ思いや恐怖を共にしている。それが僕たちを強い絆で結びつけている。常に頭にある思いはといえば、「この一日が何事もなく過ぎ去りますように」——それがもう一日、もう一日、もう一日と続いていく。

あいつが自分の足を眺めて、ため息をついた姿が印象に残った。

「なんて貧相な足だ！　でもやっぱり、足を失くしたくはないな。」

あいつ、片足の指が巻き爪になってるんだ。それで、死んだときにもし顔がなくても、巻き爪で自分だと判別してくれるかもしれないなんて冗談を言っていた。

僕は初めてこの不思議な感情を味わった。よく大げさに書きたてられる、男の友情ってやつを。本当は、ほんの僅かのことを知っていればいいんだ。相手が自分を絶対に見捨てないってことと、自分も相手を助けるためなら何でもするってことを。お互いが元気に生き残ってる姿を確認するだけで、いつもどこか奇跡的な気分になる。

今も、あいつが無事に戻ってきて嬉しかった。眠ったかな。例の、中国茶の詰まった枕に顔を押しつけて、なにやらぶつぶつ寝言を言っている。リュシーの夢でも見ているのかな。幸せ者だなあ。あれ、寝てなかったのか。今のは独り言を言っていただけらしい。起きだして外へ出て行った。

ポプラの木にとまったセミたちが大音声で鳴く声が、耳に響いている。

今ふと思い出したんだけど、キリルは子供の頃に床屋さんごっこをして、猫のヒゲをちょきんと切り落としたことがあるんだって。そしたら猫は椅子の足にぶつかったり、餌を食べようとして皿の近くに顔を突っ込んだりしたらしい。

他の兵士に対する見方もだんだん変わってきた。多くの兵が死んでいくほど、生き残った奴らを身近に感じるようになる。昨日、戦死者のリストを書き写していたとき、ふと、心の内でその部隊を初めて「自分の」部隊と呼んでいる自分に気づいた。自分がこの部隊の一部だっていう気持ちになっていたんだ。

僕は以前、生きることは死ぬことの準備だと思っていた。そう、いつだったか、自分はノアのようなものだと思ったんだ。ノアは、遅かれ早かれ洪水が起こって世界のあらゆる生命が終わりを告げてしまうことに気づいた。だから、箱舟を作って救われなきゃいけない。そう気づいて以来というもの、ノアは他の人と同じ生活はせずに、ひたすらに洪水のことだけを考えた。そんな風に僕も、自分の箱舟を作りあげた。それは丸太じゃなく、言葉でできた箱舟だ。周りのみんなは今を生き、一時の喜びに身を委ねているのに、僕は必ず訪れるであろう洪水と、箱舟のことだけを考えていた。僕はみんなを不幸な人間だと思ったし、僕もまた、みんなにそう思われていたんだろう。

僕は一番大切なことを書かなきゃいけないと思った。すべてをペアにして——出来事も、人も、物も、思い出も、光景も、音も。例えばほら、キリギリスが飛んできて、僕の膝にぶつかった。そいつを箱舟に持ち込むか否かは、すべて僕しだいってわけさ。子供の頃にも、同じような体験をしたことがあった——ジャスミンの下に缶を埋めたときに。ただ、今ではもう、僕はとにかくどんなものでも持ち込むことができた。

ノアの仕事は、自覚を持って賢く死を受け入れていくことだ。

なんだか、僕のノアはどうしようもないやつだな。

ああ、サーシャ。こんなのは何もかも、どうでもいい。ノアなんていなかったし、僕の箱舟は勝手に航海に出てしまうだろう。そして僕はここに取り残される。やらなきゃならないのは死ぬ準備なんかじゃない、生きる準備だ。僕はまだ、生きる準備すらできていないじゃないか。サーシャ！僕はノアもノア、大ばかノアだ。肝心なことや、大切なこと、壮大なことを探してきたけど、こんなところへ来るまでわからなかった——君がいるってことを。僕には大切な、肝心なものがある。それは君なんだ。死に染まったこの場所で、僕は生命の雪崩を感じている。その雪崩は押し寄せて僕を掬いあげ、君の元へと運んでくれる。

真夜中に切なくてつらくなるようなときは、「僕たち」という存在に救われる。だって、僕と君のあいだにあったことはどこへも消えやしない。生きている。僕や君のなかにあって、僕たちを構成しているんだから。

ねえ、いつかの冬にあの銅像の前で待ち合わせしたとき、僕は床屋の帰りだったことがあったよね。背中がチクチクしてた。僕の耳は慣れない寒さにすぐに凍えてしまって、そのうえ夕方には寒波が襲ってきたから、君のマフラーを二人で巻いて歩いたね。あのときのマフラーがはっきりと目に浮かぶ。ざっくりしたニットの、使い古したマフラー。寒くて凍えながら、君の家までたどり着いた。上着を脱いで歯をガタガタいわせて毛布に包《くる》まった。君は、氷のようになった僕の手を摑んで、足の間に挟んで温めてくれたね。

あと、夏に郊外で自転車に乗っていたら、君のスカートが車輪に絡まっちゃったこともあった。

それはみんな、僕と君の人生のかけらだ。たくさんあるだろう。いや、まだまだ少ないか！

初めて君の家に泊まりに行ったとき、夜中にトイレに起きたんだけど暗くて何も見えなくて、壁づたいに歩いているうちに膝を椅子にぶつけて、君を起こしてしまった。

僕の目にゴミが入ったとき、君は舌の先で舐めとってくれたね。

そうだ、君は今もまだ、ささくれを嚙んでいるの？　そんなことしちゃだめだ、もう嚙まないで。君の指は、とても綺麗で優しい指だから。

いつだったか、君は何か考えごとをして、歯ブラシを口の端にくわえたまま、部屋を歩き回っていたな。

そうそう、君がうちに来たとき、僕はコーヒーを淹れようと思って手鍋を火にかけておいて、水を入れ忘れたことがあった。それで、その鍋は捨てるしかなくなったんだっけ。

やかんを火にかけてすっかり忘れていたこともあった。やかんは加湿器みたいに、台所じゅうに蒸気を振りまいてた。その後、お茶を飲んでいるとき、君はティーカップを覗き込んで、突然こんなことを言った。

「見てこの紅茶、砂糖だけじゃなくって電球も入ってる！」

新しい靴がきゅうくつで入らなかったとき、君はスプーンを使って靴を広げてたね。

あ、あの巻貝はどうなった？　大きくて、いつも煙草の吸殻がいっぱいに詰まってたやつ。でこぼこで、とんがった形の。どうしてるかな。どこにあるんだろう。やっぱり僕を待ってくれているんだろうか。

ねえ、僕たちはもうずっと昔に離れ離れになったのに、まるで数日しか経っていないような気がする。

目を閉じれば浮かんでくる。あの時のように、僕のシャツを着た君が。君は膝を抱えてベッドの上に座って、その膝にあごをのせている。お風呂で髪を洗った後で、タオルをターバンみたいに髪に巻いている。僕の目の前にある、蚊に刺されて引っ掻いた跡だらけのくるぶしにキスをする。そうだ、あのときのように君の首筋に手をあてて脈動を確かめよう。首筋に響くあの振動がいい。薄い皮膚の下で、とくとくと頼りなく脈打つ音が好きだ。

君の荒れた唇を見つけたら、とめどなくキスをしよう。唇の端は少し色が違って、中央には、やわらかい皮がある。

唇や、くるぶしや、君のすべてが大好きでたまらない気持ちが押し寄せてくる。真夜中に暗闇で愛の言葉を囁いて、キスをして、抱きしめて、愛し合うんだ。

君は僕のものだ。誰にも渡さない。

どうしようもなく君が欲しい。君の体が必要なんだ。

だって僕は生きているんだ、サーシャ！

●

路面電車の朝。ずらっとたくさん並んでる。

窓の外はまだ暗く、路面電車の乗客は薄明かりに照らされて、みんな水死体みたいに青い顔をしている。こくりこくりと居眠りする人、新聞記事で目を汚す人。

一面記事は戦争で、最終面にはクロスワード。

首都圏ニュースでは、雨漏りで天井に緑色の模様ができている公共図書館が、一般の利用者にとって利用しにくい状況になっていると伝えている。ホームレスがやって来ては、雑誌のバックナンバーに顔を埋めて眠り、悪臭を放っているためだ。

ガリアのニュースは、毎日夕刻になると、舗道の敷石の上に夕焼け色の膜が張ること。

エルサレムのことも書いてある。

科学欄。ある研究グループの報告によると、ここ五千年間というもの、人類の大多数は相手を選んで親しくなるのではなく、木と同じように、相手が誰でも何が受精を媒介してもかまわずに、互いに枝や根を絡ませあっているという。あまりに数が多くなったため、そういう現象が起きているらしい。

それから、時間はおかしなものだということも研究によって明らかになった。ありとあらゆる出来事は、いかなる順序でも起こりうるし誰にでも起こりうると。ある居間で、櫛に薄い巻紙を巻いたのを吹いて鳴らして唇がかゆくなっているのと同時に、別の居間で、もういない人からの手紙を読むこともできる。ほら、あなたは歯医者に行って、歯の根に針を通して神経を引っ張られていたでしょう。その八世紀後、テーブルクロスの縁飾りが、隙間風に吹かれて揺れた。そもそも古代から言われていたこと——年月が過ぎるごとに、過去は遠ざかるんじゃなく、近づいてくるものだって。時計なんてただ、キリギリスみたいな音をたてては、好き勝手に時間を指してみせるだけ。見なくたって、二時十分前に決まってるのに。

アルプスの蝶は、乱獲によって姿を消していきました。

新聞紙にお茶の葉を包むと煙草の代わりになるそうです。

事故のニュースです。この女性は、人生はスカート丈より短いということに気づかずに道を歩いていたもようです。

読者からの投稿コーナー。家で夕食を作って待っていてくれる人が居るって、とっても幸せなことですね。

雪だるまさんは悲しく思いました——どうしてみんなタイタニックを惜しんで、氷山を可哀想だとは思わないの？

探しています。伝書鳩の飼い主の絵が描かれた切手を。鳩の帰りを待ちながら、空じゃなく、水の入った桶を眺めている飼い主の絵です。そうしたほうが、空が良く見えるから。

独り身で、内気。髪はずっと茶色。これといった依存症なし、たまに煙草は吸うけど。自分が自分の姉妹みたいなもの。ドルイド植物占いでは、一粒のからし種。身長はわきの下に収まるくらい。痩せ型。目はバテラビムの門のほとりにあるヘシボンの池に似てる。暮らし向きは、まあまあ。以前は、煉瓦造りの高い塀の向こうにある病院で働いてた。塀の上にガラス片が埋め込んであったのは、風をひっかくため。病院の子供たちは、癌よりも注射を怖がってた。刺す所を探すために、注射の跡だらけの腕を長いこと探る必要があった。

そこはもうやめて、今は生命を司る仕事をしてる。知らせであると同時にその知らせを運ぶ者。「赦される罪は無い」っていう文のどこに句読点を打つか、決めるのも私。鉗子で掻き出して、トレイの上にのせていく——おてて、あんよ、足りない部分はないかしら、全部きれいに掻き出さなくちゃ。

仕事が終わって、疲れて家へ帰ってきても、こんなのは家じゃない。毎晩、おんぼろのソファーで寝返りをうてば、ソファーはおんぼろソファー語で何やらギイギイいってる。台所の蛇口も緩んでる。買ったばかりの枕から、ニワトリみたいな匂いがして気持ち悪い。そのうえ開いた小窓から、夜中に、この世のものとも思えない妙な叫びが聞こえてくる。最近、動物園のすぐ前に引っ越したんだ。でもこの前行ってみたら動物園はもう冬支度を済ませたあとで、檻は空っぽになってた。

雪がまだ本格的に降り積もる前、ちらちらと薄雪の霞む頃に行ったこともあった。池の水が抜かれて、底にゴミがたくさん溜まっているのが見えた。猿の檻の付近は、暖房を効かせているせいもあってか、妙に動物くさかった。しかも、猿たちはてのひらでおしっこを体に擦り付けている。猿にとって、あれは言葉なんだ。

そのあと、遠足で来ていた小学生の集団について行ってみた。延々と、動物園の奥まで行ったその先にいたのは、ただのニワトリだった。一般の家庭で飼っているのとまったく同じ、普通のニワトリ。私の枕の匂いがした。そして説明が始まった。ニワトリのお母さんは卵を温めるとき、体温がすべての卵に均等に行き渡るように、ひっきりなしに卵をひっくり返します。このようなお母さん鶏《どり》の絶え間ない努力と根気のおかげで、健康なひよこが生まれてくるわけですね。でも実は、ニワトリのお母さんは母性愛と自覚してこういった作業をしているわけではありません。実際には、こんなことが起きているんです――卵を温めていると、お母さん鶏のおなかが熱くなります。お母さんは熱くて不快なので、火照るおなかを冷やすために、手近に冷たいものを探します。そして、ひんやりして気持ちがいい卵の上に座ります。しばらく経つと卵は温まってしまうので、冷たい面が上にくるように卵をひっくり返します。これを何度も何度も繰り返しているうちに、子供たちが殻を割って出てくるんです。お母さん鶏は、知らず知らずのうちにひよこの誕生を助けているわけです。みなさん、自然って本当によくできていますね。

ニワトリ小屋を離れると、そこには冬の象がいた。ひとりぼっちのメス象が、心もとなさそうにしている。家ともいえない家の掃除をするあいだ、外に出されたんだ。寒そう。急ぎ足で日が暮れていく十二月の薄闇のなかを、ふらふら歩いてる。寒さに凍えて、足踏みをしながら。長い鼻からは湯気が出てる。

ふと、私も冬の象みたいだって思った。象と一緒に、ふらりふらり。どうしてここへ来ちゃったの。どうしてこんなに寒いの。私はここで、何をしてるの。家に帰らなきゃ。温もりがほしい。

ママはパパと別れてから、寂しさを紛らわすために猫を飼い始めた。猫は律儀に毎年子供を産んだから、ママは子猫が行き場を失わないように毎回ペット市場の猫売りたちに無料であげていた。ママはここ数年でぐっと老けこんで、私がいつ会いに行っても猫の話しかしない。前から「一匹もらって行きなさい」って言われてたけど、ずっと断ってた。でも、あの冬の象を見た後、貰うことにした。どっちみち動物園の目の前に住んでいるんだから、うちが動物園の子会社みたいになるのもいいかもしれないと思ってね。

じっくり選ぶようなことはしないで、私のほうに寄ってきた一匹を貰った。名前は「ボタン」に決めた。鼻が押しボタンみたいだったから。

服の胸元に子猫を入れて、帰り道を歩いた。子猫が絶えず這い出てこようとするから、ふーっと息を吹きかけてみたら、顔をしかめて潜り込んだ。

ボタンは遊び好きで、見ていてとても楽しかった。初めて鏡を見たときなんて、背中の毛を逆立てて、不器用に爪を広げて、鏡の中の自分に飛びかかった。だけど何度か鼻をぶつけたせいか、それ以来、鏡には見向きもしなくなっちゃった。ロープには何時間でもじゃれていた。ちゃんとじゃらしておかないと、よく眠った後なんか、部屋中を稲妻みたいに駆けずり回ってもう大変。ベッドから椅子へ、椅子からカーテンへ、カーテンから戸棚へ、戸棚からソファーへ……そんな調子で次から次へと際限なく、物をひっくり返すまで続くんだから。ひとたびソファーの下にもぐりこむと、紙かなにかをぴょんぴょん跳ねさせておびき出さなきゃ出てこない。

トイレの便器を使わせようと思ってしつけをしてみたけど、一度便器に落ちて以来、すっかり水恐怖症になっちゃった。

なぜだか砂トイレは嫌がったけど、かわりに、新聞紙を裂いて箱に入れたら気に入ってくれた。なんにしても自然の子、恥ずかしがるってことが一切ないの。私がごはんを食べているときでもテーブルに乗ってきて、目の前で三日月みたいに体を丸めて片足を天井に向けて、バラ色のおしりの穴を舐めている。ボタンを見てると、古代エジプトでは猫が崇拝の対象だったなんて、やっぱり不思議な気がする。

ソファーをやたらひっかいて、ボロボロにしちゃった。丸太を与えればいいんだって思いついたときには、もう遅かった。爪を研ぐのが好きなんだ。でも、ボタンも本当は獣で、その爪で人に襲いかかるかもしれないなんて、どうしても信じられない。

ちっちゃかったボタンはどんどん成長して、気づいたら、でかボタンになってた。

猫は飼い主が家にいようといまいと気にしない、なんてどっかに書いてあったけど、あれは嘘だ。私が帰ってくると、ボタンはいつも大喜びで迎えてくれる。私を見ると背中を曲げて伸びをして、寄ってきて甘えるの。私はシャワーを浴びて、温かいタオル地のバスローブを羽織って、顔に乳液を塗って、本を持ってベッドに乗ったら、足先には、湯たんぽ代わりに猫を置く。本を読みながらつま先で猫を撫でれば、猫はごろごろ喉を鳴らす。

でも発情期は大変だった。哀れなボタンは家具に体を擦りつけて、床を転げまわり、おなかで這い回って、すごいダミ声で鳴いた。ママには、動物病院で手術してもらいなさいって言われたけど、かわいそうな気がして行けなかった。

撫でて慰めてあげようと思って手を出せば、途端にボタンは交尾の姿勢をとる。なにがなんでも外に飛び出していこうとするから、しかたなく部屋に閉じ込めた。

毎晩、ボタンが身悶えして呼ぶような声で鳴くのを見ては、眠れない夜を過ごした。ベッドも氷みたいに冷たい。月の光の照らすなか、目を開けたままベッドに横になって、考えた——この猫は、きっともっと巨大な全体構造の一部なんだ。みんながそれに関わってる——月も、春も、潮の満ち引きも、昼も、夜も、冬の象も、この世に生を受けた、あるいはこれから生まれてくる全ての猫も、猫じゃない者も。そうしたら不意に、私も猫と同じでその一部なんだって感じた。どういう秩序で成り立っているのかわからない、触れ合うことを求めるこの構造の。そしてふと、私も無性に叫びたくなった。遥かなる時のなか、私とボタンみたいな生き物はいったいどれだけ存在しただろう。月光の下、毛が生えていたりいなかったり、鱗があったりなかったりする生き物たちが、夜ごと眠れずに悶々と、考えることはひとつだけ——誰かに優しく撫でてほしい。

昼間は分娩の手伝いをしたり、他人の生殖器をかき回して中絶手術をしたり。夜は縮こまって、ボタンと一緒に鳴いてる。

月夜って、苦しむために創られたみたい。

しかも誰かが窓を開けて、世界中に響くような大きな声で喘いでる。

「あぁ！　あぁ！　あぁ！」

その後、ボタンは耐え切れず、ついに姿を消してしまった。

私はコートも羽織らずに外へ出て、広場や小路を探し回った。名前を叫んで、通行人に尋ねてまわった。それから、そこらじゅうの電柱に張り紙を貼った。ちょっとその辺をふらふらしてるだけで、すぐ見つかるだろうと思った。でも見つからなかった。誰かに拾われたのかもしれないし、車に轢かれたのかもしれない。かわいい猫だったな。

職場で話したら慰められて、こんな話を聞かされた。知り合いの家ではいつも子猫を貰ってきては逃げられてばかり。でもそうするとまた新しく別の子猫を貰っては、同じ名前をつけているらしい。新しい毛皮をかぶってるけど、中身は同じ「ムルカちゃん」なんだって。不死身の猫だね。

ママも、また子猫を飼いなさいって言った。

でも私は、もう飼いたくない。仲良くなったぶんだけ、別れがつらくなるから。それなら、冬の象を飼ったほうがいい。あの象なら逃げないでしょ。

休日出勤を頼まれれば、いつでも引き受ける。ひとりの時間を減らすために。昼間は比較的大丈夫。夜は、自分のベッドの置いてある、このよくわからない場所に帰ってきては、グラス一杯の果実酒を飲みほす。早く眠りについて、自分自身から逃れるために。

嬉しいのは、土曜日に子守りをしてほしいってヤンカに頼まれるとき。

あの家に行くのが好きなの。玄関に入ると、上着を脱ぐか脱がないかのうちに、もう長男のコースチャが、私の腕を摑んで自分の部屋へ引っ張っていく。その子はでっかいおもちゃ箱から、おもちゃを出しては私に渡す。私は腕を大きく広げて、車のおもちゃやらぬいぐるみやらを受け止める。両腕いっぱいになって床に落ちても、コースチャはまだ積みあげようとする。

前に一度、くるみ割り器を使って話しかけて遊んでみたことがあって、それ以来コースチャは私が行くといつも、くるみ割り器を持ってきては、「またこれでお話して」ってねだる。

この家には最近もう一人赤ちゃんが産まれた。イーゴリ君っていうの。

ヤンカは産まれるまで性別は聞かないでおいて、女の子を望んでいた。だけど産まれたのは男の子で、がっかりしてた。それを見た助産婦さんは、へその緒を切ったハサミをカチャリと鳴らして、「じゃあ、ちょん切っちゃいますか」

なんて冗談を言った。

産後は、家じゅうがまた赤ちゃん工場みたいになった。何もかも散乱して、書斎の机の上にはベビー体重計が乗ってるし、あっちこっちに洗濯したおむつが畳んで置いてあって、ラベンダー香料のきつい匂いがする。赤ちゃん肌着も山になってる。哺乳瓶の乳首を煮沸消毒してるから、台所は湯気で濛々として、お風呂場みたい。

ヤンカは母乳で濡れたパジャマの上にガウンを羽織って私とお喋りしながら、人形用のみたいに小さな靴下を編んでる。すごく手早いの。あっという間に一足編んで、はい次の。そこへヤンカの旦那さんが覗きに来た。編みあがった靴下を指にはめて、ぴょんぴょん一本足でテーブルの上を跳ね回るまねをして、そのままヤンカの腕、肩、頭へと跳び乗った。ヤンカは笑って、靴下を取り上げると、「はいはいあっちへ行っっててね、今話してるんだから邪魔しないの」なんて言って旦那さんを追い払った。

ヤンカは、二人目を生んでから体型が崩れて、顔もたるんできたって嘆いてる。母乳は出すぎるし、胸はでこぼこだらけで、乳首は嚙み傷だらけだって。

でも、妊娠中のいいところは、いくらでもわがままを言えるところねって話してた。思いつきで「パイナップルが欲しい」なんて言ったら、旦那さんが真夜中に買いに出かけたこともあって、嬉しかったって。

ヤンカは旦那さんにわがまま放題。だからみんなそのまんま、彼のことを「ヤンカの旦那さん」って呼ぶんだ。

だけど、家のことでなにか大変な仕事があると、ヤンカ一人で何でもやってのける。旦那さんは歯科技師だから、手に怪我でもしたら大変だからだって。

旦那さんにはちょっと不快な癖があって、よく下唇を突き出しては、指先でいじってる。

でも、全体的にはすごくいいお父さんだよ。いつも子供の面倒をみてる。可笑しいの。上の子がまだ揺りかごで寝てるうちから、傍でずっと、

「パパ、パパ」

って繰り返して、子供が最初に言う言葉が、「ママ」じゃなくて「パパ」だったらいいなあって言ってた。

なのに赤ちゃんは、はっきりと、

「ちょーだい！」

って。

最初の子のときはすごい難産で、ヤンカは、

「もう二度とごめんだわ。サーシャも、子供なんて産まないほうがいいわよ！」

なんて言ってたのに、その後また妊娠したときには、すっかり気持ちを切り替えて、「痛くて大変なのはそのうち忘れちゃって、また産みたいと思うようになるのね」って言ってた。

「自然って本当によくできてるわよね。忘れちゃうんだから。しかも痛みは忘れるのに、新生児をこの腕に抱いた感動は、忘れようがない。片手に収まるような背中と、ビロードみたいな肌、パンパンに張ったおなか……」

いつかヤンカと旦那さんと三人でベビーカーを押して散歩に出かけた時、旦那さんは、仰々しくこんなことを言っていた。

「産みの苦しみは、母性愛を目覚めさせるために必要不可欠なものなんだよ。どこかで読んだんだけど、猿に麻酔をして出産させたらね、お母さん猿は、へその緒を嚙み切って食べるところまでは順調だったけど、そのあと育てようとはしなかったらしい。だから痛みは必要なものなのさ。科学的に証明されている。痛みなしには、命は在り得ないんだ。」

私は、ヤンカと一緒にいると居心地がいい。いつでもいろんな思い出話をしてる。

昔、うちの別荘に友達みんなと泊まりに来たことがあった。全部で何人いたかなあ。十三人か、十四人かな。うちのママに頼まれて、ヤンカと私は、白樺の枝から枝へ張ったロープに洗濯物を干しながら、はしゃいで濡れタオルをお互いの裸足の足にぶつけあった。最初はふざけて遊んでるつもりだった。だけどそのうち本気になって、しまいには二人とも泣き出した。

ヤンカがいてくれて、本当によかった。息子のコースチャも。おまけに今ではイーゴリもいる。

赤ちゃんの胸囲は、頭まわりより二センチ大きい。健康な証拠ね。ミルクもしっかり飲んでる。

母乳はいくらでも出る。ヤンカもどうしていいか分からなくて、残りを旦那さんにあげてみたりしてる。

夜の間、私が子守をするときは、ヤンカは母乳を哺乳瓶に搾って置いていく。出かける前に、ブラジャーに脱脂綿を詰める。

「まったくもう、やだなあ。毎回びしょびしょになるんだから。なんで女性は胸に蛇口があるように創られなかったのかしら」

ヤンカは旦那さんと出かけていく。赤ちゃんにミルクをあげるのは大好き。上の子が床で積み木遊びをしている隙に、冷たくなった哺乳瓶を湯煎で温める。おなかを空かせた赤ちゃんを抱いて、一人がけのソファーに座る。何滴か肘の内側に垂らして、自分でも舐めてみてから、そうっと赤ちゃんにあげる。赤ちゃんが奇跡みたいな顔をくしゃっとさせて、ビンのなかに泡がぽこぽこ入ってくると、私は最高に幸せな気分になる。あれ、ちょっとぐずってる。ミルクが穴からなかなか出てこないんだ。私は立ちあがって台所へ行き、火で加熱消毒した針で、キャップの穴をつついて広げてみた。今度はミルクが出すぎるみたい。キャップを取り替えなきゃ。それから、赤ちゃんを肩から胸にかけて抱き、部屋を歩き回って背中をポンポン叩いて、げっぷをさせる。ミルクとおしっこの匂いがぷんぷんする、このちっちゃな存在を、優しく撫でてみる。

そのあと、コースチャに本の読み聞かせをして寝かしつける。

この前行ったとき、読み聞かせをしようと思って傍に寝転んで抱きしめたら、どうも私から逃れようとしている様子なのに気づいた。それで、

「どうしたの？」

って訊いてみたら、

「口がくさい」

だって。うん、自分でもわかってる。胃の調子がおかしいみたいなの。病院で検査してもらわな

きゃいけないんだけど、病気でも見つかったらどうしようかと思うと、怖いな。それから、夜中に家に帰る。窓に向かって、あの象に挨拶。ここからは見えないけどね。冷たいベッドにもぐりこむ。

朝になると、目覚まし時計のベルが鳴る数分前に目が覚める。天井には黄色いシミがいっぱいで、新生児のおむつにそっくり。

痛みなしには、命は在り得ないんだ。

自然って本当によくできてるわよね。忘れちゃうんだから。

このあいだの日曜日は思いきり寝坊をして、明るい日差しで目が覚めた。開いた小窓から、動物たちの声が通りを越えて聞こえてくる——ギャアギャア、ウォーン、モー。命の叫びだ。

気持ちよく伸びをしたら、わけのわからない鳴き声に耳を澄ましてみる。すごい声、嬉しそうな叫び声。ひょっとして、極楽鳥かもね。まるで熱帯雨林で目を覚ましたみたい。ううん、極楽かもしれない。みんな太陽の輝くこの朝に、喜びの声をあげてる。じっとしてなんかいられない。木や、窓や、天井に映る反射光は、幸せに鳴くことはできないけど、それは、感極まって声も出ないから。

■

サーシャへ

今日はどうも調子が悪い。

赤痢は前から流行してたけど、そこへもって昨日、チフスの感染が確認された。生水を飲むのを禁止されて、兵士たちは確かに飲まなくはなったけど、そのかわりにその水で鍋や食器を洗ってた。なんて考えなしなんだ。それで伝染病は本格化したってわけだ。兵士たちは便所に閉じこもって出てこない。

負傷兵の下痢が一番大変だ。そのうえ、藁も干草も手に入らない情況にある。

依然として酷い暑さが続いている。頭痛がして、考えることもままならない。

そう、もう長いことまともな文章を書いていないから、そのせいで手紙の文章もこんなに混乱しているんだ。問題は、ひとりになる時間が全くとれないことだ。それが一番きつい。

それに猛暑も追い討ちをかけている。ここしばらくというもの、雨の日も曇りの日もなかった。頭はごうごうと鳴り、思考は混乱する。でも僕だって、たまには下痢と戦死者のリスト以外の、なにか真剣なことを考えなくちゃ駄目なんだ。

午前中はずっと、文字と数字を書き連ねていた。人間が、文字と数字に姿を変えていく。静かなところで一人になりたいのに、ここはいつも慌しくてうるさくて、無神経な冗談や馬鹿笑いが飛び交っている。言い争い、浅はかな話、報告、申請、指令……。

その全てから遠く逃れて、孤独に彷徨い歩きたい。一人になれない時間が続きすぎて気が塞ぐ。

今日はキリルと喧嘩した。うるさく話しかけてきてさ。僕は、時々はただ一人で静けさに耳を澄ませて考えごとをしたいのに、わかってくれないんだ。それで今、あいつは膨れ面で、かっかしながら振り子みたいにぶらぶらと部屋の中を歩き回ってる。

時々、やたらと沢山の書類を書かされることもある。例えば昨日。手は疲れて痛み、手首の関節が疼く。少しでも手が疲れないようにと思って小さい文字で書いていたら、もっと大きく書けと怒鳴られた。おまけに暑くて、汗が流れては報告書にぽたぽた落ちて、文字が滲む。手に紙が張りつく。文字が擦れて読めなくなって、最初から書き直せば、また怒鳴られる。

それに、暗いところでものを書くのも疲れる。夜に書き仕事をしなくちゃならないことがよくある。夕闇の頃に文字を書いていると、目がすごく痛くなる。燃えさしのろうそくの光を頼りに書き続け、酷使した目はチカチカして、何もかも二重に見える。帰ったら、眼科に行かなきゃ。たぶん、眼鏡をかけることになるだろうな。

それに、いつまで経ってもやっぱり、戦死者のリストには馴染めない。苗字を書き連ねながら、兵士の家族や母親を思い描いている。何故こんなことにならなければいけなかったのか、遺族に説明できる者はいない。

戦争で残るのは、将官や将軍たちの苗字だけだ。僕が書いているこのリストの兵士たちのことなど、もう二度と、誰からも思い出されることはないだろう。

いつだったか、ピエール・アベラールとエロイーズの往復書簡を読んで僕は初めて、有名な犠牲とそうでない犠牲というものがあると知って驚いたんだ。アベラールには不幸ないきさつがあって、残虐な奴らに局部を切り落とされただろ。それ以来何百年にも渡って世界中の人間がアベラールを哀れんでるし、これから先だって何百年も哀れまれ続けるだろう。ところが彼は、その話を書いているのと同じ手紙にこうも書いてる――アベラールの局部を切り落とした奴らは捕らえられたが、なかには以前数年間アベラールの召使として働いていた者もあった。考えてもごらん、召使にそんなことをされたってことは、その召使は主人であるアベラールから、過去にどんな酷い仕打ちを受けていたのか知れないじゃないか。それにさ、そいつらは報復として同じように局部を切り落とされただけじゃなく、目もえぐられたっていう。だけど、そいつらのことなんて誰も哀れみもしないし、そもそも考えもしない。アベラールより苦しんだにもかかわらずだ。

僕は戦死者のリストを書き写しながら、考えた——彼らのことを哀れに思ってやる者も、この先決して現れないだろう。

アベラールとエロイーズが、子供になんて名前をつけたか、覚えてるかな。

アストロラブっていうんだ。

アストロラブはその後どうなったんだろう。だって彼もきっと、ハムレットと同じくらい劇的な人生を送ったはずだ。だけど、誰もそんな話を書きはしないし、書いたって読まれやしない。

まあ、今僕が思い出して哀れんでみたけど。でもひょっとしたらアストロラブは、苦しまずに死んだかもしれないね。

あ、それで思い出した。うちのばあちゃんも、やっぱりいつも死んだ人の心配をしてたな。知り合いの誰かが——いや、知らない人でもそうなんだけど、誰かが死んだっていう話を聞くと必ずばあちゃんは、どんな風に死んだのかを知りたがった。楽に、安らかに、少しでも苦しまずに死んだことを願ってね。当時の僕には、なんだか滑稽でばかげたことのように思えた。だってその人は、もう死んでるんだぜ。なのに死んだ後から、安らかに死んだことを祈るなんて。

今日のキリルには、本当に腹が立った。だって、赤痢で腹を下しながら死ぬかもしれないってときに、自分の不死について考えるなんて、可笑しいだろ？

キリルは自分に言い聞かせるみたいに言った。

「僕は以前、存在しなかった——だけどそれは死じゃない、なにか別のものだ。これから、僕はまた存在しなくなる。それもまた、死じゃなくてまた別のものなんだ。」

僕はキリルに返した。

「耳をバチンって叩かれるんだな！」

キリルは勿論なにも解らなかったし、僕もそれ以上説明しなかった。言ったって解らないだろ。あいつは解ってない。世界中の宗教も哲学も全ては死にまじないをかけようとしているだけだ、歯の痛みを止めるまじないと同じだってことが。

きっと、こういうことだ——死に瀕すると、体は痛みによって死と闘い、頭脳や意識は、思想によって死と闘う。だけど最終的には、どちらも負けるんだ。

それに、肝心なのはね。僕は気づいたんだ——キリストも、ゴータマ・シッダルタも、死んだときは口を開いていた。全ての死人と同じようにね。今の僕には、彼らの死んだ姿がありありと目に浮かぶ。いとも容易《たやす》く。その口にたかるハエの群れも目に浮かぶ。賢人たちは生涯をかけて、死はないとか、復活だとか転生だとかを説くけれど、彼らだって同じように耳をバチンって叩かれるんだ。救世主は、誰も救えやしない。だって復活なんてしなかったし、いつまで経ったって復活なんてしないんだから。ゴータマだって、他の全ての人間と同じように腐敗したし、仏陀になんてならなかった。それまでの何十億年の間だって、存在しなかった。世界は夢じゃないし、僕は幻影じゃない。僕は存在している。その存在を幸せにしなきゃいけない。

今日、炊事場のところに、痩せこけた馬が繋がれていた。馬は、潰されて肉になるのを待っていた。尻尾を振り、頭を揺らして。目の周りにはハエが大量にたかっていた。炊事場の入り口に繋がれた動物は、自分があとどのくらいの命なのか知る由もない。動物と人間とでは、それが根本的に違う——人間だけが、死は不可避だってことを知っているんだ。だから、幸せを後回しにしちゃいけない。今、幸せじゃなきゃいけない。

サーシャ、僕はどうしたら幸せになれると思う？

今は、いつこの手紙を中断することになるか判らない状況にある。天津攻撃の計画がまた中止になって、偵察に参加してるところなんだ。ここではどの計画も絶えず変更になって、確かなことなんて何もない。だけど攻撃が中止になったってことは、そのおかげで何日分かは命拾いした人間がいるってことだ。それが誰なのかは、まだわからないけど。じきにわかる。だけどそいつらは今その僅か数日延びた人生を謳歌してるかといえば、そんなわけはない。みんな、数日後に死ぬのが自分じゃないって希望を抱えているんだから。

軍医と軍医補も偵察についてきた。今後負傷兵を救出することになる現場を見ておきたいらしい。ザレンバが何か面白い話でもしているらしく、みんなの笑い声が聞こえる。

ほらね。こんなだから、ゆっくり考え事をする時間もない。本当は、こんなこととは全然別のことを考えたいはずなのに。

あれ、何の話をしているんだっけ。そうだ、時間がないって話だ。

そう。何時間とか何分っていう時間は別として、時間そのものっていうのは——僕ら自身なんだ。だって、僕らがいなきゃ時間は存在しないだろ。つまり、僕らは一種の時間の存在形態でしかない。時間の担い手であると同時に、時間の発生因子でもある。要するに、時間とは宇宙の病気みたいなものなんだ。宇宙が僕らに打ち克てば、僕らは消え、宇宙の時間病は治る。時間は、扁桃腺の腫れと同じように、治れば消えるんだ。

死は、宇宙と時間——すなわち僕たちとの闘いだ。だって宇宙——コスモスっていうのは元々、ギリシャ語で秩序や美や調和を表す言葉だろ。死っていうのは、その総合的な美しい調和の世界が、混沌とした僕たちという存在を拒んだ結果なんだ。

ところが僕たちは、それに抵抗してる。

時間は、宇宙にとっては病気でも、僕たちにとっては生命の樹だから。

そういや不思議なんだけど、花のコスモスってあるだろう。なんであの花にコスモスなんて名前をつけたんだろうね。あんな日常的な、ありふれた花にさ。

なんか腹がゴロゴロいってる。ごめん、こんなこと書いて。チフスにかかるんじゃないかと思うと怖くてさ。頭もズキズキ痛い。

あ、呼ばれた。行ってくるよ、夜また続きを書くね。


サーシャ。

今戻った。もう真夜中だ。

まだ手が震えてるな、すまない。なかなか我に返ることができない。砲撃の音も、ずっと耳に残ってる。

こんなこと君に話すべきじゃないのは解ってるけど、だめだ。あまりのことに、自分のなかだけに留めておくことができない。

現場には、新しく来たスタンケーヴィチ大佐と、耳の不自由なウブリ将官（彼の話は前に書いたね）、ザレンバ軍医と軍医補と、今日准尉に昇進する知らせが届いたばかりのウスペンスキーっていう名の、かなり若い男がいた。あとは司令部の人間が数人と、数名の兵士たちだ。

ウスペンスキーは、のべつ幕なしに喋り続けていたけれど、始終吃っていた。吃りのお喋りだ。昇進したんで浮かれてたんだな。スタンケーヴィチも静かにしろって言ってた。

腹がゴロゴロいうもんだから、僕は彼らから少し離れた場所に窪地を見つけてしゃがみ込んだ。そのとき、砲撃が始まった。砲弾は彼らが居た場所に直撃した。

僕は急いで駆けつけた。そのとき目にしたものは、とても君への手紙には書けない。

すまない、また震えがきた。

一番近いところにいたのは、僕から十歩ほどの距離に倒れていたウブリだった。腕も足も切り取られたみたいに無くなっている。足の切れ端が入った軍靴が近くに転がっている。顔は灰色の煤まみれだ。近寄って上から覗き込んでみると、まだ生きているようだった。口は開いている。そのとき、僕の見ている前で、彼の目に何か膜のようなものがおりた。彼は、僕が覗き込んだその瞬間に死んだんだ。僕はなぜかとっさに、自分がすべきことを悟った——手を伸ばして、瞼を閉じなきゃいけない。僕は手を伸ばしたけれど、どうしても触れられなかった。

先へ行くと、辺り一面は血の海にもがく悲鳴と呻きに満ちていた。

今回の任務で隊長を務めたスタンケーヴィチ大佐は、草の上に倒れていた。まるで、疲れたから少し横になっているだけのようにも見える。駆け寄ってみると、安らかな顔をしていた。目は半開きで、薄目を開けて覗き見をしているようにも見えた。でも手首は挽肉機にかけられたようになっている。肩に手を回して抱き起こすと、体は軽く動かせた。でも頭は、草の上に残ったままだった。

傍らには、負傷した馬が後ろ足でもがいていた。その向こうにいたのは、軍医補のミハール・ミハールィチだったけれど、顔は滅茶苦茶で、歯と骨と軟骨の塊になっていた。

呻き声を聞きつけて走り寄ってみると、ザレンバ軍医がいた。まだ息があって、僕を見ている。意識もあって、喉に血を詰まらせながらゴボゴボと何か喋っていた。腹をやられて、腸が地面に流れ出していた。目の前でザレンバが黒々とした血の海に横たわっているのに、僕はどうして彼がまだ生きているのかも、自分は何をしたらいいのかも、わからずにいた。

「何だ、何をしたらいいんだ？」

大声でそう訊いても、ザレンバはゴボゴボと言うだけだった。それでも、しまいには僕も彼がどうしてほしいのかを悟った——殺してほしいんだ。

また悲鳴が聞こえた。僕はそちらへ走った。

そこには司令部の人間が一人、死んでいた。両足はサーカスの曲芸師のように曲がっている。口は全ての死人と同じように、やはり開いている。目は開いているけど、何も見ていない。顎ヒゲには血がべっとりと付いていた。

ようやく一人、生きている人間を見つけた。吃りのウスペンスキーだ。どこをやられたのかはわからないが、血が噴き出している。軍服からは煙がたちのぼり、頭髪も眉も睫毛も焼け焦げている。破れたズボンから、血まみれの傷が覗いている。

気が動転して、どうしたらいいのかわからなかった。近くに屈んで、

「しっかりしろよ、きっと良くなるからな」

と声をかけた。

そこへ他の隊の兵士や衛生兵が駆けつけた。僕は彼らと一緒にウスペンスキーを野戦病院へ運んだ。その途中で、彼は自分の血に咽《むせ》びだした。衛生兵は口に指を突っ込み、咽ばないように、血を口の外へ流れさせるようにしていた。

野戦病院に着いても、僕は長いことウスペンスキーの傍について、離れることができなかった。意識はあった。僕は何度も何度も、

「しっかりしろよ、きっと良くなるからな」

と繰り返していた。

テントのなかは異様に蒸し暑く、黒雲のようにハエが舞い、腐臭が漂っていた。僕は手を振り回

してハエを追い払った。僕にできることは、それくらいしかなかった。

ウスペンスキーが死んだとき、僕は彼の顔に手を伸ばして、その瞼を閉じた。やってしまえば、なんということはなかった。

死体を移動させなきゃならなかったから、僕は持ちあげる手伝いをした。人は死ぬと、生きているときよりずっと重くなるんだな。以前にも、そう聞いたことはあったけど。

サーシャ、今すぐ君に会いたい。

とても疲れた。

僕は君の元へ行って、その膝に頭をのせる。君は僕の頭を撫でて、こう言うだろう。

「良かった。もう大丈夫だよ。何もかも、もう済んだこと。これからはきっとすべてうまくいく。だって、私が一緒にいるんだから。」

●

朝、出かける準備をしているときからわかってた。あの占星術師の家に泊まることになるって。鼻腔が、あの男のオーデコロンの鬱陶しい匂いを思い出した。

鏡のなかの自分を見て、いったい誰かと思った。顔は土気色で、目の回りにはクマができている。

体が輝きを失っていく。

髪をセットしながら、白髪を数本抜いた。

瞳は、昔と同じ——左は水色、右は茶色。でも、まぶたは少し弛んだ。首にも皺ができ始めてる。洗面台に屈み込んで、冷たい水で胸を洗えば、青い血管の浮く胸は、色気なく気だるそうに垂れ下がる。

乳首の回りに生えた毛を、ピンセットで抜いた。

足の指がごつごつしてる。

コーヒーを飲んで、ネイルケアをした。だけど本当にケアが必要なのは、爪じゃなくて人生だ。

ポプラの綿毛が舞う、公園の入り口で待ち合わせした。おばあさんがアコーディオンを弾いていた。

少し散歩をしてから、彼は私を家へ招いた。

途中、私はショーウィンドウの鏡の前で少し足をゆるめて、軽く髪を整えた。それだけだったのに、そのとき傍を通りすぎた若い女の子の視線を感じた。その嘲笑うような目つきを見て私は察したの——彼女から見れば私は、歳をとって枯れてゆく、世界中のどんな髪型を試したってもうどうにもならない女だってことを。

彼の家の窓際には、三脚つきの天体望遠鏡があった。

蠟燭を灯して夕食をとった。バックミュージックは「ドン・ファン」。

彼は土星の衛星を羅列した——タイタン、イアペトゥス、レア、ディオネ、ミマス、ヒペリオン、フェーベ！

興奮したような笑みを浮かべて。でも、テティスとエンケラドゥスを忘れてたけど。

前回の月蝕は、あいにくの雨降りだったと嘆いていた。

それから、蚊やポプラの綿毛が入ってこないようにと窓を閉めた。

窓ガラスには、ひっきりなしに蛾がぶつかっていた。

そして自分の天体望遠鏡の話をし始めた。優しく望遠鏡の背を撫でながら。

「これはね、唯一のタイムマシンでもあるんだ。俺のは、ガリラヤにあったのより七倍も、大きく見えるんだよ。」

それから、約束してた通り、望遠鏡を持って屋上に向かった。

階段を上る途中で彼が靴紐を結ぼうと屈んだら、ふと彼の後頭部が禿げているのが目に入った。

彼は、最上階の屋根裏部屋のドアにかかった大きな錠前を開けた。私たちは屋上へと上がった。

暖かい風が吹いていた。足下には都会の灯りが流れ、頭上には水しぶきみたいな星空が広がる。ポプラの綿毛は屋上にも、雪のように積もってる。

「ここの空は、僕だけのものさ。」

そう言うと、彼は星座を指差して説明を始めた。

「ごらん、すばるだ。あっちのは――」

彼は私を抱き寄せて、

「アルデバランだ。肌寒いな、風邪をひくといけないね」

と言い、肩を抱く腕に力を込めた。

「でも本当は、星座なんて下らないものなんだ。星座じゃ、星の配置のことなんて何もわからない。通りすがりの人や空を飛ぶ鳥を星座と呼ぶのと同じさ。そもそも、星に名前をつけるなんて、さざなみの目録を作るようなもんさ。」

そしてそれは、時間の流れが違うからなんだって説明した。空を通りゆく星たちの時間と、私たちの時間の流れ方が違うから。

「わかるかい？」

「ええ。」

「こういう球状星団とか散光星雲は、僕らにとっては写真のようなものさ。パシャッと撮ったら、それが永遠になるだろう。その昔、ビッグバンが起きた。ドッカーン！　と、全ては飛び散った。でもそれは、僕らから見れば飛び散ったと捉えられるだけなんだ。実際はもっとずっと早くて、ドカンと飛び散ったかと思ったら、またすぐに元に戻った。そしてまたドカンと散って、また戻る。またドカン。うーん、どうしたらもっと解りやすくなるかな。そうだ、子供が粘土で遊んでいるようなものさ——子供は粘土で動物や人や木や家を作るだろ。けれどもしまいには崩して、またひとつの塊にする。次の日には、また新しく作り始めるだろう。いや、こんな喩えのほうがいいかな。さっき公園におばあさんがいただろう。僕らにとっては永遠のように思えても、実際はあのアコーディオンみたいなものなのさ——腕を広げて、閉じて。広げて、閉じて。わかるかい？」

「ええ。」

望遠鏡を三脚にのせて長々と準備をしている間に、空には雲の欠片が散らばった。月を見ようとレンズを覗いたら、

「髪に綿毛がついてるよ」

なんて言って、彼は私の頭を撫でた。

それから部屋に下りた。寝室のクローゼットが開いていて、私はそこにあまりにも大量のスーツや靴が入っていることに驚いた。

壁には、彼の子供たちの写真が貼ってあった。男の子と女の子の双子だ。ベビーカーに乗ってい

る写真、小学校にあがるときの写真、卒業するときの写真。

部屋じゅうが、女の痕跡だらけだった。きっと、わざとマーキングしてるんだ。浴室の棚には、生理用ナプキンの束。ヘアスプレー。オーデコロンの合間には口紅が置いてある。ゴミ箱のふたの上には黒髪がごそっと固まってるし、その前にも、黒いソファーに長い赤毛が付いているのが目についた。私が、

「恋人がいっぱいいるの?」

と訊くと、彼は笑って、こんな風に答えた。

「一人だよ。そして彼女は僕を愛してる。霊魂の浮遊って聞いたことないかい? 愛に満ちた女ってのは、常に一人なんだ。その存在にはいつしか終わりが来て、その人は愛のない女になる。けれど愛する魂は別の体に乗り移って、再び愛のある女になる。つまり愛に満ちた一人の女が、いろんな体で現れているってことさ。」

こういうとき、普通なら服を脱がされるものじゃないかと思ってた。でも彼はさっさと自分の服を脱ぐと、両手を頭の後ろで組んで、ごろんと寝そべってしまった。廊下の電気がついたままだったから、部屋はその明かりで何もかもよく見えた。私は自分の胸を見せるのが恥ずかしくて、ブラジャーを外さなかった。

体を撫で回されながら、自分に問いかけた——どうして、好きでもない人と寝てるんだろう? 答えはわからなかった。

ふと、こんな〔コーラン十八章の〕寓話を思い出した。賢者が供の者たちに、訳のわからない不思議な課題を与える。彼らは言われるままに実行に移すけど、その意味は判らないまま。でも賢者にはその裏がはっきりと見えている。まず賢者は、貧しい漁師の小舟に穴を開けろと命じて、舟を

沈めた。それから、通りすがりの男を殺せと言う。さらに、泊めてもくれず食事もくれなかった村で、壊れていた壁を一銭も受け取らずに修復した。あとになって賢者はそれらの行動の意味をこう説明した——小舟を沈めたのは、ことごとく船を没収しようとする暴君が迫っていたためで、通りすがりの男を殺したのは、彼が息子を殺しに行くところだったからで、壁は幼い孤児のもので、その下には孤児に帰属する財宝が埋めてあり、孤児が成人してからその財宝が掘り出されることを望んだからだったという。

いつだったか、外で雪の入ったバケツを運んでいる人を見て驚いたことがあった。辺り一面雪が積もっているのに、バケツに詰めた雪なんかどこへ持って行くんだろうって。だけどあの人に雪の入ったバケツを運ばせた賢者は、きっとその意味を知っていたはずなんだ。そして、私をこの汚れたベッドに送り込んだのも、その賢者の仕業なのだろう。だけど、その意味はまだわからない。

彼はまだ頑張って、全身汗だくになっていた。

それから仰け反った。そして煙草に火をつけると、満足そうに、

「どうだった？」

と訊いた。私は、

「レポレッロだったって気づいたときのドンナ・エルヴィーラみたいな気分」

って答えた。

「え？」

彼は、それが何の話かさえ判らなかった。

ゴミ箱に捨てる前にコンドームを器用に縛ると、あくびをして、ふっと笑った。

「スプーン一杯のこの液体が、人間を操っているんだ——人間はこいつの思い通りに動いている。

屈辱的な奴隷制度だよな。」

そして、すぐにいびきをかき始めた。

眠ろうとしてみたけど、眠れなかった。ベッドは羽根布団みたいで、柔らかすぎてずり落ちそうで寝心地が悪い。それに、このシーツ。私の前には誰が寝たんだろう？

鏡越しの嘲笑うようなまなざしが、頭にこびりついて離れなかった。どんな髪型を試したってもう無駄よって言いたげな女の子の目が、何度も何度も浮かんできた。私がそんな風に見られているとしたら、それは実際に私が、そうなってしまったということだから。

蛾は、一晩じゅう窓ガラスに体当たりしていた。

朝、彼を目にして、驚いた。それから、その彼と一緒にいる自分を見てさらに驚いた。静かに服を着てから、床に散らばった彼のズボンやシャツを拾って、丁寧にたたんで椅子の上に置き、家を出た。

もう空が白み始めていた。ひとけのない街並みは、静かにざわめいている。ポプラの綿毛もおとなしくなって、歩道の隅にかたまっていた。

路面電車の車庫の脇にはホームレスの集団が眠っていたから、その合間を縫って歩いた。

動物園に近づくと、さっきの賢者の話のような光景に出くわした――私の象が、どこへ連れて行かれるのか、路面電車の線路沿いを歩かされていた。ゆっくりと揺れながら、象は歩いていく。耳をパタパタさせて、長い鼻で舗道や線路の匂いを嗅ぎながら、ポプラの綿毛を舞い上がらせて。賢者なら、あの象が何のためにどこへ連れて行かれるのかも、知っているんだろうな。

家に着いたら、無性に体を洗いたくなった。シャワーを浴びて、それから湯船に湯を張って、肩までお湯に浸かった。

そのまま、体じゅうの毛に細かい泡がついているのを見つめていた。

ふと、頭までお湯に潜りたい衝動に駆られた。水中で暮らす猿になりたくなったの。

買ったきり一度も使っていなかったダイビング用のシュノーケルを、戸棚から引っ張り出した。

お風呂に潜って、そのまま静止した。

水の中は、不思議な静寂に包まれていた。ううん、静寂じゃなくて騒音かもしれない。普通にしてたら聞こえないような音まで聞こえてくる。だけど全ての音が、分厚い膜を通したみたいに聞こえる。そして他のどんな音より大きく、鼓動が響いていた。

ママのおなかの中にいたときって、きっとこんな感じだったんだと思う。

シュノーケルを咥えたまま、どのくらいそうしていたんだろう。十分だったかもしれないし、一時間だったかもしれない。気づいたらお湯は冷め、私の体もすっかり冷えきっていた。

お風呂からあがった後は、バスローブを羽織って鏡の前に立って、長いこと自分を眺めていた。

そのあと、午前中ずっと吐き気に襲われていた。

■

サーシャへ
天津は陥落した。
今、報告書を書き終えたところだ。

死者はロシア兵だけで百五十名。負傷者はその三倍。ロシア旅団長、陸軍少将のステッセリも負傷したけど、包帯を巻いてすぐ司令部に戻ってきた。

連合国側の死者の総数は八百名以上にのぼる。一番多くの死者を出したのは日本軍だった。日本軍は真正面から強襲をかけ、城門を突破した。アメリカ軍ではバトラー少佐が戦死した。

連合軍は天津の西から攻撃をしかけ、ロシア部隊は東の蘆台運河から、李鴻章の砦を攻撃した。中国軍は散り散りになり、その一部は楊村《ヤンツン》や北倉《ペイツァン》へと退いた。

そういうわけで戦勝報告を書くことになった。みんな喜んでいるよ。司令部の人間も得意顔だ。だけど一番喜んでいるのは、僕が書く文字や数字になった兵士たちかもしれない。

天津が陥落したのは昨日のことだ。今日僕らはその町を見に行った。

サーシャ、これはいわば僕の戦勝報告だ。

途中、まずは昨日ロシア部隊が占拠した中国側の駐屯地に寄った。野営地は貴重品も何もかもそのままの状態で見棄てられていた。中国の札遊び用の札が散らばっているのを見つけて記念に拾って来ようかと思ったけど、考え直した。何の記念だっていうんだ。傍にはまだ片付けられていない中国人兵士の死体が転がっていた。犬にかじられ、ハエがたかっていた。

　農民たちが、監視下に死体の除去作業をさせられていた。死体をフックで引っ掛けて、大きな穴へ捨てに行く。陽が高くなると死体は温まり、耐え難いほどの異臭を放った。農民たちは草を丸めて鼻の穴に詰め、作業を続けた。

　昨晩は一晩中火事が収まらず、残ったのは燻る廃墟だけだった。もはやここが活気ある都市だったとは信じられないほどだ。あちこちに、壊れた荷車やリヤカー、人力車、死んだ家畜や、人の死体が転がっていた。焼けた脂の匂いと煙が充満していた。

一足歩くごとに死体に遭遇する。服を着ている者もあったが、どういうわけか大半は裸だった。あおむけに倒れた老婆の死体は、胸がわきの下まで垂れ下がっていた。死体は一箇所にまとめてから、数回に分けてどこかへ運んでいるようだった。一面、狂ったようにハエが飛び交い、もう死んだ者だろうとまだ生きている者だろうとお構いなしにたかってくる。瓦礫の山を乗り越えたとき、足が滑って転びそうになった。何かと思ったら瓦礫の合間に、焼けてぐちゃぐちゃになった人の顔があった。

通る者を見るたびに唸る犬がいた。前足はあったが、後ろ足は無かった。腹の傷にはウジがわき、ハエがたかっていた。犬はもう吠えることはできず、前足だけで動こうとしていた。僕たちにも、キューキューと唸った。

誰もが傍を通り過ぎていたけど、僕は近づいて、撃った。

サーシャ、これが僕の最初の殺しだ。僕はどうも軍人には向いていないようだね。

焼け跡では灰にまみれた豚が、煙る梁や垂木の下に潜っていた。豚は焼け焦げた丸太や木片に鼻を突っ込んでいるようで、すぐには何をしているのかわからなかったが、よく見るとそこには炭と化した死体があった。黒く燻る腕が見え、揺さぶられた振動で指が落ちるのが見えた。そこからは、また一段とすごい異臭が漂っていた。ふと、こんな思いが浮かんだ――僕は今、焼けた人間を食べる豚を見た。だけど何のためにそんなものを見なけりゃならなかったんだ?

ひとつ、あまりに小さな焼死体があって驚いた。焼かれたせいであそこまで縮んだのか、それとも子供だったんだろうか。

そしてまた、以前にも見た、カメラを持ったアメリカ人がいた。

焼け残った地区は日本人が占拠していた。家々や店には、日本の旗がたてられている。日本軍はこうなることを見越して大量の旗を持参し、天津を占領したこの機会を逃すまいと言わんばかりに、住民に旗を配っていた。

汚い町だ。中国人は、建物の敷地内ばかりを舗装し清掃し、道路はゴミ溜めにしている。狭い道には塵芥が山となっている。おそらく雨が降れば泥濘と化して、通行することもままならないだろう。僕はその曲がりくねった道を歩いてみたけど、完全にひとけの無い場所に来ると、不気味で落ち着かなかった。そこかしこに壊されたドアや放り出された物が散乱していた。

中国人住民は逃げたか隠れたかした後だった。逃げ遅れた人々は、西洋人の姿を見ると跪いた。そして何やら漢字の書かれた白い布切れや紙を広げて見せた。同じ漢字が、壁にも書かれていた。キリルが、あれは民間人っていう意味だって教えてくれた。

銀行や商店や売店は破壊されていた。瓦礫の屑で足の踏み場もない。いたるところで連合軍の将官や兵士が、強奪した財宝を運んでいた。町は完全に略奪と破壊の地と化していた。持ち去れないものは手当たりしだいに壊し、踏みにじる。

ロシア兵もいた。彼は毛皮や絹や置物を拾い集めると、次の家へ移動した。どうやら、さっきよりもいいものを見つけたらしい。拾いあげて土埃を払い、袋に詰め込んだ。

四方から悲鳴や銃声が響いてくる。

すぐ近くで女性の悲鳴が聞こえた。甲高い、耳をつんざくような声だ。僕たちは声の聞こえた家へと駆けつけたが、そのときちょうどその家から、重そうな袋を担いだセポイが出てきた。そのうち一人は、歩きながらズボンをたくし上げていた。彼らは僕たちに向かって、身振りで、この家にはもう入っても無駄だと示した。悲鳴も、もう止んでいた。

道の真ん中に座り込んでいた不具の乞食は、僕たちを見るとしきりにお辞儀をしはじめ、

「キリスト教、良い！　キリスト教、すばらしい！」

と繰り返していた。

連合軍の特殊部隊は、変装し民間人に紛れた義和団員や中国兵を探した。彼らは簡単な尋問の後で射殺される。確かめる方法は、服を脱がせることだ。銃撃戦に参加した者なら銃を撃った衝撃で、肩に銃床の跡が残っている。それが見つかれば即座に処刑となり、その場で射殺される。僕らの見ている前でも、中国人が数人殺された。まず弁髪を切り落とし、銃の柄で血まみれになるほど殴る。そして、ようやく撃ち殺す。

今、読み返して、自分に問いかけた——どうして僕はこんな残虐行為を書き留めているんだ？

本当の、唯一の望みは、早く忘れることだ。それでも僕は、ここで起きていることを全て書き留める。だって、誰かが残さなきゃいけないことだろう。もしかしたら僕は、すべてを見届けて書き留めるためにここに来たのかもしれない。

もし、今日見たことを僕が書き留めなかったら、あとには何も残らない。まるで、そんなことはまったく起こらなかったかのように。

でも、書き留める必要なんてないのかもしれない。だって、何のためだ？　誰が必要とするっていうんだ？

頭がガンガンする。割れるように痛い。

サーシャ。もうわからないよ。僕は誰で、ここで何をしているのか。

夢を見た。ママとパパと一緒に海へ行った夢。私たちは砂浜にいた。ママは泳ぎに行く。髪を水泳帽に押し込んで――。ふと気づいたらママは裸で、私は、

「ママ！」

って叫んだのに、ママは笑って、

「誰もいないじゃないの」

って答えた。辺りを見回すと、確かに砂浜はがらんとして、辺りには誰もいない。ママは海へ入り、深いところまで行って、こっちへおいでって私を呼んでいる。でも私は、パパと一緒に波打ち際に残った。ママはスイスイと水を掻き分けて泳いでいく。白い水泳帽が、波間に見え隠れしていた。

カシャン、という妙な音で目が覚めた。夢の残り香に包まれたまま、しばらくはそれが何の音だったのかわからなかった。それは、枯れたクリスマスツリーからガラス玉が落ちた音だった。

ふと我に返って気づいた――ママは、死んだんだ。

夜は静か。枯れたモミの葉が床に落ちる音も聞こえるくらい。

喉がイガイガする。風邪だ。何かを飲み込むと痛い。鼻が詰まって、全然匂いがわからない。頭もぼうっとしてる。

この冬だけでもう三度目。

夜明け前に起きなきゃいけない日々に疲れた。

何もかもに疲れた。

ママが誕生日のお祝いをしてた日に、少しだけ顔を出したことがあった。でも、ママの友達が集まってたから、長居はしたくなかった。ママはここ数年の間、オペラ会場で夕方パンフレットを売る仕事をしていた。それで、その日はそこで新しくできた友達が来ていて、私はその人たちとは知り合いでもなかったから。あるときママは、お風呂場に私を呼んで、言った。

「見てよここ。膨らんでるでしょう。サーシャ。やだわ、どうしましょう。」

ママの胸には、しこりがあった。

「そのくらい何でもないって。」

「最初は小さかったのよ、腫れ物みたいに。だんだん大きくなってる。気のせいだとでも言うの？わきの下も筋っぽく膨れてる。ほら、ぼこっとしてるでしょ。頭にも、耳の後ろにもあるんだから。」

「その程度の膨らみなら、誰でも産まれたときから体じゅうにあるよ。大丈夫、女性はそういうの多いんだから。ただ、検査はしたほうがいいかもね。痛む？」

「そうでもないけど……」

「じゃあ大丈夫！」

大丈夫じゃなかった。それは悪性の腫瘍で、ママは卵巣癌を患っていた。病気の進行はかなり早かった。

そうして、ママの闘病生活が始まった。

私は毎日のように病院に通った。

ママは病院を嫌がって、家に帰りたい、台所の壁が煤まみれなように、病院の壁は病気まみれじゃないのって言ってた。

最初の病院で同室だったのは、頭蓋骨から僅かな髪の束が生えただけみたいな、よぼよぼのお婆さんだった。お婆さんはひっきりなしにお化粧をしていた。病状が悪化すればするほど、お化粧が濃くなった。唇なんてほとんど残っていないのに、落ちくぼんだ口の周りに真っ赤な口紅をぐるりと塗りたくる。お婆さんが呻くせいで、ママは夜も眠れなかった。お見舞いに行くと、ママは私に訴えた。

「サーシャ、ここから出してちょうだい。一睡もできなかったのよ。もうだめ。」

「ママ、ちょっとの我慢じゃない。ここにいれば病気を治してくれるんだから。」

ママは私に、「私のことなんてどうでもいいのね」とか、「私がここにいて気が狂ったっていいと思ってるんでしょう」とか怒鳴りたてた。以前はあんなに我慢強かったママも、病気のせいですっかり変わってしまって、やれ医者の腕が悪いとか、やれ診断と食事が間違っているとか言うようになった。特に、看護婦さんたちにはひどく迷惑をかけた。ママは、看護婦が呼んでもなかなか来ないとか、態度が悪いとか、病人の苦しみをわかっていないとか文句を言う。わざと廊下まで響き渡るような大声で、

「お金ばっかりとっておいて、なんにもしないんだから。早く家に帰って人生を謳歌したいって、それしか考えてないのよ！」

なんて叫ぶ。

看護婦さんたちのほうも、私を見るたびに、ママのせいで仕事にならないって嘆いてる。病室を出たかと思ったらまた呼び出しベルが鳴るし、駆けつけたころには、ママはどうして呼んだのか忘れて、少しはそっとしておいてちょうだいなんて文句を言うって。

私は、そんな話を聞かされる度に、恥ずかしくていたたまれない気持ちでいっぱいになった。ママは私にもイライラをぶつけるようになった。私が行くと、待ってましたと言わんばかりに、愚痴と不満をぶちまける。まるで、癌になったのが看護婦さんでも窓の外の通行人でも私でもなくママなのは、私のせいだとでもいうみたいに。

一通り喋ると、ママは少し落ち着く。そうやってしばらく黙ったままママの手を撫でていると、ママは突然泣き出す。

「こうやってベッドに寝て、掃除のおばさんが床を拭いているのを見ていたの。結構な歳だけど、がっしりして、あと二十年はここで床を拭き続けられそう。どうしてこのおばさんじゃないの、どうして私なの？　そう考えて、自分で驚くの——なんてことを考えてるのかしらって。赦してちょうだい。時々、私はもう私じゃないんじゃないかって思うこともある。まるで自分が別人になっていくみたい。」

この頃にはもうママは絶えず激しい痛みに襲われて、いつも鎮痛剤を打ってくれって頼むようになった。

「まったく、注射もまともに打てないのよ。健康な皮膚なんて、どこにも残ってないじゃない！」

そう言って、注射の跡だらけの腕や足を私に見せた。

私が鎮痛剤を打つこともあった。私だと、ママはホッとしたように、

「サーシャ。あなたは注射が上手ね。全然痛くないわ」

と言って、すっと眠りについた。

果てしなく疲れる毎日だった。仕事の帰りにママのところへ寄って看病をした。体を拭くのを手伝って、髪を梳き、爪を切り、床ずれした背中をマッサージし、足にクリームを塗り、窓から木々

が見えるようにベッドを窓際に移動させた。だけど、疲れの原因はそういうことより何より、始終ママの気持ちを察しながら、話を聞いたり沈黙のときを過ごしたりすることだった。ママの気持ちを――最期への恐怖を、ひしひしと感じながら。

最初の手術を終えた後、担当の外科医は私に、

「完全に除去しきることはできませんでした」

と言った。でも私はママに、回復する見通しだって伝えた。

時々、ママの病室へは行かずにヤンカの子供達の面倒を見る日もあって、その時だけは私もほっと一息つくことができた。自分を取り戻し、ママの癌騒動で失くしていた何かが蘇っていくのを感じた。

私は子供たちのことを、そのまんま「ヤンカの子」って呼んでるんだ。あの子たちもそれを気に入ってるみたい。

それにしても、いつ行っても子供たちの成長の早さに驚かされるの。コースチャなんて、つい最近まで背もたれのない椅子をひっくり返してはそこに乗っかって遊んでいたと思ったら、その次は線路を渡る橋の上へ行って「ガタンゴトン」を見たいってねだるようになって、そうかと思えばもう小学校に入学しちゃった。ほんとにびっくり。私はお使いに行って、コースチャのノートや筆箱、ペン、鉛筆、通学リュックを買ってきた。ヤンカは、仕事が減って大助かりだって。

子供たちには好かれてる。あるときコースチャは、私にマッチ箱をプレゼントしてくれた。

「あ、気をつけて開けてね！」

「何が入ってるの？」

コースチャが箱を私の耳に近づけると、中でなにやらガサゴソ音がした。つかまえた甲虫を私に

くれたんだ。

「サーシャおばさん、これおうちに持って帰って、一緒に住めばいいよ。一人でも、さみしくないように!」

すごいよね。私がひとりぼっちにならないように、心配してくれてるの。

子供たちと一緒にいると、何もかも忘れていられた。ママの病気も、病院のことも、この世に癌なんてものが存在してるってことも。袋から食品を取り出し、テーブルの上に置いていく——牛乳、ジュース、クッキー。子供たちはそれを見て大はしゃぎ。

「わーい、牛乳だ! わーい、ジュースだ! わーい、クッキーだ!」

だから私も一緒になってはしゃぐ。

「わーい、飲むヨーグルトだ! わーい、練乳だ! わーい、ベーグルだ!」

ただそれだけで、何もなくても幸せな気分になる。

上の子に、トイレで踏み台を使っておしっこすることを教えた。おまるを卒業するためにね。あの子、大人みたいに便器におしっこしたって言って大いばりだった。つま先立ちになって、床にもこぼしてたけど。今では下の子が、その踏み台を使っておしっこしてる。下の子は色々な幼児病を患ったうえに、ひどい包茎なの。親は、「手術しないで済めばいいんだけど」ってずっと言ってたけど、おしっこのたびに子供が苦しんでいる様子はとても見ていられない。

あの子たちの体を洗うのが好き。特に夏、子供たちが汚れて汗をかいて外から帰ってきたとき。お風呂に入れて、どろんこの足をスポンジで洗ってあげる。日焼けした足に、サンダルの跡だけ白く残ってる。子供はふざけて泡を撒き散らしたり、お湯をかけあったり。私は全身びしょぬれ。みんなで笑いあう。シャンプーで頭を洗うと子供たちはキャアキャア騒いで、指先に触れる髪は、絹みたいな手触りになる。そしたらシャワーで洗い流す。

お風呂から出たら、タオルで体を拭いていく。綺麗になった髪が、キュッキュッて大きな音をたてるのを聞いて、一緒に笑う。

疲れて、座って休んでいると、イーゴリが傍によってきて、私の体におもちゃの車を走らせる。車が山を登ってるみたいに、ぶるるるるってエンジン音の真似をして。なんて心地いいんだろう。

そりゃあ、泣いたりわめいたり、けんかをすることだってあるよ。ほんの小さなことが原因で、とっくみあいの大げんかになる。勝つのはいつもお兄ちゃん。あるとき、二人がおもちゃの取り合いをしていたから、私が上の子に「弟にゆずってあげなさい」って言ったら、少しして下の子が泣きながら走ってきた。

「イーゴリ、どうしたの?」

泣きじゃくって、何もいえない。

コースチャを呼んできたら、わけがわからないという顔をして、

「渡せって言われたから、渡したんだろ!」

そしたらイーゴリが、

「でも、その前に便器に突っ込んだじゃん!」

だって。

いつだったか、二人がお医者さんごっこをしているところを見てたら、熱を測りましょうねって言って、お互いお尻に指を突っ込んでた。子供ってほんと、そういうことするんだから!

当時ヤンカはまた妊娠していた。それまでは、もう子供なんて産みたくないって言って、嘆いていたのに。

「なんなのよこの胸、半熟卵みたいじゃないの。昔は固ゆで卵だったのに。足だって地図みたい、ほらこんなに川が流れて！」

私はヤンカの胸を見た。透き通る肌には青い血管が浮き出て、乳首はこげ茶色——そんなふうに生き生きとして、ちゃんと役目をはたして、必要とされてる胸がうらやましくなった。

ヤンカは本気で避妊手術を受けることまで考えていた。

「だって、もういらないじゃないの」

なんて言って。

私は、弟が産まれるって聞かされたときのコースチャの話を思い出した。自分が世界で唯一の存在じゃなくなってしまうと感じたコースチャは、

「どうして男の子なんて産むの、僕がいるのに！」

なんて言って、子供心に恐怖でいっぱいになっていたのに、いざイーゴリが産まれたら、家に赤ちゃんが来たことに感激して、嫉妬することも忘れていた。私に、赤ちゃんみたいに毛布に包《くる》んで抱っこしてってねだったこともあった。私が言われたとおりに包んで抱いて部屋を歩くと、コースチャは親指をしゃぶって目を閉じた。そして笑いだして、じたばたして、

「おろして、おろして！」

って騒いだけど、私は放したくなかった。

この頃には、ヤンカの家庭は崩壊し始めていた。だけどおなかの子が二人をもう一度近づけているようにも思えた。

妊娠する前、私はヤンカにこんな愚痴を聞かされていた。

「あの人ってば、壁のほうを向いて寝転んだまま押し黙ってると思ったら、いきなり起き上がって

キッチンへ行って、床に夕食を投げつけたのよ！」

夫は一人っ子だったから、今になっても甘やかされた子供と同じ行動をとってるって嘆いてた。言いがかりをつけたり、怒鳴ってみたり、許してほしいって甘えたり、かんしゃくをおこしたり。

「食器だって一度も洗ったことないんだから！」

って言うヤンカに、

「でも、あんなにいい子たちに恵まれたじゃない」

と慰めてみれば、

「サーシャ、あのね。子供は愛の代わりにはならないの」

なんて言う。いつだったか、悲しそうにこんなことを呟いた。

「ようやく、家庭って何なのか本当にわかった——家庭って、地獄に住みながら、全てを子供のために我慢する場所なのね。」

二人はもうだいぶ前から口論をするようになっていた。夫婦喧嘩をした末に、ヤンカが子供たちを連れてうちにとまりに来たこともあった。朝になると、旦那さんが謝りに来た。呼び鈴を鳴らし、開けなきゃドアを壊してやるって叫んでいたのに、ヤンカは会いたがらなかった。子供が泣き出して、ようやく私がドアを開けると、旦那さんはドアを開けなかった云々でまた怒りだした。そしてまた、怒鳴り声が響いた。かわいそうなのは子供たちだ。げんこつを握りしめては、パパやママに飛びかかる。最後はやたらとコミカルな仲直りのシーンで幕を閉じ、家に帰る一家を送り出した私は、偏頭痛に悩まされて横になった。

そのうえヤンカは私をかわいそうがって、

「サーシャ、私が誰かいい人見つけてあげる、あなたも結婚しなきゃ」

なんて言いだした。

「どうして？」

「人が何のために結婚するか知らない？」

「知らない。」

「空白を埋めるためよ。例えばね、旦那と喧嘩するでしょ。人前で喧嘩することだってあるのよ、怒鳴り合って、ドアをバタンと閉めて、食器を割って、旦那は拳を握り締めるし、私は泣き出す。でもそんなことがあっても、喧嘩がおさまった後はまた愛し合っているの。私、そういう喧嘩なしじゃやっていけないと思う。」

今回のヤンカの妊娠をきっかけに、二人の喧嘩はだいぶおさまったみたいだった。ヤンカの家に行くと、旦那さんはヤンカを抱き寄せ、大きくなっていくおなかに手を当てて、子供みたいな笑顔を見せていた。

「よし、今度はきっと娘だぞ。俺たち、がんばったもんなあ。」

ヤンカは鏡の前でセーターをまくって、自分のおなかを見た。子供たちもヤンカの旦那さんも私もそろっておなかを見た。みんな、縦に茶色く入った線をなぞって、でべそになったおへそを、ベルを鳴らすみたいに押したがった。私たちは順番に押してみた。

「ビー、ビー！　みんなで君を待ってるよ！」

初雪が降り、町じゅうに雪がどっさり積もると、私たちは家の前に出て、大きな雪の塊を転がして、雪だるまを作った。完成すると、イーゴリは近づいて、ぽっこり膨らんだ雪だるまのおなかを手袋で撫でて、

「ママみたい！」

って言った。

私のママのほうは、二度目の手術を受ける前の一ヶ月を、自宅で過ごした。私は看病のために休暇をとった。

ママのために薬草を煎じ、流動食を作った。

ふと、ママが口をつけたものを飲むのが怖いと感じている自分に気がついた。癌は感染するものじゃないって、ちゃんと知ってるのにね。そんなことを考えた自分が嫌で、わざとママのスプーンでスープを飲んでみた。

ママはいつのまにか、すっかり病気でやつれたおばあさんになっていた。その様子を見ているとつらくなった——朝ベッドから起きても、病人らしくなってしまった裸足の足で長いこと床をさぐってスリッパを探し、それから痩せこけた手をゆっくり伸ばして壁伝いに歩き、トイレへ向かう。話し声もしわがれていた。

鏡の前で髪を梳かしていたときのこと。ママは、櫛についた抜け毛を取りながら、ため息をついた。

「私にはいったい、何が残っているのかしら……」

お風呂場でママの体を洗ってあげていたとき、ふと、本当にこれがママなのかと、信じられない気持ちになった。

髪はもう、だいぶ前から染めなくなっていた。毛先は茶色でも、根元は完全に白髪だった。かつて胸のあったところは、痛々しいミミズ腫れになっていた。下半身を見れば、股の間に灰色の毛束が萎れている。足は静脈瘤のせいで、青や赤紫のこぶだらけになっていた。

ママはなにかにつけて、自分が子供の頃の話や、若い頃の話をするようになった。それは、以前は聞いたこともなかったような話ばかりだった。

例えば子供の頃、白くて長い、夜会用の手袋に憧れてたっていう話。

「ほら、細身で肘まであるような、柔らかい革の手袋ってあるでしょう?」

結局その夢は叶わなかったらしい。

パパにアプローチされていた頃、夜遅くまで二人で街を歩いていたことがあった。帰る方面へ向かう路面電車が来ると、二人は順番に、

「次のにしようか」

って言っては見送って、そのうちに結局は最終電車も逃してしまい、二人で街の半分を横断するくらいの距離を、歩いて帰ったんだって。

ママはため息をついた。

「あの頃は、知る由もなかった——人生は過ぎ去って、あのとき過ぎ去った電車の思い出だけが残るなんて。」

ママは自分の両親の話なんてしたこともなかったのに、今になって、「あなたのおじいちゃんはね……」とか「おばあちゃんはね……」なんて話すようになった。二人とも私が産まれるよりだいぶ前に亡くなったから、私は、祖父母にはまったく会ったことがなかった。

それから、私の兄にあたる最初の子供のこともよく思い出すようになった。ある日突然、私が見たこともなかった写真がママの机の上に現れた——ころころと太った赤ちゃんで、お尻や足もむちむちして、歯のない口で笑っていた。

あるときママが半分眠ったまま、

「サーシャ、サーシャ!」

と呼ぶので、駆けつけて、

「ママ、私はここよ」

って言ったら、ママは目を開けて、妙な顔つきで私を見た。

それで気づいた――ママが呼んだのは、私じゃなかった。

残された時間が短くなるにつれて過去の記憶は薄れ、色々な物事を混同するようになった。

お風呂上りに体を拭いていると、ママは私がまだ人形遊びをしていた頃のことを思い出した。幼い私はママに、

「私は大人になったら大きくなって、ママは小さくなるの！」

って言ったんだって。ママはその話をして、「悪いわね」とでもいうように苦笑いをして、

「本当にその通り、立場が交代しちゃったわね」

なんて言った。時々は、ママの病気から離れないと身が持たなかった。ママもそれをわかっていて、あんまりママの傍にばかりいないで、どこかへ出かけて気分転換してきなさいって言ってくれた。

「でもママ、寂しいでしょ。一人で何するの？」

「なに言ってるのよ、やることなんていくらでもあるんだから。思い出すことだってね！」

夕方になるとよくヤンカの家へ行った。ヤンカの旦那さんは、ヤンカのおなかに手をあてては、目くばせをしてみせた。

「よしよし、これは絶対に女の子だぞ。俺が女の子を注文しといたからな！」

私は、旦那さんの知らない秘密を知っていた。

ヤンカと私はずっと昔から何でも話せる仲だから、ときには知らないほうがいいようなことまで

知ってしまうこともある。

あるときヤンカは、妊娠したような気がした。その時、旦那さんが出張中だったこともあって、ヤンカは浮気相手と避妊しないですることにした。でもあとになって気づいたら、妊娠したと思ったのは計算違いで、妊娠した時期はちょうどその、旦那さんがいない時だったらしい。

ヤンカは結婚したばかりの頃から浮気をしていた。私が子守りをしているとき、ヤンカは大抵誰かのベッドの中だった。もし旦那さんになにか訊かれたら、私は嘘を言うことになっていた。でも、旦那さんは何も訊かなかった。

ヤンカは一人目の浮気相手を忘れるために、二人目と付き合いだした。二人目を忘れるために、三人目と付き合いだした。

私の記憶では、ヤンカは昔からそうだった。若い頃から。誰のことも好きじゃないのに、ただ誰かが自分を好きになるように仕向けて、夢中にさせておいて、彼らが激情に身を任せる様子を眺めて喜んでいた。

一番最近の浮気相手は、音楽評論家だった。秘密のデート以外に、共通の友人たちの集まりで顔を合わせることもあった。

「焦ったわよ。ソファーで隣に座ってて、話し込んだ拍子につい、いつもの癖で彼の髪をいじっていたの。ま、誰も気づかなかったから良かったけど！」

浮気相手が子供みたいに旦那に嫉妬するって話しては、笑ってる。

あるとき私に子守りを頼んで、その音楽評論家のところへ出かける用意をしていたヤンカは、鏡の前で口紅を塗りながら、

「夫は私の体のことなんて何もわかってない。でも彼はわかってるの！」

なんて言っていた。ヤンカはそのとき鼻風邪をひいていて、唇は荒れて咳もしていたから、私は、「ヤンカ、そんな鼻水たらしてどこへ行こうってのよ。まず風邪を治してからにすれば？」って訊いた。そしたらヤンカは声をたてて笑って、「それがいいのよ。彼がね、中に入ってるときに私が咳をするのが好きなの。あそこがギュッてきつく締まるんだって！」

どうしたら同じ日に二人の男と寝られるのか、私はヤンカに訊いてみた。ヤンカは、こんな風に答えた――きちんと区別できるようになるまでは、悩んだこともあった。でも、象徴的な分け方ができるようになってからは大丈夫になったんだって。念入りにシャワーを浴びて、違うシャンプーで髪を洗って、むだ毛の処理をして、別の香水をつけて――。

「どう説明したらいいのかはわからないけど。あのね、サーシャ、家庭はこのおかげで保たれてるの。彼のところへ出かけて、満たされて帰ってくる。浮気した後は、夫にもまた優しくなれる。家事や子育てをする気力も、夫の好きなピーマンの肉詰めを作る気力もわく。それで、夫だってこう思うでしょ――『ああ、やっぱりいい嫁さんだなあ！』って。」

あの音楽評論家は、最初から気に入らなかった。どこがいいのか全然わからない。いつも、カビくさいような汗くさいようなにおいを漂わせてるし、私を見る目つきも嫌いだった。夏のある日、ヤンカとその人が二人して、夜遅くうちに泊まりに来たことがあった。二人ともおなかを空かせていたけど、すぐ食べられるものは何もなかった。ヤンカが台所を借りて料理を始めると、その人は音楽なんかかけちゃって、しつこく私に一緒に踊ろうと誘った。べったりひっついて体を擦りつけて、べたべた触ってくる。横目で台所のほうを気にしながら――ヤンカがこっちへ来るんじゃないかって。

私は彼をベランダに引っ張って行って、暗がりのなかで首に両腕を回し、唇にキスをした。彼は鼻息を荒げながらも、ひっきりなしに警戒していた——ヤンカはどこにいるのか、見られてやしないだろうかって。

私は彼を押しのけて、声をあげて笑った。

彼は驚いて訊いた。

「何があったんだ？」

「なんでもないわよ、ただ私は、心地いいことや楽しいことや、おいしいものや綺麗なものだけが好きなの、そのために生まれてきたの。なのにあなたって、鼻は長すぎるし、目は寄ってるし、歯はスカスカだし、おなかはパンパンなんだもの！」

においのことは言わないでおいた。

あの人はたぶん、私のこと大嫌いになっただろうな。

ヤンカの家を出ると、私はママの元へ——ママの癌の元へと戻る。

私は、ずっとママに訊こうかどうしようか迷っていたことを口に出した。

「ママは、どうして浮気したの？」

「私のことが許せないの？」

「そういう問題じゃないの。これはもうだいぶ前にわかったことだけど、私にはママを悪く思う権利なんてない。それに赦す権利もない。でも私思うんだけどさ、ママもつらかったんじゃない？だって、常に言い訳をしたり、嘘をついたりしていなきゃいけないでしょう。」

「嘘なんかついてないのよ。嘘とは違うの。ただ家に帰ってきたら、ひとつの現実を忘れて、もうひとつの現実を思い出すだけ。ある女性から、別の女性になるの。」

「ママは、その人たちに恋をしてたの？　パパを好きなのと同じように？」

「結婚する前だって後だって、恋をするときはする。恋は、結婚とは何の関係もないの。夜の間に恋に落ちる事だってある。目が覚めたときに、眠っている間に恋に落ちたって気づく。でもね、パパを愛する気持ちは、まったく別物なの。」

「ずっと隠してたの？」

「わざわざパパを悲しませるようなこと、するわけないでしょ。言えばつらい思いをする。大事な家族だもの。苦しませたくないじゃない。」

この話をした後、ママは何度か同じ話題を蒸し返そうとした。なんだかママは、私に言い訳をしたいみたいだった。私はママの言葉を遮った。

「ねえママ、説明なんてしなくていいよ。」

「だめ、聞いて。男はね、女を別人に変えられるの。私は、その人の目から見た女性になって、その人が感じているように自分を感じることができた。パパといるときは、疲れてだるくて女を感じられなくても、別の誰かといるときは、本当に求められてる女性になれる。女性には魅力を振りまきたい欲求があって、それを満たせないと、その欲求が出口を求めるようになるの。」

あるときママは、長いこと黙っていた。うとうとしているのかと思っていたら、そうじゃなくてママは思い出に浸っていたみたいで、ふとこんな話をした。

「ねえ、パパの髪はいつも私が切ってたでしょう。それでね、初めて浮気相手の髪を切ったとき、初めて私は、浮気をしたんだって思って、ハッとしたの。」

ママはしばらく、私が何か言うのを待っていたけど、そのうち待ちきれなくなって言葉を続けた。

「だけど、『浮気』なんて、ばかげた表現だわ。誰からも何も奪ってなんかいないのに。ただまったく別物なだけで、やっぱり絶対に必要なことなんだから。それにとって代わるものなんて何もない。他のものじゃなきゃ埋めることのできなかった虚無感があって、もし浮気をしなければ、満たされないままだったはずなのよ。それなしで生きていたら、まるで自分の健康な四肢のうちどこかが欠けてしまったような気分になる。浮気のおかげで、自分が満たされて、本物で、生き生きとした存在だって思えるの。浮気相手と一緒にいるときだけは、女としての幸せを味わえた。わかる？その人たちは、あなたのパパが絶対に言ってくれないようなことを言ってくれたの。」

それから、困ったようにこう付け加えた。

「私、ばかなお婆さんね。そう思う？　黙ってたほうがいいかしら？」

「ううん、何でも言って。だってママ、一度も私にそういう話しなかったじゃない。気にしないで。」

「気にしてなんかないわ。言い訳もしない。別に、気にする必要も言い訳する必要もないもの。本当に恐ろしいと思うのは、そういう事実があったことじゃなくて、一番親しいあなたやパパに、そのとても大切な話を――自分を一番悩ませたり幸せにしたりしてる原因を、話せなかったっていうことなの。」

そのあとママは、何の脈絡もなくいきなり、まるですごく大事な話をするみたいに、子供の頃、別荘地で友達の持っていた可愛い人形の服を盗んでしまったという話をした。友達は声をあげて泣き出すし、ママはびっくりして返そうと思ったけど、もう返せないこともわかっていたから、その子と一緒に人形の服を探すふりをした。ママは、その人形の服をパンツの中に隠していて、あとになって誰も見ていないところでイラクサの茂みに捨ててしまった。

「ママはその話、ずっと誰にも言わないで黙ってたの？　今になって私に話すために？」

「それ以来、私は生涯一度も他人のものは盗まなかった。」

「ママ！　私、ママのこと大好きだよ。」

こんなときのママと私は、くつろいだ、心地のいい関係に戻っていた。ずっとずっと昔、二人で膝を抱えてソファーに座って、ありとあらゆる内緒話をしていた頃のように。

もしママが癌にならなかったら、私とママはもう二度とそんな風に親しく話すこともなかったと思う。

ちょうどママが家に帰ってきていた秋の終わり頃、入れ替わりのようにヤンカが入院する破目になった。子供の通う小学校へ行ったとき、休み時間に廊下を歩いていたら、低学年の子供たちがすごい勢いで走ってきて、そのうちの一人がヤンカのおなかに頭からぶつかった。ヤンカは初め驚いたけど、その後は特に何でもなかったように思えた。

ところがしばらく経つとヤンカは私に、おなかが動かなくなったと言ってきた。旦那さんがヤンカを病院に連れて行って、私は子供たちと共に家に残った。ヤンカの旦那さんは一人うなだれて帰ってきた。

「医者に、『危険なんですか』って訊いたら、『胎児が生きていれば危険はありません。死んで、胎児の腐敗が始まっていれば危険です。しかし、ご心配なさらないでください』って言うんだ。」

旦那さんは、何故あれほど待ち望んでいた娘が、突然「腐敗した胎児」なんて呼ばれているのか、どうしても飲み込めずにいた。

おなかの子は死んでいた。母体も危険な状態になっていたため、ヤンカは急遽入院することになった。

それからの日々は、ヤンカやその子供たちとうちのママとの狭間で身が引き裂かれる思いだった。

でもママも、ヤンカの家のほうが私を必要としていることをわかっていたから、私はヤンカの家に住み込んで子供たちの面倒を見ることにした。仕事は無給休暇をとった。

あのときヤンカの家で過ごした数日間は、大変だったのと同時に、とても素敵な日々だった。私は、自分が必要とされる喜びを感じていた。子供部屋の折りたたみベッドで寝起きした。朝は早起きして身支度をして、寝ぼけた顔とぐちゃぐちゃの頭で歩き回るなんていうことのないように気をつけた。朝ごはんを作り、ヤンカの旦那さんを仕事に送り出す。それから上の子を小学校へ、下の子を幼稚園へ送る。いくつかのお店を回って買い物をする。帰ったら、掃除、洗濯、料理。家では大嫌いだった家事全般が、楽しみに変わっていた。その後は子供たちを迎えに行って、ご飯を食べさせて、遊んで、コースチャの宿題を見てあげる。ヤンカの旦那さんが帰ってきたら、夕食を出す。旦那さんは私が作ったものを何でもおいしいと言って食べてくれて、嬉しかった。

ヤンカの旦那さんが私を見る目も、急に変わった。以前は私なんか見えていないみたいだったのに、今では家事も手伝うし、食器だって何も言わずに洗ってくれた。私が背中を丸めて座っているのを見て、背中をマッサージしてくれたこともあった。とても優しい手をしていた。それに、何の理由もなく花束をくれたこともあった。そして私を抱き寄せて、照れながらキスをした。

「ありがとう。君がいなきゃ、うちはやっていけなかった。」

私としては、ままごとで遊んでいるようなところもあった——これはみんな私の家族。私の家、私の夫、私の子供たち。みんなも、調子を合わせて遊んでくれているようだった。

ヤンカの入院していた病院はすぐ近くだったから、毎日のようにそろって病院へお見舞いに行った。

四人で手を繋いで、道を歩いた。はたから見たら私たちは、固い絆で結ばれた家族に見えたかもしれない。

ヤンカは顔色が悪く、頬は痩せ、泣きすぎて目は腫れていた。熱も出ていた。

旦那さんには、

「見ないで、見たらぎょっとするから！」

なんて言った。ヤンカは確かに、元からのウサギみたいな出っ歯と大きすぎる耳に、べとべとの束になった洗ってない髪も手伝って、凄まじい姿になっていた。

ヤンカは私に、

「サーシャ、ずいぶん綺麗になったわね！」

と言った。それから、もう二度と子供はできないと告げられたと話した。

私は、何て言ったらいいのかわからないまま、

「だけど、自分でも望んでたじゃない」

と言った。

「そりゃあ、望んでたわよ。」

そう言うと、ヤンカはまた泣き出した。

私たちはヤンカのベッドの傍に腰掛けた。ヤンカは気づいていた。子供たちが、病の床で泣き腫らしてすごい形相になったヤンカを避け、私にくっついて甘えていることに。それに、旦那さんがヤンカに対するときとは全然違う態度で私に接していることにも、気づいていた。あるとき、苦笑いを浮かべてこんなことを言った。

「ふん、良かったわね、私がいなくて。」

ヤンカはじきに退院し、私のままごとは終わりを告げた。私は家へ帰った。

ママは二度目の手術を受けた。

すべての希望を失うことになった、医者との会話が記憶に残ってる。

「母に残された時間はどのくらいか、教えてくれませんか。一年くらいですか？」

「いえいえ、まさか！　そんなに持ちませんよ、すぐです。」

「もう打てる手だては何もないんですか？」

「ないですね。」

医者は、「急いでいるので済みませんが……」と立ち去ろうとし、去り際にこう言い足した。

「お母さんにそう言ってあげて下さい。私は常々、このことを伝えるのは親族の方のほうがいいと思っているんですよ、医者ではなく。」

私は、病室に戻っていった。そこではママが私を待っていて、

「どうだった、何て言われた？」

って訊くことを知っていながら。

ママの病室へ行く前に、私は気をしっかりさせるために、階下へ降りて外へ出た。病院の外の新鮮な空気を吸い込みたかった。外には粉雪が舞い、掃除のおじさんがシャベルで雪かきをしていた。猫が走っていった。一瞬、それが飼っていたボタンのように見えて呼んでみたけど、それはやっぱり、別の毛皮に包まれたボタンだった。

そのとき私は、この知らせをママに伝えろと言った医者のことを考えて、こんなことを思っていた。

知らせであると同時に、その知らせを運ぶ者。

あの医者も、同じことを話すにしたって、座って話すなりなんなりして、多少なりとも気の毒に

思っていることが伝わるように話すことだって、できたはずなのに。

きっと、そういう知らせから自分の身を守っているんだ——あの冷淡な声で。

掃除のおじさんは私に笑いかけて、鼻水が出たぞ、こっちからもこんなに出たぞって。

こっちの鼻の穴からはこんなに鼻水が出たぞ、こっちからもこんなに出たぞって。

年老いた夫婦の会話が、すれ違いざまに耳に入ってきた。

「そういう意味では肝臓癌は他の癌よりはいいんだ……」

どういうわけか、そんなことが妙に鮮明に脳裏に焼きついてる。

病室に戻るとママが私を待っていて、

「どうだった、何て言われた？」

って訊いた。

「きっと良くなるって。」

ママは鎮痛剤を打たれて、うとうとしていた。

私は傍に座って窓の外を眺めていた。明るい空を背景に、暗い雪が降っていた。ママは、眠りについたその瞬間、ふいにビクッと体を震わせて目を開けた。そして病室を見回して、私を見ると、言った。

「私、ずっと奇跡が起こるのを信じて待っていたけど、どうやらその奇跡が起きたみたいね——心の準備ができたの。もう、何も怖くないわ。」

そのときからママは変わり、突然おとなしくなって、落ち着きを取り戻した。それまでは一人になるのを嫌がっていたのに、今では逆に、一人になれる時間を待ち望んでいるみたいだった。以前は気を紛らわすために新聞を読んでほしいと頼んだのに、今はもう、小さくなった自分の世界が少しでも乱されるのを、ひたすら恐れているみたいだった。それに以前は、私に頼んでは友達に電話をかけて、もっと頻繁に見舞いに来るように頼んでほしいと言っていた。病気になると誰も相手にしてくれないと言って、

「人に何も与えることができなくなると、みんな去っていくのね」

なんて嘆いていたのに、今はあまり見舞いに来ないようにと頼むようになった。誰かがお見舞いに来ても、ほとんど何も喋らずに、その人が帰るのを待っていた。

最期の日々は、私もママも黙ったまま、時折さして意味のない会話をするだけになっていた。

あるときママは封をした封筒を差し出すと、お葬式やなんかのことはどうしたらいいかを、全部書いておいたって話した。

「ひとつだけ約束して。余計なお金は使わないって。私のために、無駄なお金を使っちゃだめ。わかった?」

私は頷いた。

外見も、かなり変わった。癌がママを蝕んでいた。ママは痩せ、縮こまるように小さくなった。ベッドで寝返りをうたせるときも、軽い力で動かせるようになった。まぶたは黒ずみ、目は落ち窪んでいた。

空腹でつらそうだったけど、もう何も口にすることができなかった。食事をとっても身体が受けつけず、すべて吐いてしまう。最初、ママは吐くことをためらっていたけど、そのうちに、その気力さえ無くしてしまった。私が傍についてママの肩を撫でると、ママは治まったばかりの吐き気の余韻と、またいつ吐くかわからない恐怖に呻いていた。

私は絶えずママを励まし、「大丈夫、きっと良くなるからね」と声をかけ続けた。ママは私の言

葉にすがって生きているように見えた。だけどあるときママの友達が、病院の廊下で私を見つけて、「サーシャ……あなたのお母さんは、もう長くは生きられないことを自分でよくわかっているの。がっかりさせたくないから、あなたには言わないでって言われたんだけどね……」

と話し、

「かわいそうに、あんなに苦しむなんて。いっそ早く終わってしまえばいいのに！」

と言って、泣き出してしまった。

ママは、

「人は皆死ぬにしても、どうして私はこんなにつらい死にかたをしなきゃならないの？　どうしてこんなに苦しいの？　残された日々を毅然として過ごしたいと願ってみても、こんな激痛を感じながら、毅然としてなんていられない。人間らしい外貌を失くすことが怖いわけじゃない。でも、そんなことも何もかも、どうでもよくなってしまうことが怖いの」

と嘆いた。ママは夜を恐れ、倍量の鎮痛剤を打ってほしいと頼むようになった。そうして注射を打った三十分後に、薬がほしいと言い出すこともあった。

どうにかしてあげたかったけど、私にできることはほとんど何もなくて、できるのは、頻繁に枕を直したり、冷たい差し込み便器を差し込む前に温めたりしてあげるくらいの些細なことだけだった。

そして、ママを病院に残して家に帰る。

本格的に最期のときが迫った頃、「今夜は帰らないで、一緒にいてほしい」とママに頼まれたことがあった。ママの話では、廊下から話し声が聞こえ、その声はママのことを話していて、「明日までもたないだろう」と言っていた気がしたという。私は宿直のお医者さんに頼んで、ここに泊まらせてもらうことにした。次の日は朝早く仕事に出なきゃいけない日だったけど、ママがあまりに熱心に頼むから、そうするしかなかった。私は空いているベッドに寝ることになった。ぼろくてギイギイ軋む、病人どころか、健康な人でも眠れないようなベッドだった。

ママは寝ているときも苦しそうにしていたから、私は何度も湿布を貼り替えた。

つらそうなママの手を握り締めていると、ママの猫を安楽死させたときのことを思い出した。猫は長いこと病気に苦しんでいた。私たちが動物病院へ連れて行くと、猫を診た獣医に、

「動物を苦しめるもんじゃありませんよ」

と言われた。治る見込みはなく、猫は安楽死させられることになった。猫はママに抱かれて、注射を打たれた。猫は丸くなって、ぐるぐると喉を鳴らした。自分を愛してくれる人に抱かれて眠りについて、とても心地よさそうだった。

そのとき思ったの——不思議ね。私たちは猫ならば哀れんで、早くその苦しみが終わるように手助けをするのに、相手が人となると途端に、その人を哀れみながら、その苦しみがいつまでも続くように手助けをしてる。

その夜はなんだか、ママとすごく大切な話をしなくちゃいけない気がしながら、お互いに普通の話しかできなかった。

ものすごく眠かった。

そして結局、ママとは何も大切な話をしないままだった。

ママには強力な睡眠薬が投与された。鎮痛剤はもう効かなくなっていた。

もう声も出せずに、

「ひどい痛み。とても人間の経験する痛みとは思えない」

と、かすかに囁くことしかできなかった。

看護婦さんは、ママが何を言っているのか聞きとろうとして身をかがめておきながら、ママの息がかかると、さっと避けていた。まるで、癌が空気感染するものだと思ってるみたいに。

ママは絶えず、

「早く終わって」

と呟くようになっていた。

最後に見たママの容態はかなり悪く、カラカラに渇いた口で呻き、額には汗が滲んでいた。お茶をひと口すすっただけで吐いてしまう。荒く、苦しそうに息をしていた。腫瘍がママの体を破壊しようと暴れていた。

ある日、職場に電話がかかってきて、ママが危篤だからすぐ来るようにと言われた。私はパパに電話した。

パパは長いこと受話器を取らなかった。電話に出たパパの声を聞いて、すぐにピンときた——真昼間だったにもかかわらず、パパは酔っ払っていた。

「うさちゃん、昨日すごいものを手に入れたぞ、あててごらん!」

「パパ、大事なことだから聞いて。」

「フェルトのブーツだ、オーバーシューズもついて、新品同様!」

「パパ、ママが危篤なの。」

すぐに病院に駆けつけるように言うと、パパは何やらもごもご呟いていた。

路面電車はなかなか来なくて、待った挙句、満員の路面電車に乗り込む破目になった。

駅の近くの停留所で、同じ車両にパパが乗ってきた。パパは私には気づいていなかった。声をかけようかとも思ったけど、パパはさっそく乗客となにやら言い争いを始めていた。私は恥ずかしくなった。あれが私の父親だなんて、他人には知られたくなかった。

パパは私との電話を切った後、またお酒を飲んだみたいだった。

私はもう長いこと、パパには会ってなかった。パパは、驚くほど老けてうらぶれていた。白い無精ヒゲが伸びて、やつれているし、冴えないニット帽を被り、ボタンの取れた薄汚れたコートを着ている。そのうえ舞台の上にでもいるような、車内に響き渡る大声で、しきりに、

「危篤だそうだ！　死ぬんだと！　するってえと、俺らは死なないんだな？　路面電車に乗ってるんだな！　どこへ行くって、そこへ行くのさ！　死ぬなんてねえ、あのスイスイうさちゃんがねえ！」

と繰り返していた。それから、乗客の一人に因縁をつけた。

「なんだあ、何でそんな目で見てるんだよ。フェルトのブーツか？　実用性じゃ負けないんだぞ、そりゃあ古くさい代物だが、寒さから身を守るにはもってこいだ！」

そしてオーバーシューズとチョコレートがどうとかいう絵本の文句をぶつぶつ呟きだした。

結局、パパに声をかける気にはなれなかった。病院の前まで来て、ようやくパパは私に気づき、駆けつけてキスをしようとしたけど、私は振り払った。

「しっかりしてよ、もう！」

パパはぼそぼそと何か文句を言いながら、私のうしろから、のろのろとついてきた。

間に合わなかった。ママはもう、いなかった。

私は、取り返しのつかないことをしてしまった気がした。でも、ママが死んだからじゃない。看病しているうちに、私も心の準備はできていた。

この数ヶ月間、ずっと、ママに悪いことをしているような気がしていた。どうしてそんな風に感じたのかは、自分でもわからない。もしかしたら、ママは死のうとしているのに私は生き残るからかもしれない。それで、もしママが死ぬときに傍についていられたら、その罪悪感は消えるだろうと思った。傍にいて、ママの手を握っていたかった。だけど、間に合わなかった。病気の間はずっと一緒にいたのに、いざ死ぬときにひとりにしてしまった。そのことがいちばんつらかった。

この数ヶ月間で初めて、ママは安らかな、穏やかな顔をしていた。苦しみぬいた末に。パパはママの枕元に立ち、両手で顔を覆って泣いていた。その様子を見た私は、ふと、パパの手が色素沈着を起こしてシミだらけになっているのに気づいた。ひょっとしてパパは肝臓が悪いのかもしれないと思った。

書類や葬儀の手続きを全部私がやることになって、よかった。そういう手続きをしていると、気が紛れるから。

夜になると電話の前に座って、ママの手帳の連絡先リストを見て、ママの知り合いに電話をしては、その死を伝えた。不思議な気分だった——ひとつの家に電話をかけるごとにママは生き返って、私が、

「母が亡くなったんです」

って言うたびに、また改めて死んだみたいだった。

何もかも不思議だった——花輪、喪章、棺。いつか私を産んだ、もう動かない体。その昔、私はママのなかだけにいた。そこにしかいなかった。今はママが私のなかにいる。そしてもう、ママはそこにしかいない。

ママの棺の準備を整えたとき、私はママの香水をママにつけて、香水のビンを棺に入れた。

ママは、事前にすべての精算を済ませていた。お墓の場所もとってあった。ママのお母さんも埋葬されている古いお墓で、ママの最初の子供もそこに眠っていた。ママはお墓参りに行くとき、なぜだか一度も私を連れて行かなかった。今ママは、彼らと同じ場所を選んだんだ。遺影用には昔の、若くて綺麗だった頃の写真がとってあった。親の特権は、子供が老いていく姿を見なくていいことだと思う。私のほうは、ママが年老いて泣き虫で怒りっぽくなった姿を見てきたけど、ママのほうは、そうなった私を目にすることはない。

ふと、ママと喧嘩をしたときのことを思い出した。私は、反抗期でイライラして、ママなんて大嫌いで、一度なんて、ママなんて死んじゃえばいいと思ったこともあった。今、それが叶ったことになる。

葬儀の日。朝から降り続いた大雪が、墓地をすっかり雪像の世界に変え、木々も植え込みも柵も墓石も、どれが何だかわからなくなっていた。

参列者たちはしきりに、帽子やコートにつく湿った雪を払い落とし、パパはもじゃもじゃの眉毛をマフラーの先で拭っていた。

途中、墓地の入り口では別の葬列に出くわして、しばらくその場で待つことになった。その人たちが担いでいた棺から、雪にまみれた顎ヒゲが飛び出ていた。ヒゲもやっぱり雪をかぶったせいで、小さな雪の像に姿を変えていた。その葬列には楽団がついていた。演奏者たちは楽器に積もる雪を払い、マウスピースに詰まる唾を取りながら、不機嫌そうに背中を丸め、降りしきる雪のなか、寒そうに足踏みをしていた。小さなビンを取り出して、こっそりコニャックをすすっている人もいた。

墓地ではところどころで、地面を温めるために火を焚いていた。ぼたん雪の舞うなかを、煙が漂っていた。

なんだか、ママじゃなく誰か他の人を埋葬しているような、不思議な感じがした。私は知っていた。あれはママじゃないことも、棺の中にある体は空っぽだってことも。だってママが、冷たくて居心地の悪い棺の中で、雪に埋もれて、おとなしく寝ていられるわけがない。手袋もはめずに、蒼白い手を落ち窪んだ胸の上にのせて。そうと知りながらも、やっぱり棺に横たわるその死人とうちのママが似ていることに、いつしか耐えられなくなって、涙があふれていた。ママの手や顔に積もった雪がまったく溶けなかったから、私は手袋で雪を払いのけなければいけないのがつらくて、また涙が出た。

棺のふたを閉める前に、私は屈みこんでママの匂いをかいでみた。香水の匂いに、棺に張った布の匂いや、雪や、焚き火や、花束や、死んだ体の匂いが混ざっていた。だけどそれは、どれもママの匂いじゃなかった。

パパは屈んで、ママの額に自分の額をくっつけた。それから私のところへ来た。パパの鼻毛には水滴がついていた。パパは何か言おうとしたけど、結局何も言わずに頭をぶんぶん振った。まるで水泳をして耳に水が入ったときみたいに。私はハンカチでパパの鼻の下を拭き、パパを抱きしめ、自分の頭を、パパの濡れた頭に押しあてた。

「パパ、帽子かぶらないと風邪ひくよ。」

係の人が、穴に下ろすためのロープをママの棺にかけた。まるでそこにいた全員が、抱きしめ合いたい衝動にかられたかのようだった、その瞬間――係の人は棺を抱きかかえた。

葬儀には、ママと仲の良かった人たち以外にも、私の知らない人が何人もいて驚いた。ある女の人は私にキスをして、

「サーシャ、あなたお母さんにそっくりになったわね！」

と言った。帰り道、二つの墓地の間の小道を歩いた。片方は、とても古くてもう長いこと葬儀の行われていない墓地で、もう片方はさっきの、現役で使われている墓地。歩きながらこんなことを考えた——私たちはもう二度とママを抱きしめられないけど、ここの木々は、根っこでママを抱きよせて、ぎゅって抱きしめることができるんだ。

お葬式にはヤンカも来てくれるかなと思っていたけど、来なかった。だいたい、ヤンカが入院して私がヤンカの家に住み込みで手伝いに行ったあの時以来、彼女はどうかしてしまったみたいだった。以前は親友同士だったのに、今ではもう電話もかけてこないし、遊びにも来ないし、子守りも頼まなくなった。新年のとき、私はもみの木を用意して飾り付け、ヤンカの子供たちにあげるプレゼントを買って、みんなを招待してお祝いしようと思って準備したのに、ヤンカは子供たちを私のところへよこそうとしなかった。ヤンカは二人とも風邪をひいたって言ってたけど、電話口で「サーシャおばさんのとこ行きたい」って叫んでいる子供たちの声が聞こえた。

ママの死後、ママの荷物を片付けて書類や写真の整理をした。その一部を渡すために、パパとも会った。パパは、回想録を書き始めたからそういうものは何でも必要になるかもしれないって言った。読ませてほしいって言ったら、

「時が来たらな」

って断られた。

ママの話もした。ママは死ぬ前とっても苦しそうだったっていう話をしたら、パパはこう言った。

「うさちゃん、君はまだ小さいから、何もわかっていないんだよ。病気は必要なものさ——病気は僕たちを助けてくれているんだ。それだけ苦しいと、死ぬことも怖くないと思えるだろう。」

それから少しお酒を飲むと、あっというまに酔っ払って、ぶつくさ文句を言い出した。

「死者の口に布を突っ込んで、赤ちゃんみたいなふっくら頬っぺたに見せかける。それでもって化粧して、口紅を塗って、安らかな笑顔を作り上げるんだ。自分がそうして死後にピエロみたいな化粧をされるところを想像するだけで吐き気がする。そもそも、自分が土に埋められるところなんて想像もできない。そんなのは嫌だ。船乗りみたいに、海にドボンってのがいいじゃないか!」

「ねえパパ、再婚相手を見つけたほうがいいよ。」

そうして病院通いで疲れ果てていた日々は終わりを告げた。ママの癌から解放されて、注射も差し込み便器も嘔吐も呻き声も病体の異臭もなくなったら、楽になるはずだった。でも実際そうなってみると、私はすっかり仕事帰りにママの所に寄る癖がついていたことに気づいた。病院に向かう道すがら、今日あったことをどうやってママに話そうか、いいことも悪いことも話そう、こんなことが起こって、困ったり悩んだりもしたけど、最終的には上手く切り抜けたんだよって話そう——なんて考えながら歩く日々に、慣れてしまっていた。

ママの持ち物を整理した——ブラシ、ファンデーション、ハンドミラー、乳液、オーデコロン、ヘアクリップ、化粧水、美容液、ピンセット、化粧バサミ、パウダーブラシ——そういう、女性がいなければ存在しないような物の数々を、ゴミ袋に入れて捨てた。

クローゼットからは、昔ママが着ていたワンピースが出てきた。片付けながら、ママがその服を着ていたときのことを思い出した。たまに何も思い出せない物もあったけど、見た途端に思い出がぱっと鮮やかに蘇る物もあった——この青いビロードの服は、演劇を見に行くときに着ていた。髪を梳き、鏡の前で受話器を持って、電話の相手に向かって「この眉毛もう流行おくれね」なんて話してた。それから、水色の龍のついた中国風の浴衣も見つけた。くしゃっと丸めてその光沢のある絹に顔を埋めてみたけど、昔の洗剤の匂いがしただけだった。

封筒も見つけた。そこには、丁寧な字で『サーシャちゃんの最初の歯』って書いてあった。

私のかな、それとも最初の子の?

『サーシャちゃんの髪の毛。一歳三ヶ月。』

これもわかんない、私の?

小さい頃に、別荘でハチを追い払うために私がママに作ってあげた、ダンボールのうちわも見つけた。どういうわけか、ママが取っておいていたんだ。

写真を見ていて驚いた——若い頃のママは、本当に私によく似ていた。まさか私も歳をとったら、病気に罹ったときのママみたいになるのかな。

裏にママの字で日付が書き込んである写真もあった。たくさん積もった雪の中で、パパがママの肩を抱いて写っている写真を見つけた。不思議なことに、十月なのにもう雪が積もっている。二人とも昔風のスキーウェアを着ているけど、スキー板はどこにも写っていない。日付をよく見て計算してみると、写真を撮ったのはちょうどママが私を宿した頃だった。ママは微笑んでるけど、目つきはなんだか真剣だ。パパは満面の笑み——この頃のパパはまだ、自分のこともママのことも私のことも、全然知らなかった。古い写真に写る人は、いつも自分のことを何も知らない。

いつだったか、ママが以前どうやって避妊していたか、話してくれたことがあった。基本的には子宮の頸部にワセリンを塗った金属のキャップを入れていたけど、月経の時には外す必要があった。ママはいつもそのキャップを入れていたわけじゃなくて、酸性タンポンを使うこともあった——パパと寝る前に、レモン汁を少し絞った水に脱脂綿を浸して、それを陰部に入れておいたんだって。

でも、その夜の二人は私を望んだ。

なぜだか、とても鮮明に思い描くことができる——その、私の夜を。あの葬儀の日のように降りしきる雪のなか、夜遅くに、二人は家へ帰ってくる。ママは黒いカラクール・ラムのコートを干して乾かす。

パパがママのストッキングを脱がせようとすると、ママは小声で、

「気をつけて、引っかかると伝線しちゃう！」

なんて囁く。ママがいつか話してくれたんだ——大きな駅の地下道にほつれたストッキングを直してくれる専門店があって、いつも女の人がずらっと行列を作ってたって。

きっとパパは我慢できずにママにキスをして、ママはくるくると丁寧にストッキングを丸めて、ベッドのヘッドボードとマットレスの隙間に突っ込む。そしたら今度は、ぐっと背中を反らせて、ガーターベルトを外すんだ。それとも、さすがのママも愛し合うときはそんなに几帳面じゃないのかな。

私、ママのこと全然知らないや。

でも、その後ならわかる。もう私ができ始めた頃、パパは煙草を吸うために起きあがって、まだ冬に備えるための目張りをしていない窓を開ける。

「お、また雪が降ってきたぞ。こっちへ来てごらん！」

ママは裸の体にカラクール・ラムのコートを羽織り、その襟元を手で押さえながら、裸足のまま窓に近づく。愛し合った後でまだ火照っている体を乗り出して、出窓に積もった雪をすくって、口に含んでみる。

二人は暗闇のなか、開け放たれた窓辺に立って、降りしきる雪を眺めてる。

パパは片方の腕をママの肩に回して、もう片方の、煙草を持ったほうの手をなるべく遠ざけるよ

うに伸ばし、口角からそっと煙を吐いている。ママは濡れたコートでパパに身を寄せ、一握りの雪をパパの赤らむ首に擦りつけた。肘まで覗いた裸の腕は、窓辺の雪明りに照らされて、どこまでも白かった——まるで、肘まである夜会用の手袋みたいに。

■

サーシャへ
こっちは雨の日が続いている。ほとんど休みなく降り続いているよ。

また野営暮らしに戻った。今も僕の頭上で雨粒がテントにあたって、バタバタと雨音をたてている。小路には、黄色い泥水が流れていく。水たまりには泡ができている。

テントの中には湿気が充満し、何もかも泥だらけだ。逆にテントの外側はすっかり砂埃が落ち、白く輝いてる。

雨が降り出したときは、みんな大喜びで鍋やらバケツやらを並べて水を集め、服を脱いで体を洗い、裸のまま走り回って、軍服も下着も洗濯した。南国らしく蒸し暑い強い雨だ。

洗ったはいいけど干す場所がないから、テントの中は洗濯物だらけでカビくさい。

テントにあたる雨音を聞き続けていると、頭がぼうっとしてくる。

しかも、朝から寒気がする。熱病に罹ったのかもしれない。なんか変だ。ちゃんと目も見えて耳も聞こえているのに、何もかも傍から見ているような感じがする。

ふと、ものごとの関連性を見失うこともある。つまり、あたりまえのことがわからなくなるんだ。今も、どうして目の前にいる人たちが僕の人生に現れたのかがわからない。どうして僕は今、このじめじめした煙たいテントで彼らと一緒にいるんだろう。今もベルトを外しながら、下品な笑い声をあげ、黄酒の匂いを漂わせている彼らと。一人は鼻の穴から、牙のような煙を吐いている。もう一人は額に赤く軍帽の跡がついている。髪の毛が一本もなくて、頭皮が葉巻用の薄い巻紙のようにピカピカ光ってる奴もいる。メリナイト弾の威力の話で、口論をしている。

単に熱のせいかな。病に罹って、頭が混乱しているのかもしれない。

料理場の人が、牛脂が足りないから大豆の油で調理しなきゃならないって不満を漏らしてた。上官たちの炊事場の近くを通りかかったら、鶏の入った籠が雨ざらしになって放置されていた。よくわからない。

いやまて、何がわからないんだ？　鶏、籠、雨、炊事場、上官……だめだ、やっぱりさっぱりわからない。

上官といえば、アレクセーエフ大将が来るというので、閲兵式が行われた。身だしなみを整え、軍帽を揃え、バックルを磨き、朝早くから整列して、二時間待った。そこへ中将が来て、挨拶を済ませると、一人の狙撃兵のライフル銃に目をとめ、汚れていると言って全員に怒鳴り散らした。でもそれは、僕と何の関係があるんだ？

僕たちはいったい何者で、どこにいて、なぜ一緒にいるんだろう。この雨も、遠くで聞こえる銃声も、得体が知れない。僕が際限なく書き写し続けなきゃいけない書類も、わけがわからない。君に愛を語る手紙を書いているのと同じこの手が、その後で誰かの家に不幸を告げる文章を書くなんて、そんなことはあってはいけないんだ。まるで僕が、知らせを告げる者のようじゃないか。そんな役目はごめんだ。

キリルが、死んだ義和団員が身につけていたお守りを見つけた。小さな袋を首から紐でぶら下げていて、中には黄色い紙切れが入っていた。赤い文字で書かれていたのは、義和団員を不死身にするはずの呪文だった。キリルはそのお守りを自分の首にかけた。わからない。

あいつとまた喧嘩した。さらにわけがわからない。

ここの兵士たちはシェイクスピアを読んだこともないし、これからも決して読まないだろう。でもそのかわり、戦闘の前にはたくさん食べてはいけないことを知っている。腹を負傷したときに、致命傷になる危険があるからだ。あと、汚れた傷口は尿で洗うか火で殺菌するか、それもだめなら火薬を使えばいいってことも知っている。彼らにとって、デンマーク王子の台詞がいったい何になるだろう。トゥービー・オア・ノットトゥービー。可笑しいし、しかもわけがわからない。

テントの上に雨水がたまってしまった。キリルが、その重たく垂れ下がった布を竹竿で突いて水を流している。僕はどうしてこんなことを書きとめているんだろう。わからない。

町では強奪行為が横行している。手当たり次第に強奪している。その対策担当になったイギリス部隊のバイリー司令官は、強奪行為を止めるためにという名目で、即座にイギリス兵を一人、公開処刑にした――殺された兵士はセポイだった。ロシア部隊の司令官も、体裁を保つために、ロシア兵を二人殺した。ただ適当に兵士を捕らえて射殺したんだ。それを知った福島司令官は、日本兵を三人殺せと命じたという。

僕は、その二人の兵士の戦死報告を書いた。ワシーリー・アレクサンドロヴィチ・ジミンと、アレクサンドル・ミハイロヴィチ・ロクチェフ。一人は二十歳で、もう一人は二十一歳――三日前に誕生日を迎えたばかりだった。

射殺担当の奴らが、高級な絹の布で銃を掃除しているのを見た。もう、なにもわからない。

この雨のせいで気が狂いそうだ。

ロクチェフは、僕も知っていた——目も髪も眉の色も明るい若者だった。

今これを書いている間に、キリルが雨のなかをお湯を沸かしに行き、帰る途中にぬかるみに足を取られて、熱湯で左腕を火傷した。座り込んで、小さく呻いている。肌は赤く腫れている。みんなは一斉に、ああしろこうしろと騒ぎだした。キリルは野戦病院へ走っていった。

明後日は北京へ進軍だ。雨にもかかわらず。今日は進軍予定表の清書をした。司令部のテントが雨漏りしていたから、絶えず紙に水滴が垂れないように工夫しなきゃならなかった。

北京って何だ？　そもそも北京なんてこの世に存在するのか？

だいたい、歩きようもないぬかるみのなか、どこへ行こうっていうんだ？

もう、集中力が持たない。胃は完全にやられている。何も食べなければまだ何とかなるけど、少しでも何かを口にすると、たちまち下痢と吐き気に襲われる。野戦病院で粉薬を出されたけど効かなかった。

いつも腹が減ってる。

今の僕の姿を、君に見られなくて良かった。ヒゲも剃ってないし、やつれている。ここでは誰もがそうだ。しかも泥だらけだ。テントじゅうが黄色い泥にまみれている。寝床も、服もだ。まあ、もう書いたと思うけど……書いてなかったかな。いや、問題は書いたかどうかより、何のためにそんなこと書いたかってことだ。

何のために書くかって？　書いてるってことは、まだ生きてるってことだから。君がこの文章を読んでいるってことは、僕はまだ死んでない。『千夜一夜物語』のシェヘラザードと僕との違いは

――シェヘラザードのほうが僕より恵まれてるっていうことだ。すごいじゃないか、千の夜だぜ。半永久的に果てしなく思える。それにひきかえ、僕に残されたのはいったい何夜だろう。だけど、その数字はどこかにあって、存在して、僕を待っているんだ――まだ発見されていないアメリカのように。

時折、自分を見失うことがある。そんなとき、もう一度自分を見つけ、取り戻し、立て直すためには、君が必要なんだ。本当に支えが必要なとき、僕は君に支えられているんだ。

君に手紙を書いているってことは、まだ大丈夫だ、僕は生きている。書いているってことは、生きているってことだ。変だな、それこそ僕が逃れたかったことのはずなのに。無理だったんだ。

ここで起きていることは夢なんじゃないかと思うこともある。何もかも意味不明で奇怪なのに、痛みや音や匂いばかりが妙にリアルな夢。だからきっと、ただ目を覚ませばいいんだけど、どう目を覚ましたらテントにあたるこの不揃いな雨音や、乾かない服のカビくさい匂いから逃れられるんだ？

目を覚ますことができないなら逆に眠ってしまえばいいと思って試してみたけど、だめだった。頭は重く、混乱している。

水を飲めば、ジャリジャリと砂が歯にあたる。

キリルは腕に包帯を巻いて帰ってきた。自分の寝床に座って、真新しい白い包帯を眺めると、感慨深げに言った。

「この世のすべては、何らかのしるしなんだ。すべてに意味があって、何かを語っている。これはきっと、僕が助かるっていう、しるしかもしれないな。」

まったく、僕以外に誰も聞いてなくて良かったよ。

キリルのばかげた発言を信じてみたくなる――眠りについて、別の時代の別の世界に目覚めて、何もかも悪夢だったかのように、すっかり忘れてしまいたい。

死とは何か――これもまた、さっぱりわからない。おそらく、永久にわからないだろう。

永久に、何も、わかりはしない。

やっぱり僕は眠っていて、夢を見ているんだ。いつの日か、僕は目を覚ます。目を覚ますんだ。目よ覚めろ！

もうだめだ。

今、近くでお茶を飲んでいる奴らがいる。

それが誰なのか、僕にはわからない。僕に向かって何か言っているけど、何を言っているのかわからない。

僕はここで何をしているんだろう、どうして君と一緒にいないんだろう。

ねえサーシャ、僕はもう、理解しなきゃいけないことは何もかも理解したよ。もう充分だ。帰りたい。君に会いたい。

なのに僕らは、ぬかるむ道を追い立てられてどこかへ行かされる。

サーシャ、僕がここで歩む一歩は、ただ君へ近づく一歩であることだけに意味がある。ねえ、僕はどこへ行こうと、君に向かって歩いているんだ。

脳みそが溶けだしそうな雨音を聞きながら、別荘で聞いた雨の音を思い出した。朝からずっとテラスの屋根に打ちつけていた雨の音――とても心地のいい音だった。

僕はそんな雨の日が大好きだった。ソファーベッドに横になって、本を読む。開いた窓からは、濡れた木の葉のざわめきが聞こえていた。

今思えば、どうして僕はあの夏、幸せを感じなかったんだろう。もちろん僕は幸せだったけど、それに気づいていなかった。なのに自分は何もかも知っていて、何もかもわかってると思いこんでいた。

僕は、ハムレットを読んでいた――「時の流れは崩壊した」。読んで、理解した気になっていた。べつに何のことはないと思っていた。だけど本当にわかったのは、ここに来てからだ。今なら、ハムレットが何を言いたかったのかがわかる。

シェイクスピアが本当は何のことを書いたのか、教えてあげようか。崩壊した時の流れは、また建て直されるっていうことだ――僕たちが再会して、僕が君の膝に頭をのせた、そのときに。

●

大好きな、たったひとりのあなたへ

もうずっと手紙を書いていなかったね。

私は元気だよ。

すごく疲れてるけど。

あ、愚痴を言いたいわけじゃないんだよ。私、強いんだから。違う、強いのはあの子、もう一人の私だ。私のほうは、わけもなく泣きだすことだってある。あなたも知ってるでしょ。私はそういうときがあるって。

そう、私はまた、こんな風に「もう一人の自分」なんていう空想をしてるの。どうしても自分に馴染めない。今までずっとがんばってきたけど、できない。それに、人生にもやっぱり馴染めない。とっくに馴染まなきゃいけない歳なのに。「赦される罪は無い」っていうフレーズのどこに句読点を打つか、決めるのはとても難しい。ちゃんと知ってる、ちゃんとわかってるはずなのに、やっぱり難しい。

それに毎日、まだ暗いうちに起きなきゃいけない。そしてまた暗くなってから一人家路につく。

もう一人の私は全然違ってね、あの子はなんでも軽々とやってのける。それに世界観も感性も全然違う。そんなこと誰にも言えないけど、あなたならわかってくれるはずだよね。例えば朝、仕事に行くときのこと。路面電車を待ってたの。氷のように冷たい風に吹きつけられて、目には涙が滲むし、頬はひりひりする。停車場に並ぶ人たちも、みんな凍えて不機嫌そうに黙ってる。人なのか影なのか、よくわからないくらい。路面電車はまだ来ない。いつまで待っても来ないのかもしれないような気さえしてくる。人々は、足踏みをしたり、痰を吐いたり、立ったまま眠ったりしはじめた。そんな光景を見ないために、私も目を閉じた。

もう一人の私は目を開けて、私とは違うものを見てる。

積もった雪が風に舞う。ところどころ、キラキラ光ってる。木々も電線も一夜のうちに指一本分の厚さの霜をまとった。ゴミ捨て場さえも、白い花嫁衣裳を着てる。

人々の吐く白い息は、まるで自然播種《はしゅ》で散らばっていく魂みたい。路面電車がガシャガシャと車体を傾けて、チリチリ音をたてて走ってくる。パンタグラフは電線を擦り、バチバチと火花を散らす。

停車場の人影たちは、どやどやと一斉に乗り込んだ。

どうにか全員収まった。切符係のおばさんは、釣り銭の入ったポーチをジャラジャラいわせて乗客に文句を言っている。おばさんの眼鏡は曇ってる。

私は吊り革につかまって揺られてた。吊り革から酸っぱいにおいがした。

分岐点を通るたびに、路面電車はつめこんだ人々を捏ねながら走っていく。

薄明かりに照らされて、昨日の夕刊もまるで水死体みたい。一面記事は戦争で、最終面にはクロスワード。プレスター・ジョンの王国は、不遜にも我が国に侵攻しました。遠近法の消失点、宇宙のおへそ、一握の文字。

ニュースはいつも同じ。殺傷事件や暴行事件。この王墓は、まだ王が生きているうちに盗掘を受けたもようです。ウサギが出産をしたら、冬は終わりを告げるでしょう。裁判の勝敗はいかに。さて、今この瞬間にも、ゴンドラの漕ぎ手は、苔むして水草の生えた、ぬめる壁を蹴っています。

学界の定説によると人間は恒温動物であり、車内で多くの恒温動物が息をしているため、気温、湿度ともに上昇しております。しかし停車場に止まる度、ドアから入った冷気がスカートの中に入り込みます。

時間の概念はいつまでたっても学者たちを悩ませ続けています。多くの実験により、時間とは、水っぽいお粥のようにひたひたに容器を満たしているのではなく、固めに炊いたお粥のように、こんもり盛り上がっているということが証明されてきました。さらにここ最近、時間の保存方法が問題になっています。最新の情報によると、保存できるのは年代記を書く者だけだそうです。そして時間は路面電車の線路が続いていくのと同じ方向へ向かってまっすぐに進み、その先で我々と合流するでしょう。このまっすぐに続く時間を、我々は便宜上、果てしなく長いマカロニを切るように、ぷつぷつと切ってしまっただけなのです。

読者からの投稿コーナー。赤ちゃん用のおもちゃに、こんなのがありますよね——ボードに丸とか四角とか家とか色んな形の穴が空いていて、同じ形のブロックを選んで、そこにはめていくおもちゃ。ブロックをなくしてしまうと穴を埋めるものがなくなってしまう、あれです。家のかわりにあるのは、家の形をした空っぽの穴。なんだか私の人生って、そんな穴だらけになったおもちゃみたいなんです。家も、夫も、愛も、今夜も——その穴を埋めるものが見当たらない。宇宙に穴が空いて、そこから隙間風が吹いてるような気がします。そしてその穴は、年々大きくなっていくんです——親しい人たちの死と共に。

天気予報。海の向こうは、晴れて暖かいでしょう。

占いによると、明日はとんでもない一日のようです。

探しています。

ひとり身。なにはなくとも幸せだけど、目は病人みたいに赤い。昨日の夜、眠れなかったから。鼻がつまって口をあけて寝ていたら、自分のいびきで目が覚めた。昼間もずっと鼻水が出るし、頭は重いし。鼻の穴が裂けそうなほど鼻をかんで、そのハンカチをストーブで乾かせば、その度にハンカチは硬くなって、手に取るとパリパリいう。何でも見てるし、誰のことでも、何もかも知ってる。自分の分の幸せはもう手に入れたのに、もっと欲しいってねだってる。

運よく、窓際に座れた。私は手袋を咥えて外し、窓に息を吹きかけて、霜のついた窓ガラスを指で拭って、丸い覗き窓を作る。

分岐点に差し掛かると車体は揺れる。橋を通るとガシャガシャ音がする。

覗き窓をのぞきこむと、夜明けの光に包まれた川が見えた。凍った川に雪が積もり、その上にスキー板の跡がいくつものラインを織り成している。私の通っていた小学校も、この川で体育の授業をしていた。私は、その頃感じた不思議な感覚を思い出した。使い慣れたスキー板を履いて、路面電車の通る橋の下を歩いていく。頭上に見えるのは錆びた鉄橋の骨組だけで、その上を、見えない路面電車がガシャガシャ走っていく音が聞こえる。滑るスキー板の下は、からっぽだ——氷の下にあるのは、深い深い川だけ。ストックを頼りに進んでいるこの足の下は水なんだと思うと、不思議に心がときめいた。

　路面電車でガシャガシャこの橋を通るたびに、流氷にのって泣き叫ぶおくるみの話を思い出す。ひょっとしたら、この川かもしれないね。

　覗き窓の向こうに、夜明けの月が見えた。工場は、煙突の首からもくもくと、賢い頭みたいな煙を出してる。航空障害灯の冠を被ったガスタンクの傍を、ゆっくりと通り過ぎた。つぎの停車場は小学校の前だ。ちょうど、霜の降りた窓の向こうで一時間目の授業が始まったところで、うとうとと眠そうにあくびをしている子供たちに、「あまり長いこと月《ルナ》を見つめると夢遊病《ルナティック》になってしまいますよ」とか、「大きくなったら、男の子は兵隊さんに、女の子は従軍看護婦さんになるんですよ」とか、「イモムシの自我と蝶の自我はまったく別物であると同時に、同じでもあるんです」とか教えてる。

　降りる駅は終点の近く。だんだんと車内の人影もまばらになり、また寒気が吹き込んでくる。路面電車を降りると、植え込みは霜でもこもこになってる。道端の雪に金の模様ができている。犬のおしっこかな、それとも人間の？　あらやだ、何考えてるのかしら。

　外来の入り口のところで、義足用のブーツを履いた足の不自由な女性が、一足歩くごとに義足をはめ直すように押さえながら、階段を降りてきた。あれは、病院の図書館で働いている女性だ。本を借りる人たちは借りた本を食べ物で汚してページをぼこぼこにするから嫌いだって言って、その復讐のために、推理小説の最初のページに鉛筆で、誰が犯人かを書き込んでいた。

受付の窓口の向こうでは、姿の見えない誰かが早口でぺちゃくちゃお喋りしている。まるで言葉をかじっているみたい。ウサギがにんじんをかじるように。

私が働いている場所は、二階にあがって右側の廊下を行った先。ドアにはプレートがかかっていて、苗字と名前の後に、生命を司る者、女性たちの味方って書いてある。診察の順番を待っているのはみんな秋に身ごもった人たち。話題は尿蛋白のことや、大きな赤ちゃんを産むと母親の歯がボロボロになるとか、おなかが縦長のメロンみたいな形なら男の子で、丸いスイカみたいな形なら女の子だとか。

この人たちのことなら、何もかも知ってる。

この女性は、一晩は果てしなく長いのに、長いはずの年月は駆け足で過ぎていくって感じてる。そんな日々の暮らしに残るのは、大量のジャガイモの皮だけ。

それからこっちには、普通の人生を送りたかった女の人。夫がいて子供がいて、朝は一緒に食事をとって……。だけど叶わなかった。去年、遊覧船の予約を取った。「よし、決めた。一人で行って、幸せになって帰ってきてみせるわ」なんて思って出かけていった。その旅の最後の夜、彼女は甲板に座り、手すりにとまったカモメを見つめていた。カモメは彼女を見つめて、考えた——私たちは姉妹のようなものね。私も、あなたも。遠くに見える、誰もいない波止場も。

それからこの女性は、羊みたいに重たい眼をしてる。女流画家で、知り合いの誕生日にはいつも自分の絵をプレゼントしても、貰ったほうはもてあますという悲しい現実。去年のことだ。彼女の知り合いの夫婦に、こんな二人がいた——夫はたらこ唇で、運の強い男。「どっちの手にコインが入っているでしょうか？」っていうゲームをしても、外した試しがない。妻はペットサロンで働いていて、シャワーのあとに犬が風邪をひかないように締め切った暑い部屋でグルーミングをしているから、いつも汗だくで犬の毛だらけになって煙草を吸いに外へ出てくる。で、話を戻すと、女流画家はその二人に絵をプレゼントしたんだ。そうしたら、その場ですぐ絵をリビングに飾ってくれたのに、彼女が帰ったら外して、次に来るときには飾るのを忘れていた。女流画家が訪ねて行くと、彼女の描いた静物画が飾ってあったその場所には、時計が掛かっていた。今の彼女は待合室で窓際のソファーに座って、考え事をしながら、なにやら指折り数えている。

診察室に入り、服を脱いでドアの後ろのハンガーにかけて、パリッとした白衣に袖を通す。

そしたら始まりだ。

「次の方！」

患者はレギンスとパンツを脱ぎ、垂れてくる水っ洟を手首で拭うと、冷たい内診台に乗った。蒼白い痩せた太ももには鳥肌が立っている。お尻には、パンツのゴム跡が赤くついている。赤毛の縮れ毛が見える。

赦される罪は無い。

今朝早く、暁と雪が溶けあう頃、路面電車の停車場に思春期の女の子がいた。風邪をひいているらしく、絶えず鼻水をすすっていた。

私はその子の隣に立っていた。路面電車は長いこと来なかった。

ようやく、誰かがため息をついて、

「来たぞ！」

と言った。停車場はにわかにどよめいて、みんな目を細めてそちらを見た。

「五番のバスかしら、それとも十二番?」

「五番だ!」

いよいよ路面電車が近づいてきたそのときになって、女の子は急にきびすを返し、停車場から離れて咽び、前屈みになって嘔吐した。おばあちゃんの手作りピクルスや、サワードレッシングのサラダが出てきた。

彼女が吐き終え、呼吸を整えているあいだに、路面電車は影も形もなくなっていた。私も路面電車に乗って、その場をあとにした。

私は停車場に残った。

私は、路面電車に乗ってそこから遠ざかると同時に、停車場にも残っていた。

吐瀉物からは湯気が立ち昇っていた。コクマルガラスが飛んできて、ぴょこぴょこそこへ近づくと、温かい吐瀉物をつついた。

私は彼女のすぐ傍に歩み寄った。二人の白い息は合わさって、一緒に小さくなっていった。私は、「大丈夫?」

と声をかけた。彼女は雪で口を拭き、横目で私を見た。「ほっといてよ」って顔して。

私:歳はいくつ?

彼女:なによ、いきなり。

私:なんでもないけど……。昔、女の子を流産したことがあってね。あなたを見ていて、ふと、もしあの子が元気に育っていたら、ちょうどあなたくらいの年頃になっているはずだと思ったの。

彼女:いったい何だっていうの? あなた誰?

私:誰だっていいじゃない。ただ路面電車を待っているだけよ。まあ、あえて言うなら、私は生命を司る者、知らせであると同時に、その知らせを運ぶ者でもある。いいから、怖がらないで。
彼女：怖がってなんかないわよ。
私：私は何でも知ってるの。
彼女：なんにも知らないくせに。
私：処女で妊娠したのに、誰も信じてくれないの？
彼女：関係ないでしょ！
私：じゃあ、どうしたっていうの。池で泳いだら、身ごもっていたの？
彼女：だって私、そんなこと何もしてないもん。ほんとに！
私：そうだね、何が起こるかわからない。あそこをさわった指に、ついてたのかもしれない。鳥のなかには、飛びながら性交する鳥もいるくらいだし。
彼女：鳥がどう関係あるっていうのよ。
私：鳥は関係ないわ。人間はね、あなたはまだよく知らないかもしれないけど、とても孤独なの。人が孤独でない唯一の状態は、女性がおなかに子供を宿しているときだけ。ばかね、喜ばなくちゃ。あなただけそんなことになったと思ってるとしたら、世間知らずもいいとこね。よくあることよ。あなたが最初でもないし、最後でもない。子供は精子からできるわけじゃないもの。処女で妊娠したと思ったっていいのよ。
彼女：怖いの。
私：大丈夫。今にわかるから、そんなに苦しまないで。あなたは健康で綺麗だから、きっとやっていける。赤ちゃんだってきっと、健やかなべっぴんさんが産まれるよ。
彼女：やだよ。産まないって決めたんだから。

私：それは、あなたが決めることじゃないの。産むか産まないかなんて選択肢はない。そんなことよりこれからは、ちゃんとおなかを気遣ってね。おなかがスイカみたいな形になったら男の子で、メロンみたいなら女の子だよ。

彼女：嫌だ！

私：落ち着いて、ちゃんと考えなさい。そうしたら、贈り物をくれたその池に行って感謝して、ヴァスネツォフが描いたアリョーヌシカみたいに、池にお願いして——健康で、ぱっちりおめめの赤ちゃんが生まれますように、五体満足で、手も足も頭もついていますようにって。世の中にはそれが叶わない子だっているんだから。

彼女：ぜったい産まないからね！

私：きっと産むわ。

彼女：嫌！

私：産むわ。しゃんとしなさい。ほらハンカチ。鼻をかんで。そう。いい、よく聞いてね。昔々あるところに、女の子が住んでいたの。その子はあなたにそっくりだった。やっぱり風邪をひいていて、同じように鼻をすすって、やっぱり処女で妊娠したの。誰も信じてくれなかった。あなたと同じ年頃だったその子は、考えていたこともあなたと同じ。ちょうど流氷の流れてくる、雪解けの季節だった。ある夜のこと、彼女は川辺へやって来て、おくるみを流氷の上にのせた。赤ちゃんは下流へ流されていった。女の子は泣きじゃくりながら川辺を離れて、家じゃない家へ向かったけれど、それからの日々はもう人生じゃないこともわかっていた。朝まで外をふらふら歩いた。胸から母乳が滴った。女性って、創られたときに蛇口をつけるのを忘れられたみたいね。赤ちゃんの産声がずっと耳に響いてた。とうとう彼女は耐えられなくなって川へ戻った。産声は大きくなっていく。

彼女は川岸へと歩み寄った。赤ちゃんの泣き声はどんどん近づいてくる。そして彼女は見つけた——おくるみは、彼岸からこちらへ向かってゆっくりと、川の流れにのって流れてきた。彼女はざぶざぶと川へ入り、水に足を取られながらも流氷に近づくと、赤ちゃんを抱きあげ、死にもの狂いで岸までたどり着いた。雪の上に座り、服をはだけて胸を出し、温かい乳首を赤ちゃんの口に突っ込むと、赤ちゃんは吸いついて口をもぐもぐさせだした。そして、人生は始まった——にぎやかで、かぐわしい、終わりなき生の営みが。

■

サーシャへ

かれこれ数日にわたって、進軍を続けている。

頭に浮かぶのは断片的なことばかりだから、君への手紙も断片的になってしまう。

今、雨は止んでいて、どうにか火を焚くことができた。夜の真っ暗な闇のなかで、辺りは何も見えない。ただ、人の顔だけが照らし出されている。

夜はみんな別人のようになって、知らない人たちみたいに見える。疲れて気が立っているんだ。時々焚き火が燃え上がると、不意にリヤカーや馬の顔が見えることもある。そしてまた四方は暗闇に包まれる。

僕はやっぱり熱病に罹ったみたいだ。頭のなかが真っ白になったり真っ暗になったりしている。

そうかと思えば、何の脈絡もない思考が展開されたりもする。

いつか君は僕に、モナリザについてどう思うか訊いたよね。今なら僕にはわかる——どうしてモナリザが微笑んでいるのか。彼女が微笑んでいるのは、彼女はもう死んでいるのに、僕たちはまだここにいるからだ。モナリザは、死後から僕たちを見つめている。そもそもあれは「微笑み」でさえない。彼女は、僕たちがまだ知らないことを既に知っている。僕らは皆、ひょっとしたらあの世には何かあるんじゃないかって期待しているけど、モナリザは、死後には何もないことを知っているから、ばかな僕たちを見てこっそり笑っているんだ。

熱のせいで、やけに頭がこんがらがっている。今は次の日になって、また雨が降りだした。しかも風まで吹いている。どんどん強くなって、テントの入り口をバタバタいわせてる。頭は熱いのに、足元は寒い。

みんな一日じゅう雨に濡れているけど、乾かせる場所はどこにもない。

僕の体に、なんだか嫌な異変が起きている。また、何度もわからなくなる——僕はどこにいて、何が起こっているのか。これは僕なのか？

真っ暗闇かと思えば、ぱっと光が差すこともある。

テントの布が濡れてたわんでるけど、それをどうにかする気力もない。

雨のせいか、また蚊が発生している。顔も腕も刺され、そこらじゅう赤く腫れあがっている。これを書いている今も、目を細めてひっきりなしに頭を揺らしてなきゃならない。

道はすっかり水浸しで、轍には膝までの深さの水が溜まっている。足にまとわりついた泥が、重石みたいにずっしり重たい。荷車の車輪も重くなり、それを引く馬も苦しそうだ。

喉が渇いて仕方なくて、何度か水たまりの水を飲んでしまった。そんなことをすれば、ただでさえ弱っている胃の状態をさらに悪化させることはわかりきっていた。それでも、あまりに喉が渇いて、耐えられなかった。

田んぼも水浸しで、蛇がうようよいる。蛇は泥水の表面を這い、その這い跡はしばらく残っている。

僕らは、道端の草の擦れる音や葉のざわめきに、絶えず神経を尖らせながら進んでいる。

昨日は昼間、一旦休憩をとった。全員とても疲れていて、各自がその場に倒れこむように寝た。目が覚めると、一人の狙撃兵が皆に、死んだ蛇を見せびらかしていた。彼は気づかずに蛇の上に寝ていたらしく、

「俺はまた、わき腹の下に小枝が転がってて邪魔だな、なんて思ってたんだぜ！」

などと言っていた。

何もかも、かなり混乱している。各部隊は一部で遅れをだし、他の部隊と混ざっている。恐怖で気が立って仲間を撃ってしまう奴らもいる。昨日は、ある村で街道側から攻め込んだロシア人狙撃部隊を、イギリス砲兵部隊が見て中国人と勘違いし、榴散弾で撃った。何名かが負傷し、一人は野戦病院へ運ぶ途中に出血多量で死んだ。

襲撃の計画は絶えず変更される。現在のところ先頭にいるのは日本部隊で、次にロシア、アメリカと続いている。

今日はいくつかの村を通り過ぎた。住民は逃げ、日本部隊が荒らしまわった後だった。

ある村では、長く延びたロシア部隊の隊列に銃弾が打ち込まれた。ステッセリ将軍が砲兵隊に攻撃を命じ、数分で村は壊滅状態になった。

僕たちは白河の右岸を進んでいる。中国軍はやみくもに退却しているようだ。いくつもの村の中

国軍宿営地が、弾薬箱も弾薬筒も武器もそのままの状態で放り出されている。

日本軍が通った村は、完全に壊滅している。彼らはありったけの食料をかき集め、生き残った中国人を荷物運びとして連れて行く。威嚇のために射殺することもある。そうして殺された中国人の死体が、村じゅうにごろごろ転がっている。

ロシア部隊も強奪をしているが、盗っても多くは運びきれない。村を探し回っては、スイカやメロンや野菜や鶏を担いでくる。

中国人はパンを食べない。その代わり米を炊いたり平たく焼いたりしたものを、塩も振らずに食べる。

兵士たちは豚を食べるのをやめた。豚ならいくらでもいるけれど、その豚は辺りの村に転がる死体を食べているからだ。死体を片付ける者はいない。

どの隊も多くの遅れをだしている。そこらじゅうで、前を歩く部隊から遅れたり天津に引き返していく日本兵を見かける。そして民族の違いに関係なく誰もが赤痢に苦しんでいる。道端のいたるところで、ズボンを下ろしてしゃがむ苦しそうな顔の日本兵やロシア兵を目にする。衰弱しきった日本兵を見つけた場合は、二輪リヤカーか野戦病院の馬車か、大砲の台上に乗せて運んでいる。

今日はまた一段と暑い。風もぴたりと止んでいる。それでいて道はぬかるんだままだ。それも、足元は白河の水害対策のために作られた堤防だっていうのに。そこらじゅうが腐敗した水たまりだらけで、凄まじい悪臭が漂っている。胃をやられた兵士の吐瀉物も、そこかしこに残っている。

皆、待ち伏せを警戒している。道端の茂みでは頻繁に銃声が響く。コウリャンはかなり背が高く密生していて、騎兵の姿さえ容易に隠してしまう。時々、精神的に耐えられなくなった兵士が、ただやみくもに茂みに銃を撃ち込むこともある。常に、誰かが隠れているような錯覚に捉われる。

少し書き足そうと思って、今またペンをとった。依然として同じような村やコウリャンの茂みが続いている。コウリャンはかなり密生して生えているから、数歩なかに足を踏み入れればもう人影は見えなくなってしまう。だから、兵士に対し、「用を足すためであっても茂みに入るな」という命令が下った。もう何度か、茂みに足を踏み入れた兵士が腹を引き裂かれた姿で発見されていた。

僕の大切なサーシャ。すまない。もう長いこと、君にまともな手紙を——いい手紙を、書いていないね。ただ休憩のたびにことの成り行きを書き留めているだけで。

目の前のすべてから逃げだしてしまいたいけれど、それでも書くよ——ひょっとしたら、僕が書き留めたことが、いつか誰かの役に立つかもしれない。

いつか誰かが、僕らのことを知りたがるかもしれない——今日、僕が見たことを。夜遅くまで進軍を続け、僅かな空き時間に、テントも張らずにぬかるむ土の上で眠ったことを。みんな、その場に寝転んだ。雨は粘土質の土をさらに水っぽい泥の海に変えた。食料や武器を載せた荷車は車輪をとられ、兵士たちが素手で引き上げた。僕は泥から足を引き抜いたはずみに泥に軍靴をとられてしまった。

だけど、僕の軍靴の話に興味を持つ人なんているだろうか。

それでも僕は書くよ。

また夜が来た。今日は廃墟となった村で一泊する。軍服も下着も濡れている。絞っても無駄だ。脚絆を乾かす場所もない。蠟燭の燃えカスを中国の灯籠に入れて火をつけた。ちらちら頼りない光を放っている。香りの強い、どろっとした液体を飲んだ。飯盒で淹れた中国茶だ。卵を三つ、無理に食べた。マラリア蚊、焦熱、水たまりや溝から立ちのぼる蒸気と異臭。

皆、井戸の水を飲むのを怖がるから、まず村に取り残された中国人の老人たちに飲ませている。

水は褐色でどろどろしていて、えんどう豆のスープのようだ。

この前も書いたけど、僕たちは日本軍の後ろを歩いている。今通り過ぎた木の枝に、中国人が数人、自分の弁髪を首にぐるぐる巻きにされて吊るされていた。

焼けつくような暑さで再び多くの兵士が日射病で倒れている。そうかと思えば土砂降りの雨が、数時間で辺り一帯を水浸しにしてしまう。雨は粘土質の土には染み込まず、窪地を湖に変え、水路や小川は歩いて渡れないほどの川に変えてしまう。

兵士たちは力なく倒れていく。倒れた者は、多少は乾燥した小高い場所へ運ばれる。そうしなければ、泥水を飲んでむせこんでしまうからだ。

さっき、哨兵隊の隊長が部隊を位置につかせていた。雨のなか、哨兵たちはくるぶしまで水に浸かった状態で立っていなければならない。夜は下から上のほうがよく見渡せるから、わざわざ低地に立たせているんだ。

コウリャンの茂みの向こうに木々が密生している箇所がある——墓地なのか村なのか判別がつかない。

野宿。皆ひとかたまりになって、警戒している。コウリャンのざわめきを耳にすれば、敵が忍び寄る音に聞こえる。

僅かでも休憩時間がとられると、兵士たちは一斉に横になる。みんな疲れのあまり様々な格好で地べたに眠っている。

一晩じゅう前進を続けていた。辺りの村々は炎に包まれている。空は炎に照らされ、見通しがきいた。それからまた雨が降ったが、火は収まらなかった。赤みがかった雨。ありえない光景だ。

道の状態は依然として最悪だ。ことあるごとに馬を助けてぬかるみにはまった荷馬車を引き上げなきゃならない。

疲れきってばったりと倒れ、汚れた軍靴も脱がないまま眠った。土壁の小屋を見つけてなだれ込み、兵士たちは互いの体を枕にして床で眠った。皆、カビと汗と腐った泥の匂いを漂わせてる。自分でも、自分が放つ悪臭に耐えられない。

外は静かだった。キリルが、でもそのうち草地から、何かの鳴き声のような唸り声のような不思議な音が聞こえてきた。

「鳥か？」

と訊くと、

「いや、放置された負傷兵だな」

という答えが返ってきた。

ほとんど眠れなかった。夜明け前、哨兵が霧の向こうに人影を見たような気がして一斉射撃をしたが、相手は犬だった。みんな神経をすり減らしていて、ちょっとしたことですぐ我を忘れて怒鳴り合う。

誰もが苛立ち、荒っぽくなっている。そこらじゅうで野蛮な行為が横行している。

中国兵はコウリャンの茂みに潜伏し、攻撃を仕掛けてくる。危険が迫ると、上着と武器を捨て、這い出てきてお辞儀をし、民間人と偽って、見逃して欲しいと頼む。今では、日本兵もイギリス兵もロシア兵も、目にした中国人を片っ端から撃ち殺すようになった。

僕の目の前でコサック兵が、野原で出くわした数人を切り殺していた。もしかしたら、軍隊に驚いた農民が隠れていただけかもしれないのに。もはや、その真相を知ろうとする者もいない。気にも留めない。彼らが殺されたことも、生前何をしていた人だったのかということも、今後、決して明るみに出ることはないだろう。

銃剣で刺されていながら、なおもその銃剣を両手で摑んで引き抜こうとしている人を見た。

ある村で、僕の見ている前で一人の若者が捕らえられて、尋問を受けることになった。キリルが通訳を務めた。捕虜は床に座り、自分の弁髪で両手首を後ろ手に縛られたせいで顔は上向きになっていた。身体は骨と皮だけになり、目は憎悪と恐怖に溢れている。汚れて憔悴しきった顔。なにを訊かれても「メイヨー」と答えていた。「無い」という意味だ。足先を撃たれ、悲鳴をあげ、床に倒れて血を流しながらも、まだ「メイヨー」と言っていた。彼は外に連れて行かれ、井戸に落とされた。

サーシャ、僕は疲れたよ。死にそうに疲れた。

君が待っているということだけが、僕に力を与えている。


次の日になった。キリルが殺された。

それは、こんないきさつだった。ロシア兵が数名、隣の村に派遣された。キリルも一緒だった。あまり長いこと帰ってこないので偵察に行かせたところ、村で待ち伏せにあったという話だった。

僕たちはその村へ急いだ。

目の前にあるものが何なのか、すぐには判らなかった。

いや、すぐに判ったけど、解りたくなかった。

全員死んでいた。だけど殺す前にいたぶった形跡があった。体は散々に痛めつけられていた。嫌だ、書きたくない。僕がそのとき目にしたものは、書きたくない。

仲間の兵士たちは家に火をつけようとしたけど、雨のせいで火がつかなかった。

仲間が、村はずれで老人を見つけ、くるぶしを掴んで引きずってきた。全身黄色い泥まみれになっていた。老人は投げ出されるままにうつ伏せで転がった。息はあった。軍靴で転がされ、仰向けにされた。

長い白髪の弁髪が、首に巻きついていた。

仲間たちは老人を軍靴で蹴り、銃床で殴った。

僕は止めに入ったけれど、思い切り振り払われて泥水に倒れた。

軍靴のヒールで喉ぼとけを踏まれた老人の喉が、バキバキと音をたてるのが聞こえた。

今、僕たちはお茶を飲んでいる。熱いものを飲むと楽になる。

今日一日にはどんな意味があったんだろう？ ――なんてばかげた問いだ。僕はずっと、ばかげたことばかり自分に問い続けている。

もし今日という日に何か意味があるとしたら、それは今日が終わったということだけだ。

また一日が終わりを告げ、僕たちの再会の時が近づいたんだ。

●

ワロージャへ

私には、どうしてもあなたが必要なの。あなたといるときだけが本当の私だから。

それにあなたは私のことを何でも分かってる。私が自分じゃ分からないことさえも。

いいことばかりを分かち合いたいと思うけど、同時に、すべてを分かち合いたいとも切に思う。愚痴を言いたいんじゃないの。その反対。私の幸せを知ってほしいの。私ね、他の人なら哀しみにくれるような瞬間に、幸せを感じたんだ。こんなこと、誰にも話せない。あなただけに話すの。あなたはわかってくれるから。そう、デジャヴュってどういうことか分かったよ。ついこの前、ママの死亡証明書をもらったと思ったら、今度はパパのをもらった。同じ書類、同じ言葉。気ぜわしいお葬式も、形式ばった無意味な儀式も、本当のママやパパとは何も関係ない。

パパは自宅のアパートで最期を迎えた。それが本人の希望だった。

葬儀はトラブルの連続だった。

アパートのエレベーターが小さすぎ、階段の踊り場も狭く、葬儀屋さんは五階から棺を下ろすのに悪戦苦闘していた。少し動かすごとに棺の角が壁や手すりにぶつかった。運びながら大声で指示を出し合うものだから、アパートの住人たちが何事かと玄関のドアから覗いた。建物の入り口では、おばさんたちが何人か口を手で押さえて見ていた。

広場では子供たちがはしゃいでサッカーボールを追いかけていた。そしてこちらに気づくと、葬列を見ようと駆け寄ってきた。跳ねたボールが棺に直撃した。

火葬場に着いた。

パパはおとなしく手を組んで、棺に横たわっていた。私はパパの胸を撫でた。死に際にはひどく波打っていた胸も、静かになっていた。

額にかかった髪の毛を整えると、私が不器用に剃った頬には涙の跡があった。私の涙だ。暑かった。私は、遺体にとまろうとするハエを追い払った。

火葬場で長椅子に腰掛けて待っている間は、じっとパパの手を見つめていた。おなかは薬のせいで膨らんで、棺からはみ出していた。私は無意識に、胸の上で組まれたパパの指と、窓の留め具を見比べていた。その時ふと、パパが息をしているように見えた。

葬儀には、私の知らない女性が何人か来ていた。愛人？　一緒に住んでた人？　パパが愛した人？　パパのことを好きだった人？　全然わからない。

最後にパパにキスをしたとき、パパの肩にてんとう虫がのっていることに気づいて、私はそのてんとう虫を追い払った。そのままじゃ焼かれちゃうからね。

「火葬炉の温度はどのくらいなのかしら」っていう声が、ちらっと耳に入った。

棺の蓋を閉めたとき、パパが微笑んだように見えた。

今は家で、パパが死ぬ前に書いていたけど見せてくれなかったノートを読んでる。

だいぶ前から、「回想録を書くんだ」って話してた。本当に書きたいと思ってたのかもしれない。だけど実際に残されたのは、書かれたページより破りとられたページのほうが多い、薄っぺらいノート一冊だった。

大作を書いてるだなんて、冗談ばっかり。

「これはね、うさちゃん。壮大な回想日誌さ。いつか書きあげて、最後の句点を打ったら——そうしたら読ませてあげるよ。」

パパが脳卒中を起こして以来、私はよくパパの看病をしていた。パパは半身不随になって、体の右半分が動かなかった。口角やまぶたの端は引きつり、喋ろうとしても言葉にならなかったけど、私はどうにかパパの言葉を聞き取れるようになった。寝たきりになってしまったけれど、ノートは左手で書き続けた。私が書きとろうかって言ってみたけど、パパは断った。

回復はかなり順調なスピードで進んでいた。入院していた期間はほんの僅かだった――本人も、早く退院したがっていた。看護婦さんは美人じゃないし、なかなか様子を見に来ないし、最低限、重病人の世話をしているだけだなんて言って。

リハビリ治療のトレーニングのために訪問介護に来てくれたお姉さんは、困った顔をして私に、パパが、健康なほうの手でお姉さんの体をわしづかみにするって訴えてきた。

「じゃあ、回復に向かっているっていうことですね」

って私が答えたら、お姉さんは言った。

「でもあれじゃあ何もできません、あなたのお父さん、私の胸を摑んでくるんですよ！」

「まったく。ひっぱたいてやって下さい！　その手は健康なんだから。」

あとでパパに、

「何やってるのよ、ちょっとぐらい我慢できないの？」

って注意したら、パパは曲がった口で何かもごもご言っていた。

今ようやくパパのノートを読んでいるけど、何も書いてない。私が知りたかったようなことは、何も。私のことや、私が子供の頃のことなんて、全然書いてない。私について書いてあったのは、たったこれだけ。

《時々、自分の人生があまりにも空虚なものに思えてくる。だけど時々はそうじゃないと思える――サーシャを創り出したじゃないか。それだけで俺は救われるかもしれない。サーシャがいることで、俺の呆れた人生もすべて赦されるかもしれない……》

私はきっと、なにかもっと自分のことを知ることができるんじゃないかって期待していたんだと思う。子供の目線からは見えなかった、何かを。だけどその代わりに手にしたのは、ビリビリ破れたノートに書かれた、漠然としすぎて何も語らないようなメモばかりだった。

《夜中に、時計の音に耳を澄ませる――時が人生を奪っていく音だ。孤独というのは、人が一見孤独にはならないためのものはすべて手にしているようでありながら、実際には何も手にしていない状態のことだ。眠れない夜に風呂に入り、老いた自分の裸を鏡に映して見つめていた。体はすっかり老いぼれている。くすんだ目の下は垂れ下がり、耳からはボソッと毛が生えている。肩甲骨の間あたりを歯ブラシで掻きながら考える――もうすぐ死ぬだろう。どうしてこうなったんだろう?》

《死ぬなんて、大したことじゃないと思わなきゃいけない。畝からニンジンを引っこ抜くみたいなものだと思わなきゃいけない。なのに、それができない。》

《また夏時間と冬時間の切り替えの時期だ。つい最近、切り替えたばかりのような気がするのに。書くなら急いで書かなければ――時間なんて、まったく無くなってしまう。》

《若い頃、いつか歳をとったら回想録を書こうと思い、日記にはそのとき役にたつはずのことを書き留めていた。そして、人生も終わりに近づいた今になって、これだけの時を経て、若い頃の自分が今の俺のために日記に書いていたことを思い出してみる。ところがあの頃大事だと思ったことは、今考えてみると実にどうでもいい。そして本当に大事だったことには、あの頃は気づいていなかった。結局、今あの頃の自分のことを書けば、嘘になってしまう。》

《ふと、子供の頃に父親がペットショップで亀を買ってくれたときのことを思い出した。あの頃は幸せだったな。冬の寒い日だったから、亀が凍えるといけないと思って家路を急いだ。あのペットショップは、半世紀経った今でも同じ場所にある。この前、近くを通りかかったついでに寄ってみた。何がしたかったんだろう。幸せだった自分を見つけにきたんだろうか。あのとき父親に「なぜアキレスは、いつまでたっても亀を追い越すことができないのか」なんて教えられていた幸福な少年――ごそごそ動く亀の入った靴の箱を抱えていた少年と、この酔っ払った憂鬱な通行人とに、どんな共通点があるっていうんだ。何もないじゃないか！》

《さっき、輪廻転生の話を読んだ後でヒゲを剃った。白くなった顎ヒゲを眺めて、わかったことがある――転生は絶え間なく行われている。ただし自分から自分への転生だ。少年が、老人になる。その魂は体から体へと数え切れないほど何度も移動している――それは毎朝のことで、夜の間に、知らないうちに別の体になっているのだろう。》

パパがまだ若くて元気で体を鍛えていた頃のことなら、私だってちゃんと覚えてる。一緒にぶらんこごっこもした。パパが腕を伸ばして、私はパパの手首にぶら下がって揺れていた。だからこそ、脳卒中を起こした後のパパはとても見ていられなかった。簡単な言葉をもごもご言うことしかできないし、右手は動かないし、痩せこけて、頬の皮は垂れていた。

以前なら、パパは病気をしても絶対に私には言わなかった。それはたぶん、弱っているところを見られたくなかったからだと思う。一度なんて、胃潰瘍になって入院をして手術を受けることになっても知らせなかったし、電話もしてこなかった。元気になってから、「実は入院していてね……」なんて話した。

だけど今回ばかりはパパも、弱い自分を見せざるをえなかった。

最初が一番大変だった。やっとママの闘病生活から解放されたばかりなのに、今度は毎日パパのお見舞いに行く日々が始まった。

パパはずいぶんだらしのない生活を送っていたみたいで、生活用品も全然足りていなかった。フライパンを置こうにも鍋敷きがないといって代わりに灰皿の上に置き、カーテンで手を拭いていた。必要なものは買うか家から持ってくるかしなければいけなかった。

再び、差し込み便器や床ずれと闘い、マッサージをし、スプーンで食事をあげる日々が始まった。パパは、脳卒中の直後は失禁を起こしていた。赤ちゃんにするように、おむつをあてがう。その後は逆に便秘になり、定期的に浣腸をしなくてはいけなくなった。

あるとき、パパの胃の中身で汚れたシーツを片付けて、悪臭に顔をしかめていたら、パパが何かもごもご言った。はじめ、何を言っているのかわからなかった。

「なあに、パパ。どうしたの？」

よく聞くと、パパは私に謝っていた。

「なーに言ってんの。昔はパパが私のお尻を拭いてくれたじゃない！」

それでいて、パパはまるで子供のようなわがままをいう。体を洗えば、お湯が熱いとか冷たいとか文句を言うし、ベビー石鹸をつけたスポンジで擦れば、スポンジが引っかかって痛いなんて言って唸るから、私は仕方なくてのひらで洗う。老いた肌は弛んで、まるで体から滑り落ちようとしているみたい。その襞や皺を丁寧に洗っていく。

パパの動かない手をマッサージしながら、こんなことを考えた――ずっと昔、私が猿みたいにぶら下がって遊んだ、あの強くたくましい腕はどこへいっちゃったんだろう。きっと、腕も転生するんだ。あの腕が、血管が浮き出て茶色いシミだらけで麻痺した、垂れ下がる鞭のようなものに生まれ変わったっていうんなら。

パパの髪や爪を切った。足をお湯に浸して、たこや、黄ばんだ巻き爪や、固い瘤のようになった踵をふやかした。歳をとるにつれて、左足の第二指と第三指が交差するようになっていた。パパはそれを見て、「いいことが起こる前兆かな」なんて冗談を言っていた。

頭からつま先まで洗った。垂れたお尻も、貧相な足も、下腹部も。本当に、私はいつかここにいたんだろうか――白くなった毛の間に埋没した、この皺だらけの場所に。

パパは、自分も癌だったらどうしようって恐れてた。前立腺癌じゃないかって。私は前立腺の辺りを触ってみた。

「大丈夫。元気になって、私の弟や妹だって作れそうよ!」

パパは自分で医学書を読んで、医者にあれこれ注文をつけるようになった――こういう治療法のほうがいいんじゃないか、とか言って。

それでいて、禁煙を勧められてもさっぱり聞く耳を持たず、煙草を吸い続けた。まったくもう。お粥を炊いても、ふてくされた顔でスプーンをカチャカチャ鳴らしてお粥を混ぜて、ぶつぶつ文句を言っている。

「ニシンにオニオンスライスをのせたのが食べたいなあ。」

「おとなしく食べないと、お粥を頭からかけちゃうよ!」

パパは、その昔私に頭からケフィアをかけたことを思い出して、おとなしくお粥を食べ始めた。

パパの枕元に座って、私が子供だった頃のことを一緒に思い出すのが楽しかった。私が鮮明に覚えているのに、パパは全然覚えていないこともあって、なんだか不思議な気がした。

でも、ポケットに手を突っ込んでフラダンスを踊ったことは覚えてた。

それから、私がネクタイの結び方を覚えてからは、ママに代わってずっと私がパパのネクタイを締めていたことも。

いつだったか、おみやげに日本の浮世絵をくれたとき、まだ私がちゃんと見ないうちに、その絵を覗き込んだママが顔をぽっと赤くして、取り上げちゃったことがあった。結局、私はそこに何が描いてあったのか知らないままだった。

パパが北方探検隊のパイロットだった頃の、革製品のいい匂いも思い出した。それから、私にヘルメットを被せて大きなゴーグルをかけてくれたことや、私がパパのパイロットブーツに両足を突っ込んで遊んだことも。

私は後になってパパが出たその映画を見て、驚いた——というか、すごくがっかりした。映画がくだらなかったからじゃない。パパが大根役者だってことを、そのとき初めて知ったからだ。パパは、本物の役者じゃなかった。

パパが本物だったのは、頭にターバンを巻いて、あぐらをかいて、辺り一面見渡す限りにプレスター・ジョンの王国が広がった、あのときだ。

あの、白い獅子や紅の獅子、グリフォンや、ラミアや、メタガリナリアって、なんだったんだろう。

それから、パパが知らないはずのことも話した。

「パパとママの部屋に入ったら、パパが寝てたの。子供みたいに、まあるくなって。それだけで、あの時はすごくびっくりしたんだよ。パパが、子供みたいに寝てるなんて!」

それから、パパに謝った——まるで恨みでもあるみたいに反抗ばかりしていた頃のことを思い出してね。いったいどんな恨みがあったっていうんだろう。パパが主のなかの主でも、裸形族の王でも、君主のなかの君主でもなかったこと? 首都のなかの首都にも、ありとあらゆる有人無人の地の都にも住んでいなかったこと? 巨大な象の御殿に乗って旅をしていなかったこと?

どうして私は、ママのこともパパのことも軽蔑してるなんて言ったんだろう。本当に軽蔑してたわけなんてないのに。

「ねえパパ、あの時あんなことしたこと、許してね。それに、パパを傷つけるようなことを言って、ごめん。ママにも謝りたいけど、ママが生きているうちは気づけなかったし、今になったらもう謝る相手もいなくなっちゃったね。」

私がそういうと、パパはこんな風に答えた。

「よせやい、サーシャ。俺はあの時すでに許してたよ。人はそうやって成長していくのさ。」

本棚から一冊手にとってページをめくってみると、開いたページに散髪した髪の毛が挟まっていた。あ、そうか。きっと、ずっと昔にママがパパの髪を切ったときに、パパはこの本を読んでいたんだ。

戸棚のがらくたのなかから、チェスを見つけてパパを誘った。

「ねえ、昔みたいにチェスしようか。もう、ずーっとしてなかったじゃない！」

そうして勝負をしたら、あっさり私が勝ってしまった。

「わざと負けたの？」

パパは少し笑った。でも私には判った――パパは、本気で勝負して負けたんだ。パパはチェスも下手だった。

《しかしまあ、俺もずいぶん親父に似てきたもんだ。歩き方といい、にやっと笑うところといい、仕草といい……どうしたらこうも似るんだろう。昔は、親父にだけは似たくないと思っていた。皮肉なもんだ。まんまとやられたな。俺の負けだ。》

パパは自分の両親について、一度も私に話したことがなかった。どこか遠くへ引っ越して、そこで亡くなったっていう話だけだった。だから私は、おばあちゃんもおじいちゃんもいないまま大きくなった。

あるとき、パパはこんなことを言ったことがあった。

「実際には何が起こったのかなんて、そんなことは、そのときその時点で既にもう誰にもわからない。回想録に書き留められたときに初めて、事実は事実となる。しかもだ。回想録で一番肝心なことは何だか知ってるか？　沈黙だよ。」

自分が嫌いな人や意地の悪い人は、回想録に書いてあげないことで復讐を遂げるんだ、なんて話していた。

「ひとっ言も書いてやらないからな。あいつらなんて存在しなかったみたいに。人生から抹消してやる。なあサーシャ、これこそ完全殺人だと思わないか？」

退院後初めて家から出て、私と一緒にゆっくり一歩一歩あるいてアパートの周りを一周したその日、パパはノートにこんなことを書いていた。

《背中が丸くなったなあ。亀みたいなこの首じゃ、立て襟シャツの襟も高すぎて窮屈だ。子供の頃は、アキレスと亀の話がどうしても理解できなかった。でも今なら解る。この俺が、亀なんだ。つまりアキレスがいつまでたっても追いつけないのは、この俺なんだ。》

それからこっちは、だいぶ前のメモみたい。

《歳をとればそれだけ知恵を蓄えていなきゃならんのに、ばかな老いぼれの俺は、いったい何を蓄えてきたんだろう。いつかの自分が大事な問題だと思っていたことの答えを蓄えたはいいが、その問題はいつの間にかどうでもいいことになっていた。もうすぐ死ぬという避けられぬ事実でさえ、おぼろげにしか意識できない。》

《ラジオで、絶滅危惧種の植物や鳥の話をしていた。とある不幸な生物が、もうすぐこの地球上から姿を消すかもしれないらしい。ああ、それは俺のことだ。俺こそ、もうすぐ姿を消さなきゃならない不幸な生物じゃないか。》

あ、次のはパパがもう一人で外へ出かけられるようになった頃のだ。

《夕方、外へ出てアパートの周りを一周した。ひとりで歩く。それだけで、なんて気分がいいんだろう。脳卒中で倒れて、急に賢くなったようだ——大分ましな人間になった。一休みしようと立ち止まると、アスファルトに街灯の灯りが反射し、何かが光った。それはミミズかナメクジが通った跡だった。生きた証を残していったんだ。しかもナメクジ自身のじゃなく、俺の人生にだ。そしてこのノートにまで跡を残した。だがそいつ自身は、絶対にそれを知ることはない。そう考えたとき、なぜだか嬉しくなった。ずっと昔のように、ベンチに飛び乗ってタップダンスを踊りたくなった。いったい、あのときの俺は——あのガキは、何歳だったんだろう?》

ママのことも何か書いてあるかと思ったけど、何もなかった。家族について書かれていたのは、たった一文だけ。しかもどうやら何かの本から抜き書きしたらしい、こんな文句だけだった。

《家族——それは、互いなしには生きていけない人間同士の、憎しみ合いだ。》

いつだったか、ママと別れたことを後悔していないかパパに訊いてみたことがあった。

パパは、こんな風に答えた。

「してないよ。もし別れていなかったら、俺たちは獣のように摑み合って、お互いめちゃくちゃに傷つけてしまっただろう。人間としての尊厳を失ってしまったら、もう別れるしかないんだ。だってね、こんなことさえあったんだ——いつもの喧嘩のあと、ママは呼吸を整えようと、窓から身を乗り出して深呼吸をした。俺は台所へ行こうとしてママの横を通った。そのとき、ママの足を摑んで窓から放り投げてやりたい衝動に駆られたんだ。」

あるときパパが、

「なあ、パパとママがどうして別れたのか、聞きたいか?」

と訊くから、私は、

「別に」

と答えたのに、しばらく経ったある日、何の脈絡もなくパパは突然話し始めた。パパはいつかママに、自分は浮気相手とはもう一切縁を切ったと誓い、ママはそれを信じた。でも実際は全然、縁を切ってなんかなかった。

「ママの目を見つめたときにね——俺は最低だ、野獣だ、極悪人だって思ったんだ。」

「どうしてそんなこと私に言うの。ママに言わなきゃいけなかったことでしょ。」

「ママに言えなかったから、お前に言ってるんだ。」

「それで、どうしたいの？」

「自分でもわからない。ママに許して欲しい、かな。」

「そのことだけ？」

「そのことも、他のことも全部。まあでも、まずそのことかな。」

「うん、大丈夫よ。ママはきっと許してくれたはず。他のすべてのことも。ほんと、なんて両親なの。死んだ後になってまで、子供の助けを借りなきゃ話し合いが解決しないなんて！」

《朝起きて、どうして起きたのか忘れた。それから思い出した。そして考えた——それにしても、死とはどういうものなのだろうな。まさか、大鎌を担いだ骸骨じゃないだろうし。いつか親父に、どうして嘘をつくのかと訊いたら、『大きくなったら話そう』なんて言われたことがあった。俺はもうとっくに大きくなったし、今じゃ逆に小さくなっていく。今の俺なら、あの頃とはまったく違う質問をするだろう——『なあ親父、死ってどういうものなんだ？　親父は知ってるだろ？』おそらく、死はとても単純な形をしているのだろう——天井か、窓か。壁紙の模様かもしれない。それ

とも、最期に見る人の顔かな。》
私といるとき、パパは冗談ばかり言って明るく振舞っていたけど、ノートを書くときは自分と向き合って、心の整理をしてたんだ。
《死後、人はおそらく、ただもとの形へと戻っていくのだろう、人が以前は常にそれであったもの——無に。》
《何かで読んだことがある——インドで行われている焚火のような火葬で人の遺体を燃やすと、頭蓋骨が栗みたいにパチンとはじけるそうだ。どうも信じられない話だ。ところが知人の話によると、こんなことがあったらしい。彼の母親は、新しくできたばかりの火葬場で火葬されることになった。当時、そこの火葬炉にはガラス窓がついていて、死体が燃えていく様子を、親族の人たちが見られるようになっていた。なぜそんなことをするのかは、わからない——死体がすり替えられちゃいないか、確認するためか？　まあいい。それでその知人は、自分の母親が火に焼かれながら、パンッと弾かれるように浮いたのを見たらしい。》
パパは何度も、土葬は嫌だと話していた。
「だって嫌じゃないか、完全に消えてしまわずに、どっかで地下二メートルの場所に埋もれて少しずつ腐っていくなんて。しかも墓石の下にだ。そもそも墓石ってのは、死人が出てこないように押さえつけるために置かれていたんだぞ！」
パパは私と一緒にはママのお墓にも一度も行かず、墓場なんて冗談じゃないなんて言ってた。でも、ノートを見ていたら、パパは春ごろにもうママのお墓参りをしていた。
《スイスイうさちゃんに花を買っていこうと思った。町じゅう至る所でチューリップを売っている。生きているうちは花束もあげたことがなかった。しかし、墓地においても盗まれるだけだ。そう考えて、花を買うのはやめた。娘はどうもおかしな墓石を注文したな。まあ、センスのいい墓石なんて存在しないだろう。しゃがんで、祈りを捧げた。静かで、物悲しくて、いい所だった。雪はもうほとんど溶けていて、去年の落葉の匂いがした。墓の周りに囲いがほしいところだが、最近あれはずいぶん高くつくようになった。来た時間が遅かったせいもあって、墓地を出るのは俺が最後だった——俺が出ると、背後で門が閉められた。柵沿いの道を歩いていくと、なにやらおじいさんとおばあさんが塀を乗り越えて墓地から出てくるのが見えた。どうにも滑稽な光景だ——墓場からの脱走者なんて。》

パパは、死んだら火葬して、遺灰はどこか自然のなかに撒いてくれって言ってた。

「もうパパってば、何言ってるの！」

「いいじゃないか。ノストラダムスみたいに立ったまま埋葬してくれなんて頼んでいるわけじゃないんだし。ただ火葬して、その灰を撒いてほしいって言ってるだけじゃないか。消えたいんだ、溶けてしまいたいんだ。どっかの丘にでも撒いてくれ、なあ頼む。約束してくれるか？」

「わかった、約束するよ。」

《苦しみは人を崇高にするなんて書いたのは、どこのどいつだ。あんなのは嘘っぱちだ。苦しみは、人を貶めるだけだ。》

パパは何度も、ママみたいに苦しみたくはないって話してた。パパは、自殺も考えていた。

《以前、何度もこのことを考えた。なんてことはない。ただし、アパートの中じゃだめだ、他の人が住むことになるわけだから、その人たちが嫌な思いをすることになる。普通に、ある日突然隣の人に、ちょっと旅行に出かけますなんて言って——そのまま消えてしまいたい。実行に移さなかったのは、そのときは娘にも何か言わなきゃならんと思ったからだ。だが、何を言えるっていうん

だ？》

パパは私を思って生き延びていたのに、その頃の私はパパを避けて、何ヶ月ものあいだ電話もしたがらなかった。

脳卒中を起こした後、パパは私に言った。

「なあサーシャ、もし俺の容態が悪化してあまり苦しむようだったら、注射かなにかこっそり持ってきて打ってくれるか。どうしたら死ねるか、お前なら知ってるだろ。」

「正気で言ってるの？」

パパはまたお酒を飲むようになった。自ら死期を早めていることを知っていながら。私はもう何もしてあげられなかった。私がいない間に大酒を飲んで、後になって胸焼けがするって言って苦しそうにソーダ水を飲んでいた。何度か諭してみようともしたけど、パパはサイドテーブルにのった薬のビンや箱を床に叩き落すだけだった。

五月の終わりに二度目の発作が起きた。もう回復の見込みはなかった。

ノートには、こんなことも書いてあった。

《どうにもやるせないのは、たとえ俺の死ぬ日が来ても、その日は普段と何も変わらないし、何事も起こらないってことだ——駅では普段と何も変わらずに、炒った向日葵の種を売るおばさんは、袋に小さな紙コップを突っ込んで種をすくって、客が広げたポケットに流し込む。街角ではいつもと同じようにビールが売られ、人々は口ヒゲについた泡を舐める。どっかの家の奥さんは、窓辺に立って窓枠を洗ってるだろう。もっとすごいのは、同じ日付がこれからも毎年やってきて、俺の供養をする日になるってことだ。その日付はもう存在する。まだ知らないというだけだ——まるで、まだ解明されていない自然法則か、発見されていない島のように。》

今、これを読んで私も考えてみた。パパは六月の初め——六月五日に死んだから、その日は、今ではパパの命日になった。でも、その六月五日っていう日付自体は、以前からずっとあった。その日付はあったけど、パパはまだ死んでなかった。去年はその日に何があったのか、思い出せない。きっと普通の日だったんだ——向日葵の種やビールが売られて、どこかの奥さんが窓枠を洗って……。

あの頃、パパの手を撫でると、死期の近づいた肌は黄ばみ、爪は黒ずんでいた。いよいよ最期のときが近づくと、パパと私はほとんど話をしなくなった。時々、さして意味のない言葉を交わすだけだった——ママのときと同じように。

キッチンからパパの部屋に入ったら、匂いがしたのか、

「コーヒーを飲んだのか」

って言われたり、ささくれを爪でいじっていたら、不満そうに、

「こら、やめなさい」

って言われたり。

柿が食べたいっていうから市場で買ってきて、半分に切ってスプーンですくってパパの口へ運んだのに、

「食べたくない」

なんて言って食べなかったり。

暑くて窓を開ければ、よけいに熱気が入ってくる。パパに頼まれて、冷たい手で、熱く火照ったパパの額や頬に触れる。手はしばらく氷水につけて冷たくした。

死の前日、パパは何もかも悟ったらしく、やっと聞き取れる程度の声で言った。

「死ぬよ……。」

「死ぬんだって！　するってえと、私たちは死なないんだな！　路面電車に乗ってるのかな？」

パパは顔をくしゃっとさせた――微笑んだんだ。それから、小さく囁いた。

「サーシャ、とても愛しているよ。」

ママが死んだとき、私は傍にいてあげられなかった。だから、どうしてか説明はできないけど、どうしても、パパが死ぬその瞬間には絶対にその手を握っていたかった。

私はパパに頼んだ。

「パパが死ぬとき、私はパパの手を握ってるからね。私がいないときには絶対に死なないって、約束してくれる？」

パパは目を細めた。

それから、臨終のときが訪れた。パパはひどく息を荒げ、ベッドが波打つように揺れた。話すことはもうできず、ただ何かを頼むような目で私をじっと見つめていた。パパが何をしてほしいのか、私にはわかっていた。

私はパパを抱きしめたくなった。ベッドに乗ってパパの傍に横になって、パパの目を見つめたまま抱きしめた。パパの目つきが変わった。私を見つめてはいたけれど、もう何も頼んではいなかった。ただすこし驚いているみたいだった。

パパは死ぬところだった。まだ息はあったけど、パパはもう死後の世界を覗いていた。パパは生死の境で、少しのあいだ立ち止まった。この部屋にいる私には見えない何かを見ていた。

パパは何か言おうとした。

「何、パパ、言って、なに？」

パパの喉仏が、ゴロゴロと音をたてた。

私は不意に、死後の世界を覗いたパパが私に何を伝えたがっているのか、はっきりとわかった。

パパは、こう言っていたんだ——そこには本当に、不老不死の人々や、鳴かないセミが暮らしているよって。

パパは何度か、回想録の最後の言葉はもう決めてあるって話してた。それは、パパがどこかで見つけた、船と大海原がどうとかいう文章で、大昔の写字生が本の最後に記していたものだった。だけどパパのノートの最後に書かれていたのは、全然別のことだった。

《最近の研究によると、死者には、死んだ直後まで音が聞こえているらしい。他のどの器官より後まで残るのは、聴覚だそうだ。サーシャ、何か言葉をかけておくれ。》

私がこんな風にパパのことを長々と書いてきたのはね、あるひとつのことを説明したかったからなの。私は、人生できっといちばん大事なその瞬間に、パパの手を握って——幸せを感じていたの。

■

サーシャへ
ねえ。
身のまわりにあるものが本当は何もないなんて、そんなことってあると思う?
また雨だ。一日中降っている。

だって、このすべてが現実だなんて、それも僕の現実世界だなんて、そんなことがあるだろうか。もちろん、ありえない。

雨はまあいいとしよう。だって、雨は雨でもまったく別の雨かもしれないんだからね。雨がなんだっていうんだ。すべての雨が本物ってわけじゃないだろ。

もしかしたら、この雨はあのとき別荘地に降っていた雨かもしれない。朝から土砂降りだった。すべてが本物だった。テラスに飛び交う蚊の羽音。雨漏りで、洗面器にポタンポタンと垂れる水。窓ガラスは水玉模様。半開きの窓からは、庭のざわめきが聞こえる。濡れたライラックが、雨の日特有の香りを放ってる。玄関の前にある水たまりは、元気よく波打っていた。

ソファーベッドでくつろいで、膝の上にはシェイクスピアの本をのせて、その上にこのノートを置いて文章を考える。文を作るのはとても楽しい——愛について、死について、ありとあらゆることについて。だって、書いたものなんて後で全部まとめて燃やしちゃったっていいんだからね。なんて素敵なんだろう!

ついさっきノートを持ってソファーに座って、ちょっと考え込んで鉛筆をかじっただけなのに、ふと時計を見たら——大変だ、もう二時十分前じゃないか。君が待ってる! 僕は急いで長靴を履き、着古したレインコートを着て、君へと続く道を行く。角の家では、塀の向こうで中国茶の香りを放つティーローズを育てている。林を通り抜け、窪地にかけられた橋を渡れば、君の家の別荘の屋根が見える。あの林を君と散歩するのが好きだ。君はいつも、僕が色々な草木の名前を知ってるって驚いていたね。なんでもないことなのに。あんなの、誰だってできるさ。

大好きだよ。もう少しだけ待っていて。

会いに行くから。

●

大好きな、たったひとりのあなたへ
朝早く目を覚まして、ベッドに寝転んだまま、あなたのことを考えてた。

愛しい人。ねえ、これはとても嬉しい手紙になるよ。

でも、最初から順番に話さなきゃね。まず、ようやく町じゅうが雪で真っ白になったこと。

夜中に目が覚めて、思い出した。今日は仕事がない日だから、思いっきりベッドでごろごろできる。そう思ったら、たまっていた疲れがどっと出た。ここ数日か、数週間か、数年の疲れが。窓の外がなんだか明るいと思って覗いてみたら、一面の雪景色だった。それからまた寝転がって、さなぎみたいに毛布に包《くる》まって——そう、あなたが好きな寝かたでね、毛布の穴から窓の向こうに降る雪を見つめた。そのあとまたぐっすり寝たの。

朝早く、いつもの癖でまだ暗いうちに目が覚めた。窓の外から、シャベルで雪かきをする音が聞こえて、雪が降ったことを思い出して幸せな気分になって、また寝た。思う存分ぐっすり眠って、起きたときはもう正午だった。

雪を眺めながら朝食を食べた。

それから、まるで観客席に座るみたいに窓に向かって座ったまま、湿った雪が窓に当たっては溶けてゆっくり滴っていくのを見つめていた。

濃い紅茶を淹れた。なんていい気分。どこへも急がなくていい。

窓の外の冬景色に照らされて、紅茶の色がひときわ紅く輝いている。

じっとしていられなくて、散歩に出かけた。降りしきる雪のなかに飛び込んだ。

歩いているだけで恍惚となるような、清涼感のある新鮮な匂い。

その匂いにやられて、昼間の世界も恍惚としている——自分の役目を忘れ、好き勝手してるみたい。


町じゅうが、なんだかぼうっとなってる。

交差点も口いっぱいに雪のお粥を詰め込んで、なにやらぶつぶつ喋ってる。

もともとは茶色かった銅像の髪も、銀髪になってる。

雪男ってどこにいるのかと思ってたけど、ここにいるんだ、公園に。

枝は重く垂れ下がって、人の首根っこをつかもうとする。人々は、頭を下げて避けていく。

冬と雪。なんて素敵なんだろう。特に雪！　すべてを創り変えるためにやって来たみたい。

冬半ばまで、がらんとして吹きさらしになっていた公園は、にわかに雪の宮殿へと姿を変えた——門も、塔も、丸屋根も。木々は車道に垂れ下がり、車はまるで雪のトンネルに入っていくみたい。


雪はすべてをひとつにする。それまではバラバラに存在していた物たちが、雪が降った途端、ベンチもポールも、もちろん郵便ポストも、継ぎ目なく一体化して、満足そう。

雪の下、傘を差して歩いている人がいた。そんな風に頭を使ってたのは一人だけ。他の人々は皆、ただ雪を払ったり、手袋で叩き落としたりしてるけど、肩や帽子にはイーストで発酵していくパンケーキみたいに、雪がどんどん積もってく。

どこの公園でも子供たちが雪の塊を転がして、雪だるまを作ってる。

しっとりとした、まとまりやすい雪。一握りすくって、思わず少しかじってみた。

雪は駆け足に軽やかに、ずんずん降り積もっていく。雪は町中を魅了する。特に、男の子や犬たちを。小学校の校庭では高学年の子たちが雪合戦をしている——雪をすくって互いに顔に擦りつけたり、襟元に突っ込んだり。マフラーも帽子も散らばって落ちてる。犬はワンワン吠えて雪合戦の雪を追いかけ、ウーウー唸って雪をかじる。

私はその場に立ち尽くして、犬が嬉しそうに唾を飛ばしながら走っては戻りを繰り返している様子を眺めていた。突然、その犬が駆け寄ってきて、私の前でぴたりと止まり、不思議そうに私を見た。まるで、「そんなとこに突っ立ってないで一緒に遊ぼうよ！」って言ってるみたいだった。それからあくびをひとつしてカチンと顎を鳴らすと、尻尾をバタつかせて雪片を飛ばしながら、大きな声で嬉しそうに吠えて、走っていった。

私はまた歩き出した。どこへ向かうのかなんて自分でもわからないまま。どこでもいいじゃない、こんなにすごい雪なんだから。

雪の上に、ヘリンボーン・ストライプ模様の足跡がついてる。

マンホールのあるところだけ、ぽっかり黒く、雪がない。

道案内の標識も雪をかぶってる。

雪は不揃いに、斜めに降る。窓辺の雪も、斜めに積もる。

木々も片側に湿った雪をのせ、白い縞模様をまとうようにして立っている。

目の前の雪の塊から、なにやらボソッとくすんだ赤色の枝がのぞいている。あなたなら、きっとこの植物がなんていう名前なのかも知ってるね。

だけど自転車に乗ってる人は、冬に不満みたい。車輪にべしゃべしゃ雪がつくからね。降りて自転車を押して歩き出した。

建築現場の傍を通ると、ひさしの下に板張りの臨時歩道が敷いてあって、上を歩けば心地よくたわみ、足を踏み出すごとに体がふわりと持ちあがる。

美容師さんが外に出てきて煙草を吸ってる。煙草の火は、雪の欠片を捉まえる。美容師さんの髪にはたちまち雪が積もっていく。美容院から誰かが出てきた拍子に、店内からは美容院特有のきつい匂いがした。よく一日じゅうあの匂いを嗅いでいられるなあ。

それから幼稚園の近くを通りかかって、園の窓を覗いてみた。

お母さんたちやおばあちゃんたちが、劇の衣装を広げて園児たちに着せている——うさぎさん、雪の精さん、キツネさんに熊さん。狼のお面をつけて、みんなを脅かしている男の子もいた。白いハイソックスを履きながら、片足でぴょんぴょん跳んでる女の子もいた。

もうひとつの窓の向こうには、大きなクリスマスツリー。ツリーの飾りがピカピカ光ったり消えたりしてる。部屋の隅では、プレゼントを袋に詰め込んでる。

最後の窓の向こうでは、サンタクロースが雪娘の後ろに立って、ワンピースの背中のチャックを閉めていた。雪娘は鏡を覗いて口紅を塗ってる。雪からできたけど生きてるの。それでも誰も驚かない。

私は家に帰ることにした。

書類を整理しながら、ちょっと考え事をしていた。紙の束で口の辺りをポンポン軽く叩きながら。そしたら、うっかり紙の端で唇を切っちゃった。こういう傷って嫌だよね。かなり痛い。

夜はコンサートを聴きにいった。北欧音楽はそんなに好きじゃないけど、まあいいや。

音楽なしじゃ生きていけない。音楽を聴くと、ちょっとした気がかりなんかは果物の皮みたいに剝かれて消えて、本当の自分だけが残る。

でも今回はどういうわけか、やけにまわりに気が散って集中できなかった。

入り口のロビーでは、みんな足を踏み鳴らしてブーツについた雪を落としたり、雪のついた眼鏡を拭いたりしていた。

化粧室に入ったら、パウダーをはたいたり口紅を塗ったりしていて、大衆浴場みたいな音が響いていた。その音が耳に残ったまま、会場に入った。

自分だけの世界に入って聴き入ろうとしてみたけど、上手くいかなかった。音楽がささくれ立ったような音で聞こえてくる。

観客席のはげた金メッキや、擦り切れたビロードをぼんやりと見つめていた。

飴の包み紙のカシャカシャいう音や、手荷物預かりの番号札を落とす音。外からは、消防車や救急車のサイレンが聞こえてきた。

始終、切れた唇を舌先で舐めていた。

音楽を聴こうとはしてみるけど、気が散りっぱなし。

なぜだかふと、あなたが別荘のテラスで自転車を逆さまにひっくり返して修理していたときのことを思い出した。新聞紙に工具を広げて。たまたま私の太ももがペダルに当たったら、車輪はカラカラと軽やかな音をたてて回った。

前の席に座った女の人は、第一幕の間じゅうずっと珊瑚のネックレスをいじりまわしていた。彼女が休憩時間に席を立つと、しびれを切らした座席が彼女のスカートをまくろうとした。

私は、第二幕の前に会場を後にした。

雪はいっそう威勢よく降っていた。まだまだ止みそうにない。

行き交う車は、雪のなかを音もなく滑っていく。円形交差点では車がぐるぐる回って、音のないメリーゴーランドみたい。

街灯の下で雪が舞う。雪の欠片の影も見える。

街灯がなくても、辺り一面が雪に照らされて明るい。

交差点では、雪色信号を渡る。

ショーウィンドウの前で立ち止まった。そこには子供用の、あったかスリッパがあった。小象の顔がついたスリッパだ。私がじっと見つめたら、小象たちの目も私に釘づけになった。

家に着いた。

一旦ベッドに横になって、また起き出して、コートを着てアパートの中庭に出た。

静かで、空っぽ。あるのは雪だけ。息も軽やかで心地いい。

決めた。女の子を作ろう。

そしたら、娘ができる。

雪を手に取った——柔らかく扱いやすい雪だ。手も足も、上手くできた。

手が凍えたらポケットで温めて、続きを作る。

ほっぺた、お鼻、耳。指。なめらかな、いいおしり。それから、おへそ。

とっても可愛い女の子ができた！

私は、その子をそっと抱えて持って帰った。

ベッドに寝かせて毛布をかけた。

足を触ってみたら、氷のように冷たかった。温めてあげなきゃ——息を吹きかけて、さすって、キスをして。

私はやかんを火にかけた。キイチゴのジャム湯を作ってあげよう。

子供の足を温めながら、お話を聞かせる――世界のどこかには、一本足族という人たちがいて、一本しかない足で二本足の人よりすばしこく動き回るの。一本足族は、大きな大きな足を日傘の代わりにして、強い日差しを避けるんだ。自分の足の下で、家の中にいるみたいにくつろげるんだって。それに、果物の香りだけで生きている人々もいる。遠くへ旅をするときは果物を持って出かけて、旅先でその匂いを嗅ぐのよ。

お話をして、子供のかかとを撫でながら鏡に目をやると、鏡には窓が映っていて、窓の向こうに雪が降る様子も見えた。

足が温まった頃には、もう眠りについたように見えた。

でもおやすみのキスをしたら、

「ママ、それどうしたの?」

だって。

「ちょっと紙で切っただけ。大丈夫。もう寝なさい。」

布団をかけて、端をしっかり折り込んで部屋を出ようとすると、あの子はまた、

「ママ!」

「なあに、また?」

「ママ、あのゾウさんのスリッパ、買ってくれる?」

「はいはい、買ってあげますよ。おやすみなさい。」

■

サーシャへ

大好きなサーシャ。

ここには何もない。

カキランはどこだ？　カタバミはどこだ？

ミヤマキンポウゲもないし、リンドウもないし、ノゲシもない。ラベージもないし、コストマリーもない。

イソノキはどこだ？　テガタチドリはどこだ？　マツムシソウはどこだ？

どうしてヤナギランがないんだ？

クマコケモモはどこだ？　エニシダは？

鳥は、鳥はどこにいるんだ？

キアオジはどこだ？　クマゲラはどこだ？　カツオドリはどこだ？

ムシクイはどこだ、ムシクイはどこへ消えた？

大好きなワロージャへ
日々、どんどんあなたに近づいていく。

ありふれた一日。

朝起こすと、あの子は頭から毛布をかぶってむにゃむにゃ言ってる。

「うさちゃん、時間ですよー！」

あの子はぶつくさ、

「時間じゃないもん、まだ夜だもん。ママの夢を見てるんだもん。」

まったくもう、しょうがないなあ。いっつもこの調子なんだから。

私が寝るのは毎日かなり遅い時間で、枕に頭が触れた途端にもう眠ってるような感じ。ううん、その前にもう眠ってるような気がすることもあるくらい。だから朝起きるのもつらい。だけどやっぱり早めに目覚ましをかける。少しでも自分の時間がとれるように。

窓の外は暗い。終わらない冬。ひどく冷え込んでる。

コーヒーを淹れて、今始まろうとしている一日を思う。それに、あなたのことも。他のありとあらゆることも。

シャワーを浴びる前にうさちゃんを起こす。これが結構、大仕事なの。とりあえず、眠れる森の美女ごっこから。あの子が包まって寝ている毛布は森や山になって、その上を王子様が馬を走らせて、愛する人を探しに行く。ついに私――つまり王子様は、あの子を見つけて駆け寄って、キスをする。あの子は気持ちよさそうにいびきをかいて、明らかに目は覚めているのに寝たふりをしてる。それにしても朝の子供の頭って、昼間につくいろんな匂いが混ざってなくて、とてもいい匂い！

王子様でもだめなときは、毛布にハリネズミが潜り込む。うさちゃんは嬉しそうに、キャッて叫んで飛び起きて、私の首にしがみつく。そうして一日が始まる。

シャワーを浴びてきても、あの子はまだ着がえてない。靴下のかかとのほうを上にして履こうとするもんだから、引っぱっても引っぱれない。体が冷えて、震えてるのに、自分じゃなかなか着がえようとしない――わがままを言っていたいのね。

それと今あの子、歯がぐらぐらしてるの――いつも指で触ってる。その手をパチンとやったら、しかめっ面をして見せた。

私もあの子も、お粥を煮るときにカラスムギがお鍋の中でぷつぷつ唇を鳴らしているところを見るのが好き。

「おーい、どこにいるのー？」

って呼べば、あの子はカーディガンを着ながら、まだ腕を通してない袖口をぶらぶらさせて、「手がないみたいに見えるでしょ」ってくすくす笑いながら歩いてくる。

「おふざけはおわり。ほらほら食べて。」

次の遊びが始まる――お粥をお皿に平たく伸ばして、そこに何か描いてる。

「うさちゃん、もうすごい時間よ！」

って言えば、いっちょまえにこんな答えが返ってくる。

「すごい時間なわけないでしょ、まだ朝なんだから。」

ペチャペチャお粥を食べだした。でもちょっと油断して霜の降りた窓を眺めていると、今度は私が怒られる。

「ママ、ささくれをかじっちゃだめでしょ。まったくもう、何度言ったらわかるの？」

自分の部屋へ行って大慌てで服を着てから戻ってみると、あの子は丸パンの中身をくりぬいて、嬉しそうに、

「見て、パンがあくびしてる！」

なんて言って大はしゃぎ。

もう遅刻しちゃう。大急ぎでコートを羽織れば、今度は、昨日のうちに用意しておいたはずの持ち物がかくれんぼしてる。なんでもかんでも失くしちゃう。手袋も帽子もマフラーもうわばきも。あの子には家を出る前にぱっちり厚着をさせて、自分のコートのボタンを閉めるのは、階段を下りながら。アパートの入り口を出ると、とたんに寒さに息が詰まる。私たちは、寒くて薄暗い空気の中に飛び込んでいく。

早足に停車場へ向かう。濃い霧。凍った舗道を歩けば、足音が響き渡る。いたるところで、道が凍ってる——転ばないように気をつけて！

ゴミ捨て場の傍を通るとき、普段なら駆け足で通り過ぎるんだけど、今は匂いさえ凍りついているみたい。

うさちゃんは歩きながらしきりに色々と大変な質問をしてくるけど、何を言っているのかはよく聞き取れない。唇から白い息が出てるのが見えるだけ。

空にはまだ星がたくさん瞬いている。寒くて滲んだ涙の向こうに見える星は、毛羽立っているみたい。

路面電車には、ぎりぎりで間に合った。しかも運よく二人並んで座れる席が空いてる。走ったせ

いで、頬は凍えてカチカチだ。

うさちゃんはすぐ霜に覆われた窓に息を吹きかけて、覗き窓を作る。

路面電車はいつもと同じように、ガシャガシャ音をたてて、火花を散らして走っていく。乗客たちは居眠りをしたり、マフラーに顔を埋めたり、背中を丸めたり。

今日の切符係のおばさんは、お喋りが好きみたい。

「あらあら、恒温動物のみなさん、すっかり凍えちゃいましたか。大丈夫、今に暖かくなりますからね！」

頭上で誰かが新聞を広げた。一面記事は戦争で、最終面にはクロスワード。

「ママ、ママ、象だよ！」

「えっ、象？」

「そこにいたの！　今、象を追い越したんだよ！」

「冬に象なんているわけないでしょ。」

あの子はふくれっ面をして、そっぽを向いた。そしてまた、覗き窓にはりついた。

「でも、本当に象がいたんだよ。見たんだから！」

どうしても言い張ってきかない。

「本当だよ、どっかへ連れて行かれるところだったの。その象を追い越したんだよ！」

私はあの子のコートのフードを外して、首すじにキスをした。

そして思った——今日はこの子の頭を洗わなきゃ。いつだって、頭を洗ってあげるのは楽しい。あの子もお風呂は大好きで、何時間でもお風呂で遊んでいられるの。次から次へと色んな遊びを思いつく——湯気で曇ったタイルの壁にお絵かきしたり、せっけん置きを舟にして遊んだり。お湯からぽっかり出したひざこぞうを、無人島に見立ててみたり。

お風呂が好き。湯気の充満する蒸し暑いお風呂場にあの子と入って、寒い空気が入ってこないうちにすばやく扉を閉める。湯沸かし器はゴーゴー唸り、熱いシャワーがチクチク肌を刺激して、あの子はキャーキャーはしゃいでしぶきを飛ばす。

キュッキュッて音がするまで髪を洗う。

チェーンを引っぱってお風呂の栓を抜くのは、いつも必ずあの子の役目。そのあと、渦巻き状になって抜けていくお湯を指でくるくるかきまわす。

ヒーターで温めておいたバスタオルを取ってあの子に巻いたら、椅子代わりに便座に腰掛けて、膝にあの子をのせて拭いていく――背中、おなか、足。私もあの子も、最後に残ったお風呂のお湯が排水口に抜けるときの、ゴボゴボ、ズズズっていう音が好き。いつゴボゴボいいだすかなって待ってるの。

あの子はシワシワになった指先を眺めてる――元のツルツル指に戻る瞬間が見たいんだって。だけど、初めてシワシワの指に気づいたときは大変だったな。まだこんなに小さいのに、手だけおばあさんみたいになっちゃったって泣きべそをかいて。五分後の指を見るまで、気が静まらなかった。

あの子を見ていると、よく、自分が子供だった頃を思いだす。だって私もまったく同じように、りんごをかじりながら、カーテンの隙間からフローリングの床に長く延びる光の上を行ったり来たりしていた。それに、まったく同じように、ママの作るパン粥が好きだった。今では私が、パンをサイコロ状に切って、そのパンを温めた牛乳の入ったカップに入れて、ティースプーンで砂糖をかける。それに、ママが教えてくれたのと同じように、ベッドメーキングの仕方も教えた。毛布の下から、枕の耳がぴょこんと飛び出してるみたいに見えるようにする方法なの。私も一度うさちゃんに教えたら、それ以来ベッドはいつもきちんと整ってる。

でも、あの子だけの発想もあるよ。例えばあの子はよく、自分にしか見えない透明の動物と遊んでる。その動物は巻貝に住んでるんだって——そう、あなたと一緒に使ってたあの大きな巻貝は、今は誰かのおうちになってるんだよ。

遊んでいるあの子を見ていると本当に飽きない——その動物に餌をあげて、お茶を飲ませて。いったいどんな動物なのか、私は知らないんだけど。あの子は、やけどしないように一所懸命、受け皿に入れた紅茶をふぅふぅ冷ましてあげてる。それから、「お茶で口をすすいでから飲み込むのはやめなさい」なんて注意してる。ハンカチを唾でぬらして顔についた汚れを取ってあげながら、私そっくりの口調で小言を言う。その動物が病気になると、特別な薬で治療する。薬になるのはチョコレートの匂い。新年のお祝いで貰った大きな箱に、包み紙を入れてとってあるの。

時々、あまりに愛しくてたまらなくなって、つかまえて抱きしめて、手当たり次第にキスをする——首に、ほっぺたに、頭に。あの子は暴れて、「キャー、離してー!」なんて叫ぶ。

あるとき、寝かしつけようとしたら、あの子は突然こんな質問をした。

「ねえママ、私はどうしてできたの?」

「ママが雪で作ったのよ。」

「嘘だあ! 私、知ってるもん、どうして子供ができるのか!」

おかしな子ね。

駅の近くの停留所で、同じ車両に私のパパが乗ってきた。車内はもう満員で、私たちは後ろの席に座っているし、パパは前のドアから乗ってきたから、私が手を振っても気づかない。まるで舞台の上にいるみたいに、車内に響き渡る大声で、子供の頃オーバーシューズを買ってもらったときの思い出を語ってるのが聞こえてくる。さては、朝っぱらからお酒を飲んだのね。

「オーバーシューズったって、お祭りみたいに嬉しかったなあ。内側は、柔らかいキイチゴ色のフランネル地だ。ゴムのいい匂いがしてねえ。すぐにでも表へ飛び出して、積もったばかりの雪を踏みたくなったよ。新しいオーバーシューズの足跡っていうのは特別で、板チョコみたいになるんだ。チョコレートだってことにして遊んだよ。手袋を外して、そうっと雪の板をつまんで、かじる。そうやって、腹いっぱいその雪チョコを食べたもんだ！」

「ママ、まだ着かないの？」

「ううん、もうすぐだよ。」

切符係のおばさんは、くもった眼鏡を額に押し上げてバッグの小銭を数え、ユトレヒトの、人物像の描かれていないコインを眺めてる。

「ママ、まだ着かないの？」

私はあの子を抱き寄せて、耳元でそっと囁いた。

「あのね、よく聞いてね。着いたら、男の人が待ってる。それでね、驚かないでほしいんだけど、その人は、ママの膝に頭をのせるの。」

「なんで？　その人、ママのこと好きなの？」

「そう。」

「私も、ママのこと好き。とってもとっても！」

そう言って、あの子は私の膝に頭をのせた。

■

サーシャへ
大好きな君、愛しい君へ
君に会いに行くよ。あとほんの少しだ。

すごいことが起きたんだ。

突然、声が聞こえた。

「おい、力こぶを見せてみろ！」

僕はわけがわからなくて、

「誰？」

って訊いた。声は答えた。

「私が誰かって？　わからないのか？　私はプレスター・ジョン、この辺り一帯は私の王国だ――にぎやかで、芳しく、終わりのない営みだ。私は主のなかの主、君主のなかの君主。私の王国では誰もが自分の未来を知っていながら、それでも自分の人生を生きている。愛し合う者同士は、まだ相手の存在も知らず、知り合ったり言葉を交わしたりもしていないうちからもう愛し合っていて、川は昼は上流から下流へ流れ、夜は下流から上流へと流れている。疲れたか？」

僕：うん。

彼：座りなさい。今お茶を淹れよう。

僕：いらないよ。僕、もう行かなきゃ。

彼：わかっている。
僕：僕、急いでるんだ。だって……
彼：わかっている。私は何もかも知っているのさ。彼女は君を待ち焦がれているね。
僕：時間がない。僕は彼女に会いに行くんだ。もう行くよ。
彼：待ちなさい。君は、私がいなくては彼女を見つけられないだろう。送っていくよ。まあ一息ついていきなさい。やり遂げなきゃならん仕事があるんだ、それが終わったら出かけよう。待っていてくれ、すぐ終わるから。
僕：あれ？　あの……、この壁に掛かってるポスターは……
彼：なんだね、なんでも言ってくれ。私が書きものをしていることなんか気にしなくていいから。私はこれを最後まで書き終えなくちゃならんのだ、あとほんの少しだ。続けてくれ。
僕：どうしてこれを持ってるの？
彼：何を？
僕：この、船の断面図だよ。僕が持ってたのとそっくり同じだ。ほらこの、錨のところにいる、バケツとハケを持った乗組員まで。
彼：そうだ、これも持っていかなきゃな。画鋲を外して丸めておいてくれ。しかし、君は知らないのか？　錨ってのは船のなかで唯一、塗料を塗らない場所なんだぞ。まあ、そんなことはどうでもいい。大切なものはみんな持って行かなきゃならん。忘れ物のないように支度してくれよ！
僕：持ち物なんてない。なにもいらないよ。
彼：忘れたのか？　自分で言っていたじゃないか、わかったって——他愛ないものこそ大切だということが。ほら、聞こえるか？

僕：小枝で柵をカンカン叩いていく音？
彼：そうだ。誰もがみんなそうして叩いていくのさ。杖で叩いてもいいし、傘でもいい。はてさて、キリギリスの鳴き声もあるぞ。誰かが時計を合わせている音みたいだろう。それに、どこか遠く、線路の分岐点を通った路面電車がガシャガシャいってる音もある。
僕：これはなんだ？
彼：なんだとはなんだ。アザミのくっつき虫だよ。君が彼女の髪にくっつけたんじゃないか。そのあと君が取ろうとしたら、髪に絡まってしまった。これも持って行かなきゃな。匂いもだ。匂いを忘れちゃいかんだろう！　ケーキ屋の甘い香りはどうした？　バニラ、シナモン、チョコレート、君の大好きなトリュフケーキ。
僕：ねえこの標本の台紙、子供なりにがんばって丁寧に「オオバコ—*Plantago*」って書いたこれ。これも持っていく？
彼：もちろんだ。それから、君の部屋の床に積んである本の山もだ。そうそう、君のお母さんの指輪もね——まだ金属音をたてて出窓で回転して、澄んだ金色の球体になっていたときの指輪さ。それから、誰かがネクタイで眼鏡を拭くその動作も。
僕：それから、ヒゲ剃りのときに切ってしまった顔の傷に押しつけた、新聞紙の切れ端も？
彼：そう、もちろんだ。そういう切れ端には必ず、誰にも似ていない唯一無二の持ち主がいて、その人は、文字盤にガラスのはまっていない時計の針を、指で動かしているんだからね。
僕：もう時間だよ！
彼：わかったわかった。今行くから。あと少しだけ待ってくれ。
僕：あの丸い小石はどこ？　ほらあの、永遠の小石だよ。

彼：あれは捨ててしまったよ。ポケットに突っ込んで、散歩に出かけたときにね。池があった。永遠は水の上をぴょんぴょん跳ねて、ポチャンと沈んでしまった。後には波紋だけが残っていた。それも、すぐに消えてしまったが。

僕：ねえ、行こうよ！

彼：今行くよ、もうすぐだ。君に何か言いたいことがあったんだが、思い出せないな。ああそうだ、デモクリトスの言うことなんか聞かなくていいぞ。体と体もちゃんと触れ合うことができるし、魂と魂の間にだって、隙間なんてないんだから。そして人間は、昔も今もこれからも同じように――光と温もりの塊でありつづけるだろう。出かけよう。時が来た。忘れ物がないか確認したか？これで終わりにしよう。おしまい。ペンは紙の上でキュッキュッと音をたてる。きれいに洗った髪が指の間でたてる音のようだ。疲れた腕は急ぎながらもゆっくりと、最後の言葉を書いていく――大海を渡りきった船は幸せだ。そしてまた、一冊の本を書き終えた写字生も。

訳者あとがき

――真摯に、一途に書かれた本が好きだ。だから自分も、自分の心を打つ話を真剣に書く。読者と一対一で、大切な内緒話をするように。

本を書くということについて、作者シーシキンはそう語る。

多作な作家ではない。これまでに発表した長編小説は片手で数えられるほどしかない。それにもかかわらず、シーシキンは今ロシアで最も敬愛されている作家の一人だと言われている。発表した作品はことごとく批評家や一般読者の注目の的となり、一九九九年と二〇〇五年に発表した二つの作品――『イズマイル陥落』と『ホウライシダ』だけで、ロシアの主要な文学賞（ロシアブッカー賞、国民的ベストセラー賞、ボリシャーヤ・クニーガ賞）三つをすべて受賞してしまった。これは、現代ロシアにおいて他に例をみない。

二〇一〇年の夏に発表された本書もまた、文化人を中心に大きな反響を呼んだ。

その年の秋、シーシキンがペンクラブの世界大会にあわせて初来日した際、シーシキンと訳者が東京を歩いていると、モスクワ芸術座の主任芸術監督であるオレグ・タバコフ氏から連絡が来た。「たいへん感動した、是非モスクワ芸術座で戯曲化したい」ということだった。この話は一年後の二〇一一年秋に実現し、舞台版『手紙』は現在でも上演されている。
二〇一一年一二月、この作品はロシア最大規模の文学賞であるボリシャーヤ・クニーガ（「大きな本」の意）金賞を獲得した。現在では二十以上の言語で翻訳出版が進み、その魅力は世界に広まっている。

＊＊＊

本書ができるまでのいきさつを、シーシキンはこう語った。

——前作を書き終えた後、何年も、何も思い浮かばない期間があった。一年が過ぎ、二年が過ぎ、三年が過ぎた。まるで自分が使い捨てのボールペンになったような気がしたよ。インクが切れ、捨てられてしまったボールペンに。もう二度と小説なんて書けないんじゃないかと考えて愕然とし、自分は作家ではなくなってしまったんだと諦めた——その次の朝、この作品が浮かんだんだ。それから完成までは約一年、半年はベルリンで、半年はバージニア州のレキシントンで教師をしながら書きあげた。毎日、その日に書いた分を妻〔本作の完成後に結婚した妻エヴゲーニヤ〕にメールで送った。私にとって、彼女に送ることはとても大切なことだった。

この本が真摯であるのは、これが本物のラブレターでもある所為かもしれない。

＊＊＊

原題の«Письмовник»は、正確には「手紙」ではない。もともと十八世紀の手紙文例集を指す古い言葉で、作中では主人公の青年が戦死公報を書く際に参照している。ではなぜ「文例集」なのか。

この作品は、出征した青年ワロージャと恋人サーシャの文通形式で書かれた書簡体小説だ。手紙のなかで、二人は昔の思い出や、別離の悲しみを語り合う。

冒頭で語られるのは子供時代の記憶だ。サーシャには空想癖があり、よく、「自分のなかに自分とそっくりだけど意地の悪い双子の姉がいるつもり」になって遊んでいた。想像上の「双子の姉」は、サーシャが寂しいときに現れては、サーシャに意地悪をするのだ。けれど父と一緒にいる時だけは、彼女は現れなかった。父は俳優で、音楽家やパイロットになりきっては、ユーモアあふれる行動でいつもサーシャを楽しませていた。

父の友人の映画監督に、サーシャが幼い恋心を抱いたエピソードもある。手紙を書こうにも何を書いていいのかさえわからないサーシャは、路面電車の切符や買い物メモ、糸くずなど、毎日その日に使った物を封筒に入れては監督に送る。

一方ワロージャは、夫と離別した母が盲目の男性と再婚した話を書く。ワロージャは、見知らぬ盲目の男性を連れてきた母親を理解できず、その男性を父親として見ることが出来ない。そして、「いつか本当の父親が、放課後、小学校の校庭まで迎えに来るんじゃないか」と空想したり、再会した父親との会話を想像したりしていた。ある時ワロージャは本当の父親の居場所を知り、その家を訪ねる。

遠く離れた恋人同士が手紙を交わし、素直に語り合うというこの小説は、難解な作風で知られていたシーシキンの作品としては、一見極めて素朴で単純な印象を受ける。

だが、読んでいるうちに読者は、二人がなんとも不思議な時空間にたたされていることに気づく。サーシャはおそらく現代のロシアに住んでいるのだが、ワロージャは一九〇〇年の中国でロシア兵として義和団事件の鎮圧に参加しているのだ。しかも、小説中盤でサーシャはワロージャの戦死の知らせを受け取るが、その後もワロージャの手紙は続く。サーシャがワロージャの手紙を少しずつ読み返しているということだろうか。そもそも、二人の手紙は小説のなかで交互に組まれてこそいるが、互いの元には届いていないのかもしれない。いや、これは「文例集」なのだから、二人は手紙をやりとりしてさえいないのだろうか……。ロシアでは、批評家によるそのような指摘も実際にあった。

そうではない、とシーシキンは言う。「届かないのは、書かれなかった手紙だけだ」――二人のあいだにどれほど時間や空間の隔たりがあっても、書かれた手紙はきっと届く、と。

しかしなぜワロージャは、他のどの戦争でもなく、一九〇〇年の中国で義和団事件の鎮圧に参加しているのだろうか。その理由を、作者はこう語る。

――これは、すべての侵略戦争のシンボルなんだ。世界大戦はもう起こらないだろう。だが、アフガニスタン、イラク、オセチア……そういった、強い国がよってたかって弱い国を潰しにかかるような戦争は、今もなくならない。ロシアもまた、二十世紀初頭に義和団事件鎮圧という名目で連合国軍と共に侵略戦争をし、多くの兵を送った。ところが今のロシアの義務教育では、それを教えない。

「忘れられた戦争」ではない。「忘れさせられようとしている戦争」なのだ。ワロージャはその史実に言及するために、一九〇〇年へと旅立った。作中でワロージャはこう語る——「もしかしたら僕は、すべてを見届けて書き留めるためにここに来たのかもしれない」と。

もうひとつ、ワロージャが読んでいる本のなかの言葉に重要なヒントがある——The time is out of joint というハムレットの台詞だ。「この世の関節が外れている」、「世の中がめちゃくちゃになっている」という意味にとれる言葉だが、ロシアでは「時の流れが崩壊してしまった」ともとれる訳語が一般的に定着している。過去があり、現在があり、未来があるという時間の流れが、ばらばらと崩れてしまった。ワロージャは、戦争という「めちゃくちゃな状況」＝「時の流れの外」にいるのだ。彼の手紙には、戦争にまつわる様々な引用句が登場するが、その引用元は、二十世紀初頭の戦争手記であったり、マルコ・ポーロの『東方見聞録』であったり、さらには第二次世界大戦時の戦意高揚詩であったりと、時代も場所も様々だ。例えば小説の前半でワロージャが船の貨物の積み下ろしをする場面があるが、この箇所はソヴィエトの作家ヴァジム・シェフネルの書いた、シェフネルの祖父が十九世紀中盤に参加した東方探検の記録からの引用だ。

このように様々な時代のテキストが引用されることによって、サーシャとワロージャのあいだの時間のずれは、ひとことで「現代と一九〇〇年」とは言いがたいような、さらなる複雑性を帯びることになる。

ワロージャの手紙のうち、引用の基層をなしているのは、実際に一九〇〇年の中国で戦争に参加していたヤンチェヴェツキーの手記だ。野戦病院のフランス人看護婦リュシーのエピソードもそうだし、作品後半に登場する、荒廃した中国の工場で赤い札に書かれていた標語――「機械を動かす者は、幸福である」云々というぎこちない標語（中国語からロシア語へ訳されたという設定の文）も、ヤンチェヴェツキーの手記から引いてきている。

だが、犬頭の人間や、よそ者を見つけると捕らえて食べてしまう野蛮な原住民、流通貨幣は紙幣で、たくさんの絹が生産されている国――これらは、マルコ・ポーロの書きとめた『東方』からの引用だ。また、ワロージャが舟を漕ぐ櫂を持って歩いていると、原住民に「なぜシャベルを担いでいるのか」と訊かれるという箇所は、ホメロスの『オデュッセイア』から引いてきている。これらのエピソードはまるで、戦場のつらい現状をサーシャに伝えたくないワロージャが、本好きの知識を生かして空想を織り交ぜているようにも見える。

しかし、ただの現実逃避ではない。例えば、始めのほうのマルコ・ポーロやホメロスの引用部分を読むと、ワロージャは神話的にも感じられるほどわけのわからない「最果ての地」にいて、「犬頭」の野蛮な原住民を相手に戦っていると主張しているようにも思える。ところが、ある箇所で突然、その明暗が切り替わる。「我々こそ、犬頭なのだ。我々こそ、狂犬のように退治されるべきなのだ。我々こそ、人々の生活を脅かし続けているのだ」――自分たちは実は侵略者であり、現地の調和を乱しに来た者だ。そこで登場するのが、「敵の寺院に刻まれた戦意高揚詩」なのだが、この詩にもまた、異なるテキストが同居している。詩の前半ではヤンチェヴェツキーの手記を元に「洋鬼子」（当時の中国で使われていた、西洋人に対する蔑称）への怒りが歌われるのだが、後半では、第二次世界大戦時に書かれたコンスタンチン・シーモノフによる有名な戦意高揚詩のフレーズが引用される。つまりロシアの読者は冒頭で「これはどこか遠い国の人々の、西洋人に対する抵抗の詩だ」と思って読んでいくと、それが不意に第二次世界大戦時のソヴィエトの防衛（自分たちの「正義の防衛」）に切り替わり、戸惑いを覚えることになる。強い喚起力のある引用句を用いることによって、自分たちが常に正義であるはずはないということが強烈に印象づけられる箇所だ。

異なる時代のテキストが同居する、「めちゃくちゃな」世界——そんな風に崩壊してしまった時の流れは、はたして元に戻るのだろうか。

ワロージャは語る——「崩壊した時の流れが元に戻るのは、二人が再び出会うときだ」と。では、二人はいつ会えるのか。再会を待ち望むサーシャの耳に、どこからかこんな声が届く——「二人が再会できるのは、困難を乗り越え、二人の精神が充分に成長したときだ」と。

そう、これは成長物語でもある——と、シーシキンは語る。

——サーシャは長い人生を歩み、つらい体験を乗り越えながら、精神的に大人になっていく。ワロージャは戦場で死と隣り合わせの場所にいて、本当に大切なものは人の温かさだということに気づく——歳の問題ではない、それが彼の成長なんだ。

このあとがきでは作中の比較的難しい箇所に重点をおいて解説したが、作品自体は実に身近かつ真に迫るエピソードにあふれた、温かい本である。この本の最初と最後に書かれたメッセージは、「人はいつも、光と温もりの塊」だ。

文字として書かれた光と温もりが読者の心に届くとき、この「手紙文例集」は「手紙」になる。

そのとき、失われた時の流れが再び動き出すのだろう。読まれることで初めて成立する、そんな本がある。本は真摯に、読者を待っている。大切な内緒話を、たくさん詰め込んで。

＊＊＊

なお底本は *Письмовник. М. Шишкин.* АСТ. 2010. М. だが、作者との打ち合わせのなかで、「ここは日本語の響きを最優先させたほうがいい」、「ここは訳文では削除したほうがいい」という助言を受けて若干変更した箇所もある。この作品中にもあるが、シーシキンは「全ての言葉は翻訳である」という。この本の登場人物はロシア語を話しているが、それも実は、「存在しない言語からの翻訳」だと。そのような作者との対話を経て日本語訳を作ることは、その「存在しない言語」からの訳文を作ることに近く、大変貴重な作業だった。この場を借りて、作者と、「存在しない言語で書かれた原文」に深く感謝したい。

＊＊＊

最後になりましたが、日頃から多方面にわたってご指導をいただいている沼野充義先生、共に歩む研究仲間のみんな、そして出版に際してたいへんお世話になりました新潮社編集部の斎藤暁子さんに、心よりお礼申し上げます。

二〇一二年八月三一日　横浜
奈倉有里

Письмовник

Михаил Шишкин

手紙《てがみ》

著 者
ミハイル・シーシキン
訳 者
奈倉有里
発 行
2012 年 10 月 30 日

発行者　佐藤隆信
発行所　株式会社新潮社
〒162-8711 東京都新宿区矢来町 71
電話 編集部 03-3266-5411
読者係 03-3266-5111
http://www.shinchosha.co.jp

印刷所
株式会社精興社
製本所
株式会社大進堂

乱丁・落丁本は、ご面倒ですが小社読者係宛お送り下さい。
送料小社負担にてお取替えいたします。
価格はカバーに表示してあります。

ISBN978-4-10-590097-7 C0397

女が嘘をつくとき

Сквозная линия
Людмила Улицкая

リュドミラ・ウリツカヤ
沼野恭子訳

夏の別荘で波瀾万丈の生い立ちを語るアイリーン。
ところがその話はほとんど嘘で……。
もう一人の自分の物語を生きる女たちの
嘘の話が綾なす人生の禍福。六篇からなる連作短篇。

CREST BOOKS

通訳ダニエル・シュタイン 上・下

Даниэль Штайн, переводчик
Людмила Улицкая

リュドミラ・ウリツカヤ
前田和泉訳

ユダヤ人でありながらゲシュタポでナチスの通訳になり、ユダヤ人脱走計画を成功させた若者は、戦後、神父となってイスラエルへ渡った——惜しみない愛と寛容の精神で、あらゆる人種と宗教の共存のために闘った激動の生涯。

CREST BOOKS

ソーネチカ

Сонечка
Людмила Улицкая

リュドミラ・ウリツカヤ
沼野恭子訳

本の虫で容貌のぱっとしないソーネチカ。
最愛の夫の秘密を知って彼女は……。
神の恩寵に包まれた女性の、静謐な一生の物語。
現代ロシアの人気女流作家による珠玉の中篇。

CREST BOOKS

バーデン・バーデンの夏

Лето в Бадене
Леонид Цыпкин

レオニード・ツィプキン
沼野恭子訳

賭博熱、情欲、嫉妬…ドストエフスキー夫妻の夏の新婚旅行を追想しながら、冬のロシアを行く汽車旅。二つの旅は渾然と溶け合う。作家へのオマージュと愛にみちた、美しく独創的な幻の名作。

CREST BOOKS

ペンギンの憂鬱

Смерть постороннего
Андрей Курков

アンドレイ・クルコフ
沼野恭子訳

憂鬱症のペンギンと売れない短篇小説家。
彼らにつぎつぎと起こる不可解なできごと。
見えない恐怖がささやかな幸福を脅かしはじめる……。
ミステリアスで不条理な世界を描く新ロシア文学。